THE ULTIMATUM

De la même autrice chez Addictives

Le Coloc de mon frère
Toxic Games

ISLA A. ROWLEY

THE ULTIMATUM

addictives

« Ti ho detto "passa" ma non passa mai
Ti ho detto "basta" ma non basta mai
Se ho toccato il fondo era solo per stare con te. »

(« Je t'ai dit que ça passerait, mais ça ne passe pas
Je t'ai dit que ça suffirait, mais ça ne suffit jamais
Si j'ai touché le fond, c'était seulement
pour rester avec toi. »)

« Voglio solo te », Irama

Avertissement

Certaines scènes peuvent heurter la sensibilité des lecteurs.

1

Lucy

Welcome to Crest Hill. Lycée privé et prisé de notre chère ville de Hope Springs, USA. Ou plutôt… *welcome back to* Crest Hill. Cet endroit qui a contribué à renforcer mon identité, à épicer davantage ma personnalité, mais qui a aussi creusé quelques failles sous la surface, me rendant paradoxalement encore plus forte. Celui qui m'a aussi appris à être sensible, piquante, garce, empathique, impitoyable, gentille, généreuse, égoïste, parfois cruelle ou inflexible. Celui qui… m'a arraché une partie de ce cœur qui bat encore sous mes côtes.

Mes lunettes de soleil sur le nez, j'embrasse d'un regard mélancolique la façade du lycée qui m'a vue grandir et m'affirmer. Huit ans que je n'y ai pas remis les pieds. Huit ans à me jeter corps et âme dans mes études au MIT puis dans ce job que beaucoup m'envient dans l'entreprise familiale. Huit ans de plaisirs éphémères dans des bras tout aussi éphémères, là aussi à corps perdu, d'ailleurs. Huit ans à tenter d'oublier. Qui je suis. D'où je viens. Et qui *il* est… Surtout qui il est.

Soudain, un bras s'enroule autour de ma taille et me serre contre un corps doux et fin que je reconnais instantanément comme celui de ma sœur. Elle aussi transpire l'assurance. En même temps, le sang des Langford coule dans ses veines également. Ce sang qui nous a appris à nous façonner afin d'être aptes à évoluer dans ce monde qu'est le nôtre et surtout, à en prendre les rênes. Tricher. Manipuler. Peu importe la façon tant qu'on gagne... Et ce n'est pas moi qui contredirai ce dernier point.

– Ces murs regorgent de tant de souvenirs, murmure Line, comme si elle avait peur de désacraliser un moment de recueillement.

« Recueillement » n'est pas le mot exact. Je parlerais plutôt d'impuissance ou de fatalité. Parce que, en effet, une myriade de souvenirs tourbillonnent entre les parois de mon crâne et, qu'ils soient heureux ou non, ils finissent par se fracasser violemment sur ma poitrine. Ce que, jusqu'ici, j'étais parfaitement parvenue à éviter. En évitant ce lycée de malheur, justement.

Je coule un regard en biais à ma grande sœur qui, tradition familiale oblige, a, elle aussi, fait sa scolarité ici. Si Line n'était pas âgée de deux ans de plus que moi, nous pourrions facilement passer pour des sœurs jumelles tant nous nous ressemblons. Même chevelure de feu, mêmes taches de rousseur constellant nos nez, mêmes lèvres un peu trop pleines. Seuls nos yeux sont différents. Ma sœur possède de grands yeux noisette, contrairement aux miens, plus en amande et d'un vert intense.

– Souris un peu ! râle-t-elle. Dans moins d'une heure, tu auras toute une foule pendue à ta jolie bouche ! Sois fière, tu es l'un des meilleurs majors de promo de cette dernière décennie !

Malgré moi, mon visage se pare d'un sourire. Entre l'orgueil et la joie. Effectivement, je suis fière de moi. Sinon, je ne serais pas revenue ici afin de prononcer un discours lors de la remise des diplômes de cette année. Ni prête à replonger dans mon passé. Ce passé que j'ai tant aimé et amèrement regretté...

– Viens, dis-je avec plus d'enthousiasme. Allons faire baver tous ces étudiants d'envie devant la famille Langford.

– Ah, tu vois ? Là je reconnais ma sista !

– Mouais, j'ai quand même oublié de préciser qu'il faudra sortir l'artillerie lourde du mensonge pour les convaincre de jalouser nos vies, hein.

– Ça me va, réplique-t-elle en haussant les épaules pendant que nous avançons vers l'édifice ancien. Rien de nouveau sous le soleil. Et puis, je compte bien tous les inviter à la fête ce soir. J'ai, comment dire… très faim !

– Je te rappelle combien d'années te séparent de cette nouvelle fournée ?

– Et ? Il n'y a pas d'âge pour devenir une cougar !

– Line, s'il te plaît, pas de vague, soupiré-je, dépitée. Je te rappelle aussi que notre réputation est notre gagne-pain. Je n'ai pas encore envie de devoir m'interposer entre toi et papa.

En réalité, j'envie la liberté de ma sœur. Je la jalouse, même. Seulement, mes chaînes, je les trimballe depuis tant d'années à présent que je ne sais plus comment m'en débarrasser. Et ce n'est pas au sein de l'entreprise familiale que j'y parviendrai. La famille de notre père, Calum, possède un cabinet de *consulting* qui prospère surtout depuis que ce dernier en a pris les rênes. Comme son nom l'indique, nous vendons des « conseils » à des entreprises, des particuliers, des stars… Peu importe tant qu'ils sont capables de payer cher, très cher nos services. Que ce soient des avis financiers, marketing, juridiques ou d'autres un peu plus officieux, nous aidons nos clients à s'améliorer et à se développer toujours plus. Ou à tout simplement corriger, embellir leur réputation comme le fait le pôle dédié à l'image de nos chères célébrités ainsi que de nos politiciens. Pôle que je dirige.

Quant à Line, spécialisée en droit, elle régit toute la partie juridique et Dieu sait que le travail y est conséquent. Mais nous y sommes. À même pas 30 ans… À ces places prestigieuses dans une agence de *consulting* que tout le monde s'arrache et dont la liste d'attente des futurs clients n'a rien à envier au carnet d'adresses d'un prince saoudien. Calum Langford, notre père, a bien veillé à ce que ses précieuses princesses siègent non pas à ses côtés, mais juste en dessous. Voilà pourquoi je me dois de lisser ma personnalité afin de paraître… parfaite. Tout ce que je ne suis pas. Tout ce que chaque Langford n'est pas…

– Ce que tu es rabat-joie. Fais gaffe, tu deviens une mini Calum Langford.

Je grimace.

Si seulement elle avait tort…

***

« Bad Habit » de The Kooks est craché par les enceintes à un volume indécent ; le rez-de-chaussée de notre demeure est bondé de monde. Non pas que les couloirs de notre lycée regorgeaient d'autant d'étudiants… Mais une fête ne serait pas réussie sans ses pros du plan incrust'. Line doit être aux anges. En calculant le moindre de mes gestes, je dérive au gré des notes de musique, des parfums des corps transpirants qui m'effleurent. Entourée de mes anciens camarades de l'époque, invités pour l'occasion, je danse, ris, me remémore les centaines de souvenirs accumulés ces dernières années de lycée. Je vis… juste ce qu'il faut pour feindre de profiter de ce moment. Avec un immense sourire aux lèvres.

Alors que je suis en pleine discussion avec une amie,

ma sœur débarque de Dieu sait où. Ses cheveux forment un amas de mèches emmêlées sur le sommet de sa tête. Et, malgré une pointe d'exaspération, je ne peux m'empêcher de rire lorsqu'elle m'adresse un clin d'œil tout en replaçant son chemisier en soie dans la ceinture de son short. Je crois que jamais Line ne pourra être raisonnable… Coulant un bras sur mes épaules, elle se joint à notre conversation quand, soudain, je me sens décoller du sol. Deux mains sur mes hanches me soulèvent et, la seconde suivante, je me retrouve propulsée dans l'eau de la piscine. Un cri de surprise reste bloqué dans ma gorge au moment où un manteau froid me drape, piquant ma peau en sueur. J'effectue quelques brasses sous la surface puis regagne l'air libre pour ensuite m'accrocher au rebord. Mes yeux sont aussitôt happés par le regard plein de jubilation de Shane, l'un de nos anciens camarades de classe.

– J'ai dû attendre plus de neuf ans avant d'obtenir ma revanche, mais ça en valait la peine…

Le souffle court, je m'apprête à répondre, l'insulter, ou même rire avec lui, je ne sais plus trop… Je ne sais plus trop car mon monde vient de se figer. À moins qu'il ne reprenne enfin vie. Ou qu'il n'explose. Oui, c'est ça… Il explose. En un millier de souvenirs, de sensations, de sentiments.

Parce que, là, parmi la foule, je *le* vois. Ne vois que lui. Ne ressens que lui.

Mon ancien meilleur ami. L'homme dont je suis tombée amoureuse. Celui que j'ai également trahi de la pire des manières.

Fennell O'Brien.

Toujours avec cette assurance à fleur de peau, il fend la marée humaine. Puis il s'arrête, son sourire chaleureux et rusé ancré à ses lèvres, pour saluer nos anciens amis qui, eux, se crispent tous de le voir alors qu'il a déserté notre milieu il y a… huit ans. Les doigts agrippés à la margelle du bassin, j'assiste, impuissante, à son intrusion – non, son invasion plutôt – dans mon monde. Parce qu'il s'agit bien de cela… Comme avant, il lui suffit d'être pour tout envahir. M'envahir.

Huit ans que je ne l'ai pas vu. Huit ans que j'ai brisé notre lien, nos cœurs et une partie de mon âme.

Qu'est-ce qu'il fait là ?

À voguer de corps en corps, cette aura solaire enlaçant, comme toujours, le sien. Ses cheveux châtains légèrement plus longs qu'avant retombent en boucles souples sur le haut de son front, accentuant la profondeur de ses iris ambrés. Un voile brun recouvre sa mâchoire et je me maudis aussitôt… L'impression d'à nouveau le sentir sur ma peau me fait perdre toute autre sensation. À croire que ces années loin l'un de l'autre n'ont été qu'un mirage, évaporé en une fraction de seconde dès lors qu'il a fichu un pied chez moi.

Putain, mais qu'est-ce qu'il fout là ?

Le souvenir de son regard meurtri et meurtrier la dernière fois que nous nous sommes vus me hante encore, alors… pourquoi est-il venu ?

Un arc de colère me fouette les sangs. Je ne peux pas croire que je me retrouve encore impuissante face à lui après tant d'années. D'un revers mental, je me recadre et tente de bouger pour ne plus rester prostrée dans l'eau. Seulement, j'avais oublié que si j'étais incapable de m'affranchir de sa présence, la réciproque était également vraie… À peine ai-je esquissé un mouvement pour m'extirper de la piscine que Fennell pivote aussitôt dans ma direction, me coupant net dans mon élan. Les paumes à plat sur le rebord, je m'immobilise, happée par son regard. « Noyée » serait un terme plus adéquat. Mon souffle se tarit au fond de ma gorge, mes poumons refusant soudain d'exercer leur fonction vitale. Parce que son regard, je ne parviens pas à le déchiffrer. Et pourtant… son intensité irradie chacun de mes membres.

Les mains dans les poches de son pantalon kaki, il avance jusqu'à moi d'un pas à la fois lent et souple. Ses lèvres s'ourlent d'un sourire tout aussi énigmatique. Je crois bien que pour la première fois depuis longtemps, très longtemps, je perds toute contenance, toute repartie, toute maîtrise quand la sienne se déploie outrageusement au moment où, d'un bond, il plonge dans mon dos. Vive, je me retourne immédiatement afin de lui faire face et, lorsque son visage réapparaît, j'hésite entre me ruer hors de l'eau ou dans ses bras.

– Tu n'as pas l'air heureuse de me voir, ma poupée.

Sa voix… Dieu qu'elle m'a manqué. Dieu qu'il m'a manqué…

– Tu sais parfaitement que c'est faux, parviens-je à lui répondre d'une voix ferme quand tout vacille dans ma poitrine.

– Effectivement… Je le sais pour ce qui est de ton cœur, mais…

En deux brasses, il me rejoint, pose à son tour une main sur la terre ferme puis la deuxième se replie en un poing qui vient effleurer ma tempe.

– … mais c'est ta jolie petite tête qui m'a toujours donné du fil à retordre, achève-t-il dans un souffle chatouillant mes lèvres.

– Encore faux, Fen'.

Cette fois, un rire s'échappe de sa trachée, illumine aussitôt ses prunelles et éclate sur ma chair. Son bras s'abat soudain sur mes reins et me colle brusquement contre son torse. Nos jambes, toujours en mouvement, s'emmêlent et se repoussent en même temps. Pétrifiée, le sang en feu, je ne résiste pas quand sa prise dans le bas de mon dos s'affermit davantage. Ni quand il incline son visage, son nez frôlant ma pommette avant d'échouer dans mon cou.

– Huit ans, Luc'. Tu me dois huit putains d'années. Huit putains d'années que je compte bien te faire payer.

2

Lucy

I'm fucked up[1].

Ce sont les seules paroles qui percent le brouillard alcoolisé qui a envahi ma tête. Alcoolisé et douloureux. Douloureux, mais également excitant, ça, je ne peux l'ignorer. Il a suffi d'un regard brûlant et quelques paroles pour que je replonge. Alors oui, comme à l'époque du lycée, celle où Fennell hantait chacun de mes pas, j'ai enchaîné les verres. Impossible d'ignorer les furieux frissons galopant sur ma peau pendant que, après avoir changé de vêtements, je discute avec des amis qui, à l'instar de ma sœur et moi, n'ont jamais vraiment quitté notre monde pendant que *son* regard me caresse par intermittence.

Son regard. À lui, Fennell O'Brien.

Ce lycéen ayant grandi auprès de nous tous, mais qui, en partant pour la fac, a comme qui dirait… dévié de voie. Et ce n'est pas moi qui pourrais l'en blâmer… Là où je calcule chaque pan de ma vie, façonne mon image, Fennell, lui, pulvérise tout. Devenu un journaliste à la réputation aussi sulfureuse que controversée, et surtout… un journaliste craint, il est affamé de justice, mais de justice à la Fennell. Les malversations en tous genres chez l'élite étant devenues son cheval de bataille, il traque la plus petite information. Débusque. Expose au grand

1. Je suis baisée.

jour, se fichant d'à quel point la vérité peut éclabousser et blesser. Détruit. Voilà ses motivations. Fennell est, évidemment, connu comme le loup blanc chez nous… Et pourtant, aussi irrévérencieux qu'il l'a toujours été, il est là, ce soir. À rôder dans ce monde qu'il s'acharne à vouloir démanteler pièce par pièce, avec un immense sourire aux lèvres, quand celles des autres se figent en un rictus à la fois apeuré et dédaigneux. Alors qu'ils ne devraient pas le craindre. Pas ce soir du moins.

Je sais que… Fennell est là pour moi.

Une part de moi meurt d'envie de se planquer dans sa chambre de peur de replonger dans ses bras, mais une autre, celle construite sur des années d'éducation prônant le paraître, refuse de se rendre. Encore moins face à Fennell. J'ai beau l'avoir blessé, j'ai beau m'être brisée il y a huit ans, si je montre le moindre signe de faiblesse, alors il saura… Il comprendra que mes paroles de l'époque n'étaient qu'un leurre destiné à cacher la partie immergée de l'iceberg. Qu'il me prenne pour une garce, je peux le gérer. Or, s'il découvre la vérité, j'exploserai en plein vol, entraînant ma famille dans le crash. Nous brisant, lui et moi, encore plus que je ne l'ai déjà fait.

Alors je danse trop, échange trop avec mes anciens camarades de lycée à la fois sur le passé et l'avenir, ris trop. Bois trop. Bref, je joue à être l'ancienne Lucy Langford. Jusqu'à ce que, j'ignore comment, je me retrouve dans la cuisine avec une bouteille de scotch de je-ne-sais-plus-combien d'âge ainsi qu'un verre à shot. Mon paternel me tuerait s'il me voyait avec son liquide sacré. Au moment où je fais claquer le fond du shot sur l'immense îlot central, je regrette aussitôt de ne pas avoir englouti une dose plus importante. Les yeux ambrés de Fen' me percutent méchamment à peine pénètre-t-il dans la pièce, les mains toujours dans ses poches, simulant une parfaite décontraction quand, j'en suis certaine, le même feu que moi le ronge de l'intérieur. La culpabilité en moins, cependant… Là est le souci, lui et moi nous connaissons depuis si longtemps que huit ans n'y changeront rien… Nos battements de cœur s'accorderont toujours.

La chemise en lin qu'il portait a disparu après notre bain dans la piscine. Vêtu à présent d'un tee-shirt et de son pantalon kaki sûrement encore humide, il avale l'espace entre nous sans, néanmoins, quitter mon regard une seule seconde. Toujours en arborant ce sourire énigmatique, Fennell enroule ses doigts sur les miens crispés autour de la bouteille. J'arque un sourcil, feins l'indifférence. En réponse, sa bouche s'élargit en un rictus carnassier. Sa prise se raffermit sur ma main tandis qu'il porte le goulot à ses lèvres, m'obligeant ainsi à me coller contre son torse et à me lever sur la pointe des pieds. Malgré moi, je déglutis au rythme de sa pomme d'Adam, qui danse sous sa chair tandis qu'il boit plusieurs rasades. Un peu d'alcool s'échappe de sa bouche, coule le long de son menton puis de son cou. Une violente envie de faire courir ma langue sur sa peau me torture soudain. Je veux le goûter à nouveau. M'assurer qu'il est bien là. Si près que ma poitrine s'écrase sur son buste, comme aimantée. M'assurer que… qu'il est toujours lui.

L'éclat triomphal irradiant soudain ses prunelles me conforte dans cette idée. Fennell n'a que trop conscience de son potentiel de séduction. Pas besoin de se la jouer connard arrogant ou mec torturé et mystérieux quand on possède sa capacité à s'adresser directement aux sens. Il est la preuve vivante que le désir réveille et attise le désir chez l'autre. Et Fen' est pétri de désirs, de pulsions, d'émotions.

Lorsque, enfin, il s'estime rassasié, il repose la bouteille, sans cependant me relâcher. De sa main libre, il vient essuyer le liquide à la commissure droite de sa bouche avec son pouce, avant de le poser sur ma lèvre inférieure. La pulpe de son doigt effleure ma langue qui, traîtresse, cherche à se repaître, à le retrouver. Joueur, Fen' ne m'en laisse pas le loisir, préférant tracer une ligne humide sur l'arête de ma mâchoire, descendre le long de ma jugulaire et…

– Pourquoi tu ne me détestes pas ?

Nous nous figeons de concert. Ma phrase s'abattant sur nos enveloppes corporelles telle une chape de plomb. Une sacrée masse de plomb si j'en crois ses muscles… Ses paumes glissent sur moi, retombent contre ses cuisses.

– Qu'est-ce qui te fait croire que ce n'est pas le cas, ma poupée ?

Entendre ce surnom est encore plus éprouvant que de ressentir à nouveau sa présence. S'il était innocent durant notre enfance, car je l'obligeais à jouer à la poupée, au fil des ans, son sens a dévié. Dérivé. De mots enfantins en paroles plus décadentes.

– Alors pourquoi tu es là ? murmuré-je, espérant secrètement qu'il ne me réponde pas.

– Mais parce que tu as une dette envers moi. Et je compte bien réclamer mon dû. Voire un peu de supplément.

Alors que j'ouvre la bouche pour répondre, une troisième voix me devance.

– Ah, bah vous êtes là ! s'exclame Shane. Amenez-vous, j'ai préparé une surprise pour tout le monde !

Puis, tel un courant d'air, il s'évapore. Malheureusement sans emporter cette couche sombre qui nappe maintenant l'atmosphère.

– Plus tard, Luc', répond Fennell à ma question silencieuse. Nous avons tout le temps désormais.

Sans rien ajouter, il agrippe mon poignet pour m'entraîner à sa suite. Comme s'il ne venait pas de balancer ces mots d'un ton presque menaçant. Comme s'il… n'était jamais parti, qu'il avait toujours été là. Avec moi. À me tenir la main.

Je lui emboîte donc le pas jusqu'au grand salon où Line a installé un rétroprojecteur et déroulé une toile blanche. Shane, tout excité, pianote sur le clavier d'un Mac, un sourire Ultrabrite lui barrant le visage. Je retiens de justesse un long, très long soupir.

– Pitié, ne puis-je toutefois m'empêcher de commenter.

– Eh si, ma poupée, se marre Fennell. On dirait bien qu'on va se taper une séquence souvenirs.

Nous rejoignons tout le monde – ou presque, vu que cela concerne notre promo –, patientant debout, et j'en profite pour récupérer mon poignet. Cependant, Fen' ne me laisse pas le temps de m'éloigner. Son bras s'abat sur mes épaules et m'attire sèchement contre son torse. Comme avant. Exactement comme avant. Avec toutes les émotions contradictoires que ce geste ne manque pas de déclencher sous ma peau. Par réflexe, je lève le visage vers le sien dans l'espoir d'y lire le même bordel intérieur. Peine perdue. Ses yeux me couvent de cette chaleur à la fois douce et brûlante, cette chaleur qui m'a toujours étreinte sous son regard, mais… quelque chose m'échappe. Un voile de huit ans l'assombrit. Le voile d'une absence impossible à combler.

La gorge nouée, je dirige de nouveau mon attention vers ce qui va s'apparenter à une torture pour mes nerfs. Je tente d'ignorer du mieux que je le peux les paires d'yeux scrutateurs qui semblent me reprocher de pactiser avec « l'ennemi », puis me concentre sur la toile. Dans une autre réalité, j'aurais adoré l'idée de Shane. Replonger dans nos années lycée au travers d'un diaporama de photos souvenirs. Seulement, ma réalité s'est distordue le jour de la remise des diplômes. Néanmoins, je ne dis rien, plaque un merveilleux sourire sur mes lèvres puis contracte mon abdomen en prévision des coups que je m'apprête à encaisser.

Les premières minutes défilent à toute vitesse. Entre grimaces honteuses de nous redécouvrir avec quelques années de moins durant cette période parfois ingrate qu'est l'adolescence et éclats de rire face à des clichés que beaucoup – moi en tête de file – aimeraient réduire en cendres. Ou déchirements en se remémorant certains moments importants comme la fois où l'un de nous a perdu son frère, mort de leucémie. Ou lorsqu'un cliché de ma meilleure amie de l'époque, disparue cette année-là, apparaît soudain. Et coups au cœur lorsque s'affiche une photo de Fen' sur un transat en bord de piscine, mon corps allongé totalement sur lui. Tous les deux endormis dans les bras l'un de l'autre lors d'une des trop nombreuses soirées auxquelles nous avons assisté.

– Au fait, Fen', l'interpelle, provocateur, l'un de ses anciens équipiers de football, paraît que Lucy était la seule à ne pas être passée dans ton lit. Du coup, on s'interroge : c'est toujours le cas ?

Putain. Totally fucked up.

Ignorant la foule de sentiments que cet abruti ravive, je roule des yeux et soupire, feignant l'amusement.

– Mon cul t'intéresse, Derek ? raillé-je. À moins que ce soit le sien. Parce que… quand tu fais allusion aux corps « passés dans le lit » de notre cher Fennell, tu sais de quoi tu parles, hein ?

Quelques rires ponctuent ma phrase. Personne n'ignore les mœurs légères de celui qui me garde captive contre lui. Fennell est, comment dire... un être libre. Totalement libre. Comme je le disais, ses pulsions l'ont toujours guidé. Que ce soit vers des femmes ou vers des hommes. L'important pour lui était qu'ils ne restent que des corps de passage. Tant que les sentiments demeuraient hors de l'équation, il se souciait peu du reste. Or, si mon ancien meilleur ami est parfaitement en phase avec ses envies, d'autres, en revanche... Derek – comme beaucoup d'hommes – a beau vivre en osmose avec son époque, n'en avoir rien à cirer que certains de ses potes se tapent d'autres potes, cela n'empêche pas que sous-entendre que lui ait pu avoir une relation homosexuelle est une barrière à ne pas franchir.

– Hum... je ne me souviens pas avoir couché avec Derek, commente alors Fen', faussement pensif.

D'un long regard appuyé, il fait mine d'étudier les traits de notre ancien camarade de classe avant que ses yeux ne chutent exagérément sur son entrejambe.

– Ah, si... Effectivement, je me souviens à présent, conclut-il, un rictus en coin.

Des sifflements nous recouvrent alors et impriment une grimace mauvaise sur le visage de notre ami. Et j'avoue me sentir soudain plus légère de constater que Fennell et moi sommes toujours capables de faire front face aux autres.

– Pff, bien sûr que vous avez couché ensemble. Luc' a beau se la jouer femme d'affaires parfaite maintenant, à l'époque, vous étiez aussi dépravés l'un que l'autre, impossible que vous n'ayez pas cédé.

Moi qui pensais avoir mal ce soir, je n'étais pas loin

de la vérité… Je n'avais seulement pas misé sur la bonne personne pour me blesser. Parce que, bordel, ces paroles font un mal de chien tellement elles ne peuvent être plus vraies.

Le nez de Fen' vient chatouiller ma pommette pendant que je fixe Derek d'un air mauvais sans même m'en cacher. Ce dernier déglutit, soudain conscient de qui se tient face à lui. Une vérité règne en notre monde : personne ne veut se mettre un Langford à dos.

– T'en dis quoi, ma poupée ? On lui dévoile tous nos vilains secrets ? chuchote-t-il à mon oreille.

J'en dis que, de toute façon, les mots « dépravée », « traîtresse » et « manipulatrice » sont déjà gravés au fer rouge sur ma chair. Sauf que je suis incapable de trouver une remarque bien sentie ou tout simplement d'émettre un seul son. Parce qu'autre chose happe mon regard. Une autre photo. En premier plan, Emma et sa jumelle posent, leur diplôme en main. J'ignore leurs mines radieuses, préférant la vision douloureuse du couple en retrait. Lui, beau à en crever, entièrement polarisé sur elle qui tente de lui dissimuler tout ce qui la déchire de l'intérieur. Avec succès, d'ailleurs… Fennell n'a jamais su à quel point ses paroles se sont violemment plantées dans mon cœur à cet instant-là. « Toi. Ça a toujours été toi, Lucy. Depuis le début. Depuis toujours. » Il n'aurait pu choisir plus mauvais timing pour sa déclaration.

Si vite qu'un tournis me vrille le crâne, je me dégage de la prise de Fen', opère une volte-face et fuis. Rien à carrer de ne pas réussir à me maîtriser. J'ai besoin d'air, de me recentrer. Loin de lui.

Je me rue dans l'escalier, grimpe deux étages puis me rends dans ma chambre. Une fois dans la pièce, je m'empresse de sortir sur mon balcon donnant sur la piscine extérieure où la fête bat encore son plein. Mon regard se perd au gré des corps pleins de vie, de joie. Durant un court laps de temps, je les envie. Je jalouse leur bonheur, leur frivolité avant de me rappeler que tout ceci n'est qu'apparence. Que chacune des âmes qui s'agite sous mes yeux possède ses propres ombres.

En parlant d'ombre, une autre ne tarde pas à s'imposer dans mon dos. Sans la voir, je la ressens jusque dans mes os.

– Tu ne te souviens plus de la règle élémentaire ? dis-je d'une voix traînante. Ma chambre est un no man's land, Fennell.

– Je me souviens surtout que cela ne concernait que les autres.

– Hum… mais ça, c'était avant qu'on couche ensemble.

Je ne tourne pas mon visage vers lui lorsqu'il s'assoit sur le rebord en pierre à ma droite, et pourtant, je me prends son ricanement dédaigneux en plein dans les gencives.

– Regarde-toi, ma poupée. À observer le monde du haut de ton balcon. On dirait une putain de déesse s'apprêtant à choisir le prochain humain qu'elle écrasera.

Mon abdomen se contracte brusquement, mais je n'en montre rien.

– Et si je te choisissais, toi ? répliqué-je.

– Ce n'est pas ce que tu as déjà fait ? Tenter de m'écraser, de nous écraser ?

Le regard cette fois perdu dans le manteau de nuit piqueté d'étoiles, je ne suis plus en mesure de lui répondre. Parce que le contredire équivaudrait à prétendre que la misère n'existe pas face à un enfant criant famine. Inutile, en plus, d'être d'une cruauté absolue.

– Ose me dire que tu n'y penses pas, Luc', insiste-t-il.

Du coin de l'œil, je le devine qui se relève pour venir se couler derrière moi. Et, au moment où sa paume se pose, pile sous le bas de ma robe, sur ma jambe nue, je réalise combien je n'ai vécu que pour ce moment ces huit dernières années.

– Ose me dire que ta peau ne m'a pas réclamé ? Qu'elle n'a pas cessé de penser à mes mains la caressant ? Que tu n'as pas imaginé mon corps prenant possession du tien alors que tu couchais avec d'autres ?

Les doigts à présent accrochés à l'intérieur de ma cuisse, il me griffe légèrement pendant que sa paume remonte avec lenteur sous le tissu.

– Ose prétendre que lorsque tu te touches, ce n'est pas ma langue que tu crèves de sentir ? Ose, Lucy. Ose me regarder dans les yeux et affirmer que tu as oublié la sensation de me prendre au creux de ton ventre.

D'un geste plus brusque, il m'attire davantage contre lui. Un soupir que je refuse de lui céder meurt contre mon palais. Ma peau hurle, avide et soudainement affamée. Impuissante face au poids du passé. Si j'ai oublié ? Le manque de sa chaleur et de son odeur traumatise mes cellules chaque putain de jour que Dieu fait.

L'arrière de ma tête bute contre son torse. Mon nez vient frôler le fil de sa mâchoire, et j'inspire profondément sans même prendre la peine de m'en cacher.

– C'est ça que tu es venu chercher, Fennell ? Un souvenir ?

Ses lèvres dévoilent un sourire éclatant et profondément bouleversant pour mon cœur.

– Huit ans. Voilà ce que je suis venu chercher. Tu nous les dois, Lucy, insiste-t-il d'un timbre tranchant, abandonnant sa désinvolture coutumière.

Mes paupières se ferment quelques secondes. De

longues secondes durant lesquelles je me force à reprendre le contrôle de ce moment qui m'échappe totalement. Je me retourne ensuite, sans pour autant m'éloigner de lui.

– Dans ce cas, toi, tu me dois des années et des années, une vie entière faite d'amitié. Une amitié que tu m'as volée en réclamant plus, riposté-je sur le même ton.

Le regard suspendu au sien, je tiens bon malgré le mensonge énorme que je lui balance. Mensonge qui m'a servi d'excuse pour le planter quelques heures après notre première fois. Mensonge car… il n'y a rien de plus réel que ce que je ressens pour lui et qui est à mille lieues de l'amitié. Malgré son sourire qui s'évanouit aussitôt, je sais à l'éclat irradiant tout à coup ses prunelles qu'il ne me croit pas.

Et je sais que, sans ma sœur, j'aurais eu toutes les peines du monde à le contrer.

– Luc'?

Le soulagement provoqué par son intervention est tel que je manque de chanceler.

Toujours entièrement centré sur moi, Fennell lui répond :

– Line… Évidemment, tu n'es jamais loin.

– Toi aussi tu m'as manqué, Fennichou, glousse-t-elle. Eh non, que veux-tu, je ne suis jamais loin de mon propre sang.

Visiblement à contrecœur, il se recule de quelques pas puis consent enfin à regarder ma sœur qui s'approche jusqu'à glisser un bras protecteur autour de ma taille.

– Sans rire, renchérit-elle. Je suis contente de te voir. Cela faisait un bail. Tu comptes rester longtemps parmi nous ?

– Une vie entière, si j'ai bien compris, raille-t-il.

Une onde glacée chute le long de ma colonne vertébrale à ces paroles.

– Eh bien, dans ce cas, tu auras tout le loisir de rattraper le temps perdu avec ma sœur, mais là, tu vois, j'ai besoin d'elle. Un truc de filles, insiste-t-elle en grimaçant exagérément.

Un long silence flotte alors avant d'être interrompu par la voix à la fois chaleureuse et sombre de Fen'.

– Tu as raison, Line. J'ai tout mon temps.

Puis, les mains dans les poches, il nous adresse un clin d'œil, fait demi-tour et disparaît.

Les yeux rivés à la porte qu'il vient de refermer, ma sœur demande :

– Comment tu te sens ?

– Vide et… comblée.

Un profond soupir accueille mes propos.

– Et s'il l'apprend, Line ? Comment je…

– On s'arrangera, m'interrompt-elle. Comme on l'a toujours fait. On trichera et on s'en sortira.

3

Lucy
Huit ans plus tôt

Mon portable à la main, serré contre ma poitrine comme s'il pouvait me protéger de ce que je m'apprête à faire, je reviens sur mes pas. Et m'immobilise juste devant le lit. Allongé en travers, le drap entortillé entre ses jambes, Fennell ne semble faire qu'un avec le matelas. Doucement, je m'approche jusqu'à déceler les lignes à la fois minces et abruptes de son dos. Mes yeux glissent le long de sa colonne vertébrale autour de laquelle s'enlace un serpent encré, se love au creux de ses reins pour chuter sur le bombé de ses fesses à peine dissimulées par le coton. De profil, une joue écrasée contre un oreiller, son visage respire l'apaisement, la tranquillité, la certitude. Un léger sourire s'est figé sur ses lèvres. Même inconscient, ce mec semble avoir été conçu pour rendre grâce au soleil, au bonheur… Sauf le mien. Parce qu'il vient de foutre un sacré bordel dans ma vie. Non, soyons honnêtes, j'ai foutu le bordel en lui cédant cette nuit.

Emprisonnant un soupir derrière la barrière de mes lèvres, je ramasse le reste de mes vêtements éparpillés dans la pièce et les enfile en silence. Même mon cœur ne bat plus qu'en sourdine, comme sous des litres et des litres d'eau. Lui aussi s'est résigné.

– Luc', grogne soudain une voix. Même moi, je ne me suis jamais barré comme un voleur après une nuit de baise.

Mon visage soudain aussi expressif qu'un bloc de marbre, je me retourne vers Fennell. Assis, il me balance toute sa détermination sans plus prononcer un mot. Son regard empreint de conviction lui suffit. Me suffit pour avoir mal.

– De baise, hein ? répliqué-je, m'engouffrant dans la brèche.

– Ne dévie pas mes propos, ma poupée. Tu sais parfaitement ce que je veux dire.

Oui, je ne le sais que trop bien. Cette nuit n'avait rien à voir avec de la « baise ». C'était… C'est tellement plus… Voilà justement pourquoi je dois t'éloigner de moi.

– Fen', soupiré-je. Écoute…

– Non, me coupe-t-il d'une voix sombre. Je t'interdis de faire ça. Je t'interdis de reléguer cette nuit au rang de toutes les précédentes à s'oublier dans d'autres bras.

– *À s'oublier ?* Je t'en prie, Fennell. Sois honnête, surtout envers moi. Cette nuit n'était qu'un défi de plus. Une façon de conclure cette année en beauté en possédant l'unique corps du bahut qui ne t'avait pas encore accueilli.

Mes dents se plantent dans l'intérieur de ma joue à cause de ce mensonge énorme que je lui jette au visage. Aussitôt un goût de rouille tapisse mon palais, s'ajoutant à celui, acide, qui me ronge depuis plusieurs jours maintenant. À l'image de ce qui vient également ronger ses traits d'ordinaire si détendus.

– Tu en parles si bien, lâche-t-il dans un ricanement froid. « Le corps qui ne m'avait jamais accueilli », ça sonne si poétique et si désespéré… Sauf que je n'ai rien de désespéré, ma poupée.

Sa silhouette se déplie, magnifique. Douloureusement belle. Lentement, il se relève. Les draps glissant sur les muscles secs et déliés de son torse coulent le long de ses obliques pour chuter sur le sol. Avant cette nuit ensemble, j'ai dû voir

Fennell quasiment nu plus souvent qu'à mon compte, mais à cet instant, le contempler a un goût de nouveauté, d'inédit et surtout, de jamais ressenti. J'ai beau ne pas m'attarder dessus, je suis parfaitement en mesure de décrire avec précision les serpents également tatoués sur ses bras et son buste ou encore la rose encrée le long de son pouce. À croire que mon esprit a depuis toujours enregistré le plus infime détail, le plus insignifiant fragment de sa peau pour le graver à jamais. Comme s'il savait. Que viendrait ce jour où je devrais le repousser.

Putain.

Une tempête se soulève soudain sous mes côtes, menace d'un danger imminent au moment où, nu, il avale la distance entre nous. Pourtant, je demeure statufiée, tentant avec difficulté de transformer en liquide glacé celui, ardent, qui pille mes veines. Avec une tendresse désarmante, sa main se couche sur ma joue, son pouce à la lisière de ma bouche.

– Je n'ai rien de désespéré, Lucy, répète-t-il avec plus de force. Bien au contraire… S'il y a bien un point sur lequel nous nous rejoignons, toi et moi, c'est notre volonté. Nous savons ce que nous désirons et sommes prêts à cramer la moindre de nos cellules pour l'obtenir. Et là, c'est toi que je veux.

– C'est faux, le contredis-je d'un ton plus sec. Pas en ce qui te concerne du moins. Car toi, tu veux tout et rien en même temps. Tu es à la fois rassasié et affamé.

Un sourire indéchiffrable flotte quelques secondes sur ses lèvres.

– Que tu me connaisses aussi bien a un côté effrayant, je dois l'admettre. Tu as entièrement raison : je suis rassasié…

Sa paume chute dans mon cou, l'enserre avec douceur. En totale contradiction avec l'ombre qui gagne soudain ses yeux ambrés.

– Rassasié et affamé, renchérit-il. Parce que tu vois, mon cœur, si je me suis en effet rassasié durant ces dernières années, une autre faim enflait dans mon bide... Toi. Je te l'ai dit : ça a toujours été toi, Lucy. Depuis le début. Depuis toujours.

Bouleversée, je ne parviens plus à conserver ce masque impassible que l'on nous a appris à porter depuis notre enfance. Je le sens se fissurer, ses paroles trouvant un écho beaucoup trop assourdissant sous ma poitrine. Profitant de cet instant de faiblesse, Fennell glisse ses doigts dans mes cheveux et s'empare de mes lèvres. Encore cette impression. La même que pendant ces dernières heures dans ses bras. Celle de n'avoir jamais rien ressenti auparavant. De n'avoir jamais réellement respiré. De n'avoir jamais compris la vraie signification du mot « désirer ». Ou « aimer », tout simplement.

Mes mains s'enroulent autour de ses poignets et je ne saurais dire si c'est pour le repousser ou le retenir. Son corps nu se presse contre mes courbes, nous fait pivoter pendant que sa langue s'enlace à la mienne. Autoritaire et en même temps si tendre. Ce n'est que lorsque l'arrière de mes genoux bute contre le lit que je reprends conscience. Si je cède une seconde fois, je suis foutue. Jamais je ne réussirai à m'échapper, à l'empêcher de me prendre plus que ce qu'il m'a déjà pris. Aussi, je me force à me focaliser sur cette trahison qui me hantera jusqu'à la fin de mes jours. C'est le seul moyen pour me défaire de son emprise, de sa saveur qui, je le sais, me hanteront également.

Je le repousse donc, arrachant ses lèvres des miennes. Et manque de hurler une fois confrontée à son expression blessée. Parce qu'il sait ce que je m'apprête à faire.

– Ne me regarde pas de cette façon, Luc'. Comme si tu me détestais.

– Mais c'est le cas, Fennell. En partie du moins. Et, tu vois, il est là le souci, car l'autre part de moi t'aime.

D'un pas, je me rapproche, déploie une main sur son torse puis fige mes yeux au fond des siens.

– Tu comprends ? reprends-je. Je t'aime, mais je ne suis pas amoureuse de toi. Et cette nuit, tu as tout foutu en l'air.

– Je n'ai pas l'impression de t'avoir forcé la main, rétorque-t-il, la mâchoire contractée.

Non, en effet. Parce que j'en avais envie, tellement envie… Mais j'ai été égoïste. Et t'ai entraîné dans ce merdier, toi aussi.

– Explique-moi comment on peut revenir en arrière à présent, Fen' ? On a fait voler en éclats notre amitié et…

– Bien sûr qu'on l'a fait voler en éclats ! rugit-il soudain, sans néanmoins esquisser le moindre mouvement. Bordel, Lucy ! Notre amitié n'était qu'un mensonge, au mieux une zone confortable que l'on n'osait pas encore outrepasser ! Mais jamais, putain, jamais je t'ai considérée comme une amie ! Je t'ai toujours voulue, ma poupée. Entièrement. Et crois-moi sur parole, je t'aurai.

Bien sûr que je te crois. Puisque c'est déjà le cas…

Mon front choit contre son torse, contre cette peau sous laquelle j'ai envie de me fondre. Son thorax se soulève puissamment, tant il peine à respirer sous l'afflux de colère que je sens l'envahir. Rien que pour ça, je me maudis. Fennell ne mérite pas ça. Que j'avale un peu de sa lumière, de cette chaleur qu'il exsude juste en étant lui. J'inspire une dernière fois son odeur avant de me redresser et de nous briser.

– Fennell, si nous n'avons jamais outrepassé cette zone de confort, comme tu l'appelles, c'est pour une raison. Tu n'as rien de l'homme avec qui je pourrais aspirer à partager ma vie… Si tant est que je veuille la partager avec quelqu'un un jour… Merde, regarde-toi, tu ne vis que pour l'instant T. Tu ne suis que tes pulsions et tes désirs. Je refuse d'attendre le moment où, fatalement, tu y céderas, à ces pulsions. Toi et moi, on ne peut pas être ensemble. On finirait par se briser l'un contre l'autre Et… je regrette, mais ton amour n'est pas assez important à mes yeux pour que je perde mon temps à souffrir.

Je me décale aussitôt, désireuse d'instaurer le plus de distance physique entre nous. Et surtout, de ne pas lui laisser l'occasion de contrer mes mensonges.

– Je pars bientôt pour Cambridge, poursuis-je en me dirigeant vers la porte. Je pense que… qu'il serait préférable de garder nos distances d'ici là. Je ne veux pas que tu te crées des illusions ou nourrisses des attentes irréalisables.

– Des illusions ? lâche-t-il dans un ricanement.

Un ricanement dur, froid. Meurtri.

Il pivote à peine dans ma direction ; la colère qui émane de lui est si palpable qu'elle m'étouffe à mon tour. Pourtant, je ne montre rien. Si je n'ai jamais su lui mentir, à cet instant précis, je le lui dois. Qu'il me déteste et passe à autre chose.

– Oui, des illusions, insisté-je, la main sur la poignée. Cette nuit était une erreur. Si tu savais comme je m'en veux… Mais je t'en veux également, Fen'. Jamais il ne pourra y avoir d'amour entre nous et maintenant… à cause de tout ça… l'amitié non plus n'y a plus sa place.

Sans attendre une réponse qui ne ferait que nous enferrer davantage dans cette situation sans issue, j'ouvre le battant et fuis. Lâchement. Ou pas, justement. Si j'étais lâche, je me ruerais sur lui, l'autoriserais à m'aimer.

Mais je serais un monstre – plus que je ne le suis déjà – si j'acceptais ce cœur qu'il désire m'offrir.

4

Lucy
De nos jours

Allongée en travers de mon matelas, je dérive. Littéralement, tant j'ai le mal de mer. Ce n'est même plus un tournis qui me vrille le crâne, mais un parc d'attractions entier. Bon sang… je n'aurais jamais dû boire autant. Je ne suis plus étudiante. Et surtout, cela fait un bail que j'ai perdu le droit de me laisser aller. Encore moins avec le retour de Fennell. J'ai l'impression qu'il a toujours été là, sur et sous ma peau, tel un fantôme planant juste au-dessus de mon corps. Et… tout ça me file une trouille bleue.

Depuis mon réveil, les images, les sensations de cette fameuse nuit – la dernière où je me suis laissée aller, justement – défilent, se succèdent pour finir par se mélanger. Néanmoins, une se détache des autres, flotte dans mon esprit pour le torturer sans cesse. Celle de son expression dévastée. De ce mélange de peine et de colère lisible dans son regard lorsque j'ai passé le pas de sa porte, drapée dans ce mensonge à la fois nécessaire et hideux.

Huit ans se sont écoulés. Et le temps a beau avoir fait son œuvre, estompé un peu sa souffrance, il n'empêche… Fennell a certes toujours été empreint de certitudes concernant chacune de ses actions ou de ses pensées, mais il ne devrait plus vouloir me récupérer.

Soudain, la porte de ma chambre s'ouvre à la volée, envoyant valser mes idées noires. Effet cent pour cent estampillé Line. Un vrai raz de marée prêt à vous submerger. Sans rien dire, elle saute sur le lit puis pose sa tempe sur mon épaule. Ses doigts se nouent aux miens avant que sa voix ne s'élève.

– Qu'est-ce qu'il a, le plafond ?

– Hein ?

– Bah, t'as les yeux rivés dessus. Du coup, je me demande ce qu'il a de si intéressant.

– Il est lisse. Sans imperfection. C'est… reposant.

– Chiant, pas reposant. Et toi comme moi, on déteste ça. De toute façon, on n'a pas le choix de ne pas aimer ça. On s'appelle Langford, après tout. L'éclatant, les aspérités sombres et profondes, on vit avec.

Je pivote mon visage vers celui malicieux de Line. Et lui souris. C'est presque instinctif lorsque je pose mon regard sur ma sœur. *L'éclatant*… Un mot qui lui sied à merveille.

– Je n'ai pas dit que j'aimais, juste que c'était reposant.

– Laisse-moi deviner : trop de bordel dans ta jolie petite tête depuis hier soir ?

Seul un long, très long soupir lui répond.

– Je comprends, Luc'…

Elle se retourne brusquement, les coudes enfoncés dans le matelas et son menton sur ses paumes croisées.

– Réponds-moi franchement : tu penses que tu serais encore avec lui si tu…

D'un geste de la main, je la défends de poursuivre, pas prête à l'entendre énoncer à haute voix ce que je ne cesse de ressasser.

– Je… Oui, je pense que oui.

Oui, j'en suis certaine. Toutes ces paroles qu'il m'a

murmurées à l'oreille pendant que nous faisions l'amour, celles qu'il a presque criées avec ferveur pour me retenir, ce sont les mêmes que mon cœur hurle en silence.

– Alors pourquoi tu ne te laisses pas aller ?

– Tu te fous de moi ? m'insurgé-je en assénant un taquet sur son front. T'as grillé le reste de tes neurones dans le Jacuzzi hier soir ? Tu sais très bien pourq…

– Merde, Luc' ! me coupe-t-elle en imitant mon précédent geste. Je viens de le dire : on n'a pas le choix de composer avec nos choix justement. Parfois, on est obligées de faire les mauvais. Et quoi après ? On doit s'empêcher de vivre parce qu'on est dans un monde pourri jusqu'au noyau ? Franchement, autant déjà se caler bien au chaud dans son cercueil en attendant la fin dans ce cas…

– Au-delà du fait que je n'ai plus aucun droit sur le cœur de Fen', si ce n'est celui de m'en éloigner le plus possible, est-ce que je dois te rappeler qui il est devenu ? Et s'il n'était pas revenu pour moi, hein ? Mais pour clouer sur cette croix qu'il appelle justice l'un de nos clients ? Tu y as pensé ?

– Parce que tu penses qu'en huit ans, il n'en a pas eu l'occasion ? Fennell n'a jamais eu besoin de toi pour provoquer ses scandales.

– Peut-être… Mais je ne peux pas me permettre de le laisser s'approcher davantage. Pour nous protéger, mais aussi le protéger, lui.

Soudain, Line se redresse puis bondit sur le sol.

– Tu as sacrifié ton cœur, petite sœur. Ton tribut, tu l'as déjà payé. L'autoflagellation n'a jamais sauvé personne, à ce que je sache. Bien au contraire. Alors autorise-toi une vraie parcelle de bonheur. Et si Fennell vient à apprendre ce que tu as fait, eh bien… on gérera.

Le paradis ne nous attend pas, Luc'. Autant tirer le meilleur de cette existence-ci.

Au même instant, des coups retentissent sur la porte, comme pour renforcer les paroles sombres de Line. Elle s'empresse d'ouvrir le panneau en bois et lâche dans un ricanement :

– Putain, ça relève carrément du mystique, là.

Puis, après un clin d'œil dans ma direction, elle s'évapore, laissant le champ libre à Fennell qui pénètre dans la pièce tranquillement avant de s'immobiliser en m'apercevant. Aussitôt, son corps entier semble basculer sur une fréquence différente. Ses muscles se relâchent, se détendent, conférant à sa démarche une lascivité féline. Les miens, au contraire, se raidissent, prêts à l'impact que ses mots ne manqueront pas de déclencher. Sans s'en cacher, il baisse son regard sur mes courbes. En sous-vêtements, je ne tente même pas de rabattre le drap sur moi. Ce serait inutile. Même une couche de métal trempé ne serait pas une barrière suffisante pour me prémunir du désir qui coule aussitôt sur ma peau.

– T'as dormi ici ?

– Bonjour à toi aussi, ma poupée, raille-t-il en s'asseyant à son tour sur le lit.

Abasourdie, je l'observe prendre ses aises, s'allonger, le dos bien calé contre mes oreillers.

– J'ai réintégré mes quartiers chez les Langford, m'explique-t-il alors.

Ses quartiers étant la chambre d'amis qui lui servait de point de chute lors de soirées trop alcoolisées. Autant dire que le matelas doit encore avoir la forme de son cul imprimée. Sous mes yeux ronds, il extirpe un paquet de cigarettes et un briquet de sa poche arrière, puis en allume une sans cesser de me fixer.

J'hallucine. Il n'y a que Fennell O'Brien pour débarquer avec autant de désinvolture dans votre vie… Et ce, bien que vous ayez réduit son cœur en cendres.

– Depuis quand tu fumes ?

– Depuis que j'ai dû remplacer une addiction par une autre.

– Va te falloir plus que du tabac pour compenser toutes tes addictions.

– Ma poupée, si j'avais dû compenser l'absence de ma plus grosse addiction ces dernières années, j'aurais déjà crevé d'overdose.

Un spasme brutal me tord le ventre. Déstabilisée par ses paroles, je m'arrache à son regard et retrouve la contemplation de mon plafond.

– Tu voulais savoir si je te déteste, lâche-t-il alors d'une voix rauque.

Bordel, j'avais oublié à quel point il pouvait être sans pitié.

– Eh ouais, une part de moi te déteste, Luc'. C'est sûrement pour ça d'ailleurs…

Piquée, je pivote mon visage vers lui. Son regard d'ordinaire si chaud se mue en deux pierres d'ambre tranchantes.

– Sûrement pour ça que… quoi ?

Lentement, il se redresse, pose un genou sur le matelas, dévorant l'espace entre nous. Sa clope coincée entre les doigts, il attrape sèchement ma mâchoire et me force à approcher mon visage du sien.

– Que je te veux aussi violemment, répond-il, ses lèvres effleurant les miennes. S'il n'y avait qu'un simple lien lisse et sans imperfection entre nous, ce ne serait pas si fort. Si obsédant.

Un frisson glacial serpente le long de ma colonne

vertébrale quand je l'entends reprendre les mots exacts que j'ai adressés à Line.

– Tu me veux uniquement car je t'ai rejeté, déglutis-je. Ce n'est qu'un bon vieil instinct de chasseur.

Un ricanement s'évade de sa gorge. Comme hypnotisés, ses yeux délaissent les miens pour observer son pouce étirant ma lèvre inférieure puis venant griffer doucement mon cou.

– Lucy, c'est toi qui es venue à moi cette nuit-là. Tu penses vraiment que j'ai cru à toutes les conneries que tu m'as débitées ? Je sais qu'il y a plus. Et une fois que je saurai le fin mot de cette histoire, je trouverai le moyen d'enfin obtenir ce que je veux.

Son nez plonge dans mon cou, inspire profondément, foutant la révolution dans mes veines. Puis, un sourire étrangement doux sur ses lèvres, il se relève.

– Et ce que je veux, c'est toi… Au cas où tu te demandais. Je te l'ai dit : je t'aurai, mon cœur. Je n'autoriserai plus que quoi que ce soit se mette entre nous.

– Et si *je* me mets entre nous, Fen' ?

– Mais fais, ma poupée. La victoire n'en sera que plus délectable.

Sans un mot de plus, lui aussi disparaît par la porte, mais pas assez loin. Ce ne sera jamais assez loin de toute façon. S'il persiste, lui et moi finirons effectivement par nous retrouver, mais… dans les larmes et le chaos.

5

Lucy

Lorsque, enfin, je sors de ma chambre, j'en suis encore à tenter de soumettre la révolution battant dans mes veines, la brûlure de *son* contact toujours sur ma peau. L'escalier dévalé à toute vitesse, j'ai à peine descendu la dernière marche qu'une voix chaleureuse et douce me cueille.

– Un peu plus et je venais prendre ton pouls afin de m'assurer que tu étais bien vivante.

– Maman ! m'exclamé-je. Vous êtes déjà là ?

– Déjà ? Il est presque midi, ma chérie, raille-t-elle. Remarque, ça me rappelle des souvenirs, lorsque vous étiez plus jeunes, ta sœur et toi.

Laura Langford *a.k.a.* maman ou *a.k.a.* mais-bordel-laisse-moi-vivre, ça dépend des jours, m'enlace après m'avoir embrassé tendrement la tempe. Que j'aie 26 ans et ma sœur 28 ne l'a jamais dissuadée dans son rôle de maman poule. Et que nous vivions encore dans l'immense demeure familiale n'aide pas non plus, il faut dire. Ce qui l'arrange autant que cela convient à notre père. Si l'un peut nous couver, l'autre peut exercer encore plus de contrôle.

Ses longs cheveux roux chatouillent mon visage au moment où elle m'attire dans une tendre étreinte.

– Et papa ?

– Enfermé dans son bureau, déjà dans les bras de sa maîtresse, répond-elle d'une voix égale.

Trop égale pour ne pas puer la lassitude. Ou juste le fait d'avoir rendu les armes… Ma mère aime qualifier de « maîtresse » Langford Consulting. Voilà pourquoi je refuse d'accorder à un homme plus qu'une nuit, du moins, un homme qui ne soit pas… *lui*. Pourquoi j'aspire à bâtir ma vie hors d'une quelconque autre influence masculine. Celle de Calum suffit amplement. Qu'on se le dise, j'aime, j'adore ma mère. Contrairement à beaucoup – trop, même – d'exemples dans le voisinage, son instinct maternel n'est pas inversement proportionnel au montant indiqué sur son compte en banque. Et ce, bien qu'elle ait abandonné sa carrière de mannequin pour nous élever, ma sœur et moi. J'ai grandi entourée de ses bras jusqu'à ce qu'elle m'estime assez forte pour me laisser voler de mes propres ailes. À mes yeux, elle incarne la mère parfaite. Cependant, une tache vient obscurcir ce tableau idyllique. Minime selon ses dires, mais juste énorme pour moi : son mariage. Mariée très tôt à mon père, elle a été aveuglée par son côté *homme d'affaires fortuné, jeune et beau*. Je soupçonne d'ailleurs ce dernier de l'avoir épousée uniquement dans le but de posséder un magnifique trophée à présenter à son bras. L'un comme l'autre ne comptent plus leurs amants… Et s'en cachent peu, d'ailleurs. Si ce dernier point ne me touche pas le moins du monde – après tout, si Laura y trouve un réconfort, pourquoi pas –, hors de question d'emprunter le même chemin. Or, le seul homme capable de ne pas m'étouffer, je l'ai éjecté de ma vie. Et c'est depuis que… j'étouffe.

– Rosalind t'a préparé une collation près de la piscine. Enfin, si ta sœur n'a pas déjà tout dévoré.

– Pas faim. Je vais plutôt faire le pruneau séché sur un transat. Et profiter de mon dernier jour off avant la reprise.

– 26 ans et déjà plus capable d'assumer un lendemain de fête, se moque-t-elle. Au fait, j'ai vu Fennell sortir de la maison tout à l'heure.

Barricadant un soupir derrière mes lèvres, je les étire en un sourire feint.

– Normal, non ? Lui aussi faisait partie de notre promo.

Je m'empresse de m'échapper, et tant pis si ma fuite n'est pas subtile du tout. Je connais ma mère. Et surtout, elle me connaît. Aussi, il est préférable que je me…

– Lucy ?

Trop tard…

Je pivote vers elle, sentant déjà que je suis, de toute façon, foutue.

– Tu ne m'as jamais dit ce qu'il s'était passé entre vous ?

– Qu'est-ce qui te fait penser qu'il s'est passé quelque chose ?

– Bah, pendant des années, j'ai eu l'impression d'avoir un troisième enfant tellement Fen' passait du temps ici. Puis du jour au lendemain, il a disparu de la circulation.

– Maman… Je te rappelle qu'après le lycée, nous n'étions pas dans la même université. La distance, tu sais ce que…

– Lucy, m'interrompt-elle alors. Arrête de prendre ta mère pour une idiote, tu veux ?

Ses yeux, du même vert que le mien, se plissent pour mieux me cerner. Mon père n'est pas le seul à nous avoir transmis le gène de l'obstination, Laura n'est pas en reste. Et je sais que là, elle ne me lâchera pas. Aussi, j'avoue une semi-vérité, histoire de l'amadouer et d'éloigner son radar maternel.

– Disons que… nous avons outrepassé la seule limite que des meilleurs amis ne devaient pas franchir…

L'expression de son visage s'adoucit aussitôt, s'habillant de tendresse et de chaleur.

– Oh, ma chérie, je suis désolée, dit-elle en s'approchant pour embrasser mon front. Tu sais, lorsqu'on se connaît depuis aussi longtemps que vous deux, c'est normal que parfois les frontières se brouillent.

Je ne les ai pas brouillées, je les ai plutôt pulvérisées.

– Ce n'est rien, maman. Ça fait huit ans maintenant. Je m'en suis remise.

– Toi, peut-être, mais… lui ?

Les yeux au ciel, je réplique :

– T'es pas censée me soutenir, me remonter le moral plutôt que de tenter de me faire culpabiliser ?

Un léger rire cristallin s'échappe de ses lèvres. Le rire qu'elle réserve aux moments « Tu es encore trop jeune pour comprendre, ma fille ».

– Je te soutiendrai toujours, Lucy. Mais c'est aussi mon rôle de t'enseigner l'empathie et surtout, de t'apprendre à assumer tes actes. Et peu importe que tu n'aies plus 18 ans.

Tout à coup, un timbre grave tranche l'atmosphère qui semble retomber lourdement sur nous.

– Mouais, de la faiblesse tout ça.

Nous nous tournons comme un seul homme en direction de Calum Langford qui, vêtu d'un costume anthracite, nous rejoint, son sempiternel sourire calculateur accroché aux lèvres. Les lignes à la fois fines et brutes de son visage, qui lui confèrent ce charme naturellement incisif dont il a plus qu'usé pour mener à bien ses « affaires », se détendent… un peu. Une fois à notre hauteur, lui aussi dépose un baiser sur le sommet de mon crâne.

– Bonjour, ma luciole, pas trop mal à la tête ?

– Salut p'pa, grommelé-je. Ça allait jusqu'à ce que maman joue les mères poules.

Cette dernière grimace en articulant un « traîtresse » en silence avec sa bouche. Avec une très grande maturité, je lui tire la langue puis arbore mon air le plus innocent possible.

– Plus personne ne se fait avoir, ma fille, se marre mon père, ses billes sombres braquées sur moi. Plus depuis que tu as tenté de me persuader qu'une cigogne était venue reprendre Line car elle s'était trompée dans l'adresse de livraison.

– J'avais 5 ans, papa…

– Peut-être, mais tu avais réussi à enfermer ta sœur dans la cave à vin.

– Quelle garce, quand j'y pense ! s'impose tout à coup une quatrième voix.

– Tu n'avais qu'à pas cramer les cheveux de ma poupée, réponds-je à Line qui vient de débarquer.

En maillot de bain, elle finit de nouer son paréo autour de sa taille puis s'apprête à répliquer lorsque Calum la devance.

– Tu tombes bien, Line. Je vous veux au siège cet après-midi. Toutes les deux. Fini de vous la couler douce, on a un gros poisson en sous-marin à attraper.

Autrement dit, un « client » veut nous embaucher, mais en toute discrétion. Le plus souvent, ce sont des personnages publics, des politiciens qui ont besoin de « conseils » flirtant avec l'illégalité afin d'arranger leurs petites affaires. Par exemple, étouffer un scandale, faire passer un pot-de-vin afin de placer un « ami » à un poste de pouvoir ou « faciliter » la construction d'un complexe hôtelier sans tenir compte des normes environnementales…

Je pourrais continuer des heures, à citer des malversations en tous genres. Notre monde en est infesté. Évidemment, ce sont les contrats préférés de notre père car, en plus de la somme exorbitante facturée, ils lui permettent surtout d'avoir encore plus de pouvoir sur des gens d'influence, étendant la sienne au passage d'une manière exponentielle.

– Je vous attends pour quatorze heures, assène-t-il en claquant sa langue, autoritaire, juste avant de repartir comme il est arrivé.

Notre paternel dans toute sa splendeur. Pas de préambule. Droit au but. Il ordonne, nous exécutons. Il dirige et nous devons, en tant qu'héritières, nous plier à ses exigences qui ont toutes un seul et unique dessein : faire prospérer cet empire qu'il est en train de bâtir.

Qui a dit que la vie de jeune riche se bornait à des fêtes alcoolisées et à se dorer la pilule près de la piscine entre deux virées shopping ? Pas nous, en tout cas…

6

Lucy

Devant le miroir des toilettes du château loué pour l'occasion, j'appose une dernière touche de rouge sur mes lèvres, avant de prendre le temps d'observer mon reflet. Une robe noire, courte, assez simple, souligne mes courbes sans dépasser les barrières de l'indécence. Mes longs cheveux roux cascadent jusque sur mes reins, retenus par un fil doré sur le sommet de ma tête. Une vraie poupée. *Pretty but savage*, comme dirait mon paternel. Calum Langford, contrairement à beaucoup d'hommes d'affaires qui auraient préféré un héritier mâle, était au comble du bonheur à la naissance de ses filles. Oh, mon père n'a rien d'un féministe. C'est un pragmatique, je dirais. Il prétend qu'aucune créature au monde n'est plus dangereuse qu'une femme. Et elle l'est uniquement à cause de la faiblesse du sexe opposé, trop captivé par une silhouette, selon ses dires. Un magnifique écrin pouvant cacher un bijou acéré et tranchant. Voilà ce qu'est une femme pour lui. Voilà qui il désire que nous soyons, Line et moi. Qui il nous a poussées à devenir. Ses parfaites héritières : belles, intelligentes, manipulatrices et déterminées.

Un soupir me vide les poumons. J'ignore pour quelle raison, mais je suis à vif. Enfin, non, si je suis honnête, je sais exactement pourquoi j'ai les nerfs à fleur de peau.

Fennell. Depuis une semaine maintenant, lors de cette réunion d'anciens élèves, je ne l'ai pas revu. Mais je sais… qu'il n'a pas disparu. Des années ont beau nous séparer, je le connais suffisamment pour savoir que la ténacité coule dans ses veines. Et je ne suis pas certaine de ce que je veux réellement : qu'il abandonne ou qu'il… me retrouve.

Lorsque je rejoins la grande salle de bal luxueuse où se déroule la réception, je me mélange au parterre d'âmes fortunées tout en conservant une certaine distance. Si mon père, présent également, s'impose, moi, je suis juste ici pour m'assurer que tout se passe sans accroc. Quelques semaines auparavant, un scandale a éclaboussé l'une des familles les plus notables de la ville. Le fils trentenaire ayant été surpris avec un ado de 16 ans en train de lui faire une fellation, ils ont décidé d'organiser – ou plutôt, nous avons décidé d'organiser – une vente aux enchères de certains de leurs biens précieux. L'argent sera ensuite reversé intégralement à une association s'occupant de réinsérer des jeunes en difficulté dans notre société, celle-là même les ayant recrachés… Bref, personne n'est dupe. Tout le monde sait parfaitement qu'ils essaient de se racheter une bonne conduite face aux autres, mais peu importe. Chacun y trouve son intérêt. Étaler son fric et son influence en déguisant ça sous cette bonne vieille excuse « pour la bonne cause », ou comment les riches tentent de passer pour ce qu'ils ne sont pas vraiment : concernés. Quant à moi, je tente de verrouiller toute mon amertume et mon dégoût derrière une parfaite conscience professionnelle. C'est ça ou… j'implose.

J'évolue, présente mais discrète, parmi les invités, me fonds dans ce rôle qui me colle à la peau quand, tandis que je suis en pleine conversation avec un homme d'une cinquantaine d'années, je le vois. Happée par son regard enflammé qui me harponne violemment, je perds contenance. Fennell, les mains dans les poches d'un costume sombre, toujours enveloppé de cette fausse nonchalance, me salue d'un sourire charmeur avant de s'arrêter à notre hauteur. Évidemment… Évidemment qu'il allait choisir le moment adéquat pour revenir envahir mon monde. Lentement, il se penche, se fige le temps d'une seconde. Sa bouche effleure la commissure de mes lèvres puis y dépose un léger baiser qui me vole un violent frisson. Ensuite, Fennell se relève, déployant sa carrure de façon encore plus imposante pour se retourner vers l'homme à mes côtés.

– Procureur White, le salue-t-il, trop doucereux pour ne pas puer la raillerie.

Merde.

D'un sourire affable, je m'excuse auprès de l'invité, prends congé et entraîne Fennell dans l'immense jardin, loin de toutes ces cibles potentielles.

Une fois dehors, je fais volte-face sur lui.

– Qu'est-ce que tu fous ici, Fen' ? feulé-je avec un peu trop de véhémence.

– Quoi ? Tu n'es toujours pas contente de me voir ? riposte-t-il d'un ton amusé.

– Ça n'a rien à voir et tu le sais parfaitement. Tu n'as juste rien à faire ici, parmi ces personnes que tu cherches à tout prix à discréditer !

– *Discréditer* ? Ma poupée… Je ne me focalise que sur les personnes avec quelque chose à se reprocher.

– Alors tu mourras d'épuisement. Nous avons tous quelque chose à nous reprocher sur cette Terre.

Comme il ne répond pas, je renchéris.

– Fut un temps où tu ne te dissimulais pas derrière ce

fichu masque désinvolte lorsque tu étais avec moi.

– Et fut un temps où tu descendais de ton fichu piédestal pour moi, rétorque-t-il d'une voix plus dure.

Piquée par ses mots, j'en oublie les miens. Là a toujours été mon point faible : lui. Sa capacité à me toucher comme personne. À ébranler des années d'éducation pour s'engouffrer sous la surface. Huit années ne sont que poussière face à cet homme. La gorge nouée, je baisse la tête, chose que je n'ai, je crois, jamais faite auparavant. Aussitôt, son index se glisse sous mon menton afin de m'obliger à sombrer dans la mer chaude de ses yeux.

– Je suis là pour toi, Lucy. Pour retrouver l'unique cœur au monde capable de ranimer le mien. Je sais ce qui se passe dans ta petite tête, dans ce cerveau surentraîné à tout peser, calculer et imaginer. Je me contrefous de qui sont tes clients, je ne cherche aucunement à les atteindre à travers toi. Tu penses que j'ignore que cette soirée n'est qu'un leurre afin de vous assurer le soutien du procureur White ? Procureur en charge de cette sombre histoire de détournement de mineur ?

Je déglutis, tente de conserver mon impassibilité, mais cela ne sert à rien. Tout simplement car j'ai toujours été incapable de feindre quoi que ce soit en sa présence. Et le temps écoulé ne semble avoir aucun poids là-dessus.

– Je m'en fous, ma poupée, insiste-t-il, en grondant presque. C'est toi et toi seule que je suis venu chercher.

Perdue, je m'abîme davantage au creux de ses prunelles. J'aimerais le croire. Y croire simplement, mais, même si ses paroles sont vraies, je ne peux pas céder. Lui céder. Me céder.

– Pourquoi avoir attendu autant de temps ? parviens-je à dire en dépit de la foule d'émotions qui me pourfend.

Son expression se froisse, chahutée par ses propres

émotions contradictoires. Quand, enfin, ses traits se lissent pour se parer autant de certitude que d'une certaine amertume, il lâche dans un souffle :

– Je t'ai vue. À ses funérailles.

Cette fois, je clos les paupières, refusant de me confronter à la douleur qui, je suis sûre, doit envahir son visage. Et qui ne manquera pas de se loger sous ma poitrine.

– Mon cœur… Regarde-moi. Tu me le dois bien, tu ne crois pas ?

Je grimace. Mais m'exécute.

– C'était ton père, Fen', réponds-je enfin. Je ne pouvais pas… ne pas lui dire au revoir.

Cela fait plusieurs mois à présent que Theodore O'Brien, ancien maire de notre ville et héritier d'une riche famille texane, est décédé des suites d'un cancer du foie. Il était surtout le seul parent encore vivant de Fennell, sa mère étant morte dans un accident de voiture lorsque son fils avait 7 ans. Maman et elle étaient amies, de très bonnes amies même, ce qui explique que Fen' et moi ayons quasiment grandi ensemble. Je me souviens encore de la colère qui s'était, à l'époque de sa disparition, emparée de Fennell. Colère qui s'était certes estompée au fil du temps, mais sans jamais réellement le quitter… Contrairement à ce qu'il montrait à tous. À tous sauf à moi. Alors non… Quand j'ai appris pour son père, je n'ai pas réussi à rester loin. J'ai assisté à son enterrement, au fond de l'église, sans jamais me faire voir de Fen'. Ou plutôt, c'est ce que je croyais…

– Quand je t'ai aperçue, j'ai cru crever une deuxième fois, Luc'. Avant que je comprenne… que cette souffrance sous ma peau était différente de celle qui m'avait envahi lorsque j'ai appris qu'il était mort. Elle était… plus vive. Ardente aussi. Comme si… je reprenais vie. Enfin.

Sa paume se couche tout à coup sur ma nuque, la serre avec force, pendant qu'il colle son front au mien, nos lèvres se frôlant au moment où il reprend :

– Je n'aurais jamais dû te laisser partir. Je… Tu m'as détruit, avoue-t-il d'un coup, sans détour. J'ai eu besoin de temps pour me reconstruire. Ou plutôt pour m'abîmer en pensant me réfugier dans le sexe, l'alcool et même la drogue. J'ai presque foutu en l'air ma première année à Yale avec mes conneries. Avant de remplacer une obsession par une autre. Je me suis jeté à corps perdu dans cette chasse à la justice, mais… putain, tu avais déjà raison à l'époque. Je ne suis qu'un affamé, Luc'.

Une boule acide naît dans ma poitrine, gonfle si douloureusement que même hurler à m'en rompre les cordes vocales ne me soulagerait pas. Ma souffrance de l'avoir perdu, je vis avec. Je la chéris presque car je la mérite. Mais la sienne est… intolérable. Parce que lui ne la mérite pas.

– J'ai mis du temps à comprendre, ajoute-t-il. Je n'ai cessé de ressasser cette nuit-là depuis l'enterrement. Il devait forcément y avoir plus que cette histoire d'amitié gâchée. Je te connais par cœur, Luc'. Tu n'es pas comme ta sœur. Le sexe pour le sexe n'a jamais été ton délire. Tu t'en es déjà servie pour manipuler, certes, mais ce soir-là, tu t'es juste… abandonnée. Même pour toi, c'est impossible de simuler une telle passion et une telle fièvre. Je t'ai ressentie, ma poupée. Si intensément… Jusque-là…

Sa paume se resserre en un poing avant de se positionner à la naissance de mes seins. Puis, alors qu'il la descend au niveau de mon ventre, sa bouche s'ourle d'un sourire rusé et charmeur.

– Et là aussi, achève-t-il.

Malgré moi, mes lèvres s'étirent également, répondent aux siennes qui me couvrent de chaleur. Cette chaleur qui m'a tant manqué et dont l'absence a laissé un voile glacé immortel à la surface de ma peau. J'ai envie de… de la sentir à nouveau, la « ressentir » comme vient de très justement le dire Fennell. Néanmoins, tant pis si mon corps finit totalement gelé. J'en crèverai peut-être, mais j'aurai sauvé une partie de son cœur. Je refuse de le blesser davantage.

Aussi, en douceur, je glisse mes doigts dans la légère repousse de sa barbe, les laissant courir plus que nécessaire sur sa joue.

– Fen', je… je regrette, mais il n'y a rien de plus. Tu te crées des raisons afin de justifier le fait que je t'ai repoussé, mais… je t'ai déjà tout dit ce soir-là. Je t'aime, oui, mais jamais comme…

Tout à coup, une grimace enragée explose sur son visage. La seconde suivante, sa main bande ma bouche, son pouce s'enfonçant dans ma pommette.

– Ne termine pas cette phrase, siffle-t-il. Aie au moins le respect de ne pas me mentir. Moi aussi, je te l'ai dit : je te veux et je t'aurai. Je sais ce qui hante ton cœur, la moindre de tes cellules… Je le sais car *tu* me hantes aussi, ma poupée. Mais je ne veux plus être hanté… Ce que je désire à m'en brûler les sens est que tu prennes enfin toute la place.

J'ai la sensation de me décomposer. Non, pire, de me briser à ses paroles. Toute cette souffrance étouffée pendant des années remonte d'un coup, lacérant ma poitrine de toutes parts. La douleur est si vive qu'elle m'aveugle un court laps de temps. Avant que je parvienne, comme toujours, à la ravaler, l'enfouir entre mes côtes où est sa place.

Un ricanement lourd d'amertume franchit ses lèvres en même temps qu'il me relâche. Ses bras retombent contre ses cuisses tandis qu'il se redresse jusqu'à me surplomber.

– Tu es si belle, ma poupée. Si… parfaite.

Ce dernier mot, il semble le vomir tant sa mâchoire se contracte durement.

– Mais je sais qui tu es, Lucy. Et tu n'es pas *leur* poupée, celle que tu affiches à tous ces autres. Mais surtout… tu es mienne.

Une dernière fois, Fennell se penche, respire mon cou à pleins poumons, déclenchant un séisme sans nom sous ma chair. Puis, un sourire éthéré flottant sur ses lèvres, il se retourne et disparaît, me laissant pantelante, déchirée et totalement perdue.

Heureusement pour moi, lorsque, marchant tel un automate, je reviens à l'intérieur, une silhouette que je connais apparaît devant moi, dans un couloir à la moquette pourpre. Me recomposant un visage *parfait*, je déploie un masque aussi tranchant qu'effroyablement doux.

– Monsieur le procureur White, interpellé-je l'intéressé. Vous tombez bien. Vous et moi devons nous entretenir…

7

Lucy

Fatiguée, usée surtout, je retire mes chaussures et marche pieds nus dans le couloir du château à présent désert. La moquette épaisse étouffe le bruit de mes pas à mesure que j'avance afin de regagner l'escalier menant à la sortie. Cette soirée/comédie est enfin terminée. Évidemment, hormis le personnel s'affairant dans les cuisines pour tout ranger, je suis la dernière sur les lieux. Je n'aime pas ce moment, celui où mes pensées s'acharnent dans le silence. Ces pensées qui me forcent à trop réfléchir à mes actes, à… mes manipulations. À mon humanité qui, si je ne fais rien, finira par m'abandonner définitivement.

J'en ai assez… Plus que marre de… tout, en fait.

Lasse, je relâche totalement mes cheveux, passe mes doigts dedans et tente de délasser ma nuque nouée quand, devant mes yeux ronds, apparaît soudain Fennell.

Que… C'est une putain de blague ?

Tranquillement, il referme la porte de la pièce où il se trouvait puis déploie un sourire à la fois radieux et rusé lorsque son regard tombe sur moi.

– Tu donnes dans le harcèlement, maintenant ? ne puis-je m'empêcher de dire. T'avoueras que ça ne colle pas trop avec le côté journaliste justicier.

– Qui te dit que je suis encore là pour toi, mon cœur ?

En réalité, je te croyais déjà partie, mais j'aurais dû me douter que ce n'était pas le cas. Ma poupée professionnelle jusqu'au bout des ongles.

Son ton moqueur m'arrache un grognement contrarié que je n'essaie même pas de cacher. C'est alors que je note que le haut de sa chemise est déboutonné tandis que sa veste est négligemment jetée sur son épaule. Quant à ses cheveux, un bordel sans nom y règne. Malgré moi, un vent de colère s'engouffre entre mes côtes et… ça non plus, je ne le cache pas.

– J'hallucine, tu es venu sur mon lieu de travail pour te trouver un corps à baiser ? sifflé-je. Finalement, tu retrouves vite tes habitudes dans ce monde que tu détestes tant, hein ?

Son sourire s'agrandit davantage. Ses incisives se plantent dans sa lèvre inférieure pendant qu'il se rapproche jusqu'à ce que nos corps s'effleurent.

– Jalouse ? s'amuse-t-il.

– Je n'ai jamais été jalouse, Fennell.

– Tu mens très mal ce soir, Lucy. Fais au moins un effort pour être convaincante.

Il a raison, je ne fais aucun effort. Tout simplement car je suis lasse, crevée, épuisée. Et parce que cette scène, celle où je le retrouvais juste après l'un de ses coups d'un soir, je l'ai trop vécue. Trop endurée. Et là, tout remonte d'un coup. Un coup presque fatal pour mon cœur.

– Et ça change quoi si je te réponds oui ?

– Hum… d'un côté, ça ne change rien parce que je sais parfaitement que tu es jalouse. Mais d'un autre, ça change tout. Car ça veut dire que je retrouve un peu de *ma* poupée.

Sur ce dernier mot, il lève sa main pour venir caresser du bout des doigts mon cou. À ce simple contact, une horde de frissons se propage sur ma peau, intensifiant encore plus le sourire de Fennell. Et m'enflammant juste assez pour brûler ces barrières que j'ai érigées avec le temps.

– Ai-je seulement un jour été vraiment tienne, Fen' ?

Ses lèvres, cette fois, se figent en un rictus furieux. Néanmoins, Fennell redevient vite Fennell. Provocateur, indécent. Sa main chute alors sur mon ventre, s'ouvre puis se referme en chiffonnant ma robe entre ses doigts.

– Chaque putain de seconde, ma poupée. Regarde-toi. Tu vibres. Tu irradies. Cet éclat dans tes yeux, ce truc en plus qui te rend si vivante… Tout ça, tu le ressens uniquement sous mes doigts.

Je relève le visage sur le sien. Puis j'extirpe les pans de sa chemise de son pantalon pour infiltrer ma paume dessous. Aussitôt son abdomen se contracte. À l'instar de sa main qui se resserre encore plus contre moi.

– Et toi ? Tu ressens quoi ? dis-je dans un murmure.

Vif, il cadenasse ma mâchoire entre ses doigts puis m'accule contre le mur. Ses lèvres près de mon oreille, il chuchote :

– L'envie de tout cramer.

Sa jambe s'intercale alors entre mes cuisses et, lentement, remonte pour se presser contre mon intimité. Je ne l'en empêche pas. Au contraire, je l'attire davantage en agrippant sa ceinture.

– L'envie de reprendre ma place en toi, renchérit-il. Et… te prendre, toi. Ici, maintenant.

Son genou frotte ensuite mon sexe. Réveille ce « truc », cette sensation jamais éprouvée si ce n'est cette nuit-là avec lui.

– L'envie de soumettre ton corps. Le laisser reprendre son pouvoir sur le mien. Te baiser, Lucy. À en faire imploser chacune de mes cellules.

Ne tenant plus, j'abats mes mains sur ses reins, me colle à son torse tout en m'appuyant sur sa jambe. Sans une once de pudeur, j'ondule du bassin, réclame ce plaisir qu'il me vend à travers ses paroles. Ma raison n'est plus. Et franchement ? À cet instant, je m'en contrefous. Seul compte mon instinct. Tout est tellement plus facile, plus léger quand je le laisse aux commandes. Je sais que demain, je regretterai ce moment de perdition, mais demain est encore tellement loin…

Haletant, Fennell accentue sa prise sur mon visage, approche sa bouche entrouverte de la mienne comme s'il voulait aspirer chacun de mes souffles. L'arrière de ma tête choit contre le mur tandis que je continue mes allers-retours contre sa jambe.

Soudain, sa main libre retrousse ma robe sur mes hanches puis, sans plus attendre, s'insinue dans mon dessous. Ses phalanges trouvent aussitôt mon clitoris, le pressent puis s'y figent.

– L'envie de te faire gémir, crier de plaisir juste pour que tous t'entendent. Et, surtout, pour qu'ils sachent tous. Qui est vraiment ma poupée. Qui tu es vraiment, Lucy, à mille lieues de cette femme au vernis parfait. Si… passionnée, enflammée. Si belle et si indécente.

En réponse, et comme si mon corps voulait lui donner raison, un gémissement s'échappe de ma gorge quand, doucement, il me pénètre de son index et son majeur. C'est… à la fois trop et trop peu.

– Montre-moi, mon cœur, susurre-t-il, nos respirations se mélangeant. Montre-moi à quel point tu l'es : belle et indécente.

À nouveau, j'ondule. Contre lui. Sur lui. Me surélève légèrement pour mieux me laisser retomber sur sa main. Happer ses doigts de mon sexe. Encore. Encore et encore.

Le plaisir qui inonde mon ventre enfle, gronde, cherche à me submerger et me noyer. Et, bordel, je le veux. Qu'il me noie. Qu'il fasse tout voler en éclats. Me fasse voler en éclats.

– Putain, Lucy…

Tout à coup, Fennell me relâche puis s'agenouille devant moi. Il attrape l'un de mes mollets, le cale sur son épaule puis enfouit sa tête entre mes cuisses. Me respire profondément. Sa langue vient ensuite tracer un chemin humide et ô combien frustrant le long de mon aine. Puis l'autre. Avant de glisser entre mes chairs pour… soudain se retirer.

Décontenancée, j'observe, muette, Fennell se remettre debout. Puis s'éloigner de quelques pas. Son putain de sourire insolent incrusté sur son visage, il penche la tête sur le côté, me couve d'un regard brûlant.

– Tellement parfaite pour moi, déclare-t-il d'un ton énigmatique.

– Qu'est-ce que tu fous ? pesté-je alors que je comprends qu'il compte m'abandonner ainsi, aux portes de l'orgasme.

– Tu vois, ce que tu ressens là, cette douleur, mélange de frustration, de plaisir et d'envie… C'est ce qui me pourrit le bide depuis huit ans. Bienvenue dans mon monde, ma poupée.

Sur ce, il tourne les talons. S'évanouit. Et ma réalité m'aspire aussitôt entre ses griffes.

8

Lucy

– La plainte a été retirée, me lance Line en débarquant dans mon bureau sans même toquer à la porte pour s'annoncer.

– Hein ?

Perturbée, je redresse mon nez de mon portable et suspends mon regard au sien.

– Le détournement de mineur. Il s'avère que le procureur White s'est montré très persuasif auprès de la mère du jeune.

– Mathis, le jeune s'appelle Mathis, réponds-je par réflexe.

– Peut-être, on s'en fout, soupire-t-elle après s'être affalée dans l'un des fauteuils club près de la baie vitrée.

– Il est bien là le problème, on ne devrait pas s'en foutre…

D'un mouvement de tête, je tente de délasser mes cervicales avant de me lever afin de la rejoindre.

Dans ces moments-là, je me hais. Faire chanter White pour qu'il pousse Mathis à retirer sa plainte me collera à la peau jusqu'à la fin de mes jours. Seulement, contrevenir aux ordres de Calum est impossible. Je le sais pour l'avoir tenté des années auparavant… Voilà pourquoi je me tiens docile dans ma prison qui n'a rien de doré : mon existence n'est pas la seule en jeu.

– Nous sommes obligées de nous en foutre, Luc'. Nous ne pouvons pas vraiment nous payer le luxe de nous impliquer émotionnellement.

Je prends place dans le siège face à elle, soupire une deuxième fois. Ce qui n'échappe évidemment pas à l'attention de ma sœur qui me fixe en plissant les paupières.

– Qu'est-ce que tu as ? Tu as l'air aussi blasée qu'une prostituée en fin de carrière qui débattrait sur la nature humaine.

Je grimace, lève les yeux au ciel. Et me contente de glisser sous son nez l'écran de mon téléphone pour toute réponse.

[Ma poupée, tellement hâte
de te voir ce soir.]

Ses yeux s'arriment de nouveau aux miens.

– Vous avez rendez-vous ? Et tu ne me dis rien ? Sœur indigne.

– Non, il est là le problème. Je n'ai en aucun cas prévu de le rejoindre Dieu sait où. Il s'est juste… contenté de m'envoyer ce message. J'ignore même comment il a eu mon numéro.

Un flash de ce qu'il s'est déroulé dans ce maudit couloir me revient avec la force d'un boomerang ayant trop traîné à revenir à son point de départ. Voilà pourquoi je ne peux me permettre de trop le laisser approcher. Mon instinct réclame trop de pouvoir dès que Fennell me touche. Et donner du pouvoir à mon instinct revient à l'offrir à Fennell sur un plateau d'argent.

Non, en effet, je ne peux me le permettre.

– Que comptes-tu faire du coup ?

– À part m'enfermer à double tour dans la maison, tu veux dire ?

– Luc', les problèmes ne se règlent pas en les fuyant, on le sait mieux que personne. Mais je parle de Fennell, pas de ce soir.

– Le rejeter, affirmé-je, lapidaire.

Ses cheveux roux retombent sur son épaule lorsque Line penche son visage sur le côté, un voile doux couvrant ses traits.

– Mais ce n'est pas ce que tu veux, me contredit-elle d'un timbre chaleureux.

– Ce que je veux ? On s'en fout de ce que je veux. Je ne dois pas m'impliquer émotionnellement, comme tu l'as si justement précisé.

– Je faisais allusion à un inconnu, Luc'. Pas au seul homme qui a su toucher ton cœur.

Ignorant la douleur qui perfore ma poitrine à ces mots, je m'incline légèrement vers elle.

– Ai-je le choix, Line ? Fennell ne peut plus faire partie de ma vie pour tellement de raisons que… qu'il a dû être placé à nouveau sur ma route par un karma particulièrement sadique. La principale étant que je suis trop vulnérable en sa présence.

– Petite sœur…

Sans cesser de me ferrer de ses prunelles noisette, elle se remet debout, me gratifie d'un sourire tendre puis me tue de ses paroles.

– La vulnérabilité, on en a tous besoin. Elle permet de nous rattacher à la réalité. Il faut juste savoir à qui la confier. Sinon… on finit par se sentir tout-puissant, se prendre pour un dieu. Ou pire, on finit par devenir comme papa.

***

Lorsque je pénètre dans le grand hall de la demeure familiale, je me sens… usée. J'ai la sensation qu'une chape de plomb me leste les épaules d'un coup. Et je n'ai même pas le temps de reprendre ma respiration que la voix de Laura me parvient depuis le salon d'été.

– Lucy, ma chérie, c'est toi ? Viens ! J'ai… une surprise pour ma fille adorée !

Sauf que je ne m'exécute pas. Au contraire, je me pétrifie malgré mon cœur qui effectue une embardée si puissante qu'il manque de jaillir hors de ma cage thoracique. Parce que je sais… Pas besoin d'être devin pour prédire ce qu'est, ou plutôt qui est cette surprise. Encore moins après ce message énigmatique qu'il m'a envoyé. Quand je disais « envahir mon monde »… Quoique, Fennell a toujours été là, dans chaque recoin de mon existence, en dépit de ma volonté à l'en chasser.

– Lucy ? insiste ma mère.

Une fois encore, je ne réponds pas. M'autorise le temps de quelques battements déchaînés dans ma poitrine pour me recentrer et tenter de camoufler mon trouble. Seulement, ensuite, je relève le menton et les rejoins. Comme je m'y attendais, maman est en compagnie de Fennell. J'ai à peine mis un pied sous la véranda décorée à l'anglaise que son regard fuse vers le mien. Beau à m'en faire crever, il déplie sa silhouette habillée d'un simple jean avec un tee-shirt sombre, en contraste parfait avec mon large pantalon immaculé et sa veste assortie.

– Surprise, dit-il, un rictus rusé ourlant ses lèvres.

– Une surprise, on ne la sent pas venir, normalement, non ? répliqué-je sur le même ton.

– Sauf que tu m'as toujours ressenti, ma poupée, n'est-ce pas ?

Je déglutis, agacée et clairement mal à l'aise qu'il se permette autant de liberté devant maman. Celle-ci, d'ailleurs, se racle la gorge, lisse sa robe cintrée d'un bleu profond puis se lève à son tour.

– Fennell est passé te voir. Comme tu n'étais pas là, je lui ai proposé de rester dîner, me renseigne-t-elle alors.

Je lui décoche un regard lourd de reproches avant de le reporter sur Fennell. Je ne comprends pas… Qu'est-ce qu'il fiche ici ? Il me connaît assez pour savoir que je ne me laisserai jamais aller en présence de mes parents pourtant.

– Je pensais que ça te ferait plaisir, ma puce, se justifie maman face à ma réaction.

Moui…

Quant à ma mère, je suis sûre qu'elle a sauté sur l'occasion, espérant que sa fille réintègre dans sa vie l'unique personne qui, à l'époque, la rendait heureuse. Avant que cette même personne ne devienne l'un de ses pires châtiments.

Bref, tout le monde manipule tout le monde. Rien de nouveau sous le soleil de Hope Springs.

– Maman, l'interpellé-je en posant une main sur son bras pour l'amadouer, tu peux nous laisser un instant, s'il te plaît ?

– Euh… si tu veux, oui.

Néanmoins, elle n'effectue pas un seul mouvement de retrait. Au contraire, elle se statufie, son instinct maternel soudain aux aguets. Et Dieu sait que je n'en ai pas besoin en ce moment.

– Tout va bien, Lucy ? Tu me le dirais si…

– Tout va parfaitement bien, maman. Je t'assure. J'ai juste besoin de parler avec Fennell deux minutes, OK ?

Ce dernier ne moufte pas. N'essaie même pas d'abonder dans mon sens afin de l'apaiser. Du Fennell tout craché, en somme.

– Bien, comme tu voudras. Je… Je vais voir avec Rosalind ce que nous pouvons servir à dîner. Je ne suis pas loin.

Un ricanement s'arrache de la gorge de Fen'.

– Lucy ne risque rien avec moi, Laura.

Putain que si… Je risque bien plus que ma peau…

Un sourire que j'espère rassurant aux lèvres, j'attends que maman s'évanouisse de l'autre côté avant de me retourner sur Fennell qui, les mains dans ses poches, m'observe d'un regard transpirant… l'outrage, tout simplement. La sensation que des flammes dansent à la surface de ma peau pour mieux s'y enlacer me coupe le souffle. Toutefois, je ne m'y arrête pas.

– Et si tu tentais autre chose que la provocation pour une fois, Fen'? Je t'ai vu faire tellement de fois que je suis immunisée, tu devrais le savoir pourtant…

– Provocation? raille-t-il. Oh, mon cœur… Tu veux de la provoc'?

Tout à coup, sans que je m'y attende, ses paumes se referment brusquement sur mes hanches pour me rabattre d'un geste sec contre lui.

– Si tu savais comme j'ai envie de provoquer ta bouche: tes lèvres, ta langue, Luc'…

Le visage penché, il respire mes cheveux avant de le rejeter en arrière et de murmurer d'un timbre rauque:

– Non… Ce que je veux, c'est te baiser. Contre chaque putain de mur de cette baraque. Qu'enfin, tu admettes…

Sa tête se remet à la verticale, ses yeux couleur whisky me fauchant.

– … que tu es mienne.

Plus que des flammes, c'est carrément une prison de métal en fusion qui retient mon corps. Mais si mes cellules exigent de lui céder, mon cœur, lui… se délite, ne supportant plus cette lutte qu'il mène depuis huit ans. Se battre est facile lorsque son principal adversaire n'est pas juste devant vous, à vous soumettre à un désir brûlant, à une horde de sentiments d'une violence si… pure.

– Ça n'arrivera pas, Fennell, susurré-je presque, mes ongles griffant ses abdominaux à travers son tee-shirt. Que ce soit « me baiser » ou… déterrer un souvenir qui n'existe que dans ta tête.

– Bien sûr que ça arrivera. Ton ventre me réclame, Lucy. Et je ne suis pas le seul à être affamé. Cela dit…

Si vite qu'un vertige se loge entre mes tempes, il me relâche puis s'éloigne d'un pas, tapissant ma chair de ce fichu manteau glacé.

– Je te laisse le choix, ma poupée. Soit je reste ici, dîne auprès de ton père sans lui cacher la réelle raison de ma venue ici, à savoir toi, l'une de ses filles adorées. Soit tu… passes la nuit avec moi.

– Après la provoc', le chantage ? Un pas de plus et tu passes la barrière de ce que tu cherches tant à dénoncer.

– Tu sais ce qu'on dit… Pour vaincre les ombres, il faut en devenir une également, encore plus noire que les autres.

Les commissures de ses lèvres se rehaussent pour me dévoiler son sempiternel sourire à mi-chemin entre indécence et chaleur. Noir ? Impossible tant cet homme est composé de nuances si éclatantes, presque contradictoires tant elles s'opposent, parfois.

– Alors ? Tu décides quoi, Luc' ?

9

Lucy

L'influence. Cette dernière a rythmé une grande partie de ma vie. L'étendre. L'accroître. L'épaissir. Déployer ses tentacules sur autant de personnes possibles quitte à les asphyxier : voilà ce que mon père n'a cessé de nous enseigner.

Et puis, débarque la seule personne qui vous prouve que tout ceci n'est que du vent. Parce que cette influence, elle vous la vole, vous en dépossède au point que même maîtriser votre propre corps devient impossible.

Depuis le siège passager de la voiture de Fennell, j'observe son profil qui se fend alors d'un sourire sauvage.

– Tu n'as jamais eu la victoire modeste, raillé-je.

– Victoire ? User de chantage pour que tu acceptes de venir avec moi n'est pas vraiment une victoire en soi.

– Au moins, tu es lucide.

Son sourire s'élargit tandis que sa langue glisse entre ses lèvres sans que je puisse m'en détacher.

– Cela dit, ça ne m'empêchera pas d'en profiter pleinement, renchérit-il.

– Parce que tu es un affamé, affirmé-je.

– Et si…

Un spasme noue mon abdomen, le nourrissant d'une boule de feu au moment où l'une de ses mains délaisse le volant pour voler au-dessus de mes jambes, effleurer d'une caresse aérienne mes cuisses avant de néanmoins regagner son point de départ.

– Et si tu arrêtais d'être sur la défensive ? achève-t-il dans un soupir contrarié.

– Tu me demandes l'impossible, Fen', réponds-je en me rencognant contre la portière. Tu es devenu trop… dangereux.

Un sourcil arqué, il reporte un bref regard grave dans ma direction qui me bouscule bien plus que lorsqu'il use de paroles indécentes.

– Tu es prête à faire passer tes précieux clients avant ton bien-être ?

– Je ne parle pas de mes clients.

Son visage de nouveau braqué sur l'asphalte du centre-ville, que nous avalons beaucoup trop vite, se ferme. Les jointures de ses paumes prennent une teinte fantomatique tellement il les contracte autour du volant.

– Comment tu peux croire un instant que je cherche à te blesser ? articule-t-il froidement.

– Je t'ai rejeté.

– Tu as eu peur. J'ignore pourquoi, mais je te connais. Tu as eu peur, Lucy.

– Peut-être.

Je ne tente même plus de brandir notre amitié qui a volé en éclats comme excuse. Ce serait inutile. Fennell n'est plus le lycéen à qui j'ai pu mentir en profitant d'un moment de faiblesse. Une chose est certaine : il est tout sauf faible. Je n'ai qu'à voir cette assurance à fleur de peau, cette aura encore plus magnétique qu'avant, presque agressive, pour m'en rendre compte. Si j'avais peur ce soir-là, en cet instant, je suis terrifiée. Terrifiée de l'entraîner au cœur d'une tornade qui finira par l'engloutir pour le recracher en morceaux.

– Mais huit ans, c'est long, Fennell, reprends-je. Je ne suis plus la Lucy d'avant, celle que tu connaissais si bien.

– Pour une fois, je suis d'accord. Huit ans, c'est long. Assez pour aspirer toute vie de ton corps. Regarde-toi, mon cœur. Tu sembles… morte. Tu es aussi glaciale qu'un putain de cadavre.

Le souffle coupé, je passe mon bras en travers de mon ventre, avec la sensation qu'une lame de givre s'enfonce sournoisement entre mes côtes. Qu'elle cherche à me… transformer en cadavre, justement.

Sans pitié, Fennell poursuit.

– Ce n'est pas toi. Ce n'est pas cette gamine qui riait aux éclats lorsqu'elle s'amusait à coiffer mes cheveux bouclés de petit garçon. Ce n'est pas cette ado qui adorait me traîner dans toutes les fêtes juste pour le plaisir de danser, de profiter d'instants avec ses amis. Ce n'est pas cette jeune femme libre qui s'était enfin donnée à moi car elle l'avait choisi.

– Je n'ai jamais été libre, répliqué-je entre mes lèvres pincées.

– Si… Avec moi, tu l'étais.

Je clos mes paupières, imposant une trop mince barrière entre nous. C'est… trop. Je ne supporte pas les émotions qu'il fait remonter à la surface avec autant de détermination que de violence. Je ne supporte plus cette souffrance que j'avais pourtant réussi à emmurer ces dernières années. Parce qu'il a raison. Sur toute la ligne. Je suis incapable de ne rien ressentir à ses côtés. Fennell me rend vivante. Et ce en dépit de ma volonté à conserver une partie de moi derrière un mur de glace.

– Lucy…

Mon visage se chiffonne sous son timbre vibrant d'émotion. Et ce n'est que lorsque la chaleur de ses doigts couvre mes joues que je réalise que notre véhicule s'est arrêté. Quand je rouvre mes yeux, un océan brûlant m'enveloppe. Penché sur moi, Fennell, une lueur indescriptible dans son regard, me dévisage comme s'il craignait de me briser.

– Quand je te vois, je… je réalise à quel point te laisser creuser ce gouffre entre nous était une pure connerie. Mais je comprends que tu rechignes à me faire confiance. Dans ce milieu de merde dans lequel tu patauges, difficile de réagir autrement. Et c'est pour ça que nous sommes ici.

Je m'arrache avec difficulté de son attention rivée sur moi afin d'observer les alentours. À part du béton, il n'y a rien. Il semblerait que nous soyons dans un parking souterrain. Sans attendre une quelconque réponse de ma part, Fennell me relâche puis sort de la voiture. À mon tour, je m'extirpe de l'habitacle, pressée de respirer un air qui ne soit pas saturé de… trop d'émotions.

– Où sommes-nous ? m'enquiers-je pendant qu'il contourne le véhicule pour se poster près de moi.

Un clin d'œil plus tard, il m'invite en silence à le suivre, évidemment sans m'apporter une quelconque information. Je lui emboîte donc le pas puis nous passons ensuite deux portes coupe-feu que Fen' ouvre à l'aide d'une clef avant d'arriver à un ascenseur, qui s'enclenche grâce à un passe magnétique. Au moment de pénétrer dans la cage, je sens sa paume se presser sur mes reins pour se retirer presque immédiatement. Putain, je le déteste. De ne pas réussir à s'empêcher de me toucher. Mais je me déteste encore plus de ne pas réussir à endiguer ce besoin qu'il replace cette fichue main sur moi.

Une fois au dernier étage, un petit couloir s'offre à nous, donnant sur une seule et unique porte. À nouveau, cette dernière se déverrouille grâce à une clef magnétique.

Fennell s'efface ensuite, me laissant entrer en premier.

Un immense loft à la décoration moderne et assez minimaliste se déploie sous mes yeux tandis que j'avance de plusieurs pas. Tout se décline en un éventail de blanc, de gris et de noir. De couleurs assez froides et ternes. À l'opposé de l'homme qui se tient dans mon dos.

– Bienvenue chez moi, ma poupée, glisse-t-il alors à mon oreille.

J'opère aussitôt une volte-face.

– Comment ça… chez toi ?

– Je ne rentre que très rarement à la demeure O'Brien. Mais je suis certain que tu le sais déjà.

J'acquiesce d'un mouvement de tête. Bien sûr que je suis au courant. Huit ans que je vis avec cette peur au ventre qu'il revienne à Hope Springs.

– Après mes études à New Haven, je suis resté à New York avant de revenir ici à l'enterrement de mon père.

– Tu… Ça fait plusieurs mois que tu es ici ? manqué-je de m'étrangler.

Un sourire limite condescendant s'empare de sa bouche. Un friselis glace ma colonne vertébrale. Quand je pense qu'il n'était qu'à quelques blocs de mon bureau… Comme s'il suivait mes pensées, Fennell se met à ricaner.

– Je suis du genre discret. Et puis, tu es tellement embourbée dans ta vie… Tu passes tellement de temps à chercher la faille chez les autres que tu en loupes celle qui s'ouvre juste sous tes pieds.

– Toi ? Tu es ma plus grande faille, c'est ce que tu essaies de me dire ?

– Moi, confirme-t-il avec un rictus de loup.

– Et donc ? déglutis-je avant de reprendre contenance. Tu m'as amenée ici juste pour me le prouver ?

– Est-ce vraiment encore à prouver ?

Je lève les yeux en direction du plafond, mais ne peux empêcher un sourire d'affleurer à mes lèvres. En réalité, j'ignore pour quelle raison je souris. Et franchement ? Ça fait un bien fou…

– Pourquoi je suis ici, Fen' ?

En une enjambée, il avale le peu de distance entre nous, s'immobilise à ma hauteur. Puis son index se pose durant quelques secondes sur ma peau, juste en dessous de mon cou, et dévie ensuite sur mon épaule pour couler le long de mon bras. Enfin, Fennell finit par entremêler nos doigts. D'instinct, mes phalanges se referment sur les siennes. Ce simple geste me terrasse. Fige mon cœur pour le ranimer de furieux battements, qui paraissent se répercuter sous les côtes de Fen', si j'en crois son torse qui se soulève puissamment. Il délaisse même sa désinvolture coutumière pour s'assombrir tandis qu'il baisse son visage jusqu'à frôler mes lèvres des siennes. Un réflexe me pousse à les entrouvrir alors que, paradoxalement, ma respiration se coupe. Je…

Fait chier.

D'un mouvement vif, je me recule, libérant ainsi mes poumons entravés par cette proximité trop perturbante. Trop intense. Trop dangereuse parce que… je n'ai qu'une envie : replonger.

Ma main toujours dans la sienne, Fennell me gratifie d'un sourire satisfait puis m'entraîne vers la partie salon. Devant la bibliothèque qui recouvre un pan de mur entier, il me lâche avant de virer toute une rangée de livres, dévoilant une petite porte métallique surmontée d'une sorte de Digicode. Sans se préoccuper de mon regard braqué dessus, il tape une envolée de chiffres afin de déverrouiller le coffre qui s'ouvre sur une pile de documents ainsi que sur un ordinateur portable. Après avoir extirpé ce dernier du ventre en béton armé, il se dirige vers la table basse, branche l'appareil à une espèce de boîte noire high-tech que je suis incapable de définir, ouvre l'écran et, d'un geste de la main, m'invite à l'allumer.

– Je… ne comprends pas, Fen'.

– Là-dedans se trouvent toutes mes recherches, mes articles, les informations et témoignages collectés lors de mes enquêtes, mes contacts… Bref, la totalité de mon travail de ces dernières années.

Sous mon regard à la fois insistant et interrogateur, il précise :

– Tout est à toi. Je te le donne.

Bouche bée, je demeure muette. Mon pouls tape soudain si fort contre mes tempes que je ne parviens plus à aligner deux pensées cohérentes.

– Toi qui as l'air tellement persuadée que tout n'est qu'une question de manipulation, je te donne tout ce que je possède et qui, à tes yeux, est ce qu'il y a de plus précieux : le savoir, de quoi faire pression sur un tas de personnes influentes. Évidemment, j'ai des copies, mais… tout est là, Luc'. Prêt à vous servir, à toi et ton cher paternel.

Une grimace explose sur mes lèvres sans que je réussisse à la camoufler. Pire que s'il me balançait du sel sur une plaie encore purulente, ses paroles me foutent en l'air tant elles sont cruellement vraies. Est-ce… vraiment ce que je suis devenue ? Je ne suis pas naïve. Bien au contraire. J'ai toujours eu conscience de la portée de chacun de mes actes, seulement… que lui me décrive de cette façon est douloureux.

– Tu sais que c'est faux, tenté-je de nier. Que… ce n'est pas ce qui est le plus « précieux » à mes yeux.

– Bien sûr que c'est faux, mon cœur, déclare-t-il d'une voix douce, mais ferme. Bordel, ma poupée… Si tu savais comme je m'en veux…

Tout à coup, sa paume se couche sur ma nuque, m'attire dans ses bras qui m'enveloppent tout en me blessant de tendresse.

– Je n'aurais pas dû te laisser, chuchote-t-il contre mon cuir chevelu. Tu m'as repoussé, mais, quand je te vois, j'ai la sensation que c'est moi qui t'ai abandonnée alors que… je savais. Que te laisser seule dans cet univers aurait ta peau. Je suis désolé, Lucy. Tellement désolé…

Je suis perdue, larguée avec l'impression de nager à contre-courant. Comment on en est arrivés là ? Lui, à s'excuser, quand je suis celle qui a tout brisé. Je devrais le rejeter une nouvelle fois, l'arracher de force à mon existence, mais…

Sa prise sur mon corps s'accentue, créant un étau réconfortant en dépit de cette foutue peur qui essaie de me ramener à elle. En vain. À cet instant précis, je ne la ressens plus, ne ressens plus rien qui ne soit pas sa chaleur si addictive, son odeur qui m'a tant manqué.

Aussi, je croise mes mains sur sa nuque, me redresse sur la pointe des pieds, enfouissant mon nez dans son cou.

Je me blottis davantage contre lui… Avec une impression désarmante de sérénité en plein chaos.

10

Lucy

Qu'est-ce que je fous là ?

Une connerie, voilà ce que tu fous, me chuchote ma raison.

Et je ne peux la contredire… Rien que le fait de préférer suivre mon instinct plutôt que de l'écouter, elle, est une preuve de mon incapacité à garder la tête froide dès que Fennell est dans les parages.

Sauf que tu ne l'as pas revu depuis deux jours.

D'un geste vague de la main, je décide, pour la première fois depuis longtemps, de lui intimer de se la fermer. Depuis quarante-huit heures, j'ai la sensation de flotter. Pas de bonheur, ce serait beaucoup trop facile – ou compliqué, selon le point de vue où on se place. Non, je flotte dans une sorte d'entre-deux que je déteste. Dérive sur un fil plus que branlant avec d'un côté, mon envie de le repousser pour nous protéger tous les deux, et d'un autre, mon besoin de lui, tout simplement.

Étendue sur le capot de ma voiture garée près de la falaise où nous venions ados, je me rassois, lâche mes cheveux qui cascadent dans mon dos puis relève mon visage en direction de la nuit étoilée. La chaleur de ce début d'été commence déjà à être étouffante, laissant une impression de lourdeur même après que le soleil s'est retiré. Quoique rien ne peut être aussi asphyxiant que ce qui nappe soudain l'atmosphère lorsque j'entends un bruit de moteur dans mon dos. Et qui explose dans l'air pour claquer férocement à la surface de ma peau quand sa voix me parvient quelques secondes après.

– Se noyer dans nos souvenirs n'est pas une bonne stratégie pour m'empêcher d'approcher, ma poupée.

Un sourire grandit aussitôt sur mes lèvres. Un de ceux, naturels et instinctifs, qu'il était le seul à provoquer. Sans détacher mon regard du manteau nocturne, je le devine approcher, ses mains dans les poches, avant de se hisser à son tour sur le capot. Plusieurs minutes s'égrènent ensuite sans que l'un de nous parle. Minutes pendant lesquelles Fennell allume une cigarette qu'il fume le dos calé sur le pare-brise et ses pieds battant la mesure d'une musique que lui seul entend. Quant à moi, j'ai un mal fou à réprimer mon envie de m'allonger contre son flanc, la chaleur brûlante de sa peau lovée contre la mienne.

– C'est pour me le rendre que tu m'as demandé de venir ? finit-il par dire.

Sans avoir à le regarder, je sais qu'il parle de son ordinateur situé sur ma gauche.

– Exact, réponds-je enfin. J'ai tout épluché et… je suis assez déçue. J'imaginais y trouver des informations plus… utiles.

Un ricanement sort de sa gorge pour s'envoler au-dessus de nous. La seconde suivante, il se redresse, colle son épaule à la mienne puis murmure à mon oreille :

– Menteuse.

Je tourne la tête doucement, contracte mon ventre sous l'impact de son regard dévorant à tout juste quelques millimètres. Nos bouches sont si près que nos souffles se mêlent, se fondent pour à la fois m'étouffer et gaver mes poumons d'une sensation vertigineuse de liberté.

– Je suis sûr que tu ne l'as même pas allumé, renchérit-il, toujours avec ce foutu rictus trop confiant.

Mes yeux chutent sur ses lèvres, en suivent leur mouvement, comme hypnotisés, élargissant davantage son sourire.

– Ton assurance peut parfois être détestable, Fen'.

– Et pourtant, je l'ai construite afin de me tenir face à toi sans plier un genou, ma poupée.

– Menteur, soufflé-je à mon tour.

Cette fois, son sourire retombe légèrement pour se transformer en une ligne nostalgique et amère. Son regard me délaisse un court instant pour dériver vers les eaux du lac de Hope Springs en contrebas de la falaise.

– Tu te souviens de nos étés ici ? me demande-t-il bien qu'il connaisse parfaitement la réponse.

– Je me souviens surtout de toutes ces fois où tu voulais que je saute avec toi, ricané-je.

– J'avais même refilé de l'argent à je ne sais plus quelle fille pour qu'elle saute en espérant que ça te fasse moins flipper.

Son attention se visse de nouveau à moi, les lignes de son visage à présent imprégnées de gravité, avant qu'il ne rajoute :

– Je voulais tellement que tu te jettes dans le vide avec moi. Je… J'ai toujours eu ce besoin quasi obsessionnel que tu me fasses confiance. Que tu m'accordes ce que tu n'as jamais accordé aux autres.

Cet aveu me trouble plus que de raison parce qu'une chose est certaine…

– Mais je te faisais confiance, Fennell. Tu…

Ma voix se meurt, incapable d'exposer clairement les émotions qui se bousculent dans ma tête jusqu'à créer une telle confusion que je ne sais plus si le repousser est encore une option envisageable.

– Alors pourquoi ce n'est plus le cas ? C'est toi qui as brisé ce lien entre nous, Luc'. Pas moi. Toi qui m'as éjecté de ta vie pour une raison plus qu'obscure. Pas moi. Toi qui, malgré tout, as toujours été là, à imprégner chacune de mes cellules.

L'un de ses poings vient frapper son torse, illustrant ses dires. Puis, sans plus rien ajouter, il s'écarte légèrement et retire son tee-shirt.

– Fen', qu'est-ce que…

Mon regard chute enfin sur son buste, sur cette peau dont le goût me hante toujours et… une fois encore, je manque de souffle. Mon cœur s'arrête avant de repartir en une course effrénée, plus déchaîné et furieux que jamais. Figée, je suis incapable de me détacher de ces nouvelles lignes d'encre pile au creux de son sternum. Quatre runes. Pour quatre lettres. Que je connais parfaitement car les mêmes sont tatouées sur le poignet de ma sœur. *Lucy*.

Je me recule aussitôt, chamboulée, tout en secouant frénétiquement la tête. Mon prénom tatoué sur sa chair, c'est… trop. Comme s'il avait matérialisé l'une de mes plus grandes craintes, rendu visibles ces cicatrices infligées par ma faute. J'ai conscience que Fen' ne le perçoit pas de cet œil. Là où il voit le meilleur, je ne décèle que le pire.

Ses doigts s'enroulent tout à coup autour de mes avant-bras et me ramènent contre lui. Il verrouille son regard incisif au mien.

– J'espère que tu comprends maintenant, ma poupée. Je ne renoncerai pas à toi. Tu peux continuer de fuir autant que tu veux. Mais toi et moi, on sait très bien qu'à la ligne d'arrivée, il n'y aura jamais que moi.

Mon sang pulse à une allure folle tant une multitude

d'émotions rebondit sous ma peau. L'assurance implacable que je devine à travers ses mots est tellement tentante que l'envie d'y céder me déchire de l'intérieur.

Sentant une brèche, Fennell s'y engouffre. Lentement, comme s'il craignait que je me sauve, il déploie une paume sur ma joue, en caresse la pommette de son pouce puis glisse avec douceur jusque sur mon cou. D'une légère pression, il me force à m'étendre sur la tôle et… je m'exécute, sans ne serait-ce qu'envisager un début de lutte. Redressé sur un coude, Fennell se penche au-dessus de moi. En me fixant, il commence à déboutonner mon chemisier. Toujours aucun signe de rébellion sous ma peau. Je me laisse faire. J'ignore pourquoi. Je suis si épuisée. Épuisée alors qu'il n'est de retour que depuis quelques jours. À moins que ce ne soient ces dernières années qui m'ont épuisée. Me battre contre son absence est éreintant et lourd telle une douleur lancinante, mais me battre contre sa présence est tout bonnement impossible. Insupportable.

J'ai envie d'y croire, au moins pour quelques secondes. Je ne paierai jamais assez pour ce que je lui ai fait, mais moi aussi j'ai le droit à un peu de répit. Et mon répit se trouve là, juste devant moi, à même sa chair.

Après avoir écarté les pans de tissu, révélant un soutien-gorge en dentelle noire, Fennell plonge son nez dans mon cou. Inspire si profondément qu'un courant d'air froid s'envole sur ma chair pour mieux l'incendier.

– Laisse-moi une chance, ma poupée, murmure-t-il juste sous mon oreille.

Je frissonne. De sentir son corps me recouvrir entièrement.

Je tremble lorsque sa bouche embrasse ma peau, créant un chemin humide jusqu'au creux de ma poitrine.

Je brûle au moment où sa langue lèche mes seins à travers le tissu et descend sur mon ventre.

Ses mains agrippent soudain mes hanches, les empêchent d'onduler. Sa voix, plus basse, plus rauque, retentit afin de me supplier.

– Tu dois me faire confiance, Lucy. Donne-nous cette putain de chance. Tu me la dois, merde… Tu me la dois.

Ses dernières paroles, je les devine à peine tant elles ne sont que murmures. Je me noie dans son regard déchiré et qui me déchire à mon tour. Aussi, je rends les armes, attrape ses épaules, le force à se rallonger sur moi puis, d'un coup de bassin, j'inverse nos positions avant de m'emparer de ses lèvres.

Les revoilà. Ces foutues sensations, si puissantes, si foudroyantes qu'elles annihilent ces dernières années de vide d'un souffle. Si fortes que, l'espace d'une seconde, je prends peur. Parce que je réalise qu'il me sera impossible de revenir en arrière, de retourner à ce néant quotidien. Alors que j'esquisse un mouvement de recul, les mains de Fennell s'abattent sur l'arrière de ma tête, s'emmêlent à mes cheveux afin de me retenir. Sa langue s'immisce entre mes lèvres, se lie à la mienne. S'y enlace presque avec fureur. Et je lui réponds. Avec la même fureur, celle que je me destine parfois lorsque mes pensées dévient trop vers lui. Mes paumes plaquées de chaque côté de ses tempes se rétractent sur le métal, mes cuisses compriment encore plus ses hanches. Notre baiser est un réel combat. Contre lui. Contre moi. Contre nos âmes blessées. Contre le manque. Contre nos corps avides de… plus.

Et lorsque, enfin, nos cœurs semblent s'être assez fait la guerre, nos sens reprennent le contrôle. D'enflammée, notre étreinte devient plus sensuelle, lascive et… foutrement indécente lorsque Fennell se rassoit, sans détacher sa bouche de la mienne. Mes jambes fermement enroulées autour de sa taille, et mes mains croisées sur sa nuque, je gémis quand ses doigts s'infiltrent sur mes fesses, sous mon short en jean et mon dessous. D'une pression de ses paumes, il me soulève légèrement pour mieux me faire glisser le long de sa hampe tendue sous son pantalon. D'instinct, ma tête se rejette en arrière. Ses dents en profitent pour mordiller ma gorge. Je le sens ensuite sourire contre ma peau, ses bras m'emprisonnant dans leur carcan.

– Promets-le-moi, ma poupée.

Je me fige, ses paroles me ramenant à la réalité, mais pas aussi brutalement que je ne l'aurais pensé. Après tout, peu importe qu'il soit près ou loin, Fennell a toujours fait partie de ma réalité. Soudain lasse, je pose mon front contre le sien.

– Promets-le-moi, Lucy, répète-t-il, plus sèchement cette fois. Promets-moi de me donner une chance, de te prouver que toi et moi sommes liés.

Ma bouche s'ouvre, mais je demeure muette. Mon côté rationnel tente un dernier sursaut, me hurlant de ne pas céder. Mais, le souci, c'est que Fennell est tellement présent, chaque grain de ma chair tellement désespéré de lui appartenir, qu'il comble tout. Occulte tout. Même mes craintes. Aussi, je hoche la tête, lui offre cette promesse silencieuse dont il semble tant avoir besoin.

– Ma poupée, souffle-t-il en enfouissant son visage contre mon épaule, ses doigts incrustés dans mes reins.

Le soulagement qui l'envahit est tel qu'il me contamine à mon tour, me drape d'une chaleur à la fois douce et ardente. Alors que cela ne devrait pas… En cessant de me protéger, c'est lui que je cesse de préserver.

11

Lucy
Deux jours plus tard

J'ai mal… Affreusement mal. J'ai l'impression que ma tête va littéralement imploser ou éclater sous la pression qui martèle mes tempes. Avec difficulté, je me redresse sur le lit, grimace sous l'effort que semble me coûter un simple mouvement. Assise sur le matelas, les paupières plissées à cause de la lumière artificielle qui m'agresse les rétines, je prends le temps d'analyser la chambre dans laquelle je me trouve.

Putain, où je suis ?

Peu à peu, alors que mes yeux s'attardent sur le mobilier luxueux, une vague de souvenirs me revient. Las Vegas… Fennell m'a traînée à Las Vegas pour un week-end soi-disant inoubliable et nous avons atterri dans cet hôtel.

Inoubliable ?

Alors pourquoi ces dernières heures ne sont qu'un vaste brouillard sombre ?

– Enfin réveillée, ma poupée.

Je hoquette de surprise, provoquant un frisson désagréable qui vient vibrer lourdement entre les parois de mon crâne. Installé dans un fauteuil en cuir près de l'immense baie vitrée, Fennell m'observe, une cheville calée sur la jambe opposée. Le poing refermé contre sa tempe, il me sourit. D'un sourire… sombre, presque lugubre. Un sourire que je ne lui connais pas. Je secoue la tête, certaine de rêver, mais le regrette aussitôt quand une énième salve de douleur me fait grimacer.

– Vas-y doucement, me prévient-il. Tu risques de te sentir vaseuse encore une ou deux heures.

– Vaseuse ? couiné-je plus que je ne parle. Merde, Fen'… Qu'est-ce qu'on a foutu hier soir ?

Sa bouche s'élargit davantage, se déforme pour dessiner une sorte de rictus sinistre. Une onde glaciale dégringole le long de ma colonne vertébrale pour mieux repartir en sens inverse et s'abattre sur ma nuque. Anxieuse, je me mets debout, vacille. Aussitôt, Fennell bondit pour m'aider à tenir sur mes jambes. Son bras s'enroule fermement autour de ma taille et me maintient contre son torse. À mon contact, ses muscles se bandent violemment, ses doigts s'incrustent dans ma peau à travers ma robe.

– Doucement, Luc'. J'ai dû te donner un somnifère et avec ce que tu as pris, ton corps va avoir besoin que tu le ménages.

Ma joue appuyée contre son buste, je réponds d'une voix ténue :

– De quoi tu parles ? Qu'est-ce que j'ai pris ?

– MDMA, dit-il, lapidaire.

Malgré mon corps faible, je me recule, saisie.

– Impossible. Jamais je n'ai pris ni ne prendrai une de ces merdes. Et tu le sais parfaitement.

– Évidemment que je le sais, petite *luciole*. Rien qui pourrait endommager ton redoutable petit cerveau, hein ?

J'effectue quelques pas en arrière, une crainte sourde enflant au creux de mon abdomen. Jamais encore il ne m'avait appelée ainsi. Ce surnom est réservé à mon père et ma sœur quand elle veut me faire enrager. Mais surtout… je n'aime pas sa façon de le prononcer, comme si ce simple mot était une insulte, pire, une condamnation. Les mains à présent fourrées dans les poches d'un pantalon à pinces, Fen' m'observe. Attentivement. Tel un fauve guettant sa proie dans l'attente d'enfin pouvoir jouer avec. Son visage n'a plus rien de chaleureux ni d'affectueux. Au contraire, ses traits ont l'air d'avoir revêtu un masque froid et… létal.

Mon cœur s'emballe tout à coup. Se met à battre si fort que ma cage thoracique est sur le point de céder, de me transpercer la poitrine. Si ce ne sont pas ces deux billes marron me poignardant qui y parviennent en premier. J'ai chaud. Très chaud. Trop chaud. Un voile de sueur couvre soudain mon front.

– Je… Je vais me sentir mal, gémis-je.

Fennell se rapproche jusqu'à me rabattre contre lui d'un geste trop sec. Il me soulève ensuite dans ses bras pour m'emmener dans la salle de bains. Après m'avoir déposée devant le lavabo, face au miroir le surplombant, il ouvre le robinet, mouille une serviette puis l'appose sur mon front, mes joues et mon cou, son bras libre me retenant par la taille.

– Ça va passer, ma poupée, dit-il d'un timbre polaire. Les palpitations, c'est un des effets secondaires.

Trop faible, je ne réponds pas, pose mes avant-bras sur le marbre et me penche. Sa prise sur mon corps ne se relâche pas. Au contraire, elle s'intensifie même. Pourtant, sa présence n'a étrangement plus le même effet. Au lieu d'endormir et d'apaiser mes craintes comme à son habitude, cette fois, elle les affole, les pousse à leur paroxysme. « Trop tard », voilà ce que me chuchote mon instinct.

La tête inclinée, je patiente, tente de récupérer un minimum de force. De longues minutes plus tard – durant lesquelles aucun de nous deux n'a esquissé le moindre geste –, je me redresse enfin, mon regard plongeant direct dans le sien, à travers le miroir.

– Souviens-toi, ma poupée. Souviens-toi de cette nuit qui nous marquera à jamais, murmure-t-il à mon oreille tout en me fixant.

– Je… Je n'ai pas pu prendre cette merde, Fen', répété-je.

– Souviens-toi, insiste-t-il.

Ses doigts accrochent le tissu sur mon épaule, le tirent de façon à dégager un morceau de peau qu'il embrasse. D'un baiser qui me blesse comme le ferait un éclat de verre. C'est alors que mes yeux se portent sur nos tenues respectives. Un smoking. Une robe longue et blanche.

Non… Impossible.

À l'instant même où l'idée effleure mon esprit, ce dernier est assailli d'une rafale d'images. Heureuses en apparence, mais… si cruelles. Douloureuses.

– On… On… balbutié-je.

Incapable de poursuivre, je lève deux mains tremblantes sous mes yeux. Un cri silencieux me brûle la gorge.

– Elle te plaît, ma poupée ? Je les ai fait créer uniquement pour toi et moi. Un anneau en or blanc et un autre d'obsidienne entrelacés. Pur et obscur. Parfait pour nous, tu ne penses pas ?

– On s'est mariés, dis-je dans un souffle, ne pouvant nier les souvenirs qui jaillissent du brouillard pour me faucher de toutes parts.

– Pourquoi crois-tu que je t'ai emmenée à Vegas ? ricane-t-il en mordillant ma chair.

– Tu…

Le reste de ma phrase se meurt contre mon palais. De nouveau, un filet de sueur froide chute dans mon dos.

Avant que mon palpitant se fige dans l'horreur.

– C'est toi qui as orchestré ce…

Non, je refuse de le dire. Ou même ne serait-ce que d'envisager l'idée qu'il m'ait manipulée. Pas lui. Mon Dieu, pas lui…

Je me retourne, prisonnière du carcan de ses bras puisqu'il ne consent toujours pas à s'éloigner. Je relève mon visage et suis engloutie dans la profondeur de son regard. De ce regard qui semble hurler une rage froide et implacable.

– L'ecstasy, déglutis-je. Je n'ai pas pu la prendre.

– Pas consciemment, non.

Un sanglot m'arrache la poitrine. Et la moitié de mon cœur. Mes deux mains s'écrasent sur son abdomen, le repoussent violemment bien que Fennell ne tente en aucun cas de me résister. Mes jambes me portent jusque dans la chambre par je ne sais quel miracle. Au milieu de la pièce, je m'immobilise, perdue, confuse. Bouleversée. Je fais volte-face. Encore. Et encore. Avec la sensation que les murs m'étouffent, me privent de tout air. Un tournis me submerge avec une telle force que l'espace de quelques secondes, je ne suis pas certaine d'être encore consciente. Ou juste vivante. Néanmoins, je parviens à me laisser tomber sur le matelas, les deux bras repliés sur mon ventre, recroquevillée.

– Tu… Tu m'as droguée pour qu'on se marie ? parviens-je enfin à extraire de ma bouche lorsque j'entends les pas de Fennell se rapprocher.

Je le sens s'agenouiller puis ses paumes encadrent mon visage, m'obligeant à l'affronter. Et, alors que je pensais que rien ne pouvait être pire, il prononce ces paroles. Ces paroles qui me condamnent en donnant vie à mon pire cauchemar.

– C'est vrai que c'est plutôt ton style, ça, ma poupée. Droguer pour piéger et manipuler.

Une plainte passe la barrière de mes lèvres. Des larmes s'agglutinent sur la frange de mes cils, cascadent le long de mes joues.

– Tu sais, sifflé-je. Tu as toujours su.

12

Lucy

Du pouce, il essuie les larmes roulant sur ma joue. Ses traits se figent. Non, pire, ils se détruisent pour se recomposer en une expression neutre. Froide. Tout ce que n'est pas Fennell. Ou, du moins, tout ce qu'il n'était pas.

– Toujours, non. Depuis quelques mois.

Une vive douleur me lacère de l'intérieur. J'ai la sensation de me pulvériser contre son visage fermé. Mes larmes redoublent, mais aucun sanglot ne me secoue. J'expulse ma peine en silence. En silence et totalement exposée sous son regard. Comme il me l'a si souvent répété : je le lui dois bien.

– Pourquoi…

Je me tais, tente de respirer, mais l'air qui pénètre mes poumons a un goût de cendres. C'est comme d'étouffer sans pour autant réussir à crever.

– Pourquoi avoir monté ce plan, Fennell ? réussis-je finalement à articuler. Comment tu peux vouloir te marier avec moi ?

Le regard implacable, il coince mon menton entre son pouce et son index puis attire mon visage à quelques malheureux millimètres du sien.

– D'après toi ? Par pure vengeance, ma poupée.

Je déglutis, une boule acide se formant dans ma trachée.

– Tu m'as manipulée depuis le départ, affirmé-je plus pour moi-même.

– Bien sûr. Mais il y a au moins une chose de vraie : je voulais que tu me fasses confiance, que tu te fies à moi…

– Pour que la chute soit plus violente.

– Et pour que tu acceptes de te marier. La MDMA désinhibe les émotions, ce n'est pas pour rien qu'on l'appelle la drogue de l'amour, mais en aucun cas je n'aurais réussi à te forcer si une part de toi n'en avait pas eu envie.

– Crois-moi, je n'ai jamais eu l'intention de t'épouser.

Un sourire carnassier dévore ses lèvres. Et l'autre partie de ce qui bat encore sous ma poitrine.

– Peut-être, mais tu m'aimes, Lucy. Peu importent tes coups bas et tes trahisons, c'est un point qui ne changera jamais… Regarde la vitesse à laquelle tu es retombée dans mes bras. Tu avais envie de me céder. Puis, tu t'en souviens, n'est-ce pas ? À quel point tu étais heureuse et épanouie à ce moment-là.

– J'étais droguée, prononcé-je à travers mes dents serrées.

– Pas faux, mais tout le monde n'y a vu que du feu. Qui pourrait mettre en doute une jeune femme excitée et radieuse à l'idée d'épouser son amour de jeunesse ? Il fallait bien que l'Elvis *cheap* qui nous a servi de prêtre y croie.

À ces paroles, d'autres images s'imposent à mon esprit, le frappant avec une minutie presque chirurgicale. Il a raison… Malgré le brouillard obscur dans lequel il m'a jetée, je me souviens parfaitement de ce sentiment de liberté en prononçant ce « Je le veux ».

Son pouce continue ses caresses sur ma peau. Ce contact me brûle, me meurtrit, mais, paradoxalement, je refuse qu'il cesse. Ses prunelles ambrées me scrutent avec intensité, s'attardant sur les lignes de mon visage, l'eau salée glissant sur mes joues, avant de se reporter sur mon regard. Ses doigts se glissent ensuite sur ma nuque pour se refermer dans mes cheveux. Sa bouche entrouverte effleure la mienne, se fige, son souffle devenant soudain erratique. Puis, tout à coup, il me relâche et se redresse d'un bond pour aller se poster près de la baie vitrée. Lentement, il se débarrasse de sa veste sombre comme si cette dernière pesait une tonne sur ses épaules et la jette sur un fauteuil. Ses paumes croisées dans son dos, il déploie sa carrure et son regard se perd dans le paysage donnant sur le Strip. Cette image me percute de plein fouet – tant je réalise combien l'homme a définitivement remplacé le lycéen –, et elle m'achèverait si j'étais encore en mesure de ressentir. Mais à présent que mon pire cauchemar a pris possession de ma réalité, je me sens… vide. Toujours sur le lit, je ramène mes genoux contre mon buste, me recroqueville.

– Ce que tu as fait…

Fennell s'interrompt, inspire profondément, son profil se crispant avant de lâcher d'un ton lugubre :

– Dis-le. Je veux l'entendre de ta bouche.

Mes bras entourent mes jambes, se mettent à trembler si fort qu'un arc de douleur transit mes muscles. Comme je demeure silencieuse, il insiste, sans se retourner vers moi.

– Dis-le, Lucy.

Je secoue la tête. Une fois. Une seconde. Et encore… Jusqu'à ne plus réussir à m'arrêter.

– Comme tu veux, articule-t-il.

Il récupère alors sa veste, fouille dans la poche intérieure pour jeter un tas de photos sur le sol de la chambre. Par réflexe, je ferme les paupières, refusant de me confronter à ce qu'elles représentent.

– Regarde-les.

Une fois de plus, je secoue la tête.

– Lucy, regarde-les, tu me le dois. Tu me le dois, putain !

Sa voix se brise sur sa dernière phrase. Un timbre ébréché, empli de faiblesse. Sa souffrance se mêle à la mienne, la supplante. Aussi, je rouvre les yeux, me prends sa peine en plein visage puis dévie sur les clichés par terre.

C'est la première fois que je les vois. Jusqu'ici, j'étais parvenue à me prémunir de… ce dégoût et cette honte qui me submergent tel un tsunami. Et bordel, ça fait mal. Atrocement mal. Tellement que je ne parviens même plus à me décrocher de ce couple : le père de Fennell assis dans le fauteuil de son bureau, tête rejetée en arrière et cette femme… De dos à l'objectif, à califourchon, en sous-vêtements sur le maire de l'époque, sa chevelure rousse chutant jusque sur ses reins et ce tatouage. Ces quatre runes sur son omoplate. Quatre lettres pour un prénom. *Line*. Encré sur *ma* peau.

Lorsque, enfin, je m'arrache à cette vision qui me soulève l'estomac, Fennell s'est de nouveau retourné vers l'extérieur.

– Je n'ai jamais couché avec lui, ne puis-je m'empêcher de préciser. Ni ne l'ai touché. Ce n'était qu'une…

– … mise en scène, je sais. Bien que… que Calum aille jusqu'à prostituer sa précieuse luciole, mineure à l'époque, ne m'aurait guère étonné, crache-t-il. Mon père m'a écrit une lettre que j'ai retrouvée dans ses affaires après sa mort. Où il expliquait comment, après un black-out d'une nuit, un corbeau s'était amusé à le faire chanter avec ces photos : soit il retirait sa candidature au poste de gouverneur, soit les clichés se retrouvaient dans tous les tabloïds. Le maire si respecté de Hope Springs en pleins ébats avec une ado… Tu parles d'une déchéance. Évidemment, il a vite compris que ton père avait utilisé sa propre fille pour le piéger. D'autant plus que l'actuel gouverneur du Texas s'avère être l'un de ses plus fidèles clients, officieux. Je me trompe ?

Subitement, il opère une volte-face, ses poings serrés jusqu'à gonfler les veines de son bras.

– Mon père n'a jamais rien dit de peur que ce scandale ne m'éclabousse. Tu… savais, putain ! crie-t-il soudain. Sa carrière était la seule chose qui l'avait empêché de sombrer après la mort de maman, et… Merde, tu l'as toujours su, Lucy !

Mon regard le délaisse avant de se reporter sur le sol, sur un point vide, et surtout, loin de ces maudites photos.

– Je suis désolée, dis-je dans un murmure.

Que puis-je dire d'autre ? Qu'effectivement, je suis une manipulatrice ? Mais une manipulatrice qui n'est jamais libre de ses actes, poupée manipulée à son tour ? Cela ne changerait rien à sa peine, à ma trahison, à notre souffrance.

– Je n'ai pas eu le choix, renchéris-je. Calum, il… il t'a menacé pour me forcer. C'était toi ou lui, Fennell. Et…

– Tu ne m'as pas choisi, lâche-t-il, lapidaire. Ne crois pas qu'en me protégeant, ce fut le cas. Tu m'as trahi en trahissant la seule famille qu'il me restait.

– Je suis désolée, répété-je, pathétique, tout en resserrant mes genoux contre ma poitrine.

– Tu peux. Et c'est bien pour cette raison que tu ne feras rien contre ce mariage, n'est-ce pas ? Je ne suis pas con, ton père n'a qu'à bouger un doigt pour le faire annuler.

En quelques enjambées, il me rejoint. S'agenouille à nouveau, entoure fermement mes chevilles de ses mains pour les ramener sur le sol et ainsi se loger entre mes jambes.

– Cette fois, tu vas me choisir, ma poupée. Moi et pas ta famille.

Ses deux bras glissent sur le matelas, encadrent mes cuisses, ses doigts se nouant sur mes reins.

– Pourquoi vouloir te lier à celle qui t'a trahi ? demandé-je quand je sais exactement la raison pour laquelle il nous a enchaînés l'un à l'autre.

– Mon cœur est incapable de te renier, Lucy. Pourtant, j'ai essayé. Mais même l'énergie du désespoir n'a pas eu raison de mes sentiments. Seulement, ces émotions que tu as implantées sous ma peau, elles m'ont pourri jusqu'à l'os lorsque j'ai découvert la vraie raison de ta fuite. Je te veux. Tu es cette fichue obsession dont je ne peux me défaire. Toutefois, si avant j'aspirais à ce que tu te sentes libre à mes côtés, à présent, je veux te voir souffrir. Enchaînée à cette douleur que tu m'as infligée et que tu continues de m'infliger juste en... existant. Ce mariage, cette situation, c'est l'unique moyen que j'ai trouvé pour te garder près de moi, même si, pour cela, je dois te garder captive.

Tout se disloque soudain sous ma peau. Aspiré par la rage pure dans ses yeux. Plus rien n'a de... sens.

– C'est pour ça que ton père et toi ne tenterez rien contre cette union. Ou je me chargerai moi-même de rendre public votre coup monté. Imagine un peu l'effet sur votre si précieuse entreprise familiale si ces photos se retrouvaient dans la presse. Et encore, ce ne serait que le début. Appelle ça un retour de karma, ma poupée. Finalement, la boucle est bouclée ainsi puisque… *je* suis ton karma.

Une énième onde m'engloutit. Me noie. Plongée dans ses iris, je ne réagis même pas quand il se relève et embrasse mon front.

Ses lèvres se pressent ensuite sur les miennes.

J'avais peur de devenir un monstre, de le détruire en l'autorisant à m'aimer, mais… c'est pire. Tellement pire.

Je l'ai transformé en monstre.

13

Fennell

Dans ma vie, trois fois j'ai cru être englouti par les ombres. Les deux premières, Lucy était là. À me tenir la main pour m'empêcher d'être totalement avalé par ma colère et ma tristesse. Au décès de ma mère. Et à celui de mon père ; il m'a suffi d'apercevoir sa chevelure de feu au loin dans l'assemblée pour aussitôt sentir à nouveau s'écraser contre mes côtes ce truc dingue qu'elle seule m'inspire. M'insuffler de nouveau un peu d'oxygène.

Et puis… il y a la troisième. Peu de temps après les funérailles de mon père. Peu de temps après qu'elle a traversé ma vie en un coup de vent. Le jour où je suis tombé sur ces putains de photos que mon père conservait dans son coffre-fort, je suis tombé tout court. Violemment. Brutalement. Avec l'impression de me fracasser sur le sol lorsque j'ai reconnu son tatouage. Ouais, cette troisième fois était différente. Parce que là, Lucy était ces ombres qui me dévoraient.

La haine, la trahison, la rage… Tous ces sentiments se sont mélangés à cet autre sentiment qui me bouffait déjà de l'intérieur : le manque. Être avec elle était dorénavant impossible. En revanche, la garder captive tout en assouvissant enfin mon obsession, ça, je le pouvais. Et je l'ai fait. En dépit de cette infime partie de mon cœur encore vivante qui hurle de douleur à la simple vue de son visage éteint. Je déteste la voir aussi abattue, presque docile. Je veux… qu'elle crie, se rue sur moi, se batte avec cette même colère qui nourrit mes cellules. Qu'elle me brise en se brisant contre moi. Qu'elle chute. Avec violence. Puis se relève, toujours avec violence. Je veux saigner sous ses coups, qu'elle saigne sous mes caresses. Je veux toutes ces émotions qui la pourfendent, mais qu'elle conserve scellées, hors de ma portée. Je veux tout d'elle. Le bon. Le mauvais. Qu'elle crève de me sentir.

Qu'elle m'appartienne.

La posséder.

Voilà pourquoi je bous sur place dans la voiture nous ramenant de l'aéroport à sa demeure familiale. Statique alors que mes veines brûlent autant d'impatience que de rancœur, je reporte pour la centième fois au moins mon attention sur Lucy. La tempe contre la vitre, elle se contente d'observer le paysage défiler sans qu'une seule expression la trahisse. Encore plus… vide qu'avant. Elle n'a pas décroché un putain de mot depuis Vegas. Et ce silence me rend barge.

– Ma poupée, chuchoté-je d'un ton lascif afin de masquer mon chaos intérieur.

Sa tête pivote aussitôt, son regard d'un vert magnétique se reportant sur moi, m'effleurant tout juste sans réellement creuser, comme il le faisait toujours. Un sourire fend alors mes lèvres. Ce regard, je le connais. Il est son mur entre elle et les autres ; sa façon à elle de lutter. Ce qui veut dire qu'elle n'a pas encore baissé les armes. Une vague de satisfaction noie mon sang, apaisant en partie ma frustration.

Aussi, malgré le chauffeur qui nous jette un bref coup d'œil via le rétroviseur, je me penche sur elle pour murmurer à son oreille :

– Te planquer ne m'empêchera pas de te trouver.

– Fen'… soupire-t-elle.

Soudain, la voiture s'arrête. Mon regard bifurque pour tomber sur la grille de la demeure Langford. Mes muscles se raidissent déjà de manque, mais je ne réagis pas. Ce sera de courte durée. Le regard de Lucy, quant à elle, se perd pendant un court instant sur le métal en fer forgé, mais ne cherche cependant pas à s'extraire de l'habitacle.

– Si toi et moi en sommes là, déclare-t-elle alors, c'est justement parce que je suis incapable de me « planquer », non ?

Puis, sans attendre une réponse que, de toute façon, je ne lui donnerai pas, elle ouvre la portière. Ma main se pose sur sa cuisse pour la serrer, contractant le moindre de ses muscles.

– À demain, mon cœur.

Elle non plus ne répond pas. Se contente de sortir du véhicule, de récupérer sa valise dans le coffre puis de rejoindre ses murs… pour la toute dernière nuit.

Tandis que le véhicule repart, un autre sourire fissure mon visage.

Je suis un homme plein de vices. Je l'ai toujours été. Sexe, alcool, même drogues. Lucy s'en est toujours amusée sans jamais réellement prendre au sérieux mes travers. Peut-être parce qu'elle savait : mon plus gros vice, depuis le début, c'est elle, tout simplement.

Mon souci, c'est que tous ces sentiments que je ressens pour elle sont intenses, puissants. Dévastateurs. Ils me font mal… Très mal. Tellement mal…

Que lui faire mal à mon tour est inévitable. Après tout, c'est elle qui m'a brisé en premier.

14

Lucy

Le visage fermé, je fais semblant de m'intéresser à un dossier concernant… À vrai dire, je n'en sais rien du tout. Tout pour ne pas avoir à affronter un seul regard. Que ce soit celui de l'un des employés convoqués pour cette réunion que je ne parviens même pas à suivre, ou encore celui de ma sœur qui la préside, mon père lui ayant, pour une fois, laissé les rênes. Preuve que Line a ça dans le sang. Moi aussi d'ailleurs, il faut croire. Sinon, je ne serais pas là… À surnager dans mon bordel intérieur, mariée de force à celui auprès de qui j'ai grandi et, malgré cela, à tenter de suivre cette fichue réunion.

Hier soir, après que Fennell m'a raccompagnée chez moi suite à un vol et un trajet en voiture dans un silence pesant, je me suis réfugiée dans ma chambre, prétextant être épuisée. Et j'ai pleuré… Mais le pire, c'est que je l'ai pleuré, lui. Moi, je ne mérite même pas ma propre peine. En réalité, ce qui me bousille le plus n'est pas sa trahison, le fait qu'il s'est joué de moi de la sorte, mais… qu'il en a été capable. Et je n'ai que trop conscience d'avoir contribué à faire de lui l'homme qu'il est devenu. Mais, contrairement à ce que Fennell prétend, jamais le choix n'a été entre mes mains. Calum avait été clair : ou je m'exécutais et, si tout allait bien, ce secret resterait un secret, justement. Ou je refusais et non seulement il détruirait la vie de

Fennell, mais trouverait un moyen encore plus radical pour se débarrasser de Theodore O'Brien.

Est-ce que je me hais ? Évidemment. Est-ce que, durant ces huit dernières années, je me suis déjà demandé si j'aurais dû en parler à Fennell ou directement à son père avant d'obéir au mien ? Des milliers de fois. Seulement, je n'avais pas encore 18 ans, avec toutefois une parfaite connaissance de l'étendue de l'influence de Calum. Influence pouvant s'avérer néfaste pour les autres. Ô combien néfaste…

Le meeting s'achève enfin sans que j'en aie écouté un traître mot. Ce qui, évidemment, n'a pas échappé au radar de ma sœur. Elle me traîne jusqu'à son bureau, puis, une fois la porte refermée derrière nous, son corps se retourne sur moi.

– Raconte, qu'est-ce qu'il se passe ? Tu es étrange depuis que tu es rentrée. Tu n'es même pas venue me voir pour me faire un débrief de ton week-end avec Fen'.

– Et ? Je peux aussi garder des moments de ma vie intime intimes, justement ?

– Euh… non, répond-elle comme si elle énonçait une vérité absolue.

J'arque un sourcil. Croise mes bras sous ma poitrine.

– Ça ne s'est pas bien déroulé avec Fennichou ? insiste-t-elle. Tu sembles déconnectée aujourd'hui et je peux le comprendre, hein. Tu préfères sûrement profiter de lui à présent qu'il est de retour dans ta vie, mais Luc', j'ai besoin de toi. Je ne peux pas tout gérer sans ton aide.

Un long soupir m'échappe tant sa dernière phrase érafle un peu plus ce qui bat sous ma poitrine.

– Assieds-toi, intimé-je en désignant le sofa posté dans un coin.

Son expression s'assombrit aussitôt, mais elle s'exécute.

Moulée dans son tailleur, elle s'assoit, jambes croisées. Je m'installe dans le fauteuil d'en face, une table de verre comme seul rempart entre nous. Je déboutonne ma veste noire, lisse le tissu de la même couleur que mon pantalon puis finis par carrément enlever mes stilettos pour rester pieds nus. Ses paupières se plissent, ses prunelles enveloppant le moindre de mes gestes.

– Tu veux que je chantonne une musique d'attente ou tu vas te décider à me parler ? s'impatiente-t-elle.

Je lève les yeux au ciel, inspire profondément. Et lâche du bout des lèvres :

– On s'est mariés.

Silence. Deux yeux noisette semblent vouloir me perforer de part en part.

– Pardon ?

– On s'est mariés, répété-je. À Las Vegas.

Ma sœur ferme ses paupières durant plusieurs secondes. Les rouvre, souffle longuement. Détache ses cheveux. Secoue sa crinière rousse. Quant à moi, j'attends. Perdue entre l'envie de fuir et le besoin qu'elle me prenne dans ses bras pour me rassurer.

– Lorsque je t'ai incitée à te laisser aller, je n'envisageais pas… à ce point ! Bon sang, Luc' ! De nous deux, tu as toujours été la plus raisonnable, celle qui savait où se situaient les limites. Et un mariage avec Fennell O'Brien est carrément au-delà de la limite !

– Sauf qu'être avec lui n'aurait jamais dû être hors de ma portée, maugréé-je, blessée.

Ses traits s'affaissent, mais s'adoucissent. Parfois, je m'en veux d'incarner la seule faiblesse de ma sœur. Et parfois, elle comme moi puisons tellement dans ce lien nous unissant que je me rends compte combien nous sommes fortes ensemble. Comme en cet instant où elle contourne la table basse et s'agenouille sur le tapis pour nouer nos mains sur mes cuisses.

– Tu as raison, excuse-moi. C'est juste que… tu réalises combien ça nous complique les choses ? Fennell O'Brien dans notre famille, quoi ! Tu imagines la réaction de tous nos clients officiels et surtout officieux en apprenant qu'une des filles Langford a épousé l'un des journalistes les plus irrévérencieux de ces dernières années ? Ils vont flipper à l'idée qu'on ait ouvert les portes de leur bergerie à un loup particulièrement cruel. Et puis… toi ? Te marier ? Tu m'expliques ?

– Ce n'était pas prémédité, Line. On avait un peu trop bu et… Bref, tu as vu assez de comédies romantiques pour te douter de la suite.

Sauf que nous sommes à mille lieues d'une comédie romantique…

– Tu regrettes, je me trompe ? Je sens bien que tu n'es pas heureuse, petite sœur.

– Je ne dirais pas ça, c'est juste que… c'était une bêtise. Un coup de sang. Un coup de sang trop alcoolisé, ricané-je sans grande conviction. Seulement, vu notre passé, si je fais machine arrière avec Fen', il ne me le pardonnera jamais. Je viens juste de le retrouver, j'en aurais le cœur brisé si…

Je m'interromps, la gorge serrée. Une vague d'émotions me submerge à l'idée qu'effectivement, malgré ses manipulations, je ne supporterais pas qu'il parte. Mais surtout… c'est la première fois que je mens à Line.

– OK. OK. On va gérer. On gère tout le temps, n'est-ce pas ? dit-elle d'une voix douce.

– On ne gère pas, Line. On se démerde comme on peut.

– Eh bah, c'est toujours mieux que rien, j'imagine. La clé de la survie est l'adaptation, après tout !

Un sourire timide ourle mes lèvres face à son éternel optimisme. Sourire qui s'évanouit trop rapidement et enclenche donc son mode protecteur.

– Tu as peur qu'il apprenne pour les photos, c'est ça ?

Ma sœur a toujours été au courant de cet odieux chantage. Je ne compte pas le nombre de fois où elle a supplié mon père de prendre ma place sur les photos. Malheureusement pour moi, Line était majeure, elle. Par réflexe, l'un de mes bras se place en travers de mon abdomen. Geste qu'elle prend pour une affirmation.

– On gérera cela également. Pardon, on se « démerdera » avec ça aussi, tente-t-elle de me rassurer avec un clin d'œil. En attendant…

Sa silhouette se déplie pour se remettre debout. Dans un soupir las, elle contourne son bureau, prend place sur son fauteuil puis ouvre son Mac.

– Il faut l'annoncer à Calum, Luc'. Avant que je-ne-sais-qui ne le lui apprenne.

J'acquiesce avec l'air d'une condamnée à mort, me relève à mon tour puis renfile mes chaussures avant que sa voix ne me fauche une seconde fois.

– Petite sœur, peu importe la réaction de Calum. Tu as plus que mérité cette parcelle de bonheur avec Fennell alors… profites-en à fond.

15

Lucy

Ma journée terminée, je ramasse mon sac à main, récupère ma veste restée dans le bureau de Line et m'apprête enfin à quitter la tour. Vivre cette journée de façon « normale » en apparence, faire comme si mon monde n'avait pas implosé la veille, m'a épuisée. Seulement, je ne peux agir autrement… Trop de conséquences sont en jeu. Et si je me fous pas mal qu'un scandale explose au visage de Calum, je dois surtout penser aux répercussions sur Line et ma mère. Hors de question qu'en plus d'un mariage étouffant, maman se retrouve dans une tornade médiatique qu'elle ne saurait gérer.

Ma sœur est à l'étage supérieur en compagnie de notre père, aussi j'en profite pour partir en douce. Et ce, bien que je sois persuadée que les prochaines heures promettent de ne pas être de tout repos. Elles ne le sont jamais en compagnie de Fennell. Ce dernier m'a envoyé un message dans l'après-midi afin de me dire qu'il passait me prendre ce soir pour, je cite : « Une surprise à te montrer. » Mon ventre se tord méchamment à l'idée de le revoir. Bien qu'à peine vingt-quatre heures se soient écoulées depuis qu'il m'a déposée à la maison, j'ai la sensation que c'est comme si j'allais le voir pour la première fois. Parce que, à présent, je connais son réel visage. Néanmoins, je presse le pas afin de sortir, de peur qu'il rapplique. Pour le moment, éviter qu'il croise le chemin de mon père est une question de survie, de *ma* survie. Il le faudra. Fatalement. Surtout si Fennell persiste dans sa vengeance, mais une part de moi conserve un fragment d'espoir qu'il revienne à la raison.

Dans l'ascenseur, un long soupir m'échappe. Voilà où j'en suis : à préférer rejoindre l'homme qui m'a piégée plutôt que de rentrer chez moi et affronter ma famille dans le but de défendre une union dont je ne veux pas.

Enfin hors de l'immeuble, je m'immobilise sur le trottoir. Parce qu'il est là. Parce que, malgré ce qu'il a fait, mon cœur ne peut s'empêcher de battre plus fort, de cogner contre ma cage thoracique comme s'il l'appelait, lui et aucun autre. Adossé à sa voiture, fumant tranquillement, Fennell m'observe progresser jusqu'à lui. Habillé d'un simple jean et d'une chemise blanche, ses cheveux en bordel retombant sur son front, il est… beau. Parfois, il me fait penser à ces prédateurs aquatiques attirant leur proie de leur lumière trompeuse. Fennell est pareil. Il s'enveloppe de cette aura lumineuse et solaire pour mieux dissimuler ce truc obscur en lui. J'en ai parfaitement conscience et pourtant, plus je m'approche, plus j'ai envie de le rejoindre. De le toucher, même si une part de moi sait que je serai perdue une fois mon besoin assouvi. Faisant fi de son regard qui se balade sans aucune pudeur sur mon corps, je me stoppe à sa hauteur.

– Bonjour, ma poupée, susurre-t-il, un demi-sourire effleurant ses lèvres.

Je ne réponds pas, en suis incapable. Une foule de sentiments s'écrase sous ma poitrine, ne cherche qu'à s'en extirper pour lui faire ravaler ce sourire.

– Où est ton alliance ? demande-t-il dans un ricanement.

– À l'heure qu'il est, sûrement dans les égouts, mens-je

en haussant les épaules. C'est bien la suite logique après avoir été engloutie par une chasse d'eau, non ?

Sa langue se glisse entre ses lèvres. Lentement. Trop lentement. Fen' se penche ensuite, approche son visage à quelques petits centimètres du mien. Et je ne bouge pas. Me contente de le poignarder visuellement. Je refuse de reculer, de le laisser prendre encore plus d'ascendant qu'il en a déjà. Sans ne serait-ce que me frôler, il dévie vers mon cou, inspire puis s'écarte pour m'ouvrir la portière côté passager.

– Si Mme O'Brien veut bien se donner la peine.

Après une courbette moqueuse, il me plante là avant de contourner le véhicule et de s'installer derrière le volant. Pétrifiée, je ne bouge pas.

Mme O'Brien…

Ses paroles déclenchent un tel séisme sous ma peau que j'ai l'impression que ma poitrine va éclater. Mon pouls devient si erratique qu'il martèle mes tempes en un rythme assourdissant. Toutefois, je trouve tout de même la force de me ressaisir et me glisse sur le siège. Je referme, nous isole du reste du monde. Le silence au sein de l'habitacle me tombe dessus comme une chape de plomb. Et je suis bien incapable d'entraver le mouvement anarchique de mon buste qui tente de récupérer un peu d'air.

– Lucy, souffle Fennell.

Mon attention rivée sur un point imaginaire devant moi, je ne pivote pas vers lui. C'est alors que sa main entre dans mon champ de vision, se suspend juste au-dessus de mes cuisses. D'instinct, je décale mes jambes, les colle à la portière pendant qu'il ramène sa paume sur le volant, le serrant à en blanchir ses articulations. Enfin, il démarre et s'engage parmi les autres voitures sur la route.

– Où va-t-on ?

– Je te dirais bien qu'il s'agit d'une surprise, mais…

– Toi et moi n'avons pas le même concept des surprises, craché-je.

– Je te le concède, mon cœur.

– Arrête de m'appeler comme ça. Du coup, dois-je m'attendre au même type de surprise qu'un mariage sous ecsta à Vegas ?

– Plus ou moins, répond-il d'un ton énigmatique.

Ma tête tourne si vite vers lui que mes vertèbres émettent un craquement inquiétant.

– Tu te fous de moi ?

– Fais-moi confiance, assure-t-il sans toutefois me regarder.

J'éclate de rire. D'un rire grinçant qui le fait grimacer.

– Je crois qu'entre toi et moi, la confiance n'est clairement plus de mise.

– À qui la faute ? grogne-t-il.

– La mienne, déglutis-je. Et la tienne, désormais.

Un second silence s'installe, grignote mes nerfs déjà bien à vif depuis son retour. Évidemment que cela est ma faute, néanmoins, entre assumer mes actes, vivre avec ma culpabilité et lui laisser un ascendant total sur moi, il y a un fossé que je refuse de franchir. Surtout avec Fennell en adversaire.

– Crois-moi, Lucy. Cette surprise, tu sauras l'apprécier avec le temps. Tout comme ce mariage. J'y veillerai, ma poupée, dit-il sur un ton menaçant qui vient contredire ses paroles.

– Je suis ta prisonnière, Fennell. Mais tu sembles ne pas avoir conscience d'une chose : toi aussi, tu l'es, prisonnier.

Cette fois, je risque un coup d'œil sur son profil qui se crispe tout à coup.

– Alors nous serons le captif l'un de l'autre, mon *cœur*. Je trouve ça assez poétique, non ?

Digne d'une fichue tragédie.

Cette réplique me brûle le palais, mais je la garde pour moi. Aussi, je pose ma tempe contre la vitre et demeure muette.

Quinze petites minutes plus tard, Fennell ralentit tandis que nous arrivons dans un quartier en périphérie du centre-ville. Un quartier que je connais très bien puisqu'il s'agit du mien mais aussi de celui de notre enfance. Mes paumes se contractent violemment sur mes cuisses, mes ongles labourant ma peau à travers mon pantalon. Je pourrais clore mes paupières et quand même dire à quel moment tourner et dans quelle direction. Quand bifurquer, ralentir avant les dos-d'âne, parce que cette route aussi, je la connais très bien pour l'avoir empruntée si souvent, enfant, puis ado sur mon vélo. Mon cœur pompe avec férocité, comme s'il cherchait à m'insuffler assez de force pour affronter la suite. Sauf que chaque pulsation est d'une douleur sans nom. Quand nous arrivons devant une immense grille, Fennell appuie sur une télécommande qui enclenche l'ouverture. Nous nous engageons ensuite sur une toute petite route et là… je réalise. Ressens presque physiquement la mâchoire d'acier de ma prison se refermer sur mon corps.

Un besoin quasi irrépressible de hurler me soulève le cœur, mais je n'en fais rien. Ni lorsque l'énorme demeure de la famille O'Brien se dresse soudain devant nous. Ni quand Fennell murmure, un sourire puant l'enfer aux lèvres :

– Bienvenue chez nous, ma poupée.

16

Fennell

D'abord immobile, Lucy décrispe ses doigts pour lentement les étaler sur ses cuisses. Le menton droit, elle relève uniquement le regard sur la bâtisse qui l'a accueillie tant de fois quand nous étions plus jeunes. Ce qu'elle est belle, putain… Drapée dans cette dignité froide qu'elle tente par tous les moyens de ne plus fissurer devant moi. J'ignore si c'est parce que je sais qui se cache dessous que j'ai tant envie qu'elle cède, que je rêve de la rabattre contre moi pour faire exploser son vernis à mes pieds… Toujours est-il que la déposséder de son armure sera aussi jouissif que la posséder, elle.

Sans un mot, ma poupée ouvre enfin la portière puis s'extirpe de l'habitacle. Je l'imite, contourne la voiture pendant qu'elle se dirige vers l'entrée pour se figer devant l'immense porte. À sa hauteur, je pose ma main dans le creux de son dos, déclenchant dans son corps un spasme qui se répercute alors violemment dans le mien. L'espace d'une seconde, j'hésite. L'envie de presser davantage sa chair, de la parcourir me mord férocement le bide. Néanmoins, je me retire puis ouvre le battant afin de la laisser pénétrer à l'intérieur. Ce qu'elle fait, avant de s'immobiliser en plein milieu du grand hall. Cette baraque a été construite par les grands-parents de mon père ayant fait fortune dans l'exploitation de pétrole. Du pur produit texan. Je l'adorais. Avant. Avant que les fantômes de mes parents ne soient plus les seuls à hanter ces murs. Avant que tous mes souvenirs en compagnie de ma meilleure amie ne soient pervertis pas nos manipulations.

Deux escaliers se présentent à chaque extrémité de l'entrée, menant aux différents étages. Au rez-de-chaussée, se déploient en une sorte d'étoile une cuisine qui ferait pâlir de jalousie bien des restaurants, une salle à manger indécente tant elle est grande et dégueule de luxe, deux salons, dont un d'hiver, deux piscines – une intérieure et une extérieure – ainsi qu'un jardin de plusieurs hectares. En bref, un étalage de faste que j'ai appris à vomir au fil des dernières années. Pourquoi emménager ici et pas dans mon appartement en centre-ville ? Parce que Lucy, elle, les chérit encore, nos souvenirs. Ils sont partout. Dans chaque recoin, chaque pièce, chaque particule d'air coincé entre ces murs. Et je sais que chacun d'entre eux la blessera.

N'y tenant plus, je la dépasse pour lui faire face. J'ai besoin de voir son visage, de lire à travers ses traits, dans le vert intense de ses yeux. Besoin de ressentir ces souvenirs la traverser.

Lucy relève la tête pour m'affronter avec une impassibilité flippante. Une expression coulée dans quelque chose de gelé. Avant, elle m'offrait tout. La moindre de ses émotions. Le moindre de ses frissons.

Durant une seconde, à l'instant où son regard s'accroche au mien, je regrette. Pire, je doute. Néanmoins, ce sentiment est vite supplanté par un autre : ce besoin de la garder près de moi. Et tant pis si c'est en tant que captive. Sa vie appartient à la mienne. Tout comme mon existence lui appartient.

– Tu ne dis rien, ma poupée ? lancé-je d'une voix suintant l'assurance quand je crève de cette distance entre nous.

– Et que veux-tu que je te réponde, Fennell, hein ?

Ramenant ses cheveux sur son épaule gauche, geste qu'elle fait dès qu'elle se sent dépassée, elle s'écarte à nouveau de moi pour avancer de quelques pas. Au pied d'un des escaliers, Lucy opère une volte-face, me cloue d'un regard dur. En dépit de l'instant, je ne peux m'empêcher de la trouver parfaite. Dans son tailleur, sa taille mise en valeur par la ceinture de sa veste longue, elle est magnifique. Un parfait mélange de sensibilité et de force.

– Ce n'est pas comme si j'avais le choix, insiste-t-elle.

Un sourire fauve étire mes lèvres pour toute réponse.

– En revanche, renchérit-elle, tu es sûr ? De vouloir t'enferrer dans cette situation ?

La tête droite, elle s'approche lentement…

– Sais-tu ce que c'est, Fennell ? Un mariage où ni l'un ni l'autre ne trouve de réelle satisfaction ? Où l'un comme l'autre finit par étouffer ?

… jusqu'à arriver à ma hauteur, le bout de ses chaussures cognant contre mes chaussures.

– Est-ce ainsi que tu imagines ta vie ? Dans un quotidien pesant, asphyxiant, où tu finiras par me tuer à petit feu et où je finirai par te tuer à petit feu ?

Brusque, j'attrape son menton avant d'atténuer mon geste par une caresse de mon pouce sur son cou.

– Ne nous confonds pas avec tes parents, mon cœur. Eux ne se sont jamais aimés…

D'un revers de main, elle vire la mienne de son visage.

– Aimés ? Vraiment ?

Un sourire suffisant étire mes lèvres.

– Joue pas à ça avec moi, ma poupée. Douter ne fait pas partie de ma nature, encore moins lorsqu'il s'agit de toi.

À son tour, elle me sourit. Tendre et en même temps si… cassante.

– C'est vrai que je t'aimais aussi il y a huit ans, dit-elle dans un murmure qui me déchire de l'intérieur.

Un liquide aussi froid que du métal semble se répandre dans mes veines. Je ne peux réprimer une grimace enragée, mais ne prononce pas un mot. Elle n'y parviendra pas, à me pousser à bout, à me forcer à la relâcher.

Aussi, après avoir ravalé ma colère, je déploie mon bras en un mouvement ample, une assurance feinte collant à ma peau.

– Suis-moi.

Sans m'attendre ni me répondre, elle se détourne pour grimper les marches, comme si elle était branchée sur mes pensées. Je fourre mes poings serrés au fond de mes poches puis lui emboîte le pas avant, encore une fois, d'étaler ma main sur ses reins afin de la diriger jusqu'à une porte déjà ouverte. À nouveau, ses muscles se contractent. Lucy se fige, incertaine. Une pointe de satisfaction assez malsaine, je dois l'avouer, m'électrise face à sa réaction.

– Notre chambre, susurré-je, histoire d'enfoncer le clou.

Un spasme la secoue. Son bras se presse contre son abdomen, provoquant un coup dans le mien, d'abdomen. J'inspire profondément, enroule mes doigts autour de son poignet et, putain, j'espère que ce contact la brûle autant qu'il me brûle. Puis je la force à me suivre, une pièce plus loin. Soudain, je l'entends tenter de camoufler un hoquet de surprise avant que sa respiration s'envole, anarchique.

– Ta chambre, précisé-je, le timbre soudain rauque.

Les yeux écarquillés, son teint virant à la craie tant il paraît hanté lui aussi, elle entrouvre les lèvres. Sans prononcer un mot, toutefois. Pas besoin. Le voile brisé de son regard hurle pour elle. À mon tour, je m'abîme dans la vision de la chambre, de ma chambre. Celle abritant un millier de souvenirs. Et plus particulièrement le dernier : notre première fois. Suivi de ses paroles cruelles et lourdes de mensonges. Si je me concentre, je peux encore l'entendre gémir mon prénom, son corps suppliant le mien d'assouvir ce désir obsédant qui nous dévorait. Mes lèvres se pincent sous l'afflux de colère noyant soudain mon sang. Oui, cette chambre est parfaite pour elle.

– Enfin, en rajouté-je une couche, elle le sera jusqu'à ce que tu cèdes à ton besoin de me rejoindre la nuit.

Tout à coup, elle pivote vers moi, comble l'espace entre nous. Ses yeux enfouis au creux des miens, elle s'affaire à déboutonner le haut de ma chemise. Décontenancé, je la laisse faire. Car, en réalité, c'est moi qui crève qu'elle me rejoigne, me touche. Et lorsque ses ongles se plantent dans les lignes d'encre sur mon sternum, le métal dans mon sang devient fusion.

– Tu as eu mal ? demande-t-elle. Quand tu t'es fait tatouer mon prénom ?

– C'est toujours douloureux d'apposer une marque.

– Bien. Très bien même. Parce que ce n'est que le début…

– Tu comptes te battre, ma poupée ?

– Non, Fen'. Je compte te laisser te battre contre du vent. Seul.

Sa main retombe entre nous avant qu'elle ne pivote et me plante là, comme un con, devant cette chambre que je rêve déjà de cramer.

Néanmoins, je me fous un uppercut mental et déclare d'une voix sourde :

– Je te donne vingt-quatre heures pour l'annoncer à ta famille. Pas plus. Ensuite, je te veux ici.

Lucy ne prend même pas la peine de se retourner, ni de répondre, d'ailleurs. En quelques secondes, elle disparaît de mon champ de vision. À croire que notre histoire est vouée à se répéter inlassablement.

17

Lucy

– Je me suis mariée.

Alors que je dîne en compagnie de mes parents dans un restaurant huppé de la ville, j'énonce ces paroles avec un calme assez impressionnant en dépit du fait qu'il soit totalement feint. Profitant, à ma demande, d'être seule avec eux, sans Line qui se serait forcément interposée entre mon père et moi, et surtout, profitant d'être en public.

Je lâche la bombe sans aucun préambule ni fioritures. Déjà car cela ne ferait qu'énerver mon père, user de chemin de traverse est une chose dont il a horreur. Sauf quand c'est lui qui les emprunte pour piéger les autres… Mais aussi car je n'ai nulle envie d'y mettre les formes. En réalité, j'en ai marre. Peut-être qu'une fois la vérité – une partie, du moins – dévoilée, cette dernière arrêtera de me pourrir de l'intérieur. Et puis, ce n'est pas comme si j'avais vraiment le choix.

Le visage de ma mère pivote de mon côté, les paupières plissées. Quant à mon père, son regard se fige au fond du mien. Froid. Implacable. Il sait. Nul besoin de préciser qui est le complice de ce que Calum considère déjà comme un crime.

– Comment ça, « mariée » ? demande la voix inquiète de maman.

– Avec *lui*, déclare mon père, étrangement impassible.

J'acquiesce en silence, l'estomac si noué que je parviens à peine à respirer.

– Fennell ? devine alors Laura. Mais… Enfin, Lucy…

– Le week-end dernier, expliqué-je. Nous sommes allés à Vegas et une chose en entraînant une autre, on s'est retrouvés devant cette chapelle et… on l'a juste… fait.

Les traits tirés de mon père semblent s'affaisser de soulagement, provoquant tout le contraire chez moi. Je me force donc à remplir mes poumons d'air, prête à contrer ses prochaines paroles.

– Bien, énonce-t-il d'un ton calme.

– Bien ?

– Oui, bien. Un mariage à Vegas est très simple à faire annuler. Des jeunes un peu éméchés qui décident de s'unir sur un coup de tête, cela n'a malheureusement rien de rare. En revanche, que ma fille commette ce genre d'ânerie me dépasse, mais ça, on en reparlera plus tard. En attendant, je vais mettre mes avocats sur le coup, cela devrait être rapide.

Ses yeux me délaissent pour s'intéresser à son assiette, comme si mon annonce ne méritait pas qu'on y prête davantage attention. Sous la table, mes doigts se rétractent sur mes cuisses, vite couverts par la paume chaleureuse de ma mère qui essaie de m'apaiser. Nos regards se croisent, juste le temps qu'il faut pour m'insuffler la force nécessaire pour rétorquer :

– Non.

Un sourcil arqué, Calum relève la tête, ses prunelles fusant sur les miennes.

– Non, quoi ?

– Non, tu ne feras rien annuler car je ne le veux pas. Et non, tu ne tenteras rien pour nuire à ce mariage, ni à lui.

– Ma luciole, tu ne crois pas que c'est un peu tard pour cela ?

Je grimace face au ton doucereux qu'il utilise. Je sens le regard interrogateur de maman opérer des allers-retours entre nous deux. Elle n'a jamais été mise au courant de ce chantage à l'encontre de Theodore et ne le sera jamais. Ma mère ne s'en remettrait pas. Si elle a parfaitement conscience de qui est son mari, comprendre qu'il a déjà réussi à entraîner ses filles dans ses manipulations l'anéantirait.

– Il ne s'agit pas que de Fennell, papa, mais aussi de moi, ta fille.

– Et de ta famille également, riposte-t-il. À laquelle tu appartiens, et certainement pas à ce jeune idiot se prenant pour un justicier des temps modernes. Pitoyable.

Et pourtant, si tu savais comme ce jeune idiot te l'a mis bien profond…

– Calum, l'interrompt Laura, prenons le temps d'y penser, non ? On ne parle pas d'un inconnu, mais de Fennell O'Brien, après tout. Notre fille en était déjà amoureuse avant même de comprendre ce que le mot « amour » voulait dire.

Je dois faire appel à toute ma volonté afin de ne pas craquer. Ma mère, en désirant m'apporter son soutien, vient de m'asséner un coup encore plus violent que la réaction de mon père. Notre relation, à Fen' et moi, ces sentiments que nous partagions n'ont jamais été un secret pour personne, à part peut-être pour nous pendant un moment. Et pourtant… Comment quelque chose d'aussi instinctif, d'aussi établi qu'était notre lien a-t-il pu être aussi altéré ? Comment ce qui me rendait si libre n'est devenu qu'un piège se refermant toujours un peu plus sur moi ?

– Laura, trésor, laisse-moi gérer ça. Lucy est une femme intelligente, je m'en suis toujours assuré. Je suis certain qu'elle finira par comprendre…

Voilà comment…

– Justement, je suis assez intelligente pour savoir ce que je fais, où je mets les pieds ainsi que les conséquences de mes actes. Et je crois, papa, que le temps est venu pour toi de me faire confiance. Jamais je ne signerai le moindre papier qui ferait annuler ce mariage. Peu importe ce que tu en penses. Peu importent tes menaces.

– *Menaces* ? Mais enfin, Lucy, se révolte Laura dans un murmure, nous sommes tes parents. Qui menacerait ses enfants ?

Je relève le menton, plante un regard si déterminé au fond de celui de Calum que je ressens jusque dans ma poitrine la tempête affluant par vagues de plus en plus monstrueuses sous sa peau. Jamais je ne l'avais défié de la sorte. J'ai essayé pourtant. Une seule et unique fois, qui s'est soldée par un tel échec que cela en a gâché ma vie. La peur que l'histoire se reproduise me tétanise ; seulement, là, je ne peux pas courber l'échine. Mon père doit céder sur ce point si je veux réussir à protéger ma sœur et ma mère. Mes dernières heures avec Fennell m'ont au moins prouvé une chose : sa détermination à me faire payer. Je ne doute pas un seul instant qu'il soit capable de nous détruire, ma famille et moi. Après tout, nous avons en partie détruit son père.

– Ma fille, gronde-t-il d'un timbre si bas, si rauque qu'il s'infiltre par le moindre de mes pores tel un venin insidieux, je ne pense pas que, contrairement à ce que tu avances, tu aies réfléchi aux répercussions, à *toutes* les répercussions. Tu…

– Stop, le coupé-je.

Je me lève lentement, avec l'impression que du plomb fondu a coulé autour de mes os. Mon père ne doit pas gagner cette manche et, si je le laisse poursuivre, je sais qu'il trouvera les paroles qui sauront me toucher, provoquer le même choc que huit ans auparavant.

– Je sais ce que je te dois, papa. Une partie de celle que je suis. Ma force. Mon intelligence, comme tu dis si bien. Et également un morceau de mon cœur arraché. Mais je sais aussi que tu m'aimes. Alors je vais rentrer à la maison, préparer mes affaires et emménager avec Fennell. Quant à toi, tu ne vas pas m'en empêcher parce que, pour une fois, tu vas penser au bien-être de ta fille et non uniquement aux éventuelles répercussions que notre mariage peut avoir sur la société. Je l'ai bien mérité, après tout.

Ses yeux s'enflamment d'une rage si palpable que mes propres muscles se contractent sous l'impact. Cependant, il n'esquisse pas le moindre geste lorsque je recule, si ce n'est pour empêcher ma mère de se mettre debout à son tour afin de me retenir.

– Ça va aller, maman, la rassuré-je.

Je m'approche d'elle et embrasse sa joue avant de quitter le restaurant.

***

La porte s'ouvre et je pénètre dans la demeure dans un état second. Effrayée de rester. Effrayée de partir. Larguée entre ce qu'il est judicieux de faire et ce que je désire réellement faire.

Le battant se referme dans mon dos en un claquement sonore. Et je ne bouge plus, demeure là, statufiée dans l'immense entrée.

Un mouvement en hauteur attire mon attention. Je manque de m'effondrer en découvrant Fennell, torse nu, au sommet de l'escalier. Comme un reflet parfait, il s'immobilise, ses yeux ambrés effleurant tout juste ma valise avant de se poser à nouveau sur moi.

Le besoin violent de me ruer dans ses bras, de fondre toutes mes craintes dans son étreinte, me submerge.

J'ai la sensation que mon corps hurle, que mon cœur se désagrège. Parce qu'à lui non plus, je ne céderai pas. Parce que lui aussi a tenté de corrompre, de pervertir ce lien entre nous. Et que me sentir coupable ne veut pas pour autant dire lui pardonner.

Nous nous perdons un long moment, le regard l'un dans l'autre, avant que je me détourne. Puis, la main crispée autour de la poignée de ma valise, je grimpe les marches et le frôle en passant à côté de lui pour aller m'enfermer dans sa chambre devenue à présent la mienne.

J'ai l'impression de m'être extirpée d'un piège pour m'engouffrer dans un autre. Or, je ne saurais dire lequel est le plus dangereux. Ou bien lequel est sur le point de m'asphyxier pour de bon.

18

Lucy

Des écouteurs dans les oreilles, la tête rejetée en arrière sur le rebord du Jacuzzi de la terrasse, je me concentre sur les légers fourmillements que les bulles provoquent sur ma peau. Je les imagine créer des entrelacs à la surface de ma chair, la rendre un peu plus vivante. Depuis hier, depuis ce fichu dîner avec mes parents, je me sens comme anesthésiée. Ce matin, je me suis levée tôt dans le but de ne pas croiser Fennell avant de me rendre au boulot, en œuvrant toute la journée pour éviter Calum ainsi que Line et esquiver les appels de ma mère. Je sais que, demain, je regretterai d'avoir ignoré ma sœur. La connaissant, elle va me le faire payer au centuple. Mais j'avais besoin de ces heures de paix. Ou du moins sans aucun esclandre.

Aussi, je déconnecte, en attendant la prochaine bataille, et me réfugie dans un repos mérité. « Sugar Water » de Cibo Matto envahit mes tympans, se propage dans mes cellules. Mon corps ondule doucement dans l'eau, le tempo m'accordant temporairement cette liberté que je ne possède plus vraiment.

Il ne me faut pas plus de quinze minutes supplémentaires pour réaliser combien je me fourvoyais. Que ce soit la musique, du calme ou bien un bain bouillonnant, rien n'est plus efficace que sa présence pour me rendre vivante. Et ainsi mieux me bousiller ensuite. Pas besoin de rouvrir les paupières ou d'attendre que les remous de l'eau m'indiquent qu'un autre corps me rejoint pour *le* ressentir. Éprouver autant qu'espérer *sa* chaleur.

Ne pouvant m'en empêcher, je relève la tête, mon regard aussitôt accroché par celui de Fennell qui, les bras écartés sur le rebord, me fait face dans toute sa désinvolture. Ses lèvres s'étirent alors qu'il me sourit. Irrévérencieux. Effronté. Solaire. Obscur. Mes yeux chutent sur son sternum où sont encrées les lettres de mon prénom. Et la douleur dans mon ventre réapparaît, encore plus véhémente.

Mes yeux remontent sur sa bouche qui bouge au rythme de ses paroles. Le son dans mes écouteurs couvre sa voix et c'est tant mieux. L'observer torse nu, ses cheveux légèrement bouclés effleurant son front et cette façon impertinente de me regarder, limite obscène, me suffit pour faire semblant pendant quelques secondes que ces huit dernières années n'ont pas existé. Or, si je l'écoute, ses mots feront éclater la bulle dans laquelle je végète depuis ce matin. Fennell est un homme dangereux dès lors qu'il parle.

Aussi, sans cesser de le fixer, j'attrape mon téléphone et, sous son nez, augmente le volume. Son sourire s'élargit, sa langue léchant sa lèvre inférieure. Pendant un long moment, nos yeux ne se quittent pas, nourrissant ce lien que je hais autant que je le désire.

L'arrière de mon crâne retrouve sa position initiale. Un long filet d'air envahit mes poumons qui semblaient ne plus savoir comment fonctionner sous son regard.

Seulement, j'ai oublié à qui j'ai affaire…

Le corps de Fennell ne tarde pas à me surplomber. Les deux paumes posées de chaque côté de mes tempes, son visage pile au-dessus du mien, il se penche, collant son oreille à la mienne, avant de dériver au rythme lent et envoûtant des Cibo Matto. Son torse frôle mes seins, son genou glisse entre mes jambes. Quant à moi, je ne bouge pas, même si le moindre grain de mon épiderme irradie.

Soudain, il arrache mes écouteurs pour les balancer au loin. Puis, avec un calme olympien, il retrouve sa place, ses prunelles arrimées aux miennes.

– Fais pas cette tête, ma poupée, ricane-t-il. Tu imagines bien que je n'allais pas supporter longtemps que tu m'ignores.

– Bienvenue au sein de cette merveilleuse institution qu'est le mariage. Ne me remercie pas, je te fais une formation accélérée. D'ailleurs, j'hésite pour la prochaine étape : te menacer de divorce ou directement prendre un amant ?

Fennell éclate de rire, nullement touché par mes remarques. J'arque un sourcil, darde un regard on ne peut plus sérieux sur lui. En vain.

– Luc', combien d'amants as-tu eu depuis notre première fois ? demande-t-il soudain.

Son air grave me trouble. Parce qu'il ne plaisante pas, s'attend réellement à ce que je lui réponde.

– Tu te moques de moi ? Tu veux jouer à « On compte nos ex » ?

– Je parle de tes amants, ma poupée. Un ex suppose des sentiments, enfin j'imagine, je ne suis pas calé en la matière, raille-t-il. Or, on sait qu'aucun autre mec ne rentre dans cette catégorie. Mais j'avoue être curieux quant au reste.

– Aucune idée, réponds-je d'un ton mesquin. J'ai perdu le fil après quelques mois.

Son sourire mute en un rictus moqueur.

– Tu essaies de me rendre jaloux ?

Un long soupir ébranle ma poitrine. Je dois me ressaisir. Au jeu des provocations, Fen' a toujours été plus fort. Et si je commence à y répondre, je suis sûre de finir par vraiment me perdre.

– Pourquoi cette question, Fennell ?

– Hum… je m'interroge…

Sa tête se penche doucement sur le côté, ses yeux balayant avec une certaine avidité mes courbes immergées.

– Quel genre de plaisir as-tu ressenti ? commence-t-il à détailler. Le genre de plaisir qui comble, mais qui reste mécanique ? Celui plus intense procuré par un partenaire expérimenté ? Ou… ce truc qui explose en toi, te déchire de l'intérieur, te transperce de part en part ?

D'un mouvement fauve, il dévore encore le peu d'espace entre nous, se penchant à nouveau au-dessus de moi. Ses mains se referment sur mes cuisses pour les écarter d'un coup sec. Et, bien que ses ongles s'impriment dans ma chair, à aucun moment il ne fait mine de vouloir me toucher davantage. Ma mâchoire se contracte. Comme j'aimerais le détester de toutes mes tripes, abhorrer son contact, le rejeter de toute mon âme… Mais, à cet instant précis, je ne peux avoir plus conscience d'à quel point j'en suis loin. Beaucoup trop loin. Si loin que chacune de mes cellules, elles, le réclame jusqu'à la douleur.

– Te gave d'un shoot si puissant que chaque grain de peau en est méchamment bouleversé ? Que tu finisses aussi rassasiée qu'affamée ?

Ses lèvres à l'orée des miennes demeurent entrouvertes, aspirant le moindre de mes souffles déchaînés.

– Ma poupée, sois honnête. As-tu ressenti ça depuis la seule et unique fois où je me suis glissé en toi ?

Mon abdomen se creuse. Pas d'envie, pas seulement. Mais de rage. Sans reculer mon visage d'un millimètre, je réponds :

– Toi et moi, on sait que, désormais, jamais plus on ne ressentira ça.

– Menteuse, ricane-t-il dans un murmure.

– Fennell, pour cela il faudrait que tu puisses à nouveau « te glisser en moi ». Or, cela n'arrivera plus. Tu aurais dû en profiter avant de nous marier de force.

Le rictus qui s'empare de sa bouche est si sauvage que j'en reste saisie, mon pouls sur le point de se figer.

– Ma poupée, si tu savais comme j'ai pensé et fantasmé ce moment où je serai à nouveau en toi. Parce que ça arrivera. Peu importe l'énergie que tu dépenseras afin de résister à tes propres envies et tes propres besoins. Viendra le moment où tu n'en pourras plus de me réclamer. Et ce jour-là, je veux que tu me voies. Que tu sentes la vengeance prendre possession de ton ventre, que tu lises la victoire ancrée dans mon regard lorsque je m'enfoncerai en toi. Ce jour-là, je ne veux pas me dissimuler. Ce jour-là, je veux tout t'offrir de moi sans rien cacher. Et tu sais quoi ? Tu aimeras ça, Lucy. Avec la même violence que, moi, j'aimerai ça.

Le cœur dévasté, je l'observe, muette, mimer une tendre caresse sur ma joue sans toutefois me toucher, avant de se relever, me tournant le dos afin de sortir du bassin. Le serpent lové le long de sa colonne vertébrale ondule, menaçant et dangereux, tandis qu'il enroule une serviette autour de son bassin.

– Mais en attendant, ajoute-t-il en m'affichant son profil paré d'un sourire, habille-toi. Nous avons du monde ce soir.

19

Lucy

Un cri à jamais emprisonné au cœur de ma poitrine, je termine de m'habiller dans sa chambre.

J'ai essayé de ne m'attarder sur aucun meuble, sur aucun souvenir. En vain. Même à présent, malgré mes paupières closes, une myriade d'images me percute violemment : la bibliothèque, courant sur un pan de mur entier et contre laquelle il m'a embrassée pour la première fois, le canapé en cuir où, plus jeune, il passait des heures à jouer aux jeux vidéo avant de lui trouver un intérêt plus « horizontalement intéressant », la grande baie vitrée s'ouvrant sur un balcon où lui et moi avons passé des heures post-soirées. Et puis, il y a ce lit, celui où il m'est arrivé de m'écrouler, morte de fatigue, à ses côtés. Ce lit où mon corps a enfin su ce que voulait dire aimer.

Devant le miroir sur pied, je rouvre mes yeux. Moulée dans une robe bustier corail, je brosse mes cheveux puis les attache en une longue queue de cheval lisse, feignant de ne pas remarquer la silhouette qui se découpe à travers le reflet.

– Prête, ma poupée ? se manifeste enfin Fennell.

D'une démarche lascive, mais incisive, il avale la distance entre nous jusqu'à se poster dans mon dos. Vêtu d'un pantalon noir et d'une chemise blanche totalement débraillée, il est… lui. Un putain de paradoxe. Durant un long moment, son regard s'attache à la moindre parcelle de peau visible avant de se plonger dans le mien. Aussi, je relève le menton, l'affronte en silence, imprimant un sourire satisfait sur ses lèvres.

– Tu es si belle, dit-il dans un souffle qui se répercute sur le sommet de ma tête.

D'une main, Fennell décale mes cheveux sur une épaule puis enfouit son nez dans mon cou, m'égratignant le cœur au passage.

– J'ai hâte de… renchérit-il.

Soudain, sa paume se déploie sur mon abdomen pour me rabattre contre lui. Un frisson mord alors férocement ma chair, me force à contracter mes muscles sous l'impact.

– … ça, conclut-il. Te sentir frémir à chaque fois que je te serrerai devant tous nos anciens amis venus célébrer notre mariage. Contempler ta peau se voiler de chair de poule à chaque fois que je te toucherai. Me nourrir de toutes ces émotions contradictoires dans tes yeux à chaque fois que je murmurerai à ton oreille. Je sens que cette soirée va être jouissive, ma poupée.

D'un pas, il se recule. Admire ses paroles bouleverser les traits de mon visage, alors que le sien est parcouru d'un éclat satisfait.

Tandis qu'il s'apprête à se retourner, je le retiens.

– Fennell ?

– Mon cœur ?

– Ton alliance, enlève-la.

Un sourcil arqué, il penche la tête sur le côté.

– J'ai expliqué que nous nous étions mariés sur un coup de tête. Si tu montres déjà ton alliance à tout le monde, ça prouvera que tout était prémédité. Mieux vaut agir comme si nous n'avions pas encore eu le temps d'en choisir.

– J'aime tellement te voir de mon côté, ricane-t-il.

D'une enjambée, Fennell est de nouveau dans mon dos, si près que son torse s'écrase contre ma colonne vertébrale. Avec une extrême lenteur, il glisse son annulaire dans sa bouche, retire l'alliance avec ses dents avant de la récupérer entre ses doigts pour… la cacher dans mon décolleté. Comme pour illustrer ses paroles précédentes, un autre frisson se répand sur mon épiderme. Puis, sans rien ajouter, Fen' opère une volte-face pour sortir de la chambre. Sur le seuil, il ne peut s'empêcher de jeter un dernier coup d'œil dans ma direction. À son tour, son expression se froisse devant le sourire radieux que je lui retourne alors.

Line a raison. La clef de la survie est l'adaptation. Et Dieu sait que les années m'ont appris à m'adapter. À me façonner en fonction de qui se trouve face à moi. Et parfois, le meilleur moyen de résister est justement de céder.

***

Un éclat de rire s'extrait de ma gorge pendant que je discute avec Shane et quelques amis de notre époque lycée. Apparemment, que Fennell et moi nous soyons mariés semble être l'un des évènements de l'année. Sûrement rassurés que Fen' se soit rangé à nouveau de notre côté, nos anciens camarades semblent beaucoup plus à l'aise avec lui à présent. Surtout si j'en crois les banderoles qu'ils ont apportées et accrochées un peu partout. En lieu et place des « Félicitations » habituelles, on peut lire « Enfin ! », « Il était temps ! » ou encore « *They kill the suspense !* ». Malgré les émotions compressant ma cage thoracique, je feins à la perfection le rôle de la jeune épouse heureuse. Un autre rire me vaut un coup d'œil assez mauvais de la part de Fennell qui, assis sur le canapé un peu plus loin, abandonne ses invités pour aussitôt nous rejoindre. Possessif, il enroule un bras autour de ma taille pour me fondre contre lui. Mon sourire s'élargit et j'ai bien du mal à effacer la pointe sournoise de satisfaction qui m'envahit. Oh, Fennell n'est pas jaloux. Il sait parfaitement n'avoir rien à craindre de Shane ou des autres. En revanche, ne pas me sentir me débattre avec mes émotions, ça, ça doit le frustrer. Voilà pourquoi depuis le début de cette soirée, je souris, ris, m'amuse en dégageant tellement d'ondes positives que même Santa Claus en ferait une overdose.

– Encore bravo, mec ! s'exclame Shane. Quand je pense que tu as mis la main sur l'une des filles Langford.

Les doigts de Fen' s'incrustent dans ma chair à travers le tissu de ma robe lorsque mon nom de famille ricoche lourdement contre nous. Toutefois, je ne réagis pas. Au contraire, j'en profite pour m'abandonner davantage à son étreinte. Et pousse même le vice jusqu'à croiser mes doigts sur sa nuque et me hisser pour placer mon visage à hauteur du sien. Un rictus de prédateur fend sa bouche, mais je sais combien il se dissimule en cet instant. Mon nez frotte le sien, nos lèvres s'effleurent.

– Il lui en aura fallu du temps, réponds-je alors, mes yeux ancrés au fond du puits de ses billes couleur whisky.

– Ne jamais sous-estimer le poids de quelques photos souvenirs, assène-t-il d'un ton mielleux qui me soulève l'estomac.

Une vague de colère me cingle les flancs et, pour la première fois depuis un bon bout de temps, je cesse de réfléchir. Et fais la seule chose qui, je le sais, ébranlera Fennell : m'emparer de sa bouche. Je profite de sa surprise pour forcer la barrière de ses lèvres et enlace ma langue à la sienne. La totalité de ses muscles se crispe d'un coup. Ses mains se referment si brusquement sur mes hanches qu'un gémissement m'échappe pour mourir contre son palais. Je brûle. Je brûle d'un mal qui porte son nom et dont jamais je ne pourrai réchapper. Mais le pire, je crois, c'est que si je venais à être privée de ce mal, j'en mourrais… Comme je mourais à petit feu ces dernières années.

Lentement, ignorant mon corps qui me supplie jusqu'à l'agonie, je me détache de ses lèvres. Et, alors que j'ai enfin retrouvé mon souffle, ce dernier se tarit brusquement lorsque je rouvre mes paupières et chute dans la profondeur de ses iris ambrés. Veinés d'une colère éclatante, ses yeux me fusillent. Tout à coup incertaine, je chancelle et tente de me défaire de sa prise. En vain. Sa paume se referme brusquement sur mon poignet et il m'entraîne derrière lui sans même prendre la peine de s'excuser auprès de nos « amis ». Fennell m'emmène jusqu'à l'une des pièces d'eau du rez-de-chaussée. La porte à peine claquée, il m'accule contre le battant, ses deux mains fermées en poings placées de chaque côté de mes tempes.

– J'en veux plus, siffle-t-il, sa respiration s'écrasant sur mes lèvres.

Saisie, je me pétrifie.

– Embrasse-moi encore, Lucy.

Soudain, son corps entier se déploie, me surplombe tout en se collant davantage à mes courbes. L'une de ses mains s'étale ensuite sur ma gorge, incline mon visage jusqu'à ce que l'arrière de mon crâne bute contre le bois. Puis, son ombre me recouvrant entièrement, Fennell murmure, sa bouche contre la mienne :

– Allez, ma poupée. Je sais que tu en as envie.

– J'en crève d'envie, lui réponds-je alors, déchaînant son souffle. De vraiment t'embrasser. Sans faire semblant.

De mêler nos colères l'une à l'autre pour n'en garder plus qu'une violente passion. De nous apaiser pour mieux nous bousiller derrière. Mon Dieu, oui, comme j'en meurs d'envie.

– Mais ? m'interrompt-il avec un rictus infernal.

– Mais… Il n'y a aucun « mais », Fen'…

Je me relève sur la pointe des pieds, caresse ses lèvres des miennes. Une fois de plus, un éclair de fureur zèbre son regard tandis qu'un spasme érafle les lignes de son visage. Et, au moment où je m'apprête à l'embrasser, il se recule d'un bond, comme s'il avait soudain pris feu. Le cœur battant, le sang en fusion, je m'affaisse contre la porte, tout à coup vidée de la moindre force.

– Quoi ? aboyé-je presque. Provoquer, c'est tout ce que tu sais faire ?

Les muscles raides, tel un soldat de plomb, il me décoche un regard meurtrier.

– Et toi ? Tricher et manipuler, c'est tout ce que tu sais faire ?

Décontenancée, je me fige. Avant d'éclater d'un rire sinistre.

– Dit celui qui n'a cessé de mentir depuis qu'il est réapparu dans ma vie !

– C'est faux, ma poupée. Je n'ai fait que te dire la vérité. C'est toi qui as mal traduit mes mots.

– Qu'est-ce que tu veux vraiment de moi ? craqué-je.

– Que tu rentres dans mon jeu, déclare-t-il d'une voix hantée.

– C'est exactement ce que je fais. N'étais-je pas une parfaite épouse ce soir aux yeux de tous ?

– Mais je m'en carre, des yeux des autres ! hurle-t-il soudain. Ce que je veux, c'est…

Il s'interrompt, peinant à reprendre son souffle, avant

d'arrimer un regard à la fois brisé et enragé au mien.

– Je veux la vraie Lucy. Je veux tes émotions qui me réclament et me détestent en même temps. Je me fous de ce que pensent les autres ou comment ils te voient. Je refuse que tu me mentes encore une seule fois, que tu fasses semblant. Je veux que tu te battes, répondes à mes provocations, me résistes, me cèdes. Je veux ta vérité et tant pis si ta haine m'explose à la gueule.

– Fen'…

Le cœur en miettes, je déglutis avec l'impression d'avaler des kilos de rouille puis me rapproche de lui. Son torse se rebelle lorsque je pose ma main sur son buste et ça me tue un peu plus. De reddition, je laisse tomber mon front contre son torse.

– Fennell, regarde-nous, nous sommes toxiques l'un pour l'autre. Comme mes parents.

– Tes parents n'ont rien de toxique, répond-il d'un timbre si rauque que je le sens ramper sur ma peau. Ils sont dans un entre-deux apathique. Ton père voit son mariage comme utile et ta mère s'est installée dans cette fatalité uniquement par amour pour ses filles. Pour être toxiques, il nous faut des émotions et des sentiments puissants…

– Néfastes, le coupé-je.

– Et malsains, renchérit-il. Mais peut-être que…

Son index trouve mon menton afin de m'inciter à suspendre mon regard au sien.

– Peut-être qu'une fois que le poison aura tout envahi, peut-être que tout disparaîtra. La douleur, la rancœur, la haine…

Pas un instant, je ne crois ses dires. Oh, je suis persuadée que lui y croit, mais… c'est impossible. Quand on détruit, il ne peut rester du bon. Il ne reste tout simplement plus rien. Des ruines. Des lambeaux. Et des cendres… Néanmoins, la culpabilité m'étouffe à tel point que je suis prête à beaucoup – sûrement trop, même – pour le soulager. Et, quelque part, mon instinct me crie que Fennell aussi n'en a que trop conscience.

– Tu n'auras que moi, capitulé-je. Lorsque nous serons tous les deux, tu n'auras que moi, Fennell. Pas de Langford. Pas de O'Brien. Que Lucy, exactement comme avant.

Un soupir de soulagement semble vider ses poumons. Seulement, il ne paraît pas comprendre. Que je le laisse me voir, moi, comme lorsque nous étions plus jeunes, est dangereux autant pour mon cœur que pour lui. Parce que si mon cœur reste ainsi à découvert, il n'en sera que plus facile de débusquer le sien.

– Juste toi contre moi. Tes sentiments contre ma vengeance, ma poupée.

Juste toxiques à en crever.

20

Lucy

Je vais craquer. Ou exploser en plein vol, je ne sais pas trop. Quoique, en plein vol, c'est vite dit. J'ai plutôt la sensation de creuser encore et toujours plus profond. Après un déjeuner placé sous le signe des reproches de maman, frustrée de ne pas avoir assisté au mariage de sa fille et vexée de mon départ précipité de la maison, j'ai passé la journée à calculer le moindre de mes gestes devant ma sœur, dont l'attention est de plus en plus affûtée. Je déteste tellement lui mentir. Fennell est quand même sacrément doué. Il a réussi à m'isoler. À faire en sorte que je ne puisse être moi qu'avec lui et personne d'autre. Et tout ça sans compter sur l'impassibilité flippante de Calum. Bref, je suis épuisée mentalement et n'aspire qu'à me réfugier sous une douche brûlante.

Lorsque je rentre à la demeure O'Brien, je me fige dans le hall – comme chaque soir depuis que j'ai emménagé ici, il y a maintenant quatre jours. Cela fait quarante-huit heures que Fennell et moi avons tout juste échangé quelques mots, depuis la soirée avec nos « amis ». En même temps, je pars tôt et rentre tard, Fennell s'affairant à… ses prochains scandales, j'imagine. Je ne suis pas allée jusqu'à lui poser la question. Tous les jours, quelques employés de la famille viennent « tenir » la demeure, autrement dit s'occuper du ménage et préparer les repas. À vingt heures tapantes, tout ce petit monde déserte les lieux. Avant, ce n'était pas le cas. La gouvernante était installée dans une chambre à l'étage, je le sais car cette même gouvernante a été grassement payée pour glisser un peu de GHB dans le verre de son patron un soir, il y a huit ans. Évidemment, le lendemain, elle disparaissait de la circulation… Un soupir s'échappe de ma gorge. Vivre ici remue trop de boue…

Dans la cuisine, je sors un gâteau préparé par la gouvernante – la nouvelle – du réfrigérateur, tandis que la maison est plongée dans un étrange silence. Silence toutefois vite interrompu par la sonnerie de mon téléphone. Je l'extirpe donc de la poche intérieure de ma veste et clos les paupières face au texto s'affichant sur l'écran. Lorsque je les rouvre, les mots, ces mots que seul Fennell est capable d'user, sont encore là, s'amusant à me flinguer un peu plus.

[Ma poupée, rendez-vous dans la pièce
où tu as lacéré ton âme en mon nom…]

Mes dents se plantent dans l'intérieur de ma joue. Et ce n'est qu'une fois qu'un goût de rouille tapisse mon palais que je me bouge. Sans réfléchir davantage, je traverse le salon puis la salle à manger. Après tout, j'ai accepté de jouer, alors… jouons. Une fois dans l'aile est, je prends immédiatement sur la droite, dans un couloir, parcours plusieurs mètres sur une moquette en velours d'un blanc trop éclatant avant de m'arrêter devant une porte entrouverte. Encore une fois, je ne réfléchis pas car si je le fais, je risque de me noyer pour de bon. Aussi, je pousse le battant pour chuter douloureusement sur l'un de mes pires cauchemars.

Ce bureau, il hante les recoins les plus sombres de mon esprit. La dernière fois que j'y ai mis les pieds, c'était pour piéger Theodore qui gisait sur son fauteuil dans un sommeil artificiel. La dernière fois que j'y ai mis les pieds, c'était pour… lacérer mon âme, comme l'a si justement dit Fennell. Ce dernier, d'ailleurs, m'attend patiemment dans le siège de son père. Une putain de réminiscence du passé en beaucoup plus sadique et vengeresse. Un coude planté sur l'un des accoudoirs, le menton appuyé contre son poing fermé, Fennell me cloue d'un regard aussi arrogant qu'un chef de guerre contemplant sa prochaine victoire. J'ignore l'onde glacée dévalant ma colonne vertébrale, avance de plusieurs pas puis, d'un coup de talon, claque la porte, nous enfermant pour de bon dans cet enfer.

– Tu m'as manqué, se contente-t-il de dire.

D'un pas lent, je contourne le large bureau en merisier pour me figer face à Fennell qui pivote son siège dans ma direction.

– Je t'ai manqué ? Ou nous torturer t'a manqué ?

– Nous ? ricane-t-il, un sourire en coin.

Sa main fuse soudain, attrape la mienne puis d'un geste rapide, la plaque contre son ventre.

– Tu sens, ma poupée ? Ce truc qui enfle dans mon bide dès que tu es là, c'est ça… qui m'a manqué. Tu te souviens, quand tu disais que j'étais affamé ? Eh bien, je réclame d'être rassasié, conclut-il.

Penchée sur lui, je rétorque :

– Alors ce sera mon deuxième conseil sur ce que je connais du mariage : prends-toi une maîtresse.

– Tu n'as pas envie de moi ? s'amuse-t-il.

– Je préfère rester affamée que te laisser prendre possession de moi.

Cette fois, c'est un rictus qui dévore son visage, éclatant d'une passion si sombre.

– Ça viendra, Lucy, déclare-t-il d'un ton plus sec. Aucun de nous n'est assez fort pour y résister éternellement, mais en attendant… c'est mon envie de vengeance qui réclame d'être assouvie.

Soudain, il se rencogne contre son dossier, écarte légèrement les bras avant de me faucher salement.

– Montre-moi.

D'instinct, je me redresse. Ce qu'il me demande est cruel. Cruel et odieux.

– Fennell… grondé-je.

– Tu m'as promis.

– Soit, grincé-je, les dents serrées. Puisque tu tiens tant à nourrir ta rancœur en reconstituant ce moment-là, alors faisons les choses bien.

Mes deux mains sur les accoudoirs, je pivote son siège de façon à le positionner face à la baie vitrée courant sur un immense pan de mur. D'un mouvement de tête, j'indique la fenêtre et chuchote :

– Comme ça… Pour que le photographe planqué dans le jardin n'en manque pas une miette.

Un voile lugubre couvre ses yeux ainsi que les lignes de son visage.

– Et puis…

Le menton relevé, je le surplombe, sans rien cacher des émotions qui me meurtrissent. Sans me cacher. Et paradoxalement, après avoir passé ces derniers jours à feindre le bonheur devant tout le monde, m'exposer entièrement face à lui me libère, en quelque sorte.

Lentement, je me débarrasse de ma veste courte qui

choit sur le sol puis dézippe le côté de ma robe ivoire, avant de retirer une manche, puis la seconde pour enfin la laisser tomber à mes pieds. Sous l'attention acérée, mais fébrile de Fennell qui s'attarde sur la moindre de mes courbes uniquement dissimulées par un soutien-gorge et un string en dentelle rouge, je repousse le tissu au sol de la pointe du pied.

– Mon cœur, tu es si… parfaite.

Ces mots, il les a presque crachés. Toutefois, je ne recule pas et poursuis. Parce que, putain, je crois en avoir autant envie que lui, en réalité. D'autoriser ce désir qui, malgré ce que Fennell me demande, grimpe jusqu'à nous submerger totalement.

Je m'incline à nouveau, attrape les pans de sa chemise puis fais sauter les boutons en les écartant brusquement. Les runes tatouées sur son torse me narguent, se foutent de ma tronche tandis que sa respiration s'accélère. Ma proximité le heurte autant que la sienne me heurte, pourtant, il continue à me fixer d'un air implacable. C'est à peine si un tic agite ses traits lorsque je plante mes ongles dans ses pectoraux pour le griffer jusqu'à la ceinture de son pantalon.

– Tu t'écartes du scénario initial, raille-t-il.

– Qu'est-ce que tu en sais ? Tu n'étais pas là…

Ma réplique m'arrache presque le palais. Et arrache également une grimace enragée à son visage.

– Explique-moi, intime-t-il.

Je déglutis, mais ne recule pas.

– Ton père était déjà dans les vapes lorsque je suis arrivée. La faute de la drogue dans son whisky du soir. Je n'ai eu qu'à prendre la pose et partir.

– Montre.

Réprimant une violente envie de fuir ou juste de crier,

je m'exécute. Pose un genou sur le cuir de son siège puis me place à califourchon sur lui, me soutenant sur mes jambes comme je l'ai fait ce soir-là dans le but d'entrer le moins possible en contact avec… le père de l'homme dont j'étais secrètement amoureuse.

– Tu étais plus cambrée, lâche-t-il d'une voix d'outre-tombe, quand je me fige.

Un frisson s'empare du moindre centimètre carré de ma chair, mais il n'a rien de brûlant. Au contraire, il est glacé, dégueulasse. Coupable. Je creuse mes reins, rejette légèrement ma tête, mimant ainsi ma position sur les photos.

– Plus. Cambrée.

Sa voix claque sur mon épiderme tel un fouet particulièrement cruel. Je m'arc-boute, m'incline davantage en arrière lorsque Fennell enroule mes cheveux autour de son poing. Son geste couplé à ses paroles met mes sens en alerte, décuplant ma culpabilité au passage. Car je réalise alors à quel point je l'ai abîmé. Pire, à quel point je l'ai presque détraqué.

– Voilà. Comme ça. Là, tu es parfaite.

Encore ces paroles. Pour une énième cicatrice incisée à même mon palpitant. Le dos toujours vissé au cuir, Fennell me dévisage, son bras tendu pour me maintenir en place. Les mains agrippées au cuir, j'affronte son regard impitoyable en silence.

– Qu'as-tu ressenti ?

– Dégoût. Impuissance. Culpabilité. Colère.

Durant d'interminables secondes, il n'esquisse pas un seul mouvement. Persiste à m'observer, se gavant de tout ce qui me déchire et que je lui livre sans un mot. Soudain, Fennell me relâche, empoigne mes hanches afin de m'asseoir plus franchement sur lui, vissant nos bassins l'un à l'autre.

– Et maintenant ?

– Culpabilité. Colère. Douleur.

Son bras barre alors le bas de mon dos, collant ma poitrine contre son torse tandis qu'il rapproche son visage à hauteur du mien.

– Et là ? murmure-t-il, à de ridicules millimètres de mes lèvres.

– Culpabilité. Colère. Douleur. Trahison, ajouté-je, la gorge nouée.

– Quoi d'autre, Lucy ?

– Faiblesse. Et… ce « truc qui enfle dans mon bide ».

Un sourire timide, mais sincère, ourle sa bouche, me rendant durant un instant infime le Fennell de mon enfance. Du revers de sa main, il caresse tendrement ma joue, son expression totalement dépouillée de cette aura néfaste que j'ai moi-même contribué à créer.

– Quoi d'autre ? insiste-t-il, plus doucement cette fois.

– Fennell… Stop, je…

Sans me laisser terminer, il me plaque contre lui, enfouissant mon nez dans son cou avant de… me serrer fort. Sous mon corps, le sien lutte, se soulève. Peine à respirer normalement, en proie à un chaos sans nom.

– Abandon, dis-je alors dans un souffle.

Ce mot semble l'arracher de ce court moment de répit. Je le sens ensuite inspirer mon cuir chevelu, comme si, paradoxalement, il puisait sa volonté et sa force juste en respirant mon parfum. Ses doigts s'enfoncent ensuite davantage dans la chair de mon dos. Sans voir son visage, je sais que nos ténèbres l'ont de nouveau enveloppé. Mais ce n'est rien. Parce que, tout à coup, je prends conscience d'une chose : je ne suis pas faible. Au contraire, je suis prête. Prête pour Fennell O'Brien.

Soudain, dans un mouvement purement indécent,

ses hanches ondulent, poussant son érection tendue contre mon entrejambe.

– J'en veux plus, Lucy, répète-t-il. Et tu vas m'en donner plus.

21

Fennell

Le vert intense de ses yeux vient de nouveau me percuter. Me draper pour mieux me balancer en pleine tempête. Dans la nôtre, de tempête. Celle que nous déchaînons sur l'autre et qui, à cet instant précis, fout mes nerfs à vif. Embrase mon sang telle une traînée de poudre.

Royale, Lucy, toujours sur mes jambes, se redresse et malgré le bordel qu'elle engendre sous ma peau, je ne peux m'empêcher d'éprouver une pointe de satisfaction. Parce que la femme qui me surplombe, je la connais. Je la reconnais, plutôt. Elle a cet éclat incendiaire dans le regard, le même qu'elle avait quand, plus jeune, son attention ne cessait de virer vers moi lorsqu'elle s'abandonnait dans d'autres bras que les miens. De la pure provoc'. Une combattante dans son écrin de feu.

Putain que j'aime la voir ainsi. Prête à défier la moindre seconde que nous passons ensemble.

Autant que je déteste ça…

Autoritaire, j'empoigne ses fesses, en continuant à appuyer mon entrejambe contre le sien. De concert, nous happons une bouffée d'air sous la salve de plaisir qui s'abat sur nous. Et c'est là, au moment où Lucy ouvre la bouche, où elle relance le jeu que tout nous explose au visage.

– Qu'est-ce que ça fait, Fen' ? D'enfin pouvoir me toucher comme tu en as toujours eu envie ?

– Enfin ? réponds-je après avoir effleuré la peau de son cou du bout de ma langue. J'ai fait bien plus que te toucher durant ces huit dernières années, mon cœur. Je t'ai fait l'amour, baisée, attachée, léchée, mordue. Je t'ai caressée, frôlée, fait jouir, punie... Peu importe dans quel corps je m'enfonçais, c'était toi. Toujours toi, Lucy.

Ses traits se chiffonnent sans qu'elle s'en cache. Néanmoins, Lucy a de qui tenir. Aussi, elle se reprend rapidement, appuie sur ses jambes afin de remonter son bassin puis descendre le long de ma hampe. Un arc électrique me cingle les reins. Ainsi que l'envie violente de cramer les morceaux de tissu entre nous pour réellement fendre son ventre.

– Et si...

Sa voix se meurt tandis qu'elle croise ses mains sur ma nuque, accélérant le balancement de ses hanches. Un gémissement qui outrage jusqu'à la plus infime partie de mon corps s'extirpe de sa gorge et, bordel, je hais de devoir me retenir. Je n'ai jamais eu à le faire avec Lucy. Or, je sens la colère monter en réalisant que c'est elle qui m'impose des foutues chaînes. Parce que si je cède maintenant, la victoire lui appartiendra. Et ça, c'est inacceptable.

– Et si... reprend-elle, le souffle de plus en plus court à mesure qu'elle se frotte contre moi. Et si tu arrêtais les substituts ? Me fantasmer, coucher avec d'autres en m'imaginant, moi, à leur place. Fen'...

Encore une fois, Lucy s'interrompt, reprend sa respiration puis conclut d'une voix ténue :

– ... éteins cette douleur. Comble ce vide, je...

– Tu ? grincé-je, la mâchoire contractée lorsqu'elle ne termine pas sa phrase.

Je me rencogne alors totalement contre le dossier,

l'admirant – parce qu'il n'y a pas d'autre mot – me chevaucher comme si, elle, elle prenait possession de moi.

– Je suis curieux, ma poupée. Jusqu'où tu es prête à pousser le jeu ? Je ne suis pas con, tu sais. Je te vois… Tu n'es pas réellement en train de me supplier de te prendre dans ce putain de bureau. Tu ne fais que jouer, provoquer. Alors, jusqu'où tu es prête à aller ?

– Tu te trompes. Je ne fais qu'entrer dans ton jeu, être entièrement moi, comme tu me l'as demandé, susurre-t-elle, son bassin toujours en mouvement. Et je peux t'assurer une chose : je souffre de ne pas te sentir en moi, Fennell.

Oui, décidément, j'ai horreur de ces entraves que je sens ramper à même ma peau pour mieux m'emprisonner. Ça, ce n'est pas ce que je veux. Je veux qu'elle me supplie de la posséder, me cède car elle m'aura cédé son âme. Or, là, si je craque, c'est moi qui aurais cédé à ses provocations. Et elle en a tellement conscience…

– Montre-moi. Jusqu'où tu es prête à aller, répété-je.

Un pli se creuse entre ses sourcils, de doute. Mais, comme toujours, ce n'est que de courte durée chez Lucy. En silence, avec pour seul tempo nos souffles chaotiques, elle se glisse entre mes jambes jusqu'au sol. À genoux, un regard impérieux vissé au mien, elle s'amuse à me griffer l'abdomen avant de buter sur ma ceinture qu'elle déboucle lentement, de déboutonner mon pantalon, de m'en défaire, puis de baisser mon boxer pour libérer mon érection.

J'ai mal. Putain, j'ai mal. Ce poison, ce truc toxique entre elle et moi est puissant. Violent, mais ô combien délicieux. Juste odieusement bon.

Je veux qu'elle me prenne dans sa bouche. Qu'elle s'en aille. Qu'elle me goûte. Me sentir contre sa langue mais… non. Pas comme ça. Pas alors qu'elle pense maîtriser la situation.

– Stop, Lucy.

Un éclat victorieux se loge au creux de ses iris, anéantissant le peu de raison qu'elle ne m'a pas déjà volée ce soir.

– Relève-toi, dis-je alors d'une voix plus douce.

Sa poitrine se gonfle tandis qu'elle inspire pour ensuite soupirer. De soulagement, j'imagine. Une fois qu'elle est debout, je me déplie à mon tour, englobe son visage de mes deux paumes puis, sous son regard soudain suspicieux, la fais reculer jusqu'à l'acculer contre la baie vitrée.

– Je t'ai dit que j'en aurai plus, ma poupée, déclaré-je alors.

Mon corps entier se moule au sien, ma queue pressée contre ce ventre que je crève de posséder. Une paume étalée contre la vitre, j'attrape de ma main libre la sienne avant de l'enrouler autour de ma queue, nos doigts mêlés. Puis, je patiente. Mal, très mal et, en même temps, brûlant de ce sentiment/ presque aussi jouissif précédant la délivrance.

Le plaisir est putain d'addictif lorsqu'il est mêlé à la douleur. Et une chose est certaine : Lucy est ma plus pure obsession.

– Embrasse-moi, susurre-t-elle sur un ton lascif qui me retourne le crâne.

À moins que ce ne soient ses paroles qui me vrillent davantage l'esprit. Sans retirer sa main de la mienne, elle commence à la coulisser le long de ma hampe, mais d'une pression sur ses phalanges, je la stoppe.

– Non, grogné-je. Tu ne bouges pas.

Docile quand je sais qu'en réalité, il n'en est rien, elle s'immobilise, rejetant sa tête en arrière jusqu'à la cogner contre la fenêtre. Ses yeux hurlent de ce désir qui nous écrase et nous étouffe. Chaque grain de sa peau exsude de faim. À l'instar de la mienne.

C'est sûrement pour cela que je ne contrôle plus rien. Que je plie légèrement mes jambes pour me glisser entre ses doigts, contre son abdomen qui se creuse comme s'il mourait de ne pas me recevoir. Une fois. Deux fois. Trois…

– Embrasse-moi, Fennell.

Je ne réponds pas. Me contente d'accélérer mes va-et-vient au creux de sa paume tout en écrasant davantage les lignes sèches de mes muscles contre ses courbes, mes doigts crispés sur les siens qui, eux, accentuent leur pression.

C'est… bon. Putain, bon, mais…

Mais pas assez, bordel.

La respiration hachée, au même rythme que celle de Lucy qui s'intensifie, j'abandonne mon corps. Ma seconde main s'abat de nouveau sur la baie vitrée. Mon bassin rejoint le sien, ma queue se frottant avec encore plus de frénésie à la seule personne au monde capable de m'apaiser comme de me déchaîner.

– Fennell…

Je ferme mes paupières, échappe à tout ce que je réclame de lire dans son regard, mais qui, à cet instant, me flingue.

Mes mouvements chaotiques secouent nos enveloppes pressées l'une contre l'autre, faisant trembler la vitre.

C'est… Merde ! J'en veux plus…

– Fennell, embrasse-moi. C'est ça que tu veux, ce « plus » dont tu as besoin, gémit presque Lucy.

Quelque chose que je suis incapable de définir se rompt sous ma peau et me fouette de l'intérieur. Ma bouche fauche tout à coup la sienne qui s'entrouvre aussitôt pour me laisser me repaître d'elle. Même si cela n'a rien d'un baiser. C'est bien trop brutal, violent. Sauvage. Désespéré. Néanmoins, Lucy avait raison. J'en avais besoin. Car aussitôt, malgré mon cœur pulsant à m'en péter les côtes, la vague acide qui me rongeait le crâne se dissipe.

Et celle, bien plus intense encore, du plaisir, me comprime les reins pour m'avaler totalement quand Lucy se hisse contre moi, croise ses talons sur mon cul. Coince mon membre entre ses cuisses et ondule contre moi. Un long râle plus tard, je me répands sur la peau de son ventre.

Éreinté. Assouvi, temporairement.

Rassasié.

Toujours affamé.

Putain, qu'est-ce que j'ai foutu ?

Elle…

Merde. Il n'y a pas à dire, ma poupée sait bien mieux se battre que moi.

Mes doigts s'impriment férocement dans la chair de ses hanches lorsque je l'oblige à descendre de mes bras. D'un pas, je recule. Darde un regard polaire sur elle. Puis, en silence, je replace correctement mon boxer, retire ma chemise et m'essuie le torse avec avant de la jeter sèchement par terre.

– J'imagine que si un photographe avait été engagé ce soir, il en aurait eu pour son argent, craché-je.

Une grimace furieuse ravage son beau visage.

Sans m'en préoccuper, j'opère une volte-face et me dirige vers la porte. Tandis que j'actionne la poignée, sa voix me retient.

– J'ai gagné cette manche, Fen'. Et tu le sais… Cette façon de m'embrasser… Ça, c'était du pur abandon.

Je me retourne alors sur son corps tremblant, toujours

en sous-vêtements. Tremblant mais empreint de combativité. Sublime dans sa fragilité. En silence, je me contente de laisser mon regard courir sur le siège en cuir, puis sur les traces de notre « combat » encore visibles sur sa peau. Un ricanement s'arrache de ma gorge. Sombre. Et qui l'égratigne méchamment au vu de sa poitrine qui se soulève.

Dans le couloir, j'inspire un air qui me broie les poumons.

Lucy se trompe. Il n'y aura jamais de vainqueur.

Elle a déjà perdu, il y a huit ans. Quant à moi, ma victoire signera ma propre perte.

22

Lucy

Juchée sur un tabouret haut, dans la cuisine immense, je profite du silence avant que les employés de maison viennent prendre leur service. Voir cette demeure déserte est bizarre. Je me souviens qu'avant, il y avait toujours du monde. Que ce soient les domestiques, des amis de Theodore ou de Fennell…

Putain de mémoire.

Je récupère ma tasse de café sur la table, puis avale une gorgée. Malheureusement, l'amertume de ma boisson chaude ne supplante pas celle qui me pourrit le palais depuis hier soir. J'ignore ce que je déteste le plus : cette lueur de dégoût dans son regard lorsqu'il m'a plantée dans le bureau de son père, ou cette bulle de plaisir dans laquelle j'ai tant aimé me baigner quand il était contre moi. Par réflexe, je ferme les paupières, la scène de la veille se redessinant entre mes tempes. Un frisson s'enlace à ma peau. Je peux m'avouer au moins une chose : ne rien dissimuler à Fennell est libérateur, dans un sens.

– Hum… laisse-moi deviner à quoi tu penses, me parvient soudain une voix railleuse.

Je rouvre les yeux, sombre aussitôt dans ceux couleur d'un bourbon particulièrement fort de Fennell. Ce dernier, les reins calés contre l'évier, m'observe, torse nu. Un instant, je reste hypnotisée par les veines gonflées ainsi que ces serpents tatoués glissant le long de ses bras croisés pour mourir sur le haut de ses paumes. Puis, je me brise sur ces autres lignes d'encre.

– Je sais, lâché-je alors.

– Quoi ? fait-il en arquant un sourcil.

– La raison pour laquelle tu sembles refuser l'idée même de foutre un putain de tee-shirt.

Il manque de laisser échapper un rire, mais se reprend et hasarde :

– Parce que j'aime te rappeler ce que tu perds ?

– Ce que *je* perds ? raillé-je.

D'un geste vague de la main, je balaie mes propres paroles pour reprendre.

– Ton tatouage. C'est lui que tu cherches à me coller sous le nez.

Durant un court instant, il ne répond pas. Fouille à travers mes iris entièrement polarisés sur lui.

– À vrai dire, je n'y ai pas vraiment pensé, mais… en effet, c'est possible. Une volonté de te blesser plus encore, tu penses ?

– Ou juste de me montrer que, quoi qu'il t'en coûte, tu iras jusqu'au bout de cette connerie.

– Et quand tu parles de connerie, tu fais allusion à ce mariage, n'est-ce pas ?

– Je parle de nous, répliqué-je durement.

– Dans ce cas, tu as parfaitement raison, ma poupée. Je persiste et signe dans ma connerie. Quoique, techniquement, tu as signé en premier, rajoute-t-il, mesquin.

Les pulsations dans mes veines s'emballent dangereusement. Battent avec fureur contre mes tempes et ma cage thoracique. J'ai beau comprendre qu'il tente de reprendre la main après avoir baissé sa garde cette nuit, ses mots me foutent tout de même en l'air. Heureusement pour moi, je le connais. Et sais que le même bordel que le mien habite son cœur. Sans cesser de me fixer, il opère deux pas puis s'incline sur la table pour approcher son visage du mien.

Son regard retrouve cette ombre troublée. Néanmoins, je le devance alors qu'il s'apprête à parler.

– Quand l'as-tu fait ? Avant ou après ?

– Tu veux dire après avoir découvert ces photos de toi à cheval sur les cuisses de mon père ?

Bien que ses traits demeurent lisses, je ressens parfaitement la colère qui le hante. Parce qu'elle m'envahit alors. Mais c'est plus fort que moi. Que nous. Il me blesse, se blesse à son tour. Et moi, je réplique, le blesse tout en me blessant à mon tour. Et je m'y accroche de toutes mes forces car peu importe sa nature, ce sentiment nous réunit encore. Voilà pourquoi il m'est interdit d'abandonner.

– Juste après, finit-il par avouer.

– Pourquoi ? Comment tu… Comment as-tu pu marquer ta peau de mon prénom sachant ce que j'avais fait ?

D'instinct, son pouce vient caresser ma pommette pour ensuite se perdre sur mes lèvres.

– Parce que, malgré tout, tu as creusé encore plus ta place sous la surface, ma poupée. Tu t'es emparée de la seule chose qui ne t'avait jamais été destinée jusqu'alors.

Se penchant davantage, sa bouche frôle ma joue, chuchote près de mon oreille :

– Cette zone d'ombre qui a toujours sommeillé en moi. Et, putain, je voudrais qu'elle n'appartienne à aucune autre.

Sous son regard satisfait, un autre frisson se propage sur ma peau, rampe le long de mes bras pour s'envoler sur mon cou. Sauf que celui-ci n'a rien à voir avec du désir, mais tout à voir avec cette peur viscérale que Fennell soit définitivement perdu. Par ma faute.

– Et s'il ne te restait plus que cela ? murmuré-je. Plus que l'ombre ?

– Peu importe. Ça ne changera rien au fait qu'elle est tienne.

D'un revers de main, je vire la sienne de mon visage, déployant un rictus narquois sur ses lèvres.

– Je te trouve d'une humeur bien maussade, ma poupée. La frustration ne te va pas au teint.

– La frustration ? Qui a dit que j'étais frustrée, Fen' ?

Sa langue glisse entre ses lèvres qui s'étirent en un sourire d'une indécence survoltée. C'est bête, mais j'ai un mal fou à réprimer le mien, de sourire. Parce que l'homme qui me fait face à cet instant est le Fennell d'avant.

– J'espère que j'étais dans la moindre de tes pensées lorsque tu t'es soulagée, mon cœur.

J'inspire profondément. Me penche à mon tour sur lui, frôlant ma bouche de la sienne.

– Pourquoi vouloir me soulager ? Le désir, Fennell, je trouve ça encore meilleur que le plaisir. Prendre le temps de savourer et d'endurer cette montée de désir amène à un réel assouvissement. Ce qui est quand même bien mieux que juste se soulager.

Un voile assombrit ses prunelles, aussi lourd que l'atmosphère devenue soudain irrespirable.

– Avoue, le provoqué-je, en penchant la tête sur le côté comme si j'allais l'embrasser, que ces flammes cramant tes veines t'insufflent ce sentiment de toute-puissance, juste ce qu'il te faut de vice pour en vouloir toujours plus.

– OK, je te le concède : m'assouvir en toi sera autrement plus… planant et orgasmique que juste me soulager sur toi.

– Tu n'es qu'un connard, Fennell.

Il éclate de rire. J'en profite alors pour m'extirper de ce moment qui m'a encore échappé puis m'apprête à le planter seul quand il me lance :

– À tout à l'heure, mon cœur. Je n'oublie pas : il paraît que j'ai une revanche à prendre…

23

Lucy

– Ma luciole, je n'ose pas croire que tu n'y as pas pensé.

Comme toujours, le ton de Calum Langford est net, précis. Tranchant. Lapidaire. Et comme presque toujours, je réagis à peine, trop habituée à tout planquer. Avec la force de l'habitude, j'ai appris à totalement m'étouffer en sa présence. Et puis, cette conversation, je l'attendais. Ce qui est étonnant, en revanche, est qu'il se soit déplacé jusqu'à mon bureau. D'ordinaire, il se contente d'un bref coup de fil pour nous demander, à Line ou à moi, de nous rendre dans le sien.

Assis dans le fauteuil club, en face de moi, il arrache son regard de la baie vitrée pour l'enfoncer au fond du mien, imperturbable. Sa haute silhouette habillée d'un costume noir et drapée d'une élégance incisive, il esquisse à peine un mouvement.

– Je comprends, papa. Tu crains que Fen' essaie de se servir de nos sentiments pour nourrir ses articles, mais…

– Exactement, m'interrompt-il. Je crains qu'il se soit marié avec toi uniquement pour servir ses propres intérêts de justicier pathétique dans le but de t'utiliser pour toucher nos clients.

– Papa…

Je lâche un long soupir, tentant de masquer mon trouble par trop d'exaspération.

– Lucy, je t'ai appris pourtant à ne pas te laisser guider par tes émotions.

– Eh bien, il faut croire que je ne suis pas si parfaite, répliqué-je sèchement.

– Pas de ça avec ton père, ma luciole. Garde la culpabilisation pour ta mère.

Je réprime de justesse une réplique assassine et, au lieu de laisser éclater ma colère, l'enterre bien profond entre mes côtes.

– J'ai déjà eu cette conversation avec Fennell, mens-je alors avec un professionnalisme assez flippant. On s'est promis de ne pas empiéter sur les plates-bandes de l'autre. Il publie ce qu'il veut sur qui il veut à condition de taper loin de nos clients.

Son menton se relève légèrement, juste ce qu'il faut pour écraser davantage la personne située en face de lui.

– Et tu le crois parce que…

– Parce qu'il m'aime, déclaré-je d'une voix empreinte de certitude quand le simple fait d'énoncer ces mots me saigne le cœur.

– Et que tu l'aimes, conclut-il à ma place.

Je serre les dents, mais acquiesce d'un hochement de tête tandis que son buste se soulève pour prendre une longue inspiration. Seul signe que quelque chose bat vraiment sous la surface. J'ai conscience que mon père m'aime à sa façon. Je sais que si demain un drame devait m'arriver, une part de lui serait brisée. Mais, le souci, c'est que Calum Langford conjugue très bien affection avec manipulation. Amour avec utilité. Au point de trop souvent oublier où cette dernière doit se stopper pour permettre au premier de vivre. Ou survivre.

– Ce que je vais te dire va te paraître cruel, Lucy, mais je ne vous ai jamais menti, à toi ou à ta sœur, encore moins bercées d'illusions sur qui nous sommes. Tu dois comprendre : un mariage d'amour est l'une de ces illusions. Elle t'incite à relâcher ton attention, à être faible, à…

– Mais c'est épuisant, papa, commenté-je alors sans, pour une fois, me retenir.

– Moins que de devoir balayer des ruines pour reconstruire ta vie pierre par pierre.

Soudain, Calum fait ce qu'il n'a pas fait depuis… je ne sais même plus. Son visage revêt des lignes tendres, celles d'un père, un vrai. Chamboulée, je l'observe se pencher jusqu'à serrer mon genou dans sa grande main.

– Ma fille, ne pense pas tout lui devoir car tu culpabilises.

Ma gorge se noue d'un trop-plein d'émotions contradictoires. Bien qu'elles n'aient pas la même portée dans ma tête que dans la sienne, les paroles de Calum me terrassent.

Heureusement pour moi, la porte de mon bureau s'ouvre soudain, offrant une parfaite distraction. Enfin, parfaite…

Mon pouls s'accélère dangereusement quand mes yeux se posent sur Fennell qui, nullement surpris par la présence de mon père, pénètre dans la pièce comme en territoire conquis. Les mains dans les poches d'un jean sombre, il penche la tête, un sourire insolent aux lèvres.

– Ma poupée… se contente-t-il de dire.

Avant de reporter son attention sur Calum qui, lui, l'étudie avec la minutie d'un sniper face à sa prochaine cible.

– Bonjour, Calum, ça fait un bail.

– Un bail pas assez long si on considère que tu as embarqué ma fille dans un mariage à Vegas.

Lentement, mon père se remet debout, déploie davantage sa carrure, froid et hostile. Sans se démonter, Fennell s'immobilise à notre hauteur, tend une main dans ma direction tout en répondant :

– Qui te dit que ce n'est pas elle qui m'y a embarqué ?

Je roule des yeux et glisse ma main dans celle de Fennell afin de donner le change devant mon père. D'autant plus que ce dernier flaire les coups montés comme nul autre. Fen' m'attire contre lui avant d'embrasser tendrement ma tempe. Geste qui manque de fissurer pour de bon mes barrières.

– J'ai de sérieux doutes sur ce point. En revanche, je pense que toi, tu es embarqué depuis que vous êtes en âge de parler. À moins que ce ne soit depuis qu'elle t'a rejeté.

Blottie contre le flanc de Fennell, je me crispe d'un coup. Ce dernier, quant à lui, demeure stoïque, en apparence. En apparence, parce que ses doigts labourant mon dos à travers le tissu de ma robe me prouvent le contraire.

– Tu dois être tellement fier, rétorque Fen' sans relâcher sa prise sur mon corps. Que ta fille inspire autant de patience et de combativité.

Un sourire en coin fissure le faciès de Calum. Ce sourire, je ne l'aime pas. D'ordinaire, il ne le réserve – très rarement d'ailleurs – qu'à ceux éveillant son intérêt, mais pas n'importe quel intérêt, celui qui appelle son instinct de chasseur.

– Bon, les interromps-je, si on arrêtait ce bras de fer ridicule ? Aucun de vous deux remportera la partie parce qu'il n'y a rien à gagner. À part une fichue migraine pour mon crâne. Papa, tu nous en veux, je comprends. Mais j'ai 26 ans, je te rappelle. Être mariée à Fennell ne changera rien à ma façon de bosser. Puis, franchement, ça fait trop de temps que je fuis. Que je le fuis et… j'en ai marre.

Je sens le regard de Fennell se river à mon profil, son

attention pesant étrangement sur chaque grain de ma chair sans même que j'aie à le regarder. Quant à mon père, il se détend. Un peu.

– Soit, dit-il dans un soupir excédé.

Le revers de sa main effleure ma pommette dans un geste aussi tendre que menaçant. Avant qu'il ne plante à nouveau ses yeux sombres dans ceux de l'homme qui me tient toujours contre lui.

– Venez dîner demain soir. Laura sera heureuse de réunir tout le monde. Ma luciole, ajoute-t-il à mon attention alors que je vais pour décliner l'invitation, ta mère a besoin de te voir un peu à la maison.

Sa bouche m'écorche presque lorsqu'il embrasse mon front.

Depuis quand il se préoccupe de ce que ressent maman ?

Au moment où il sort du bureau, je tente de me décaler, mais Fennell ne m'en laisse pas l'occasion. Son bras sur mes reins me rabat contre lui. Ses deux billes ambrées s'arriment à mon visage. Puis son pouce vient caresser ma joue, pile où Calum m'a touchée quelques secondes plus tôt. Ses lèvres se pressent ensuite sur mon front, pile où Calum a déposé un baiser. Durant un bref instant, nous restons ainsi enlacés, sa bouche contre ma peau, son doigt effaçant les marques de « tendresse » de mon père. Saisie, je n'ose plus bouger, à la fois chamboulée et interdite devant son comportement.

Mais, comme je le disais, cela ne dure qu'un bref instant. Jusqu'à ce que Fennell redevienne Fennell. Provocateur et affamé de vengeance.

– Allons déjeuner, ma poupée. Je t'ai promis une revanche.

24

Lucy

Tandis que je m'extirpe de la voiture de Fennell après une bonne demi-heure de trajet, j'ai à peine le temps de jeter un regard à la devanture ancienne d'un restaurant que je ne connais pas que Fennell est déjà à mes côtés, glissant dans un ricanement :

– Regarde-nous, j'ai l'impression de replonger dans notre adolescence. Toi, habillée de Prada, et moi, en jean et tee-shirt.

Je baisse le regard sur ma robe bleu nuit tenue par une ceinture dorée avant de le renouer au sien.

– En dysharmonie parfaite, commente-t-il.

– On ne l'a pas toujours été. Toi aussi, tu fais partie de ce monde. Peu importe que tu cherches à le détruire de tous les côtés. Cela ne changera rien au fait que tu vis dans une demeure à plusieurs millions entouré d'employés de maison.

Un sourire suffisant qui chahute méchamment mes nerfs flambe sur ses lèvres. Son bras s'enroule autour de ma taille. Fennell m'enlace comme le ferait un vrai mari. Sauf qu'il en est loin. Nous sommes loin d'un vrai couple. Si le mariage, pour certains, représente une sorte d'accomplissement, de paradis, nous… nous nous situons dans ce minuscule espace entre enfer et repentance. En plein purgatoire. Voilà pourquoi je le laisse m'entraîner dans une arrière-cour au lieu d'emprunter l'entrée principale de l'établissement sans me rebeller.

– Donc, selon toi, reprend-il tandis que nous arrivons devant une porte dérobée, je devrais virer des personnes employées par ma famille depuis presque une vie juste par conviction ? Tu vois, ma poupée, il est là le souci… Tu prétends ne pas avoir le choix d'agir comme tu le fais parfois, mais ce n'est qu'une façon de fuir, de ne pas te confronter à la réalité.

Piquée au vif par ses paroles, je me dégage d'un coup de hanche.

– Et, selon toi, la réalité est…

Après avoir ouvert le vieux battant en bois, il m'invite à franchir le seuil d'un geste de la main puis, au moment où je le dépasse, il se penche pour murmurer à mon oreille :

– Les conséquences, Lucy.

Un frisson glacé serpente le long de ma colonne vertébrale, établit son nid au creux de mon ventre.

– Tu m'as droguée pour nous marier de force, Fennell, alors je peux dire que les conséquences m'ont littéralement enchaînée.

D'un geste trop brusque, il claque la porte dans nos dos. Dans un vestibule sombre, je me retourne sur lui pour me confronter à son regard. En une enjambée, il comble l'infime distance entre nous puis recouvre mon cou de sa paume.

– Avoue, ma poupée. Ma peau comme entrave sur *ta* peau… As-tu seulement envie de t'en débarrasser ?

– Je préfère le vertige de la liberté.

– Qu'est-ce que tu en sais ? Tu n'as jamais été libre, Lucy.

– Si, bien sûr que si… Quand tu étais en moi cette nuit-là, le provoqué-je pour le blesser à mon tour.

Ses doigts se referment légèrement sur ma chair avant de me relâcher aussitôt.

– Peu importe, rétorque-t-il une fois son bras retombé contre sa jambe. De toute façon, il ne s'agit pas de nous aujourd'hui.

Sur ces paroles énigmatiques, il me contourne pour ouvrir une seconde porte donnant sur une sorte de petit salon isolé. Un canapé, deux fauteuils puis une table sur laquelle sont disposés des petits fours, une bouteille de vin ainsi que trois verres. Le tout plongé dans un décor assez intimiste.

– Avoir une table avec tous les autres clients du restaurant n'est pas assez bien pour Fennell O'Brien ? raillé-je.

– Ce n'est pas à toi que je vais apprendre l'importance de la discrétion, ma poupée. Disons que j'ai mes habitudes ici et que je sais y être tranquille pour certains de mes… rendez-vous. Rendez-vous que je ne peux pas avoir entre mes murs, toujours par souci de discrétion.

Tandis que j'avance doucement dans la pièce, Fennell ajoute en ricanant :

– Ne sois pas déçue, mon cœur. Promis, on se fera un repas en tête à tête plus tard.

Un sourcil arqué, je m'assois sur l'un des sièges en cuir.

– Qui nous rejoint ? demandé-je, bien que sachant pertinemment qu'il ne répondra pas.

– Une conséquence, se contente-t-il de dire, prenant place juste en face de moi.

Mon pouls s'affole soudain. Car, là, je prends pleinement conscience de ce que je fous ici. Je pensais que Fennell nous entraînerait dans une sorte de vengeance du même ordre que celle dans le bureau de Theodore, mais apparemment je me plantais.

– Qu'est-ce que tu as fait ? lâché-je dans un souffle.

Après s'être rencogné contre son dossier, les bras fermement ancrés sur ses accoudoirs, il me décoche un regard lourd de sens.

– Je te fais descendre de ton piédestal. Direct dans la basse-fosse.

Je n'ai pas le temps de m'appesantir sur cette menace à peine voilée qu'une légère pluie de coups s'abat contre la porte.

– Entre ! intime Fennell sans détourner son attention vissée à mon visage.

Non, bien sûr qu'il ne s'en détournera pas. Pas s'il veut pouvoir se gaver de la moindre de mes émotions. Émotions qui, effectivement, froissent mes traits lorsque je vois débarquer Mathis, l'adolescent de l'affaire du détournement de mineur impliquant l'un de nos clients.

Fait chier.

Passé les premières secondes de surprise, je me recompose un faciès lisse, non sans néanmoins m'autoriser un coup d'œil assassin en direction de Fennell. Ce dernier rehausse le coin de ses lèvres en un sourire implacable, limite cruel, avant de s'intéresser à son invité.

– Viens t'asseoir, Mathis.

Le gosse, du haut de ses 16 ans, n'a plus rien d'un gosse justement. Ou si… Un corps de 16 ans déchiré par un regard usé, beaucoup trop usé. Dans sa veste en cuir élimée sur ses épaules par-dessus un tee-shirt blanc pas très net, il émet un « ouaip » avant de s'exécuter. Une fois installé, il fourrage ses cheveux blonds en un geste nerveux puis me scrute d'une paire d'yeux bleus inquiets.

– Ne t'en fais pas. Lucy est ma femme. Tu peux parler sans crainte, le rassure Fennell avant de s'adresser directement à moi. N'est-ce pas, mon cœur ?

Ne pas laisser exploser ma colère en cet instant me

demande un contrôle immense. Non seulement il me fout en première ligne alors que mon rôle implique de rester dans l'ombre, mais en plus, il m'expose clairement qu'il a enquêté dans mon dos. Cette histoire prend un autre tournant, un tournant beaucoup plus dangereux. Endurer sa vengeance est une chose que je mérite après tout, seulement là, je ne suis plus la seule en jeu.

Néanmoins, je me tourne vers Mathis et mens, toujours avec une facilité flippante.

– Tu es en lieu sûr ici.

Ce dernier, inconscient de mon implication dans sa plainte trop vite avortée, m'offre un sourire timide. Non, pas timide, mais résigné. À mon tour, je me colle dans le fond dans mon fauteuil, me préparant mentalement aux prochaines minutes qui, je le sens, vont me faire redescendre, comme le dit si bien Fennell.

– C'est vrai ce qu'on raconte sur vous ? s'enquiert soudain Mathis. Que vous êtes du genre à clouer sur la place publique ces pleins de fric qui se prennent pour des dieux ?

Le regard de Fen', trop victorieux, s'arrache au mien pour se reporter sur celui du gamin. D'un hochement de tête, il acquiesce.

– Ils n'ont rien de dieux, Mathis.

– Pourtant, ils nous pissent allègrement dessus, d'où ils sont.

– C'est pour ça que nous sommes ici, non ?

Je mords l'intérieur de ma joue jusqu'à ce qu'un goût de rouille heurte mes papilles. Je pourrais stopper ce délire maintenant. Expliquer à Mathis que parler n'est pas dans son intérêt, le menacer, l'effrayer. Toutefois, cela impliquerait de me placer sur le devant de la scène, ce qui m'est interdit à cause de ma position à Langford

Consulting. Et puis, une part de moi n'en a pas envie. Peut-être qu'une fois tout en bas, j'arriverai enfin à respirer normalement.

Fennell se penche et, les avant-bras calés sur ses cuisses, ajoute d'un timbre doux, mais ferme :

– Raconte-nous.

– OK. Mais il y a une condition, vous la connaissez et…

– Une promesse est une promesse, Mathis. Je m'y suis engagé et je ne suis pas du genre à me rétracter.

Mon cœur se met à battre à tout rompre, furieux d'avoir été dupé par celui qui, dans un sens, continuait à le maintenir en vie.

– J'ai rien du gosse innocent et naïf, je préfère prévenir. Ne vous trompez pas sur la marchandise, elle a un quelque chose de pourri et d'avarié, lâche Mathis dans un ricanement qui n'a rien à faire dans la bouche d'un ado de son âge.

– Comme nous tous ici, réponds-je alors.

Le regard de Fen' s'aiguise tandis qu'un pli se creuse entre ses sourcils froncés. Cependant, il ne détourne pas une fois son regard sur moi, entièrement polarisé sur son informateur.

– Ça fait plus d'un an que je deale, poursuit alors l'ado, grattant de son ongle un morceau effiloché de son jean. Même pas par plaisir, je me suis jamais défoncé à toutes ces merdes que je vends. J'ai juste pas le choix. Ma mère est tombée malade. Notre père s'étant barré à la naissance de ma sœur, elle a toujours bossé au black pour nous offrir une chance… une chance d'éviter de faire ce que je fais actuellement.

Un autre ricanement s'extrait de sa gorge, lacère méchamment ma poitrine au passage.

– Mais qui dit travailler au black dit pas de contrat de

travail et encore moins de couverture sociale. Et donc pas de traitement pour sa leucémie. Alors ouais, je refile de la came de mauvaise qualité à qui en veut bien pour payer des médocs au marché noir. Médocs qui ne la guériront jamais, mais lui permettront au moins de mourir à peu près dignement.

Ses mots continuent leur travail de sape, et j'ai cette fois la sensation qu'ils creusent inexorablement entre mes côtes.

– Comment tu as rencontré Marvin Spencer ? lui demande doucement Fennell.

Ses yeux chutent sur ses chaussures. De honte. Et d'impuissance aussi. Deux sentiments que je reconnais parfaitement lorsqu'il renoue son regard au mien.

– Il venait souvent dans le quartier pour acheter ses doses. Je comprenais pas pourquoi… Ce genre de type ne s'enfonce jamais jusque chez nous, il se contente de payer quelqu'un pour les lui apporter et basta. Puis, un jour, il m'a proposé un autre deal. Il me payait une dose quatre fois son prix si je lui faisais une pipe. J'ai refusé. La première fois seulement. Putain, je suis qui pour me permettre de refuser autant d'argent, hein ?

Un nœud m'obstrue la trachée, comme si la réponse à sa question était là. Bloquée. Pourrissante.

Personne. La voilà, la réponse… Personne.

– Ça a duré deux, trois semaines. Avant qu'il ne me propose encore plus d'argent, sauf que cette fois, je devais me faire sucer.

Malgré tous mes efforts pour demeurer stoïque, j'en suis incapable. Ma main se plaque sur ma bouche, un relent acide menaçant de me faire vomir. Oui, j'ai envie de vomir. Car tout ça, à défaut de le savoir, je m'en doutais. Dans les grandes lignes, évidemment. Par protection et préservation, j'ai pris l'habitude d'exécuter les ordres de mon père. Un automate n'a pas à ressentir, au moins. Or, ressentir est un luxe que je ne me permettais plus avant que Fennell ne réapparaisse pour tout me balancer de nouveau en plein dans les gencives. Comme en cet instant précis. Voir un gosse de 16 ans vous exposer sa réalité de cette façon, avec des mots si crus, si déplacés dans sa bouche, est atroce. Juste immonde, à l'image de ma culpabilité qui redouble.

– Là encore, j'ai accepté. Au début, j'arrivais même pas à…

D'un geste vague et affreusement blasé, il désigne son entrejambe. Mon instinct me force aussitôt à diriger mon attention dans la direction opposée. À vrai dire, je sais même plus si mon palpitant s'acharne encore contre mes os ou si lui aussi a juste lâché la rampe. Je me sens soudain vide. Vide et douloureusement hantée.

– Le reste, vous le savez. Un flic nous a chopés tandis qu'on était dans sa bagnole. Ce con pensait qu'elle avait été volée. Qu'est-ce qu'une caisse de ce prix pouvait foutre dans nos rues, après tout… Pour faire bref, on a été arrêtés. Son cul a été sauvé. Quant à moi, je me retrouve avec un casier pour prostitution et trafic de stupéfiants. Parce que, ouais, en plus, je me suis fait prendre avec plusieurs doses sur moi.

Sa voix s'éteint, mais se répercute encore contre le mur tel un cri qui refuse de mourir. Et je sais qu'il ne mourra jamais entre mes tempes. Fennell, quant à lui, se contente de l'observer gravement, exsudant d'une force brute. Puissante et létale à la fois. Et qui, durant un bref instant, me subjugue presque. Me fascine tant il semble être parfaitement à sa place.

– J'ai fait ce que vous vouliez, je peux m'en aller,

maintenant ? s'impatiente soudain notre interlocuteur.

– Bien sûr, merci Mathis, répond Fennell d'un ton bas que je ne lui connaissais pas.

Le jeune homme se lève, opère quelques pas, contournant la petite table, mais se fige.

– Euh… et pour ce dont on avait parlé ?

– L'argent est sur un compte sécurisé off shore, le renseigne Fen'. Ta mère est déjà en possession de tous les documents.

Mathis hoche la tête, avance puis, de nouveau, s'arrête.

– Euh…

Il se racle la gorge avant de reprendre.

– Merci.

Fennell se contente d'un regard à la détermination implacable.

Un autre silence nous plombe les épaules dès lors que Mathis claque la porte en partant. Un silence qui ne fait que donner de l'amplitude à ce putain de cri qui paraît encore plus interminable.

J'ai mal. Physiquement mal. L'impression de ne plus supporter ma propre peau. De me déchirer de l'intérieur à chaque respiration. De sombrer sous le regard de Fennell, qui me poignarde avec une lenteur particulièrement sadique. De me désagréger sous la culpabilité.

Tout à coup, je cède. D'un bond, je suis sur mes jambes, me précipitant vers la sortie. Une fois dehors, j'inspire une immense goulée d'air qui me ravage les poumons. Je… Putain. Un vertige violent me vrille la tête. Aussi, je plaque une main sur le mur extérieur avant de me pencher afin de reprendre mon souffle.

– Lucy…

Je grimace sous la voix de Fennell, ferme mes paupières, l'intimant de se taire sans un bruit. Je ne rouvre les yeux et relève la tête sur lui que lorsque je l'entends bouger.

– Ne me touche pas, le défends-je d'approcher, le timbre rauque et cassé.

Son corps se fige en plein mouvement, la main en suspens au-dessus de mon visage.

– Les conséquences sont trop éprouvantes, ma poupée ? crache-t-il en ramenant son bras contre lui.

– Pour qui tu te prends ? Tu espères sauver mon âme ? Tu as déjà oublié ? Je l'ai fourvoyée le jour où j'ai piégé ton père, asséné-je, glaciale, quand chaque cellule me composant est en cendres.

Je me redresse alors, lui faisant front, d'un air froid, mais brisé.

– Nous vivons tous avec les conséquences de nos actes, Fennell. C'est pathétique et naïf que de penser le contraire. Mathis a été contraint de faire des choix, de compromettre d'autres personnes pour son propre bien. Dealer en contribuant à pourrir le corps de centaines d'individus. Se prostituer en avilissant son propre corps. Tout comme j'ai été contrainte de faire des choix. Te trahir pour te protéger.

Un éclat de rage se loge dans le creux de ses prunelles.

– Tu veux la vérité, Fennell ? Ma vérité ? Si j'ai piégé ton père, c'est uniquement car on a menacé la vie d'une des personnes que j'aimais le plus au monde. Et quand, à défaut de mon âme, je pensais cette même personne sauvée, eh bien, elle est venue se venger. M'emprisonner. Alors les conséquences, je vis avec chaque jour. Quant à ta vérité, je la connais également. Et laisse-moi te dire qu'elle n'est qu'un putain d'écran de fumée. En réalité, toi aussi tu refuses de regarder les choses en face car, si tu le fais, si tu t'attardes sur ce qui m'a poussée à te trahir, tu devras vivre avec les tiennes, de conséquences.

D'un pas, je me recule.

– Me détruire ne te rendra pas ton père. Regarde-toi, tu es seul, Fennell.

– Faux, ma poupée. Tu es là, avec moi. Et, tous les deux, on sait que mariage ou pas, tu as toujours été et seras toujours avec moi. À moi.

Tandis que j'agrandis l'espace entre nous, tentant en vain de me défaire de son emprise, je dis dans un murmure :

– Et la voilà, notre vérité : on ne fait que s'enfoncer dans les ténèbres. L'un entraînant l'autre toujours plus profondément.

Un rictus amer étire ses lèvres, loin de ceux dont il me gratifie d'ordinaire.

– Du coup, le prochain coup est pour toi, mon cœur.

25

Lucy

– Alors ? Ose me dire que mon idée ne te plaît pas ! crie à moitié Line pour se faire entendre.

Le soleil du Sud cramant ma peau, je baisse mes lunettes de soleil sur le bout de mon nez et la regarde par au-dessus. Avant qu'un sourire totalement feint éclate sur mes lèvres, lui donnant raison. Je replace les verres fumés devant mes yeux puis les reporte sur la demeure qui nous surplombe. À flanc de colline, l'immense maison appartenant à l'une des connaissances de ma sœur fait face à une plage. Les eaux trompeuses d'un lac émeraude caressent la rive, presque immobiles. La propriété étant perdue dans un coin de montagne, ce ne sont pas les voisins qui risquent de se plaindre de la musique électro hurlant comme en plein festival de Coachella. Un Coachella avec entrée privée et sous réserve de portefeuille fourni. Bref, un festival pour se saouler entre « gens du monde » sans le côté partage, quoi…

Cela dit, je dois admettre qu'effectivement, ma sœur a eu une super idée. Ou tout du moins l'idée parfaite pour me permettre un moment de déconnexion totale. Un bordel sans nom afin de masquer celui qui me bouffe de l'intérieur. Depuis cet après-midi et la visite de Mathis, j'ai un mal fou à surnager dans ces eaux troubles où Fennell et moi nous débattons. Mais surtout, je ne parviens pas à étouffer ce fichu cri entre mes tempes. Entre la culpabilité, la honte et la colère, j'ai besoin d'une pause. De reprendre une inspiration profonde avant de me laisser à nouveau engloutir. Lorsque j'ai dit à ma sœur mon envie de passer ma soirée avec elle, je n'imaginais pas une seconde atterrir ici. J'aspirais juste à un moment calme en compagnie de celle capable de m'apaiser autant que de me rendre plus forte. Mais, au moins, au milieu de la foule, Line ne fera pas trop attention à chacune de mes réactions.

Je n'ai rien dit à Fennell. Ni que je ne rentrerai pas ce soir, ni où et avec qui je suis. Et, dans un sens, j'espère qu'il s'étouffera avec ce silence.

– Si Calum nous voyait… ne puis-je m'empêcher de remarquer.

– Il en ferait une attaque. Je pense même que son cerveau imploserait s'il savait tout ce que je prévois de faire ce soir, me répond-elle en se dandinant.

Elle me décoche ensuite un clin d'œil, entrechoque nos verres remplis.

– Puis merde, grommelle-t-elle, depuis que Madame a convolé, je te vois plus. Non seulement, je perds un peu ma sœur, mais aussi ma meilleure amie.

Les yeux au ciel, je réponds en soupirant :

– Arrête de te la jouer tragédienne. Tu sais que ça ne change rien.

D'un geste théâtral, elle rejette ses cheveux sur son épaule puis se plante devant moi, ses courbes moulées dans un maillot de bain et un short en jean déboutonné.

– Je n'exagère pas, Luc'. Je sais que, même si tu ne regrettes rien, tu as du mal à gérer ce mariage. Cela dit, ce n'est pas parce que tu fuis Calum que tu dois me fuir, moi. Tu le sais, pourtant…

L'un de ses doigts lisse l'une de mes longues mèches rousses.

– … je serai toujours à tes côtés, petite sœur. Quoi qu'il arrive. Toi et moi, on fait front ensemble. Toi et moi, on est notre seule chance.

Un sourire timide, mais d'une reconnaissance infinie étire mes lèvres.

– Je sais, Line. Et tu as raison, ce mariage, c'est compliqué.

– Évidemment que c'est compliqué. Sinon, ça ferait belle lurette que j'aurais la bague au doigt. Mais, dis-toi que toi, au moins, tu as choisi l'homme avec qui partager ta vie pour les bonnes raisons.

Tandis que ma sœur crée une énième brèche dans ma poitrine sans s'en rendre compte, elle renchérit :

– Celles de ton cœur. Voilà pourquoi c'est compliqué, Lucy. Parce que rien n'est calculé, raisonné ou prémédité. Ce n'est qu'un… fouillis d'émotions.

– Un fouillis d'émotions, c'est totalement ça.

– C'est surtout ce « ça » qui nous différenciera toujours de Calum, conclut-elle d'un air plus grave.

Avant de basculer de nouveau sur cette fréquence délirante et lumineuse qu'elle seule maîtrise à la perfection. Passant un bras autour de ma nuque, elle désigne d'un geste de l'autre main la demeure face à nous.

– Maintenant, place à la fête. Et je vais profiter de chaque instant en imaginant notre cher paternel s'étrangler avec sa cravate à cause de toutes les conneries que je compte accumuler.

Malgré moi, j'éclate de rire.

– Bon, toi… ajoute-t-elle, vas-y mollo, hein. Tu sais, vœu de fidélité, tout ça, tout ça…

Soudain, elle me fouette les fesses dissimulées par le

tissu fluide de ma robe courte. Et, ma main dans la sienne, je la laisse m'entraîner à l'intérieur. Prête à oublier qui je suis.

***

Deux bonnes heures plus tard, je suis en sueur. Épuisée, échevelée, avec les membres engourdis d'avoir trop sauté et dansé. Les pieds au bord de la piscine, je mate l'eau d'un œil indécis. Sauter ou ne pas sauter ? Line est aux abonnés absents et franchement, je préfère ne pas savoir ce qu'elle fait à cet instant. Je me sens soudain lasse.

Néanmoins, une étrange excitation vient se greffer à mes cellules au moment où une silhouette s'immobilise à côté de moi.

– Laisse-moi deviner. Line t'a embarquée ici.

– Et toi, tu n'as pas pu t'empêcher de venir, rétorqué-je sans dévier mon regard sur Fennell.

– Tu l'as dit : je suis aussi prisonnier que tu l'es.

Comme je ne réponds pas, me borne à observer l'eau éclairée par des lumières artificielles sous le ciel étoilé, Fennell se déplace lentement dans mon dos.

– Comment tu m'as retrouvée ?

– Géolocalisation.

– Bien. De plus en plus flippant, craché-je presque.

Tout à coup, son front chute contre ma nuque. Il inspire à pleins poumons, ses mains venant effleurer mon ventre avant de toutefois retomber le long de son corps.

– Je n'en ai pas envie, Lucy. Te blesser. Me prendre des coups en retour… Pas ce soir.

Le timbre écorché de sa voix me remue méchamment. Je fais volte-face et c'est moi qui me prends un coup.

Pour la première fois depuis qu'il est revenu foutre le chaos dans ma vie, j'entrevois une fissure dans son regard. Une sorte d'impuissance et de fatalité. La même qu'il persiste à agrandir, creuser sous ma peau dans l'espoir de faire imploser les barrières protégeant mon cœur.

Doucement, je déploie ma paume sur sa joue mangée d'une repousse de barbe, puis la fais glisser le long de son bras avant de nouer mes doigts aux siens.

– Viens avec moi, murmuré-je dans un souffle.

Le souci, c'est que lorsque votre sang baigne dans l'alcool, ces barrières ont tendance à s'effriter. Ou s'effondrer d'un seul coup. Rien ne peut se faire en douceur avec Fennell. Je nous entraîne à l'intérieur puis nous descendons un étage pour atterrir dans une immense pièce sombre zébrée par les rais de lumière des stroboscopes, elle aussi blindée de monde. Des tas de corps dansent au son d'une musique électro, se mouvant dans l'obscurité, des arabesques dessinées sur leur peau à la peinture phosphorescente. L'impression d'être immergée dans une réalité primitive, brute. Sauvage. Une réalité où juste l'instinct prime. Sans sentiments ni émotions.

– Vous voulez que je vous peigne ?

Une femme aux cheveux arc-en-ciel apparaît comme par enchantement sous nos nez en agitant un pinceau.

– Je m'en occupe, déclare Fen' en lui prenant l'objet des mains.

J'arque un sourcil lorsque ses yeux se baladent sans une once de pudeur sur mon corps, y traçant un chemin brûlant. Mes incisives plantées dans ma lèvre inférieure, je secoue doucement la tête.

– JE m'en occupe, le corrigé-je.

Sa bouche s'ouvre pour parler, mais je le coupe.

– Pas un mot. Juste… l'instinct.

Et je plonge. Dans les emmerdes. Dans ce piège que son corps tend au mien. Malgré le danger qu'il représente pour moi, pour nous, pour lui. Parce que, comme à chaque fois qu'il est trop près, je ne deviens plus qu'un amas de pulsions. À son image.

De l'index contre son sternum, je le fais reculer jusqu'à ce qu'il pose ses fesses sur le rebord d'une petite table. Ses lèvres s'entrouvrent, leurs commissures se relevant en un sourire dévastateur et beaucoup trop confiant au moment où j'entreprends de déboutonner sa chemise en lin. Nos regards se croisent et s'accrochent alors que je fais glisser le tissu sur ses épaules puis le long de ses bras avant de le jeter négligemment sur le sol. Sans le quitter des yeux, mes doigts effleurent ses tatouages que je connais par cœur à force d'avoir usé mon esprit pour ne jamais les oublier. J'en dessine les contours, les griffe et lâche un ricanement moqueur quand son sourire s'évanouit, mon index suivant la ceinture de son pantalon. Je ne sais pas du tout ce que je fous. En revanche, je sais que je ne devrais pas. Mais là, mon instinct me crie de me brûler les ailes. Aussi, je m'enfonce un peu plus, récupère le pinceau que je trempe dans la peinture disposée sur le bois.

Son abdomen se contracte lorsque le liquide froid entre en contact avec son épiderme.

Malgré mon attention rivée aux dessins que j'exécute, je devine sans mal le trouble, égal au mien, qui l'envahit. Brusquement, sans que je le voie venir, sa main harponne ma mâchoire, son index se calquant sur mes lèvres. Lentement, il fait courir sa langue le long de son doigt par pure provocation, ses pupilles enracinées aux miennes.

Les voilà, les emmerdes que je pressentais. Je me

fourvoyais. Laisser libre cours à son instinct n'empêche pas les émotions. Bien au contraire… Ces dernières, n'ayant plus aucune entrave, ressurgissent, plus puissantes que jamais. Recouvrent enfin ce cri pour me susurrer à l'oreille : « À ton tour de reprendre la main maintenant. »

26

Fennell

Ce qu'elle est belle, putain.

Lucy n'a jamais été comme sa sœur, d'une beauté classique qui attire les regards sur son simple passage. Elle est tellement plus… Il suffit que son visage s'anime, s'habille d'une de ses expressions piquantes dont elle seule a le secret pour éclipser toute présence autour. Néanmoins, il ne faut jamais s'attarder sur ses traits qu'elle manipule à sa guise afin de se planquer, mais sur les différentes teintes que révèle l'émeraude de ses prunelles. Comme ce moment où elles s'irisent de désir lorsque je lèche mon index sur ses lèvres, feignant ainsi de la goûter, ou celui où j'ai la sensation dingue qu'elles se brisent au fond des miennes dès que je prononce :

– Je crève de ne pas être en toi.

Sa respiration devient tout à coup anarchique, écrasant sa poitrine contre mon torse nu. Ouais, je suis vraiment en train de crever. De la sentir si près, mais encore bien trop loin. Sa peau à peine dissimulée par sa robe d'un rouge vif appelle la mienne sans que je puisse y céder.

Oh, non, ma poupée. C'est à toi de me céder avant.

L'espace de quelques secondes, je la sens si fragile que je doute. Qu'elle soit assez forte pour ce jeu toujours plus dangereux dans lequel nous nous perdons.

Toutefois, Lucy se reprend, arque un sourcil en relevant

le menton, puis du plat de sa paume contre mon ventre, me force à reculer et à relâcher son visage. Un sourire envahit aussitôt mes lèvres. Une chaleur se propage dans mes veines. Bien sûr qu'elle est assez forte. Peut-être même plus que moi…

Provocatrice, parce que personne mieux qu'elle ne sait aussi bien entrer dans mon jeu, elle s'imbrique davantage entre mes jambes, son ventre appuyé pile sur mon érection impossible à louper. Pour ce que j'en ai à foutre. Rien d'autre que ce lien aussi vil que délicieux entre nous n'existe.

Son pinceau reprend sa course sur mon buste, caresse mes pectoraux, me pourrissant le bide de frustration. L'envie qu'elle lâche cette merde pour étaler sa peinture avec ses doigts me fout les nerfs à vif, mais je n'en montre rien. Me contente d'observer les mouvements de ses yeux suivant celui de l'objet entre ses mains. J'avais oublié combien Lucy aimait dessiner. Elle a toujours été très douée d'ailleurs, mais a abandonné au fil des ans. Son avenir était tout tracé… Une place de choix dans l'empire familial, sous l'influence de papa.

Joueur, j'en profite pour croiser mes talons sur l'arrière de ses cuisses, la rapprocher encore, mes pouces s'égarant sous le pli de ses fesses. Lucy a toujours su se maîtriser mieux que moi. En revanche, pour ce qui est de la guerre des sens, là, c'est moi qui suis doué, très doué. Un sourire se couche sur ses lèvres, celui qui me propulse des années en arrière lorsqu'elle avait commencé à deviner que mes étreintes cachaient beaucoup plus.

Lentement, elle dégage mes mains de sa peau pour m'inciter à basculer un peu mon buste en arrière puis, après avoir trempé le pinceau dans la peinture, elle poursuit ses tracés sur ma ceinture abdominale, la pression s'accentuant jusqu'à en devenir douloureuse dans mon boxer au moment où elle se penche, ses cheveux chatouillant ma peau. Finalement, elle repose le pinceau puis se désincarcère de mes jambes afin d'observer ce qu'elle a peint.

– Parfait.

Un mot. Prononcé avec autant de sensualité que de danger sous-jacent.

Un mot qui ne nous correspond pas… Et… un mot qui nous correspond tellement.

Alors que je m'apprête à découvrir ce qu'elle a peint, une voix nous interrompt :

– Ouah ! s'extasie la jeune femme nous ayant prêté ses pinceaux. C'est toi qui as dessiné ça ? C'est superbe et… un peu flippant.

Un sourire évanescent flotte sur les lèvres de Lucy qui répond alors en vissant ses yeux aux miens :

– Exactement. Superbe et flippant. Ou en un mot : trompeur.

Soudain, elle se retourne pour s'enfoncer dans la masse de corps serrés les uns contre les autres sur la piste. Elle m'aurait planté une dague dans les côtes que ça n'aurait pas été plus violent. Furieux, je ne réagis pas lorsque l'autre se rapproche afin d'admirer les tracés de Lucy. Des fourmillements s'attaquent à mes muscles en mal d'action. En mal *d'elle,* plutôt… Sans prêter la moindre attention à la jeune femme, je chope le miroir déposé sur la table afin de découvrir l'œuvre de Lucy.

Ce que je vois me griffe l'intérieur. Une poupée désarticulée s'étale de mon abdomen à mes pectoraux, pendue à un fil lui-même enroulé autour des runes tatouées. Je reste de longues secondes sans réussir à m'arracher du reflet, happé par ces lignes sombres. Est-ce ainsi qu'elle se représente maintenant ? Ou bien est-ce une mise en garde ? Un présage ?

Peu importe.

Peu importe car tout ceci, elle aussi l'a provoqué.

D'instinct, je relève la tête pour la chercher frénétiquement du regard dans la foule. Et c'est là qu'elle m'apparaît. Comme *mon* putain de présage.

Face à un mec que je ne reconnais pas, elle saute, éclate de rire, s'immobilise, le laissant peindre sa peau. La garce. Je n'avais pas vu qu'elle avait pris ce fichu pinceau. Puis, ses petits bras l'enlacent, l'attirent dans une danse lascive, en totale contradiction avec le tempo. Une vague de colère se fracasse sous mes côtes, pourtant, là encore, je ne la laisse pas éclater. Mes yeux s'abreuvent de ses mouvements lents, fascinants et putain de tentateurs, parvenant totalement à occulter ces mains qui ne sont pas les miennes sur son épiderme. Sur ce point au moins, j'ai de l'entraînement. Occulter les autres autour d'elle, je l'ai fait pendant des années.

Ce n'est que lorsque ses iris se nouent aux miens, s'y fondent, que je me décide à bouger.

D'une démarche tranquille, mais décidée, je progresse entre les corps en sueur, polarisé sur le sien. Me désintéressant du mec collé à elle, je me place dans son dos, une main harponnée à sa hanche, la seconde occupée à soulever ses cheveux pour les relâcher sur son épaule. Ma bouche effleure son oreille lorsque je lui chuchote :

– Tu penses que t'afficher avec un autre va me blesser, ma poupée ? As-tu la moindre idée du nombre de fois où je t'ai vue contre un autre corps que le mien ? Tu devrais savoir mieux que quiconque que cela n'aura aucun impact sur ma détermination à t'avoir. Tous ces mecs passagers sont que dalle en comparaison à ce qui nous retient l'un à l'autre.

Tous ses muscles se tendent, toutefois, Lucy continue de danser. Son cul ondule contre ma queue, me provoque, mais surtout, pulvérise le peu de retenue dont je suis capable. L'une de mes paumes glisse entre elle et l'abruti qui commence à salement me dévisager, puis s'incruste dans la peau de son ventre.

– À moins que tu me veuilles en plus de… lui, poursuis-je, décochant un rictus moqueur en direction du type qui, soudain, se fige. Suffit de demander, Lucy. Te partager une nuit ne me pose aucun problème. Je te l'ai dit : à la fin, il n'y aura que moi. Maintenant, reste à savoir où tu me veux, ma poupée. Ici…

Le bout de mes doigts se glisse sous la couture de sa robe.

– Là… ajouté-je en donnant un lascif coup de reins contre ses fesses. Ou alors, tu préfères regarder…

Mon visage se redresse vers le type qui, lui, écarquille les yeux. En revanche, l'abdomen de ma poupée se contracte avec une telle violence que je le ressens dans mon propre corps. Satisfait, je ris contre son cou.

– Moi qui pensais tout savoir – ou presque – de ce que cache ta jolie petite tête, tu me surprends encore. J'ignorais ce fantasme, Luc'.

Sa poitrine se gonfle sous l'afflux d'air. Elle se redresse ensuite pour glisser quelques mots à l'oreille du mec qui, soudain, imprime sur sa gueule un sourire carrément pervers. Puis, lentement, elle fait volte-face. Toujours emprisonnée dans mes bras, elle croise ses mains sur ma nuque, avec un air mi-peste, mi-femme fatale qui manque de me faire vriller pour la prendre là, en plein milieu de cette piste de danse.

– Tu tiens réellement à satisfaire mes fantasmes, Fen' ?

– Si me voir avec un autre mec…

Son index sur mes lèvres me réduit au silence.

– Tu sais ce qui hante mes fantasmes, ce que j'ai préféré quand tu m'as possédée ?

Face à mon regard soudain incertain, elle précise :

– Que tu me voies, moi. Que tu m'observes au moment où j'ai joui.

Son petit corps se hisse contre le mien, embrase mes veines de ce foutu désir qui me semble parfois impossible à assouvir. Après avoir approché ses lèvres si près des miennes que nos souffles se confondent, elle me relâche d'un coup. Puis elle se colle de nouveau au type qui, lui, nous observe, toujours dégueulant de lubricité, mais sans savoir s'il doit nous laisser ou s'inclure dans nos provocations.

– Tu es courant que tu ne réussiras pas à m'atteindre ainsi, mon cœur ? Tu me connais : je ne suis pas du genre à être jaloux pour… si peu.

– Uniquement de l'instinct, répète-t-elle. Et, ce soir, je veux que tu me contemples.

Malgré moi, un sourire dévore mes lèvres. Parce que je suis loin d'être con. Je sens bien qu'elle tente de reprendre la main, de se venger. Mais mon problème, c'est que j'aime trop ça. Qu'elle me provoque, me pourrit les veines d'un désir aussi malsain que dément. Non… Mon problème est cette femme. Elle me rend trop dépendant. À contrecœur, je m'arrache à ses prunelles pour reporter les miennes sur celles du mec dans son dos.

– Son ventre m'appartient.

En trois mots, je consens à une connerie monumentale, mais une connerie que je suis incapable de refuser. Parce que je ne sais pas faire autrement que succomber dès qu'il s'agit de Lucy.

27

Fennell

Fasciné.

Je n'ai pas d'autre mot.

Nous sommes enfermés dans une des chambres de l'étage. Je contemple ma poupée en train d'être dévêtue par… une ombre. Parce que, dans mon crâne, le type n'est qu'une ombre, un instrument dans notre jeu. Un pantin guidé par nos instincts incendiaires. Lorsqu'il effleure sa peau, c'est moi qui me fonds dessous. Lorsqu'il la touche, c'est moi qui m'en empare. Lorsqu'il empoigne ses hanches, c'est moi qui la possède.

Et je sais que Lucy ressent la même chose. Son regard luisant d'envie arrimé au mien ne me contredira pas. Calé contre le mur pile en face d'eux, je fourre mes poings crispés au fond de mes poches, un pied négligemment posé contre la tapisserie. Je feins une nonchalance que je ne possède pas du tout. Je ne suis que pulsions ardentes, que chaos de flammes et de cendres. Que… un mec crevant devant son obsession.

Nue, Lucy penche la tête sur le côté au moment où l'ombre se met à embrasser son cou. Aussitôt, son parfum et sa saveur enlacent mes papilles, explosent entre mes tempes. Me ravagent les sens. Un mince sourire caresse son visage. Visiblement satisfaite de l'entièreté de mon corps qui se tend jusqu'à manquer de rompre, elle lèche sa lèvre inférieure, avant de repousser l'ombre de l'index. Puis, d'un air royal, elle s'assoit sur le rebord du lit. Écarte les jambes en une invitation totalement indécente. Putain. J'ai beau avoir conscience qu'elle agit dans l'unique but de me provoquer, de remporter une partie qu'elle ne gagnera jamais, je ne peux m'empêcher de constater que Lucy ne maîtrise que trop bien le jeu. Et, bordel, elle n'en est que plus désirable, d'une sensualité flirtant avec la folie. Folie qui manque de m'envahir tant le besoin de m'enfoncer dans son ventre pour la baiser me fend le bide. Tout comme ma queue me fait un mal de chien à force de bander aussi fort.

Ma poupée, entièrement polarisée sur moi, n'octroie aucun regard à l'ombre qui, docile, s'agenouille entre ses cuisses, serre sa chair, déclenchant une légion de fourmillements dans mes propres doigts, puis enfouit sa tête entre ses cuisses. Ses yeux suspendus aux miens, Lucy émet un soupir de plaisir suivi d'un gémissement qui se plante férocement dans mon entrejambe. Une saloperie de lame s'enfonçant sournoisement dans mon abdomen. Soudain, sa respiration s'emballe davantage, l'ombre semblant accélérer la cadence. Les mains entortillées dans l'édredon qui recouvre le matelas, Lucy rejette légèrement sa tête en arrière, toujours en me fixant, et gonfle son buste. Ses seins à la peau laiteuse, chahutés par son souffle, se gonflent, me narguent. Me provoquent. Merde, elle est vraiment douée.

Parfaite. Juste putain de parfaite.

– Fennell…

Mon prénom qu'elle gémit tel un outrage me cingle les flancs. Les muscles crispés jusqu'à la douleur, je demeure statufié. Ne réponds pas à son appel malgré mon corps qui me supplie. Si je bouge, si j'entame le moindre mouvement dans sa direction, je sais que je ne pourrai me retenir. Je craquerai. Pour la posséder avec autant d'acharnement que de douceur. Autant de vengeance que de passion.

Alors, je me concentre sur les lignes extatiques de son visage, sur le vert intense de ses yeux qui me réclament avec la même violence que je la réclame. Sur sa bouche qui m'appelle, m'implore. Me fascine. M'excite. Me flingue. Qui nous enferme toujours plus dans cette prison toxique que j'ai moi-même construite et… Merde, j'aime trop ça. La voir tomber pour moi, pour nous, son regard me rattachant à la vie.

Durant un instant, je suis tenté de déboutonner mon pantalon et carrément me masturber, mais un autre de ses soupirs me cloue sur place, lie mes membres d'entraves invisibles.

Alors ouais… Je la mate, tandis qu'elle est sur le point de jouir sous la langue d'un autre, tel un mort de faim. Ou un condamné face à sa dernière lueur d'espoir.

Mais, tout à coup, mon délire éclate à l'image d'un élastique sur lequel on aurait trop tiré. Lucy rompt notre lien visuel pour se redresser un peu, avant d'enfouir ses doigts dans les cheveux de l'ombre, l'incitant à la dévorer avec plus d'empressement. La bouche entrouverte, elle ahane, son attention rivée à l'ombre. Et puis…

– Peter…

Une onde de fureur s'emmêle au désir pulsant méchamment dans mes veines. La voilà sa putain de vengeance. Ce type, elle le connaît.

– Plus fort, lui intime-t-elle. J'en veux plus, Peter.

Je crois qu'à cet instant précis, je la déteste. Vraiment. Cela va bien au-delà de la trahison. Parce qu'elle me fuit, s'échappe. M'échappe.

Sans plus se préoccuper de moi, Lucy commence à onduler ses hanches, à chercher son propre plaisir contre ce Pet… cette ombre. Une saleté d'ombre, bordel! Soudain, elle se laisse retomber sur le lit et, d'une voix rendue rauque par l'envie, elle le regarde, lui, puis l'invite :

– Viens…

En deux enjambées, je suis sur eux.

Prêt à tout cramer. À vriller… Et salement.

28

Lucy

Je ne pensais pas me consumer un jour d'un désir aussi violent. Aussi sombre. Presque insupportable. Peter a beau être un amant plutôt doué, il n'a rien à voir avec ce brasier qui m'aspire toujours plus loin. Seul le regard de Fennell est capable de se graver à même ma chair sans ne serait-ce que l'effleurer.

Le souci, c'est qu'un autre sentiment, tout aussi vorace, me bouffe de l'intérieur : la colère. Fennell et moi nous connaissons trop bien. Et nous savons exactement où frapper pour déstabiliser l'autre ou le mettre à terre. Fennell vise le cœur. Je mise sur son besoin que je lui appartienne. Mes émotions contre son obsession.

Voilà pourquoi je ne suis pas surprise lorsque la fureur s'empare des traits de son visage au moment où il comprend que Peter n'est pas qu'un inconnu ramassé sur une piste de danse. Il ne lui faut pas plus de quelques secondes pour bondir et l'attraper brutalement par la nuque afin de le tirer en arrière. D'abord surpris, Peter n'a pas le temps de réagir et part en arrière jusqu'à heurter le mur.

– Espèce de taré ! siffle-t-il alors en se redressant de toute sa hauteur.

Face à lui, Fennell semble avoir été trempé dans de l'acier tant il demeure figé. Déployant une aura quasi létale, il rétorque froidement :

– Taré ? Non… Je suis encore à peu près raisonnable, là. En revanche, si tu ne te barres pas, je risque de le devenir. Et crois-moi si je te dis que tu ne le veux pas.

Un ricanement moqueur, quoiqu'incertain, s'extrait de la gorge de son interlocuteur. Et, tandis qu'il ouvre la bouche pour répondre, je me rassois sur le matelas puis l'interromps :

– Peter, laisse… Ça ne vaut pas le coup que tu te retrouves entre nous.

Le dos de Fen' se tend davantage, mais il ne dit rien. Se contente d'observer sa proie me jeter un œil aussi furieux que frustré. Avant que Peter ne balance un « vous êtes tous les deux tarés » puis sorte de la pièce en claquant la porte derrière lui.

De longues secondes s'écoulent dans un silence asphyxiant. Lourd. De longues secondes durant lesquelles j'attends. Que la respiration de Fennell retrouve un rythme un peu plus apaisé. Que la mienne se libère de ses propres chaînes. Lorsqu'il se retourne enfin, je chancelle. L'envie de fuir. L'envie de me ruer sur lui pour enfin apaiser sa noirceur.

La tête légèrement penchée sur le côté, il progresse jusqu'à moi d'une démarche lascive et prédatrice à la fois. Putain de dangereuse. Et je sais… Je sais à sa façon de me dévorer du regard, à la façon dont le coin de sa bouche s'ourle d'un rictus sensuel et déterminé, qu'il compte me faire payer.

– Tu le connais, affirme-t-il.

– Je n'ai pas passé huit ans à t'attendre, réponds-je sur le même ton.

Le menton relevé, je le toise. Du moins, j'essaie.

D'un mouvement souple, il s'agenouille. Prend la place occupée par Peter il y a encore quelques minutes.

– Ça, on sait tous les deux combien c'est faux.

Je vacille face à ses pupilles qui se contractent soudain, comme prises dans un étau de colère. Avec la sensation de me désintégrer quand ses mains entourent ma gorge en une caresse aussi douce qu'amère pour ensuite descendre sur mes seins nus, sans toutefois les toucher. Ses doigts sont si près de ma peau que j'éprouve avec une cruelle violence la chaleur se dégageant de son corps.

– Supplie-moi encore, Lucy. Comme tu le faisais avec cette putain d'ombre qui volait un plaisir qui m'appartient.

Jalousie. Colère. Désir. Envie. Un mélange tellement dangereux.

Ses paumes glissent ensuite jusque sur mes cuisses qu'il serre brusquement pour mieux les écarter.

– Je veux que tu me supplies, insiste-t-il en abaissant son visage à hauteur de mon entrejambe. Supplie-moi, Lucy. De te posséder à nouveau. Parce que…

Sa bouche entrouverte se fige à l'orée de mon intimité, si près que son souffle brûlant me chahute méchamment. Il semble hésiter à mettre ses paroles à exécution, mais se contente de prononcer, presque tremblant :

– Putain, j'en ai marre. Cède. Cède-moi, Lucy.

La sensation de me déchirer. Là, sous la brûlure du liquide ardent qui ravage alors mes veines. Là, sous l'impact de son regard avide, mais aussi meurtri. Là, face à l'homme sans déguisement qu'il me dévoile. Celui que j'ai brisé, qui m'a brisée et qui, pourtant, n'hésite pas à se mettre à découvert.

– Fennell…

– Supplie-moi, grogne-t-il.

– Non, murmuré-je enfin. Pas comme ça. Je refuse de…

– Me laisser vaincre ? lâche-t-il dans un ricanement lugubre.

– Je ne céderai pas, Fennell. Pas sans pardon.

Mes paroles semblent le frapper à pleine puissance.

L'instant d'après, je suis allongée, mes courbes clouées au matelas par son corps fébrile et fiévreux.

Un voile sombre obscurcit ses yeux, son visage, jusqu'à envahir mon propre cœur. Son souffle s'emballe, son torse m'écrasant à chaque inspiration. Puis… il perd pied. Comme je perds pied dès l'instant où ses lèvres plongent sur mon cou. Dans un premier temps, elles demeurent pressées contre ma peau avant de carrément l'embrasser, sa langue décrivant des cercles avides. Mes mains à présent accrochées à ses épaules, je me cambre encore plus, lui autorise ainsi à m'utiliser comme refuge à cet excès qu'il ne semble visiblement pas maîtriser.

Ses deux bras se referment sur moi, serrent mes hanches pour m'emprisonner contre lui pendant que sa bouche s'approprie ma chair. La mord. L'embrasse. La baise même… L'obsède. Ses lèvres suçotent ensuite ma peau, l'aspirent avec un peu plus de force, semblent vouloir l'absorber. Jusqu'à ce qu'une aiguille de douleur me tire un gémissement, l'obligeant à se figer. Son étreinte ne se desserre pas, me garde encore captive. Fennell fiche son nez pile où ses lèvres se trouvaient il y a quelques secondes, et tente de récupérer sa respiration comme s'il le pouvait en se gavant de mon parfum.

Quant à moi, je lutte. Contre ce truc qui gonfle dans mon ventre. Mais qui éclate dès lors que je me rends compte que les battements erratiques de son cœur sont si intenses qu'ils se répercutent contre ma cage thoracique.

Une larme dévale ma joue en silence. Puis une seconde. Et encore une autre…

– Fennell, je suis tellement désolée, chuchoté-je d'une voix vacillante.

Désolée de ne pas avoir réussi à contrer mon père des années plus tôt. Désolée de t'avoir perdu. Désolée d'avoir créé ces ombres dans lesquelles tu te noies. Désolée d'être obligée de te blesser pour ne pas, à mon tour, me noyer parce que si je sombre, qui te fera remonter à la surface ?

Parcouru d'un spasme, son corps se redresse enfin. Son regard retrouve le mien, puis chute sur mes larmes. Les lignes de son visage se désagrègent. Incontrôlable, sa main se lève à proximité de ma joue, tremble sans pour autant me toucher.

Tout à coup, Fennell descend du lit, creusant un fossé entre nous qui me file un vertige dingue juste après que j'ai été comblée de sa chaleur.

– Tu peux, crache-t-il avant de se retourner.

La porte qu'il ouvre avec hâte agresse mes tympans. Néanmoins, je n'esquisse pas le moindre mouvement quand il m'abandonne, seule, dans cette pièce.

Mes doigts se portent par réflexe sur le morceau de chair douloureux à mon cou.

Une infime partie de cette marque que cet homme a apposée sur moi il y a déjà bien trop de temps.

29

Fennell

Assis, mes pieds nus calés sur le rebord de la table en osier dans le jardin d'hiver, je recrache un nuage de fumée opaque qui se disperse au-dessus de moi, dans la nuit sans lune visible à travers la verrière. Noire. Comme ce truc qui me bouffe le bide depuis que j'ai laissé Lucy dans cette baraque. Ne pas la toucher est une saloperie de torture. Un manque qui ne cesse de se creuser dès que sa chair me frôle. Et tout à l'heure, ce jeu dans lequel elle nous a embarqués a manqué de faire imploser les barrières que j'impose entre nous. L'étreindre est pire que de la pousser à me céder. Car la prendre dans mes bras me ramène au passé, à ce pan du passé qui me rend faible. Me focaliser sur sa trahison, ma vengeance est ce qui me fait avancer depuis plusieurs mois. Sans Lucy, ces dernières années, j'étais comme éteint, mort. Un putain de cadavre ambulant moi aussi. C'est horrible à dire, mais ces photos et ce qu'elles impliquent m'ont nourri d'une nouvelle force. Une force certes obscure et malsaine, mais assez puissante pour m'insuffler la volonté d'enfin récupérer ma poupée. Quitte à l'enfermer avec moi…

Seulement, l'avoir près de moi est aussi jouissif que difficile. Un vrai chemin de croix sans aucune possibilité de pardon à l'arrivée. Et, tout à l'heure, j'ai failli craquer. M'enfouir en elle, abandonnant ainsi ma victoire dans son ventre. La sentir si fragile dans mes bras, à deux doigts de se briser, m'a renvoyé en plein visage ma propre faiblesse face à elle. Parfois, il me suffit de plonger dans le cœur de ses prunelles émeraude pour ramener à la surface ces putains de sentiments que j'ai enfouis sous des couches sombres de vengeance. J'aurais dû la pousser à me supplier. Je suis certain qu'elle aurait fini par le faire, mais, au lieu de cela, j'ai fui. Face à la victoire, j'ai… Quoi au juste ? Flippé ? Eu des remords ? Ou j'ai juste été faible ?

Un long soupir me vide les poumons. Ce soir, je me sens usé telle une falaise érodée par les vagues qui se fracassent sans cesse dessus.

Quand, enfin, le bruit de la porte d'entrée me parvient, le poids dans ma poitrine s'allège tout en devenant, paradoxalement, plus lourd encore. J'écrase ma cigarette dans le cendrier posé sur le sol puis bondis sur mes jambes. Un coup d'œil à mon portable m'indique qu'il est presque quatre heures du mat'. Bordel, je devrais peut-être l'attacher. Je ne suis plus à ça près, après tout.

Alors que je pénètre dans le hall, j'y trouve une petite rousse échevelée, titubante et clairement saoule. Un sourire fend mon visage quand Lucy trouve le moyen de coincer l'un de ses bracelets dans sa queue de cheval. Agacée, elle finit par détacher ses cheveux en insultant son « putain de karma ». Un spasme vrille mon estomac car cette scène me renvoie, une fois de plus, des années en arrière lorsque nous rentrions après avoir repoussé les limites du couvre-feu parental. Captivé par le spectacle qu'elle m'offre, je cale une épaule contre un mur et l'admire. Inconsciente de ma présence – pourtant juste sous son nez –, elle agit sans aucune retenue, sans aucun filtre. Et… que j'aime la voir ainsi.

Son regard tombe enfin sur moi, me capture toujours un peu plus. Ma poupée s'immobilise, un tourbillon d'émotions semblant soudain hanter ses prunelles qui dérivent ensuite sur mon torse nu pour se figer sur mon tatouage. Son tatouage.

Vacillante, elle opère quelques pas dans ma direction, se stoppant à de ridicules petits centimètres.

Avant qu'elle ne laisse tomber les armes. Je n'esquisse pas le moindre geste au moment où son front retombe contre mon sternum. Je m'astreins à demeurer immobile quand mes muscles irradient tellement je crève d'envie de la toucher, de la repousser, de la fondre davantage sous ma peau. De… D'apaiser cette douleur qui, jumelle de la mienne, la bouffe de l'intérieur. Son petit nez me chatouille lorsqu'elle le frotte contre ma peau, inspirant à s'en décrocher les poumons.

– Tu vois que j'avais raison, grommelle-t-elle. Tu es encore torse nu.

Mon sourire s'élargit. Le corps raide tant je me contrôle pour ne pas la prendre sur-le-champ, je lève une main et soulève ses longs cheveux pour dégager son cou. Un frisson délicieux que je suis malheureusement incapable de réfréner s'enlace à ma colonne vertébrale en découvrant la tache violacée qui ombre sa peau.

– Elle te plaît ? me demande alors Lucy. Ta marque, elle te plaît ?

– Qu'est-ce que cela fait de moi si je réponds oui ?

– Hum… un psychopathe ? Un homme jaloux et possessif ? Un homme des cavernes ? Ou un mec juste désespéré ?

Son visage se redresse ensuite pour m'emprisonner de ses yeux d'un vert éclatant.

– Pourtant la seule marque indélébile est sur ma peau, pas sur la tienne, réponds-je.

– Alors tu es le plus désespéré de nous deux.

– Ça n'aurait rien de nouveau.

Un soupir fend mon buste.

– Allez, mon cœur. Je t'emmène au lit.

Son petit corps m'échappe tout à coup. L'index en l'air, elle l'agite tout en reculant.

– Hin, hin, JE vais au lit. Seule.

– Je t'en prie, Luc'. Te sauter dessus alors que tu es bourrée n'a rien d'excitant.

– Merci, je sais, baragouine-t-elle en me contournant. Je veux juste ne pas avoir besoin de toi.

– Trop tard, ma poupée.

– Ça aussi, je sais, maugrée-t-elle à voix basse, une fois dans mon dos.

Un énième sourire perce mes lèvres. Je me retourne afin de la suivre et surtout de vérifier qu'elle parvient à sa chambre en un seul morceau. J'ignore comment elle peut encore marcher avec ses talons. Cette fois, un rire s'extirpe de ma gorge. Il semblerait que l'escalier soit encore plus difficile à gravir que l'Everest.

– Sérieux, combien de verres tu as bus ? m'esclaffé-je. Même au lycée, je ne t'ai jamais vue dans cet état.

Après avoir opéré une volte-face, l'obligeant à écarter les bras pour se stabiliser, elle me fusille du regard.

– Il fallait bien une brûlure assez forte pour atténuer la tienne.

– Oh, ma poupée… Fais attention à tes paroles.

– Et pourquoi ? Je ne fais qu'user de tes propres armes, Fennell. Des paroles indécentes dans… un corps foutrement indécent.

Indécentes. Un appel au vice, ouais. Parce que ces paroles, dès que *sa* bouche – la sienne et aucune autre – les prononce, elles se perfusent directement dans mes veines, injectent dans mon sang un désir si violent que l'entièreté de mon corps devient… putain d'affamé. Mon bas-ventre se contracte, crame littéralement sous la pression qui pompe avec fureur dans ma queue. Une fois de plus, je me contrains à ne pas bouger sous peine de trousser cette fichue robe déjà bien trop courte pour mon mental afin de me glisser dessous.

Lucy me fixe durant quelques secondes avant de finalement décider de s'asseoir sur la première marche. D'un geste à la fois las et maladroit, elle enlève ses chaussures, masse ses chevilles puis reporte son intérêt sur moi, ses yeux s'attardant sur chaque morceau de peau de mon torse. Je suis un putain d'égocentrique. Parce que je pourrais passer ma vie sous la brûlure de son regard, suspendu à la moindre de ses attentions. Lorsqu'elle ne voit que moi, je me sens guerrier, conquérant. Prêt à tout. Capable de tout et n'importe quoi.

D'un mouvement trop lent pour ne pas être calculé, elle pose son coude sur un genou, le menton appuyé dans le creux de sa paume. Sa langue humidifie ses lèvres, me nargue, tentatrice, et j'ai l'impression dingue qu'une flamme danse au fond de ses iris pour venir lécher mon propre épiderme.

– Tu sais qu'un jour je t'ai maté dans la douche des vestiaires au lycée ? lâche-t-elle d'un coup. Et j'insiste sur le terme « mater ».

D'instinct, je me déplace jusqu'à m'accroupir devant elle, mes mains fermement enroulées à ses mollets.

– Raconte.

Joueuse, elle se penche, son visage si près que nos souffles se mélangent.

– C'était un soir d'hiver, je me souviens même plus pour quelle raison tu étais resté en dernier sur le terrain de football. Évidemment, je t'ai attendu dans les gradins. Puis, lorsque tu es retourné à l'intérieur du bâtiment, je t'ai suivi avec, tu sais… ce truc dans le ventre qui réclame d'être assouvi.

– Je vois. Très bien même.

– J'ai attendu un petit moment avant d'entrer dans les vestiaires déserts. Je me souviens encore exactement ce silence qui y régnait, seulement perturbé par le bruit de la douche. Alors, je me suis faufilée dans un coin et… je t'ai observé. J'ai essayé de suivre chaque goutte qui caressait tes muscles, serpentait sur tes tatouages, me volait ma place sur ta peau. Et je me rappelle m'être dit que jamais, toi, tu connaîtrais ce manque, ce besoin d'appartenir à un autre corps. À l'époque, j'ignorais que…

– Que je ressentais la même chose, terminé-je à sa place.

Lucy hoche brièvement la tête avant de poursuivre.

– Ça m'a mise en colère, tellement en colère… Et puis, l'un de tes coéquipiers m'a surprise pendant que je jouais les voyeuses. Alors tu sais ce que j'ai fait ?

Ses yeux toujours plongés au fond des miens, elle glisse doucement ses mains sur mon jean et plante ses ongles dans la toile.

– Je l'ai entraîné dans la salle où était entreposé le matériel de sport et je l'ai baisé en imaginant être une de ces saloperies de goutte d'eau. Et tu sais le pire ? C'était le premier vrai orgasme de ma vie. J'ai joui si violemment que j'ai cru crever.

Sauf que là, c'est moi qui ai la sensation de crever…

La mâchoire contractée à m'en faire mal, je pose un genou à terre et m'incline sur elle, cherchant à la recouvrir.

– Tu dis ça pour me blesser. Je me trompe ?

– Il n'y a pas une once de mensonge dans ce que je

viens de te raconter, dit-elle dans un murmure fragile, mais… oui, j'ai voulu te blesser.

– Bien joué, réponds-je d'une voix dure.

Néanmoins, j'infiltre mes doigts dans ses cheveux puis serre tendrement sa nuque, nos fronts joints. Je la sens se relâcher, glisser dans une douce torpeur. Ses paupières se ferment un court instant. Avant de se rouvrir pour me clouer d'un regard déchiré.

– Dis-moi que tu me détestes, Fennell.

– Je te déteste, répliqué-je sans réfléchir.

– Encore, souffle-t-elle.

– Je te déteste.

– Dis-moi que tu ne m'aimes pas.

Je me fige. Puis secoue la tête.

– Dis-moi que tu ne m'aimes pas, répète Lucy.

Je ne prononce toujours pas un seul son. En effet, une part de moi la déteste, mais uniquement parce que, peu importe ce que j'éprouve, cela reste d'une telle force, une telle ardeur que le moindre de ses actes me pousse fatalement dans l'excès. On ne hait pas sans passion. Et cette nuance, elle la saisit parfaitement.

– Dis-moi que tu ne m'aimes pas, Fen'.

– Lucy, stop, grondé-je durement.

Tandis que je m'attendais à ce qu'elle… En vérité, j'ignore quoi, mais je m'attendais à tout sauf à ce qu'elle me saute dessus. Soudain, je la retrouve dans mes bras, ses mains nouées sur ma nuque et ses jambes croisées sur mes reins. Littéralement enroulée autour de mon corps.

– Moi aussi, je te déteste, chuchote-t-elle ensuite en resserrant davantage son étreinte.

Mes doigts s'incrustent méchamment dans son dos sous le trouble qui m'envahit d'un coup. Parce que ces fichues paroles m'éclaboussent avec violence. Pour la première fois depuis que j'ai mis sur pied cette vengeance, je me sens impuissant. Impuissant et perdu, me débattant sous le poids de ces sentiments qu'elle me jette en pleine gueule sans même s'en rendre compte. À moins que si, elle en ait parfaitement conscience. Ma prise se referme sur son corps, la maintenant prisonnière dans un dernier élan pour reprendre le contrôle. En vain. Aussi, je me relève, Lucy dans mes bras.

Et, pendant que je l'emmène dans sa chambre, j'ai la sensation, enfin, qu'une infime partie de mon cœur est… rassasiée.

30

Fennell

Lucy toujours dans mes bras, je pénètre dans ma chambre – ou plutôt sa chambre maintenant – non sans grimacer. Je ne supporte plus ces murs. Trop de souvenirs. Les mêmes qui, j'espère, collent à sa peau dès qu'elle est ici. À sa demande, je la porte ensuite dans la salle de bains attenante puis la repose sur ses jambes vacillantes. Et j'ignore si je suis soulagé de la relâcher ou, au contraire, traumatisé de ne plus la garder contre moi.

Putain, Lucy est une adversaire bien plus féroce lorsqu'elle n'a aucune conscience d'être en train de se battre.

Ses yeux émeraude me percutent au moment où elle les relève sur moi. J'ignore si c'est parce que son sang baigne dans l'alcool, mais jamais elle ne m'est apparue si sincère, si dépouillée de tout si ce n'est elle : ma Lucy. Celle qui a partagé ma vie durant tant de temps.

Sans cesser de me fixer, elle se débarrasse alors de sa robe qu'elle passe par-dessus sa tête, ainsi que de ses sous-vêtements. Entièrement nue, ma poupée demeure immobile sous le feu de mon regard qui, je suis sûr, vire à la tempête incendiaire.

Ne pas la toucher. Ne pas la toucher. Sinon, je vais craquer.

Nul doute que je vais craquer tellement j'en ai envie. Pire, j'en ai besoin.

Fait chier.

Avec une volonté d'acier, j'effectue un pas en arrière. La distance physique que je creuse entre nous me flingue et pourtant, je l'agrandis davantage en me reculant encore. Un éclat amer et triste zèbre les yeux de Lucy, néanmoins, ses lèvres se déploient en un sourire que je suis bien incapable de déchiffrer. De trop longues secondes après, elle se retourne enfin puis se glisse sous la douche.

Et je reste là, comme un con, à la mater, tandis que l'eau se déverse pour cascader sur son corps. Ses longs cheveux se plaquent à son dos, leurs pointes caressant ses reins. Un bref instant, je me perds sur les marques, légèrement plus claires, qui ornent ses hanches, ses fesses ainsi que le haut de ses cuisses. Un autre souvenir ricoche soudain cruellement entre mes tempes. Celui du soir où elle me les avait montrées en me disant à quel point elle les haïssait. Alors que j'aurais vendu jusqu'à mon âme pour ne serait-ce que les effleurer. Sauf que, à l'époque, la posséder m'apparaissait comme une putain d'hérésie. Le truc, c'est que j'ai toujours plus ou moins mis Lucy sur un piédestal. Elle était un peu comme cette poupée que l'on adore, qui nous fascine, mais avec laquelle on refuse de jouer de peur de la salir. Ou de la casser. Puis, un jour, c'est elle qui m'a brisé. Ma poupée a quitté ses traits parfaits pour en revêtir des plus sombres, vicieux aussi. Bref, plus à mon image.

Alors, bordel, pourquoi quand je la regarde, là, immobile, les gouttes d'eau perlant sur sa peau, je ne vois plus que cette poupée fragile ?

Merde !

Tout à coup furieux, je fais volte-face puis me barre de la pièce. Au milieu de la chambre, je me fige. Avec l'envie de me casser de cette baraque. De rebrousser chemin. En temps normal, je n'aurais pas hésité. Je me serais coulé près de son corps nu pour la provoquer, la pousser dans ses retranchements. Nous pousser à toujours plus nous entrechoquer. Seulement, là, je bloque, empêtré dans une lutte intérieure qui ne devrait même pas exister. J'aurais dû m'en douter pourtant… que Lucy serait capable de souffler sur ces braises sous mon épiderme. Sur ces braises qui n'attendaient qu'elle pour revenir à la vie.

***

Un bon quart d'heure plus tard, Lucy réapparaît, enroulée dans une serviette, puis se fige en me découvrant sur le lit. Parce que, ouais, je n'ai pas été fichu ni de me tirer de cette chambre, ni de la rejoindre. Alors je suis resté ici, dans cet entre-deux symbolisant à la fois notre passé et notre présent. Les cheveux encore mouillés, elle ouvre de grands yeux cristallisés à la fois de surprise et de… d'autre chose que je ne réussis pas à qualifier. Putain, je hais quand elle m'échappe ainsi. La colère latente qui vibrait encore dans mes veines se rappelle à moi, aussi, je décide, enfin, de déserter. Tandis que je me relève, elle me stoppe dans mon élan.

– Attends…

Son timbre si ténu, comme ébréché, me paralyse. Sans prononcer un mot de plus, ma poupée me rejoint sur le matelas puis s'allonge à côté de moi. Sa tête sur son oreiller, elle se contente de m'observer et, j'ignore pour quelle raison, mais une sorte de paix que je n'avais pas ressentie depuis des années m'envahit. Je reprends donc ma position initiale avant de glisser un bras sous ma nuque, le regard rivé au plafond quand le sien s'enlace au moindre grain de ma chair.

– Tu veux que je te révèle un secret ? murmuré-je de longues minutes plus tard. Un secret bien vicieux ?

– Parce que tu en as qui ne sont pas vicieux ?

Sa réflexion me tire un sourire amusé. Je reporte mon attention sur son visage fatigué et étrangement apaisé puis dis :

– Une nuit où on dormait ensemble, je me suis branlé. Avec toi, juste à côté. Le pire, c'est que tu étais étendue à l'autre bout du matelas, je ne te voyais même pas car la chambre était plongée dans le noir, mais juste ressentir ta présence m'a pourri le bide autant d'envie que de frustration. Et moi aussi, « j'ai joui violemment ». Sans même que tu aies besoin de me toucher.

Sa bouche s'entrouvre pour happer un air qui vient subitement à lui manquer. Avant qu'elle aussi se mette à sourire.

– Le pire, c'est que je suis persuadée que tu ne me mens pas.

Je ne rétorque rien pour affirmer ou contredire sa phrase. Évidemment que je ne mens pas…

Soudain, Lucy se relève sur un coude, grignotant doucement la distance entre nous, jusqu'à se figer contre mon flanc. Lentement, elle se cale sur mon torse, en m'observant tel un animal apeuré sur le point d'attaquer. Pourtant, je n'en fais rien. La laisse poser sa joue sur l'endroit où sont gravées les runes de son prénom sans broncher. Comment pourrais-je faire autrement quand j'ai la sensation que chacune de mes cellules implose de la sentir si proche ? C'est tellement plus dévastateur de la ressentir ainsi que d'endurer ce désir violent entre nous.

– Fen'… Tu crois qu'on y arrivera un jour ?

Son menton posé sur le sommet de sa main, elle visse un regard presque suppliant au mien.

– À ?

– À nous retrouver comme avant.

Du revers de ma paume, je caresse sa joue, avec l'impression de partir en fumée à ce simple contact.

– Mon cœur, je refuse de retourner à un « avant ». Avant, notre relation était un mensonge. Au final, ce qui nous unit est peut-être pourri, mais n'en est pas moins vrai.

Les lignes de son visage se chiffonnent en une expression douloureuse qui me fout en l'air. De ça, j'en suis au moins certain : je ne veux pas la « retrouver comme avant ». Pas seulement. Mais, mon problème, mon énorme problème même en cet instant, c'est que…

Sans réfléchir, je l'attire contre moi pour l'enfermer dans mon étreinte. Tout pour ne pas me confronter à sa souffrance. À notre souffrance. Alors que, justement, je l'ai tant voulue, cette souffrance. Alors que, justement, je ne devrais pas la prendre dans mes bras pour l'apaiser avec autant de… *facilité ?*

Et pourtant…

L'esprit à la dérive, j'étends ensuite mon bras pour rabattre les couvertures sur nos corps enlacés. Avant de la serrer contre moi. Avec force.

À m'en disloquer le cœur.

31

Lucy

Je dois… Je ne sais pas en fait. Ne sais plus. Depuis cette nuit passée aux côtés de Fennell, je crois rêver. Ou être en plein cauchemar. Parce que la scène qui se déroule sous mes yeux est tellement surréaliste qu'elle ne peut qu'annoncer un chaos imminent. Un peu plus et je serais prête à parier que Fen' m'a encore droguée. Quoique… Non, impossible. Ma conscience, elle, est bien trop réaliste et comprend que tout ceci n'est qu'un spectacle, une comédie franchement éprouvante pour mes nerfs.

Soudain, tandis que mon père se met à rire à une pique bien sentie de Fennell, Line me file un coup de pied par-dessous la longue table sur laquelle nous dînons tous « en famille ». D'un froncement de sourcils, elle m'intime en silence de me détendre. Sauf que j'en suis incapable. C'est quoi, cette scène ? J'ai la sensation d'être plongée dans un mauvais soap où mon père aurait enfin eu une illumination et déciderait de bénir l'union de sa fille avec le mec menaçant potentiellement son entreprise s'il se décidait soudain à s'en prendre à l'un de nos clients.

Depuis que le repas a débuté, c'est un festival. Calum se comporte en hôte parfait. À coups de « Si ma fille est heureuse, ça me convient » ou de « Vous pourriez faire un vrai mariage avec passage à l'église, maman en serait tellement heureuse ». Je vais vomir. Quant à Fennell, il rentre dans son jeu. Évidemment, Fennell reste Fennell donc, de temps en temps, un petit tacle sur la soif de pouvoir de mon père s'échappe de ses lèvres. Mais, pour toute réponse, Calum se contente d'un rictus bancal. Un truc entre la condescendance et l'amusement.

Line aussi, malgré son apparente décontraction, est totalement larguée par le comportement de notre père. Seule maman rayonne, heureuse de tous nous avoir autour d'elle en pensant sa fille épanouie auprès de son « amour de jeunesse ». Pourtant, on ne peut pas dire que je fasse un effort ce soir. J'ai mes limites. Et puis, je ne parviens pas à me débarrasser de cette odeur de soufre, d'enfer qui m'agresse de plus en plus à mesure que le repas se poursuit.

Fennell, à ma droite, pose de temps à autre un bras sur le dossier de ma chaise. Parfois, je sens le bout de ses doigts effleurer mon dos avant qu'il ne les retire presque aussitôt. Ce matin, à mon réveil, il avait déserté. Et il n'est réapparu que ce soir, au moment de rejoindre mes parents. Il ne m'a pas décroché un mot si ce n'est un « Tu m'as manqué, ma poupée ». Mais je le connais, bien mieux que ce qu'il ne pourrait admettre. Hier soir, il a dérapé, glissé sur cette tonne de sentiments contradictoires qui, je suis sûre, le bouffent autant qu'ils me bouffent.

En bref? Je suffoque dans cette parodie de monde parfait.

Quand, enfin, nous terminons le dessert, je prétexte un besoin de récupérer quelques affaires dans ma chambre pour m'éclipser. Sans surprise, Line m'emboîte aussitôt le pas. Je ne devrais pas les laisser, mon père et Fennell, sans surveillance, mais peu importe. Qu'ils s'affrontent jusqu'à tout réduire en fumée, peut-être qu'ainsi, je commencerai à respirer à nouveau.

Une fois dans ma chambre, ma sœur se jette sur mon lit pendant que je m'avance jusqu'à ma coiffeuse, puis cale mes fesses dessus, mon regard rivé à celui de Line.

– Je vais vomir, craché-je.

– Tu m'étonnes, répond-elle malgré son ton toujours joyeux. Entre Calum à la limite du mielleux et ce gâteau dégueulant de chantilly, je suis au bord du coma diabétique.

– Il prépare forcément quelque chose.

Après avoir calé un coussin sous sa tête, Line chiffonne ses traits en une moue contrite.

– J'aimerais te rassurer et te dire qu'il tente juste de te faire plaisir, mais…

– Toi et moi, on sait que c'est faux.

– Luc', je te promets qu'on l'aura à l'œil et qu'il n'atteindra pas Fennell, OK ? Tu sais, à mon avis, il essaie seulement de se rapprocher de lui, au cas où. Tu le connais, il est parano et la réputation de Fennell le précède. Mais j'imagine qu'il n'est pas assez con pour s'en prendre à la famille de sa femme.

Ma bouche s'entrouvre. S'apprête à lui répondre, à approuver ses dernières paroles. Toutefois, je demeure muette. Avec l'impression que si je prononce encore un seul mensonge, je vais vraiment crever.

– Lucy ?

Mes yeux se perdent dans la chaleur de ceux de ma sœur. Chaleur qui ne tarde pas à virer à une inquiétude palpable.

– Putain, Lucy… Dis-moi que ton mari n'est pas assez con pour s'en prendre à notre père.

Comme montée sur ressort, elle se redresse avant de bondir sur le sol. Arrivée à ma hauteur, Line se fige, son expression se brisant soudain. Ce n'est que lorsqu'elle pose ses paumes sur mes joues que je réalise avoir la vue totalement brouillée de larmes contenues. Merde !

– Petite sœur, dit-elle dans un souffle. Qu'est-ce qu'il se passe ?

Un nœud coincé au fond de la gorge comme un vieux clou rouillé, je ne parviens pas à émettre un seul son. Et, même si j'en étais capable, j'ignore quoi révéler à ma sœur. Malgré son tempérament survolté et positif, Line peut être du genre implacable. Le sang ne ment pas, comme on dit. Nul doute qu'elle dégoupillerait également si elle découvrait la vérité sur mon mariage.

Heureusement pour moi, c'est le moment que choisit notre mère pour faire irruption dans ma chambre.

– Ah, vous êtes là, mes bébés. Votre vieille maman peut s'incruster un peu ?

Sublime dans une combinaison large d'un vert intense, elle nous rejoint d'un pas gracieux.

– Je rêve, elle est plus canon que nous et elle ose se qualifier de vieille, soupire Line.

– Lucy ? s'inquiète Laura tout en m'analysant de pied en cap. Tout va bien ? On dirait que tu as pleuré. C'est avec Fennell ? Ça ne va pas ? J'ai…

– Maman, intervient alors ma sœur, calme-toi, tu vas te faire un ulcère. Lucy va bien, elle est juste incapable de demeurer de marbre quand sa grande sœur lui fait du chantage affectif.

Sous le regard interrogateur de notre mère, et le mien hurlant toute ma reconnaissance, elle poursuit :

– J'étais en train de la menacer de la renier si elle m'écartait encore de sa vie. Non mais un mariage sans me voir avec ma robe de demoiselle d'honneur, ça ne devrait pas exister.

Laura se met à rire avant de lever les yeux au ciel.

– Laisse donc notre Lucy tranquille. Parfois, les meilleures décisions sont celles faites à l'instinct. Sans calcul, ni peur des répercussions… N'en déplaise à votre père.

Mais parfois, même notre instinct ne peut plus s'exprimer…

Et quand je vois ma mère, que j'aime profondément, j'ai peur. Car une chose est certaine, son instinct, à elle, ne lui a jamais dicté de rester enfermée dans cette union que Calum a dû « calculer » au détail près.

– Bon, en place, déclare soudain Laura. Je veux vous coiffer comme avant, lorsque vous étiez des gosses, certes turbulentes, mais encore à peu près gérables.

– M'man… se lamente déjà ma sœur.

Pas moi. Au contraire, c'est avec un plaisir non feint que je m'installe sur la chaise devant ma coiffeuse. Juste quelques minutes… pour imaginer être de nouveau enfant. Une enfant heureuse qui aurait été impatiente de retrouver son meilleur ami pour lui montrer sa belle coiffure…

***

Une bonne demi-heure plus tard, je redescends enfin, avec une certaine appréhension ancrée au ventre. Calum et Fennell sont restés seuls tout ce temps… Néanmoins, à peine ai-je mis un pied en bas du grand escalier que mon père me cueille.

– Ma luciole, j'ai à te parler. Suis-moi.

J'acquiesce en silence malgré mon envie de fuir pour retrouver ma sœur et ma mère. Quoique, j'avoue être curieuse de ce qu'il a à me dire. Histoire de me prouver que je n'avais pas tort et que Calum prépare bien quelque chose. Nous remontons donc d'un étage puis bifurquons dans le couloir de droite afin de nous rendre dans son bureau. Sans un mot, mon père prend place dans le canapé en cuir noir. Son regard me percute aussitôt avant de me ferrer pour ne plus me relâcher.

– Ferme la porte et viens t'asseoir, s'il te plaît.

Au moment où je nous isole du reste de la demeure, je sais. Que quoi qu'il s'apprête à m'annoncer, un autre morceau de mon cœur volera en éclats. Je ne peux ignorer le filet de sueur froide qui mord ma nuque pour ensuite glacer chacune de mes vertèbres. Et surtout, je ne peux ignorer son expression… Je n'ai pas affaire au père, mais à l'homme avide de pouvoir. En silence, je m'installe à côté de lui, ramène mes cheveux nattés sur mon épaule gauche et attends. Le coup.

– Comment se passe la vie de jeune mariée ? demande-t-il, un sourire s'esquissant sur ses lèvres.

Sur ses lèvres, mais qui n'atteint pas ses yeux sombres. Je me rends compte alors qu'il ne fait pas vraiment d'effort afin de dissimuler ses réelles intentions. Devant ses pairs, Calum devient un vrai joueur de poker, impossible de déceler s'il feint ou non. Or, là, son visage est trop lisible. J'imagine qu'étant sa fille, je ne représente pas l'ombre d'une menace…

– Très bien, réponds-je simplement.

– Je me demandais… Comment avez-vous réussi à passer au-dessus de ta petite trahison ? Et ne prétends pas que Fennell n'est pas au courant. La haine dans ses yeux quand il les pose sur moi… Elle est si criante que c'en est presque comique.

Toujours ce sourire. Et toujours cette violence qui revient hanter mes cellules.

– C'est vrai que Fennell est loin d'être aussi stoïque

que toi. Au moins, on ne pourra pas me reprocher de chercher mon père chez l'homme de ma vie.

Son expression se fige dans ce qui ressemble à de la colère avant de, cette fois, se lisser.

– Tu n'as pas répondu à ma question, Lucy.

– Je lui ai parlé de tes menaces. De la façon dont tu m'as forcé la main pour que je m'exécute. Aussi simple que ça… Et tu sais quoi ? Étrangement, il n'a pas été étonné le moins du monde.

Cette fois, son corps entier se raidit. D'un air satisfait que je suis incapable de masquer, je l'observe fermer son poing sur sa cuisse et resserrer l'autre contre lequel est appuyée sa mâchoire.

– Tu aurais préféré que je ne révèle pas comment tu as manipulé ta fille, peut-être ? Mais j'ai déjà perdu beaucoup dans cette histoire, papa. Je refuse de gâcher ma deuxième chance avec Fennell. Or, même si nous n'en sommes pas encore au stade du pardon, nous nous en approchons, mens-je avec aplomb. Et je compte bien tout mettre en œuvre pour qu'on y parvienne.

Oui, je mens si facilement que j'en viens à me poser la question. Suis-je vraiment en train de tenter de protéger ma famille ? Ou cette relation pernicieuse et paradoxale entre Fennell et moi ?

– Parce que tu penses sincèrement qu'il te pardonnera, ma luciole ?

Je serre les dents, réprime mon envie de lui crier de ne plus jamais m'affubler de ce surnom. Mais surtout, je réprime ce cri de douleur qui résonne dans ma poitrine.

– J'en suis certaine. J'aime Fennell. Et, oui, tu as raison, aimer est une faiblesse. Une faiblesse que je compte tellement nourrir qu'elle en deviendra ma plus grande force.

– Tu ne feras que t'épuiser, ma fille.

– Je suis une Langford, non ? Manipuler les faiblesses à notre guise, ce n'est pas ce que tu nous as toujours enseigné, à Line et moi ?

– Et je vous ai également enseigné de ne pas y laisser votre peau.

Un sourire fend mon visage. Parce que j'y ai déjà laissé plus que ma peau, mais ça, c'est une chose que l'homme en face de moi ne peut comprendre. Là est *sa* faiblesse.

– Peu importe, conclut-il en balayant l'air d'un revers de main. Je veux juste être certain que ton mari ne tentera rien pour nous nuire.

– Je gère Fennell, lâché-je du bout des lèvres.

– Parfait, commente-t-il tandis qu'un rictus de loup rehausse l'une de ses commissures.

Le filet de sueur froide se mue en un pressentiment de chaos imminent. Mon abdomen se contracte avant même que ce fameux coup que j'attendais ne soit porté.

– Parfait, reprend-il, parce que je vais encore avoir besoin de toi.

Son « encore » s'inscrit en lettres de sang sur et sous ma peau. Car je devine qu'il fait référence à l'unique fois où j'ai dû vendre un morceau de mon âme en acceptant de le satisfaire.

– Profite de ton mariage, ma luciole. Après tout, il est vrai que tu le mérites amplement. En revanche, je veux que tu trouves un moyen pour que ton cher mari bosse pour nous. Bien que ça me tue de l'admettre, Fennell est respecté par beaucoup qui le considèrent comme une sorte de Robin des Bois du XXIe siècle. Que certains de ses articles encensent quelques-uns de nos clients nous serait plus que profitable. D'autant plus que je suis certain qu'il dispose d'un tas d'informations sur des hauts placés qui nous seraient également très utiles.

– Fennell n'acceptera jamais, dis-je dans un tel état de rage que je ne suis pas certaine d'avoir réellement parlé.

– Ma luciole… ricane-t-il d'un ton traînant. Tu es une femme. Une femme ayant hérité de la beauté de sa mère et de l'intelligence de son père. Amener l'homme qui partage ton lit à choisir ta famille n'aura rien de bien compliqué, j'en suis sûr. Tout comme je suis sûr de ne pas avoir besoin de développer davantage pour te faire comprendre.

Si j'ai compris ? La plus infime de mes cellules hurle, se révolte, griffe ma chair de rage et de fureur. Alors oui, j'ai parfaitement compris ce que sous-entendent ses paroles. Je n'essaie même pas de cacher les spasmes qui parcourent mon corps. Ni la grimace s'emparant de mes traits.

– Je vois, craché-je dans un ricanement aussi glacial que sombre. Donc, je dois utiliser le sexe pour manipuler, encore. Jouer les putes pour le bien de l'empire familial.

Le dos droit et immobile, Calum me foudroie du regard et jamais encore je n'avais ressenti jusque dans mes propres os la malveillance déployée par son aura. J'ai beau percevoir une sorte de peine zébrer son visage, je ne ressens que l'agressivité et la cruauté s'échappant de lui.

– Ne dis pas de sottises, gronde-t-il. Il s'agit de ton mari, après tout. Si tu tiens tant à ce qu'il fasse partie de notre famille, il doit le prouver. Et toi aussi, tu dois me prouver que l'accueillir chez les Langford ne nous mettra pas en danger. Et pour cela, il doit s'impliquer. Garder son ennemi encore plus proche que ses amis… Tu connais la rengaine, ma luciole. Je m'assure simplement de notre avenir.

– Oh, donc je fais la pute aussi au nom du pouvoir, dans ce cas. C'est tellement plus gratifiant exposé ainsi. Quant à Fennell, tu veux simplement le corrompre juste ce qu'il faut pour faire pression sur lui en cas de besoin…

– Tu es née dans un monde où, pour survivre, il faut parfois lancer la première attaque. Dévorer plutôt qu'être dévoré, je ne t'apprends rien. Mais tu es jeune et ne comprends pas encore, Lucy. Un jour, ce sera le cas. Et seulement alors, tu réaliseras que toi et ta sœur, je vous aime assez pour justement ne pas vous épargner. Je ne supporterais pas que vous ne surviviez pas.

– Sauf que tu es le seul à me tuer à petit feu, papa…

D'un geste carrément malvenu au vu de la situation dans laquelle nous nous enfonçons, Calum caresse ma joue de son index. Et, à cet instant, je me maudis d'avoir le cœur qui saigne en constatant que mon père semble réellement blessé. Il se penche ensuite, embrasse mon front.

– Je peux compter sur toi, ma luciole ?

Je déglutis, consciente que mon prochain mot risque de m'enterrer davantage sous les ennuis.

– Non.

Ignorant la colère qui incendie alors son regard ainsi que ses traits, je me relève. Darde sur lui une expression froide et déterminée. Avant de sortir de son bureau.

Toujours en étouffant…

32

Lucy

J'ouvre la portière de ma voiture à peine le moteur éteint puis me rue dehors jusqu'au bord de la falaise. La nuit recouvre déjà cette surface du globe, mais je connais cet endroit tellement par cœur que je sais exactement où s'arrête la roche pour laisser place au vide.

Une inspiration profonde me brûle les poumons. Je m'en contrefous. J'en ai besoin. Que l'air me ravage la trachée, peu importe. Je veux respirer.

Après l'entretien avec mon père, je suis partie. Sans prévenir personne. J'ai évité ma sœur qui guettait LE moment pour me tirer les vers du nez, maman et sa joie de vivre quasi fictive. Et Fennell. Les manipulations de Calum m'ont renvoyé celles de Fennell en plein dans les gencives. Si la nuit passée dans ses bras avait plongé mon esprit dans une sorte de brouillard plutôt agréable – je ne peux le nier –, le comportement de mon père a remis l'échiquier, sur lequel je ne suis qu'un de leurs pions, sur le devant de la scène.

J'avale une autre goulée d'air.

Putain, j'étouffe.

Soudain, un frisson se propage telle une toile d'araignée sur l'entièreté de mon corps. Je ne suis même pas foutue de comprendre si ce frisson, ma peau le ressent avec avidité ou l'endure juste. Un halo de lumière me balaie avant de se faire avaler par l'obscurité tandis que le bruit d'un moteur se coupe. De longues secondes plus tard, une voix se dépose sur ma chair.

– Saute avec moi, ma poupée.

La silhouette de Fennell se place dans mon dos. Et, bien qu'il m'effleure à peine, j'ai la sensation que sa chaleur me dévore. Me rend fragile et paradoxalement puissante.

– Non, réponds-je simplement.

« Non », je ne peux m'empêcher de penser que c'est la deuxième fois, ce soir, que je prononce ce mot. Ce même mot aux deux hommes les plus importants de ma vie, mais qui pourtant ne cessent de me demander de me jeter dans le vide pour eux.

– Pourquoi tu es venue ici, Lucy ? me demande Fennell d'un ton plus grave.

– J'étouffe.

– Alors libère-toi, putain.

Je me retourne, si vivement que Fennell est obligé de se reculer. Avant néanmoins de combler à nouveau l'infime espace entre nous.

– Divorçons, dans ce cas, rétorqué-je.

Dans la pénombre, son regard ne m'apparaît pas clairement. Mais je n'en ai pas besoin. La soudaine violence qui transpire de la moindre de ses cellules se diffuse aux miennes avec autant d'agressivité que d'abandon.

– Ce n'est pas de moi que tu as besoin de te libérer, feule-t-il.

– Je te trouve bien sûr de toi, me mets-je à rire. Tu n'as pourtant jamais été du genre à te mentir à toi-même. Regarde-nous… On est incapables de…

– Non ! m'interrompt-il. Regarde-toi, Lucy. Tu étouffes et où vas-tu ? Ici, à cet endroit qui fait partie de notre histoire.

– De notre passé.

– De nous, insiste-t-il, sa paume se couchant sur ma nuque pour visser nos fronts l'un à l'autre. Parce que je te jure qu'un jour tu sauteras de cette falaise avec moi.

– Tu lui ressembles de plus en plus, lâché-je alors dans un murmure.

Un murmure aussi lourd que du plomb. Aussi meurtrier qu'une dague. Ses doigts s'incrustent brusquement dans ma peau. Son souffle s'emballe, s'échouant sur mes lèvres. Et la dague s'enfonce également dans mon cœur lorsque je le sens trembler en pressant son pouce sur la marque violacée dans mon cou pour la caresser.

– Mon père vient gentiment de me suggérer de te manipuler, sous-entendu d'utiliser le sexe pour parvenir à mes fins, afin que tu bosses pour lui et partages toutes les informations en ta possession.

– En quoi ça t'étonne ? ricane-t-il.

– Toi, poursuis-je, ignorant son intervention, tu m'utilises comme un putain de bouclier. Ou, non, comme une fichue poupée, on en revient toujours là, hein ? Tu m'agites sous son nez, sachant pertinemment que ça l'enragera, mais qu'il se retiendra car sa fille et donc, par extension, sa famille se retrouvent au milieu. Tu fais d'une pierre deux coups comme on dit : provoquer le père tout en assouvissant ta vengeance sur sa fille. Tu…

– Mais je veux juste que tu te rebelles, bordel ! hurle-t-il soudain à deux pauvres centimètres de mon visage.

Saisie, je sursaute avant de rester paralysée.

– Si j'ai payé Mathis, c'est uniquement pour qu'il se taise ! Aussi pour l'aider, certes, car, merde, il n'a pas mérité la vie de misère qu'il se traîne ! Et aussi pour qu'au moins tout ce fric que ma famille possède serve à quelque chose de juste pour une fois ! Mais je lui ai déconseillé de parler.

J'aurais pu pourtant… Nourrir son bide d'assez de rage pour qu'il réclame justice aurait été facile, mais je n'en ai rien fait. D'un, ça ne l'aurait pas aidé. Et de deux, je… j'ai cherché à te protéger.

– Me protéger ? Alors pourquoi m'avoir forcée à le voir ?

– Pour ranimer ton cœur, enfin ! Pour que tu démolisses cette saloperie de mur de glace qui t'enferme ! C'est de ton père que tu dois te libérer, ma poupée. Pas de moi.

– Toi aussi, tu m'as emprisonnée, Fennell.

– Ose prétendre que tu n'es pas toi lorsque nous sommes ensemble. Quand tu me provoques parce que je te provoque, me blesses quand je te blesse, me jettes tes sentiments en pleine figure dans le but d'encore plus me faire mal ou quand tu m'affiches ta fragilité comme hier soir. Tout ça, c'est toi, Lucy. Au fond, tu te sens en sécurité avec moi.

– Tu te trompes… J'ai parfaitement conscience, au contraire, d'à quel point tu peux m'anéantir.

– Parce que je te rends vivante.

– Pour mieux me demander de me jeter d'une falaise ensuite.

– Sûrement… Mais on sautera tous les deux, mon cœur. Ensemble, on peut être indestructibles. Si tu savais…

Ses mains s'emmêlent dans mes cheveux, inclinent ma tête en arrière. Fennell caresse ma bouche de la sienne, sans toutefois céder à son envie – notre envie – de m'embrasser. Tout à coup, je sens sa langue me frôler, suivre le contour de mes lèvres, là encore, en m'effleurant à peine. Mes doigts entortillés dans son tee-shirt, je cherche à le rapprocher de moi. Ou l'éloigner, je ne saurais dire avec exactitude. Je suis perdue, comme toujours, quelque part entre lui et moi.

– Tu veux une vérité, ma poupée ? chuchote-t-il. Une

vérité qui me flingue presque plus que lorsque j'ai découvert ta trahison ? J'ai la peur inconsidérée que ce qui devait être un « toujours » se transforme en un « jamais ».

C'est sûrement étrange ou paradoxal, mais ses aveux m'apaisent. Dispersent à mesure qu'ils s'égrènent ce truc obscur sous ma chair.

– Fen', « jamais » est chose impossible pour nous. Parce que nous sommes deux saletés d'affamés. « Insatiable » implique forcément un toujours.

Je le sens sourire contre mon visage. Mais je sais que son sourire, à l'instar de ces sentiments qui nous hantent, est à la fois amer et… passionné.

– Je n'arrive plus à te suivre, ajouté-je ensuite. Je ne comprends plus si tu veux que je me batte avec ou contre toi ?

– L'un n'empêche pas l'autre, Lucy.

D'une pression sur ma tête, il m'oblige à davantage me pencher en arrière. Son ombre, presque encore plus obscure que la nuit, m'enveloppe et m'enlace.

– Plus tu te libères de Calum, plus tu m'appartiens, mon cœur.

33

Lucy

Le soleil se lovant au moindre grain de ma chair, je respire. Un peu mieux, du moins. Allongée sur le rebord de la piscine, je profite de cette journée loin de tout. Ou presque. Loin du boulot, de mon père et de Line qui a presque fait saturer ma messagerie à force de m'appeler. Depuis hier soir, je la ghoste totalement. Je sais que ce n'est qu'une question de trop peu de temps avant qu'elle vienne me chercher pour m'extorquer des informations supplémentaires, mais, merde, je veux un jour off. Qu'on me fiche la paix. Évidemment, le bruit d'un corps plongeant dans l'eau ne tarde pas à m'arracher un soupir. Les paroles de Fennell, sur la falaise, ont créé une telle confusion dans mon esprit que je ne parviens même plus à aligner deux pensées cohérentes. Voilà pourquoi me cramer la peau autant que les neurones sous les rayons texans m'est apparu être LA bonne idée.

Quelques minutes s'égrènent avant que ma réalité me rappelle à elle.

– Viens nager avec moi, ma poupée.

Étendue sur le ventre, je tourne la tête sur Fennell qui, les deux coudes ancrés à la margelle, se maintient à ma hauteur. Ses cheveux bouclés mouillés sont rejetés en arrière. Seules quelques mèches rebelles parsèment son front de gouttes.

– Certainement pas.

Ma réponse imprime un sourire amusé sur ses lèvres.

– Tu as peur de te noyer ? raille-t-il.

– J'ai peur de te noyer.

Cette fois, un éclat de rire s'extirpe de sa gorge et me chatouille agréablement les oreilles. D'un geste étonnamment tendre, il soulève mes cheveux de mon cou pour caresser la marque qu'il a lui-même imprimée.

– Sauf que tu viendrais me chercher jusque dans les profondeurs, mon cœur.

Bien sûr que oui.

– Bien sûr que non. Je te rappelle que tu as fait la connerie de ne pas nous faire signer de contrat de mariage. Si tu disparais, je récupère la fortune O'Brien. Finalement, le plus baisé des deux n'est pas celui que l'on pense.

Sans cesser de dessiner des cercles sur ma peau, il rétorque :

– Baisé, hein ?

Je roule des yeux.

– Cela dit, ce n'est un secret pour personne, Luc'.

– De ?

– Que je sois le plus baisé des deux.

Durant un court instant, c'est dans son regard trouble que je me noie. Avant de tout simplement clore mes paupières afin d'éviter de trop m'y perdre.

– Je n'ai pas envie de me battre aujourd'hui, Fennell. Nous sommes le Quatre Juillet, tout le monde a le droit à un peu de paix le jour de la fête nationale, non ?

De longues secondes s'écoulent sans qu'il me réponde. Et, lorsque je rouvre les yeux, je constate, nullement étonnée, que son regard s'attache à la moindre de mes courbes.

– Qu'est-ce que tu fais ? grogné-je.

– Hum… je cherche un peu de paix?

Malgré moi, je souris, savourant et endurant le feu qui s'empare tout à coup de mon corps. Je ne devrais pas… Clairement, je ne devrais pas, mais… n'ai-je pas précisé qu'un foutoir sans nom avait élu domicile sous mon crâne? En silence, je me retourne. Le haut de mon maillot de bain étant détaché, je me retrouve sur le dos, seins nus, couverte uniquement de mon bas. Les paupières à nouveau fermées, je ne bouge plus. Une tout autre brûlure que celle du soleil m'embrase.

– Pourquoi tu fais ça, Lucy?

– J'ai toujours détesté les marques de bronzage… Tu n'es pas sans le savoir.

– Arrête ça, gronde-t-il d'un ton vibrant. Tu dis vouloir un peu de paix, mais tu me provoques. Tu sais que t'afficher ainsi devant moi me donne plutôt envie de déchaîner une foutue tempête sur ton corps.

J'ai un mal de chien à réprimer un frisson. La vérité est que j'ai envie qu'il mette ses paroles à exécution. Envie qu'il l'éclate, cette tempête, sur moi, sur nous. Peut-être est-ce ici que la paix, la vraie paix, se trouve: en plein milieu du chaos.

– Retiens-toi, réponds-je néanmoins en haussant les épaules.

Un ricanement chaud balaie mon profil. Durant un moment qui me paraît interminable, ni lui ni moi n'esquissons un seul mouvement. Un moment méchamment éprouvant pour mes nerfs car je ne pourrais avoir davantage conscience de son attention rivée à moi. De ce désir brutal et sauvage transpirant de ses cellules pour venir contaminer les miennes.

Tout à coup, quelque chose de froid me fait sursauter, creusant mon abdomen au passage. Par réflexe, je rouvre les yeux pour découvrir la main de Fennell au-dessus de moi qui s'amuse à répandre quelques gouttes d'eau sur mon ventre. Sa paume replonge dans la piscine pour ensuite revenir à son point initial. Des gouttelettes supplémentaires ne tardent pas à se mêler aux précédentes, avant de venir conquérir d'autres morceaux de peau. Mes flancs. Mon sternum. Puis mes seins sur lesquels le liquide s'étoile, dessinant des entrelacs froids et, en même temps, brûlants.

– Tu disais quoi la dernière fois déjà ? s'élève alors la voix rauque de Fen'. Ah, oui… Que tu avais été jalouse de gouttes d'eau. Je crois que je comprends exactement ce que tu as ressenti.

Ma tête se tourne à nouveau vers lui. Dédaignant mon regard, il rive le sien au chemin tracé par les perles d'eau. Sa langue se glisse entre ses lèvres tandis que son thorax semble en proie à une tempête. Et je la réclame, cette tempête. Je veux qu'elle s'empare de mon corps, me griffe jusqu'à hurler au cœur de ma poitrine. Me paralyse d'un trop-plein d'émotions. M'anesthésie d'un trop-plein de sensations. Me prenne tout. Pour enfin me laisser en paix.

Une autre sorte de cri me fend de l'intérieur lorsqu'il se reprend puis, d'un mouvement souple, s'extirpe du bassin. Un manque que je n'aime pas du tout m'envahit à l'idée que Fennell me fuie, mais c'est lui qui a raison. Qu'il soit, pour une fois, le plus raisonnable des deux prouve à quel point je déconne à plein tube…

Toutefois, alors que je pensais qu'il désertait, il s'immobilise. Sa silhouette entière me surplombe, s'interpose entre le soleil et moi, m'avalant dans les ombres. Les serpents tatoués un peu partout sur sa peau m'appellent, il n'y a pas d'autre mot. Je les ai tellement imaginés, jusqu'à les sentir presque ramper sur mon propre épiderme, seulement habillé de leurs lignes d'encre et rien d'autre… Fennell demeure debout, laissant l'eau chuter de son corps sur le mien. Son expression n'a plus rien de désinvolte. Au contraire, quelque chose de bestial, d'implacable, et d'outrageux semble le posséder.

En silence, il se baisse jusqu'à s'agenouiller entre mes jambes que j'écarte d'instinct. D'un geste brusque, il attrape l'une de mes cuisses pour la rabattre contre sa hanche puis l'ongle de son index vient griffer la ligne de mon flanc pour ensuite se figer à la couture de mon maillot de bain.

– Pourquoi tu ne m'arrêtes pas, Lucy ? Pourquoi tu ne m'ordonnes pas de ne pas te toucher ? Pourquoi tu ne me rejettes pas ?

– Parce que je n'en ai pas envie. Moi aussi, je veux te ressentir, Fennell, sinon cette situation risque réellement de me tuer. Et tant que tu t'enterreras dans ta vengeance, c'est l'unique moyen que j'ai trouvé…

– Pour me vaincre ?

– Pour nous vaincre : toi et ton obsession de vengeance, moi et mon besoin de pardon, ainsi que ce piège dans lequel nous nous enfonçons.

– Oh, mon cœur…

Après s'être incliné au-dessus de moi, ses paumes ancrées au sol, il me couve d'un regard animal, mais franc, puis change radicalement de sujet pour le faire glisser sur une pente ô combien dangereuse, mais si… tentante.

– Tu me dois un orgasme, ma poupée. Je veux que, toi aussi, tu jouisses contre moi comme j'ai joui contre ton ventre.

J'arque un sourcil. Uniquement par défi parce que ce qui coule dans mes veines se mue soudain en lave incandescente.

– Touche-toi. Je veux te voir.

Je fais non de la tête avant d'ajouter :

– Fais-le, toi.

Je me surélève légèrement sur les coudes, la pointe de mes seins frottant contre son torse, puis chuchote à son oreille :

– Fais-moi jouir, Fen'.

Du coin de l'œil, j'aperçois ses paumes se rétracter pour former deux poings convulsés.

– Si tu savais comme j'en crève, répond-il dans un souffle. Mais pas comme ça, tu le sais. Le jour où je te ferai jouir sera le jour de ta reddition, mon cœur, après que tu m'auras supplié de m'enfoncer en toi. Si tu savais… J'en ai si mal, putain, d'attendre, mais je veux que tu saches ce que c'est…

L'une de ses mains se déploie sur mon ventre puis, d'une pression, m'oblige à me rallonger.

– … ce que c'est que d'être condamné à fantasmer. À imaginer tes chairs, et non mes doigts, autour de ma queue pendant que je me branle.

Un séisme résonne entre mes côtes jusqu'à pulser ardemment entre mes cuisses.

– Depuis le décès de mon père, poursuit-il, je n'ai pas touché à une seule autre peau. Je… Je veux ressentir le manque et l'absence. M'en gaver pour que chaque sensation soit décuplée quand…

Sans terminer sa phrase, il plonge une nouvelle fois sa main dans l'eau et en déverse lentement le contenu sur mon sexe. La morsure du froid me saisit, accélère paradoxalement la cadence de ce second pouls. Puis, sa paume entière recouvre mon intimité, la presse avec force, m'arrachant un râle de plaisir, avant de presque aussitôt m'abandonner. Le souffle court tant la frustration me scie l'abdomen, je demeure muette.

– Touche-toi, reprend-il.

Je persiste à résister en silence. Une autre vérité m'éclate soudain au visage : si je résiste, c'est uniquement car je veux qu'il me pousse à lui céder. Encore et encore. En réalité, je ne parviens plus à saisir si je désire réellement que ce jeu s'arrête… Ou pas. Putain, nous ne nous en sortirons jamais. Mon âme lui est entièrement dévouée.

Un rictus vorace aux lèvres, il les approche de mon cou, lèche mon suçon et susurre :

– Le soir où je t'ai retrouvée, où, sur le balcon de ta chambre, je t'ai touchée après toutes ces années, j'ai dû me branler en rentrant chez moi pour endiguer ces putains de flammes qui me pourrissaient le bide.

– Fennell…

– Touche-toi, insiste-t-il, le timbre plus tranchant.

Comme je ne m'exécute toujours pas, il poursuit :

– Sur la falaise, lorsqu'on s'est embrassés, je n'ai même pas attendu d'être rentré. Je me suis soulagé dans ma bagnole tel un pervers, mais bon, ce n'est pas nouveau, n'est-ce pas ? Tu restes mon vice le plus addictif, après tout. Le seul dont je ne pourrai jamais me débarrasser à moins de m'arracher moi-même les veines.

Ma respiration n'est plus que… Je n'en sais rien. Disons que si elle existe encore, c'est uniquement pour assurer ma survie. Ou pas… J'ai la sensation de mourir quand Fennell plonge son nez contre ma peau, inspire mon parfum à pleins poumons.

– Touche-toi. Ressens-moi. Ressens avec moi toutes ces fois où j'ai joui avec toi sans que tu le saches. Touche-toi, Lucy.

Cette fois, je ne tiens plus. Et cède. Comme il le désire tant. Comme je le désire tant. Mes doigts se coulent entre nous, se fraient un chemin sous mon dessous pour enfin trouver mes chairs humides.

– Pas dans ton ventre, halète-t-il tout en suivant ma main du regard. Il m'appartient.

Je suspends mon attention à la sienne qui, elle, reste rivée aux mouvements de ma paume.

– Encore, dis-je dans un murmure.

Sans détourner ses yeux de mon maillot de bain, il poursuit d'une voix hachée :

– Lorsqu'on s'est mariés et que je t'ai ramenée chez tes parents, je me suis aussi branlé. Cela n'avait rien à voir avec de l'envie, mais c'était juste une façon d'extraire ma rage et ma colère de mon corps. Seulement, dès qu'il s'agit de toi, tout se mélange avec ce désir incontrôlable, parfois insupportable que tu incrustes sous ma peau.

Un gémissement m'échappe, mes doigts me torturant au rythme de ses paroles.

– Hier soir, je… je te jure que j'étais à deux doigts de fondre un plomb et de te posséder sur la falaise. Dis-moi… Dis-moi que tu m'aurais laissé faire, Lucy. Dis-le-moi.

– Non, gémis-je. Je… Non…

Tout à coup, il plaque de nouveau sa paume par-dessus ma main qui se fige.

– Continue, intime-t-il. Je veux juste… sentir. Continue.

Je reprends mes mouvements, une flamme léchant aussitôt mes reins avec une violence inouïe.

– Hier soir, renchérit-il alors, c'était tellement plus intense que les fois précédentes. J'avais ma main étalée sur le mur qui sépare nos chambres et, putain, ma poupée, c'était d'une rare violence. Mon fantasme était si puissant que je jure t'avoir réellement ressentie. Tu étais partout. Comme toujours. Tu étais partout sur moi.

Un arc électrique s'abat férocement sur mon ventre,

l'embrase avec une telle brutalité que l'orgasme me pourfend. Me déchire. Me disloque presque. Je…

J'étouffe.

Pour de bon, cette fois.

Avant que les bras de Fennell ne se resserrent avec force sur mon enveloppe tremblante. M'insufflant tellement d'air que j'ai bien peur de… revivre.

34

Lucy

Devant le miroir de la salle de bains, je me brosse les cheveux, m'attardant plus que nécessaire sur mon reflet. Je me sens… bizarre. Les pommettes rosies, mon visage est… Merde. Ça me tue de l'admettre, mais cet éclat logé dans mon regard irradie de vie.

– Hum… moi aussi, je trouve que l'orgasme te va bien au teint.

J'enferme un soupir derrière mes lèvres bien que ces dernières esquissent un début de sourire. Fennell, de nouveau habillé de sa nonchalance magnétique, se rapproche jusqu'à se planter dans mon dos. Nos regards noués à travers nos reflets, il s'incline doucement pour chuchoter à mon oreille :

– Comment tu as joui, ma poupée ?

– Violemment, réponds-je dans un murmure.

Un rictus vorace fend son visage puis il ajoute sur le même ton :

– Moi aussi.

Un frisson mord ma nuque, vite balayé par un froid désagréable au moment où il se recule de quelques pas.

– Fennell, on doit en parler, craqué-je alors en me retournant.

– Il me semblait pourtant en avoir beaucoup dit plus tôt. Peut-être même trop.

– Fais pas l'innocent. Je te parle de Calum.

Son expression vire aussitôt à quelque chose de plus sombre.

– Ne t'inquiète pas pour ça, mon cœur. Je m'en occupe.

– Comment ça, tu t'en occupes ?

En deux enjambées, il comble à nouveau la distance entre nous. D'un geste trop lent pour ne pas puer la maîtrise, Fennell lisse une mèche de mes cheveux avant de la basculer derrière mon épaule.

– Je gère, Lucy.

– Tu n'as rien à gérer, sifflé-je, les dents serrées. Et encore moins à…

Soudain, sa main se plaque sur ma bouche, tuant ainsi le reste de ma phrase.

– Tu n'as pas dit vouloir une pause ? Et si…

Un long soupir ébranle son torse.

– Et si on faisait renaître les Lucy et Fennell d'avant ? Juste pour aujourd'hui, pour… se rappeler.

Doucement, je retire sa prise sur mon visage.

– Je croyais que tu ne voulais plus de ce mensonge, rétorqué-je alors. De ce passé qui, selon toi, était aussi un mensonge.

– Dans ce cas, je te propose juste une trêve durant laquelle on pourrait être un couple presque sans histoires. Sans trahison ni manipulation.

– C'est impossible, Fen'… Tu n'arriveras jamais à faire semblant.

– Tu oublies que je suis sacrément doué pour le fantasme.

Un court instant, je me fonds dans son regard, tente de l'analyser, d'y déceler un piège caché dans sa profondeur. Seulement, tout ce que j'y perçois est une sorte de mélancolie.

– On est le Quatre Juillet et donc, c'est jour de rodéo

à Hope Springs. Tu te rappelles quand on y allait ? insiste-t-il. Quand…

– OK, m'empressé-je de répondre, refusant de l'entendre parler de nos souvenirs à voix haute. OK… Soyons juste un couple normal.

Je cède à ce que je sais déjà être impossible et qui, oui, m'effraie dans un sens. Faire semblant. Ne plus faire semblant. Le souci, c'est que, justement, plus le temps passe, moins je fais semblant. Et plus je me retrouve, moi, lorsque je suis avec lui.

***

C'est étrange. Je me sens étrange. Comme dédoublée. Déchirée entre deux parts de moi qui ne savent pas si elles doivent se combattre ou s'unir. L'une d'elles se recroqueville dans un coin sombre, désireuse d'occulter la moindre sensation et dans l'attente d'un prochain combat qui semble tarder à se produire. Quant à l'autre, elle cherche la lumière, se gorge de cette chaleur qui couvre ma peau. Celle que *lui* provoque uniquement en enroulant son bras autour de ma taille pendant que nous déambulons dans les allées de la fête.

Tous les ans, un concours de rodéo est organisé à Hope Springs, histoire de s'ancrer davantage dans son patrimoine d'État du Sud. Pour l'occasion, un immense ranch ainsi que toute sa propriété sont réquisitionnés en périphérie de la ville. Fait rare à Hope Springs, où étaler son statut ainsi que son argent est une question de survie, cet évènement n'a rien de guindé. Au contraire, entre sa scène sur laquelle joue un groupe de country, le parterre de danseurs évoluant en rangées, ses étals de *street food* ou de jeux dignes de fêtes foraines, une atmosphère légère, frivole et chaleureuse règne. Une atmosphère qui fait un bien fou après ces dernières semaines.

Jouer au couple parfait est d'une facilité déconcertante. Mon sourire est trop naturel, mes éclats de rire trop instinctifs pendant que nous discutons avec nos anciens amis. Sa présence déployée sur l'entièreté de mon être trop addictive. La vérité est que je me sens bien. Étrangement bien. Anormalement bien.

Cela fait maintenant deux bonnes heures que nous profitons de cette bulle d'oxygène lorsque Fennell m'entraîne vers un stand de tir en extérieur. Nous sommes dans le Sud, après tout, et la plupart d'entre nous ont grandi avec une arme à la main.

– Un duel ? me propose Fen' en glissant sa main sous la tunique ouverte longue que je porte par-dessus mon short et mon top, pour me rabattre contre lui.

Puisque nous sommes en public, et aussi car ma sœur – évidemment présente à l'un des évènements majeurs de la ville – m'épie avec un peu trop d'insistance ce soir, je joue également le jeu de la jeune mariée heureuse. Accroche la ceinture de son jean pour l'attirer encore plus près.

– Tu es sûr ? J'ai toujours été plus douée que toi avec une arme, lui rappelé-je.

Le sourire charmeur qu'il affichait se transforme, mue en un rictus prédateur. Il se penche ensuite jusqu'à murmurer à mon oreille :

– Et ce quelle que soit l'arme, ma poupée.

Un frisson franchement désagréable dégringole le long de ma colonne vertébrale. Par réflexe, j'esquisse un mouvement de recul vite entravé par sa main dans le bas de mon dos.

– Tu n'as pas le droit, Fen'. Si je joue au couple parfait,

tu joues au couple parfait également. Tes remarques, ou tu les gardes ou j'arrête ici cette mascarade, le menacé-je à voix basse.

Avec une douceur désarmante, sa paume se couche sur ma joue, son pouce dérivant sous mon menton afin de m'obliger à suspendre mon regard au sien.

– Et jusqu'où peut-on aller pour prétendre être ce couple parfait, hein, Lucy ?

– Hum… jusqu'où est-on capable d'aller sans totalement nous consumer, tu veux dire ?

– Je me demande si ce n'est pas déjà trop tard pour ça, lâche-t-il dans un souffle.

Une fois équipés de protège-oreilles et après avoir écouté les conseils de sécurité – somme toute approximatifs – du moniteur, nous prenons place dans les box montés pour l'occasion quand Fennell décide encore de changer les règles. Il abandonne son poste pour se placer pile dans mon dos, écarte un pan de ma tunique. Infiltre ses doigts sous mon débardeur. De sa main libre, il soulève légèrement la protection sur mes oreilles et susurre :

– Et si on corsait un peu les choses ? Histoire, tu sais, de… se consumer.

– Pendant des années, j'ai vécu avec cette envie de toi qui me bouffait le ventre, Fen'. J'ai appris à l'endurer, alors tu n'arriveras jamais à me déstabiliser ainsi.

Un rire chatouille ma nuque, chahute mes cellules.

– Prouve-le-moi…

Ce sont les dernières paroles que j'entends avant qu'il ne replace correctement le casque sur ma tête. Décidée à ne pas faillir, je me positionne, tente de soulager la tension impulsée par sa chaleur en inspirant profondément. Les deux pieds solidement ancrés au sol, le corps droit et le menton relevé, je referme ma prise sur mon arme que je brandis enfin. Je prends quelques secondes pour viser la cible située plusieurs mètres plus loin dans un champ désert et clos, calme ma respiration avant de la couper.

Au moment précis où je tire, ses lèvres se posent dans mon cou, me faisant tressauter. La balle dévie et se loge hors de la silhouette dessinée. Je grogne, le sens rire contre ma peau. Malheureusement pour lui, l'avoir à mes côtés réveille ma combativité. Aussi, je me repositionne, ajuste mon arme et… ne parviens pas à enrayer mon souffle qui s'emballe dès lors que Fennell plaque son entrejambe enflé au creux de mes reins, sa paume s'étalant sur mon abdomen. Son index, provocateur, flirte dangereusement avec la couture de mon short sans jamais toutefois en passer la barrière.

Bordel.

J'abaisse le calibre 22. Mais n'abandonne pas pour autant. Les paupières fermées, je tente d'ignorer sa langue parcourant la ligne de ma nuque à mon épaule, ou son genou qui se glisse entre mes jambes légèrement écartées.

C'est alors que je le sens parler. Contre ma peau. Ses lèvres remuent à toute vitesse, sans s'interrompre. Il chuchote. Des paroles que je ne peux entendre avec ce casque, mais des paroles que mon corps, lui, semble parfaitement capter, reconnaître. Je crève de retirer ce qui m'empêche de l'écouter, seulement, je n'en fais rien. Parce que, quoi qu'il dise, il ravive jusqu'au moindre grain de mon épiderme. Soulève quelque chose d'une force implacable entre mes côtes. J'ai l'impression qu'une tornade s'élève. Me soulève pour faire corps avec nos deux enveloppes enlacées.

Ses paumes délaissent mon ventre, se contentent de serrer mes hanches. Mais il ne cesse de murmurer contre ma nuque. Trop bas pour que je puisse saisir ses mots.

Et je m'en fiche à présent.

Je me redresse totalement, le souffle enfin calmé. Vise et presse la gâchette. Vide mon chargeur sur l'homme factice plus loin. Chacune des huit balles se logeant exactement où je le voulais. À savoir dans la tête et le plexus. Ainsi qu'à l'entrejambe.

Fennell ne dit plus rien. Se colle davantage contre mes courbes, retire nos casques puis pose son menton sur mon épaule.

– Du coup, je me demande : tu imaginais qui à la place de la cible ? raille-t-il. Juste pour savoir si je dois engager un garde du corps. Finalement, ce n'est pas plus mal qu'on fasse chambre à part.

Un sourire vicieux aux lèvres, je repose l'arme sur la tablette devant moi puis me retourne.

– Sauf que si je devais te tuer, je le ferais en enfonçant mon regard au fond du tien.

– Alors promets-moi une chose, ma poupée. La prochaine fois que tu me blesseras, fais-le sans te détourner, les yeux dans les yeux.

Je ravale le goût amer qui envahit mon palais et rétorque :

– La prochaine fois ?

– Et toutes les autres.

– Parce qu'il y en aura d'autres ?

– Il y en a toujours d'autres, Lucy. Dès que tu es trop loin. Trop près. Que tu m'ignores. Me touches.

– Donc, si je te suis, je devrais garder mon attention rivée sur toi.

Abandonnant ma hanche, sa main droite vient ensuite se déployer sur mon cou, son pouce dessinant le contour de mes lèvres.

– Ce ne serait pas pour me déplaire, ricane-t-il.

– Mais ça te fait souffrir, pourtant. Tu viens de le dire.

– Je préfère souffrir de t'avoir que souffrir de ton absence.

Soudain lasse, je laisse tomber mon front contre son buste. Une fois de plus, j'ai la sensation d'être divisée en deux. Entre ce besoin qu'il m'appartienne. Et cette culpabilité qu'il m'appartienne. Dans un sens, je crois que j'aurais moins mal s'il était capable de se venger puis de poursuivre sa route sans plus jamais se retourner.

– Allez, à mon tour. Le moniteur nous mate d'un sale œil.

Je me décale pour lui laisser la place et recule de quelques pas.

– Et donc, à mon tour de te distraire, n'est-ce pas ?

Sans se retourner, il se met à rire.

– Le prends pas mal, ma poupée, mais à ce petit jeu, tu pars perdante. Contrairement à toi, je n'ai jamais réellement résisté à ce que tu m'inspirais. Crois-moi, je m'en suis nourri à m'en gaver.

– Dans ce cas, je n'ai plus qu'à espérer que tu ne saches plus viser…

Un autre rire lui échappe, toutefois, je ne réplique pas et remets ma protection. Puis j'attends. Qu'il se prépare. Tire. Une fois. Deux. Puis…

Une main dans le bas de son dos pour le prévenir de mon mouvement, je me coule devant lui une fois son arme baissée. Sur la pointe des pieds, je me hisse, décolle sa protection, glisse un « Je te déteste » à son oreille qui le pétrifie parce que seul lui est capable de comprendre que ces mots, je les ressens avec la même intensité que… je l'aime. Car oui, je l'aime même si je refuse pour l'instant de le lui dire à voix haute. Même si nos cœurs peinent encore à se retrouver et enfin s'unir. Je me blottis ensuite contre son torse, le serre de toutes mes forces. À cet instant précis, ses précédentes paroles ne peuvent avoir plus de sens tant elles prennent alors vie. Être si près de ce cœur qui hurle presque tellement il bat avec fureur contre ma tempe et ne pas réussir à le faire totalement mien…

Injuste. Intolérable. Cruel.

Destructeur.

Néanmoins, il faut croire que lui comme moi parvenons encore à nous accrocher à ce lien qui nous unit car au-dessus de ma tête, ses bras se tendent à nouveau. Et le bruit d'une déflagration ne tarde pas à résonner. Puis une autre. Et encore une autre. Les vibrations qui secouent alors son corps s'étendent au mien comme si les cris de rage qu'il retient s'extirpaient enfin de sa cage d'os pour me rejoindre.

Le silence nous recouvre tout à coup. Je le sens poser son arme, mais je ne bouge toujours pas. Ni quand ses mains retombent le long de ses cuisses. Ni quand son corps se tend à l'extrême.

Nous demeurons ainsi plusieurs minutes durant lesquelles je me perds. En lui. En moi aussi puisque, peu importe où je regarde, je ne vois que lui.

Jusqu'à ce que…

Fennell retire mon casque, enroule enfin son bras sur ma nuque puis murmure, sa bouche contre ma tempe :

– Pourquoi tout est toujours aussi… simple et compliqué près de toi, ma poupée ? Tu… Putain, il n'y a vraiment que toi qui puisses être capable de retourner ma volonté contre moi-même. Pire, de retourner cette vengeance contre moi.

35

Lucy

Lorsque nous rejoignons les autres, je m'empresse d'accrocher le bras de Line. Pour m'accrocher, justement. Pour puiser un peu de combativité en elle, comme souvent. Ce moment avec Fennell me remue méchamment. Ses dernières paroles, premier aveu de faiblesse et de doute, tourbillonnent en un maelström d'émotions pour venir s'enraciner au creux de ma poitrine. Je me surprends même à espérer. Espérer qu'il baisse les armes et cesse de se planquer derrière sa vengeance. Une autre part de moi, en revanche, a peur de cet espoir. Peur que Fennell ne me l'arrache à nouveau pour mieux m'abattre. Je ne pensais pourtant pas être capable d'en supporter plus. À croire que l'être humain regorge d'une force inépuisable pour peu qu'il le décide. Et justement, je l'ai décidé. Je refuse de reculer. Alors oui, je veux croire en ce Fennell qu'il me montre enfin. Bon sang, je veux tellement y croire.

– Un souci ? s'inquiète ma sœur en lançant une œillade à Fen' qui fume un peu à l'écart.

– Je crois que sa virilité vient d'en prendre un coup. Je l'ai laminé au stand de tir.

– Mouais… Je ne suis pas certaine que Fennell soit du genre à s'inquiéter de sa virilité pour si peu. Ou s'en inquiéter tout court, d'ailleurs. Cela dit, je m'en contrefous pas mal. Tu vas me dire ce qui se passe, Lucy. Et tout de suite.

– Line…

– Je t'arrête là. Je te connais par cœur. Mieux que personne. Alors, épargne-nous du temps et crache le morceau.

– Seulement si tu me promets de ne pas intervenir.

Ma sœur éclate d'un rire grinçant qui attire aussitôt l'attention de Fennell. Et me soutire un soupir blasé.

– Jamais je ferai une telle chose. Garde ton chantage affectif au sein de ton mariage, s'il te plaît. Maintenant, dis. Ou…

Après avoir viré mon bras de sous le sien, elle se plante devant moi, les poings fermement ancrés à ses hanches. Avec son air de peste assumée, elle lâche d'un timbre prodigieusement agaçant :

– Ou je mets maman sur le coup.

– C'est petit, Line. Très petit, même venant de toi.

– Si tu savais combien je me contrefous de ça aussi…

– Soit, viens avec moi.

D'un geste brusque, je chope l'un de ses poignets puis la tire derrière moi. J'ignore sciemment le regard suspicieux de Fennell qui nous scrute avec insistance et traîne ma sœur le long de l'allée principale avant de m'arrêter à un stand. Là, je lui achète une pomme d'amour que je lui colle dans la main.

– Mange ça. Tu vas avoir besoin de ta dose de sucre, crois-moi.

Nous parcourons ensuite la distance jusqu'au bout de l'allée puis prenons sur la droite. Après avoir marché durant de longues minutes, nous nous arrêtons enfin dans un coin de l'immense zone parking bordée par des champs de maïs. Mon cœur martèle violemment mes côtes tant je redoute la réaction de Line. Mais je n'en peux plus… Je suis capable de beaucoup pour

Fennell, pour étancher cette culpabilité qui me dévore, mais mentir à Line, c'est MA limite. Sans compter que maintenant qu'elle a flairé une brèche, elle ne me lâchera pas. Alors…

***

Un bon quart d'heure plus tard, je suis debout, immobile et fébrile, devant Line qui, elle, s'est assise sur un tronçon d'arbre. Sans qu'elle ait encore prononcé un seul mot, écoutant attentivement mon résumé de ces dernières semaines, je ressens toute la colère, et surtout, la peur qui l'a envahie.

– Arrête de me regarder de cette façon, maugréé-je. Tu voulais tout savoir, eh bien, tu sais. Et, je t'en prie, dis quelque chose.

– Que je te dise quelque chose ? Mais si tu m'as dissimulé un tel fait monstrueux, c'est justement parce que tu ne veux pas m'entendre ou entendre la vérité. Non, pire, tu refuses de te confronter à la réalité.

– Quelle vérité ? Que je ne fais que payer un acte tout aussi monstrueux que j'ai moi-même commis ?

– Te fous pas de moi, petite sœur. Tu n'as pas l'âme d'une martyre.

Usée, je rends les armes. Et me laisse tomber à genoux, entre ses jambes, pour me blottir contre elle.

– T'as raison. Je m'en fous de payer ou pas. Mais je ne peux tout simplement pas le fuir encore. C'est au-dessus de mes forces, Line. Si je n'ai pas l'âme d'une martyre, j'ai l'impression que ça fait huit ans que je me traîne celle d'une damnée. Loin de lui, je… j'ai l'impression de ne plus être moi.

Contre ma tempe, je sens les pulsations de son cœur

se révolter violemment. Ses bras se resserrent sur mon corps, m'étreignent de cet amour inconditionnel qui nous lie depuis toujours. Un nœud douloureux se loge dans ma gorge, m'apaisant paradoxalement. Et c'est là que je réalise à quel point j'avais besoin de mettre ma sœur au courant.

– Luc', souffle-t-elle contre mon cuir chevelu. Je sais… J'ai parfaitement conscience de combien tu as souffert de cette histoire avec Theodore, de perdre Fennell. C'en est même devenu un moteur ces derniers temps pour poursuivre le but que toi et moi nous sommes fixé, mais… Eh, regarde-moi.

Ses deux paumes se déploient sur mes joues, m'obligeant à me plonger dans la chaleur de ses yeux.

– Et si tu te perdais davantage ? Comment peux-tu garder la tête froide en étant ballottée entre Calum et la soif de vengeance de Fennell ? Tu vas y perdre plus que ton âme, Lucy.

– Non, affirmé-je avec conviction. Je te promets que non. Je sais ce que je fais, je t'assure. Enfin, la plupart du temps…

– Tu dois surtout apprendre à te préserver.

– Je ne peux pas me préserver si Fennell est dans l'équation.

– Justement. Merde, Lucy, tu es incapable de réfléchir correctement dès qu'il est près de toi. Tu es trop sensible dès qu'il s'agit de lui. Tu dois…

– Je refuse de finir comme Calum, l'interromps-je soudain. Avec de la glace dans les veines. Condamnée à m'enfermer en haut d'une tour tout en gelant mon cœur au fil des années. Je ne veux pas être… un cadavre.

Une détresse vive zèbre son regard, froisse les lignes fines de son visage avant de s'engouffrer dans sa poitrine, si j'en crois son buste qui se soulève d'un coup.

– C'est… C'est vraiment ainsi que tu te sens ? demande-t-elle, un trémolo dans la voix qui me percute avec férocité. Comme… un cadavre ?

– Que je me sentais, oui.

– Putain.

J'ai à peine le temps d'apercevoir un voile humide couvrir ses yeux noisette qu'elle m'attire de nouveau dans ses bras.

– Je te déteste, Lucy. Là, je te déteste parce que tu me demandes de rester sur la touche quand… Merde, tu es ma sœur !

Je ne réponds pas. Me contente de croiser les mains dans son dos pour me fondre un peu plus dans son étreinte.

– Tu veux vraiment poursuivre ce… mariage ?

Cette fois, j'acquiesce d'un hochement de tête, accentuant ma prise sur son corps lorsque les battements contre sa cage thoracique s'accélèrent davantage.

– Non, c'est pire. À cet instant, je te hais. As-tu la moindre idée de ce que je vais vivre par ta faute ? Ouais, je suis égoïste, mais j'assume. Et j'espère bien que tu te sens encore plus mal, saleté.

Malgré moi, malgré la situation et malgré cette peine qui nous tient en son poing, je me mets à rire.

– Je t'aime, murmuré-je alors.

– Putain, tu peux. Mais je te préviens, je ne te laisserai pas te détruire. Jamais. Pas toi qui es la meilleure part de moi-même.

Je sens une larme glisser le long de ma joue. Pourtant, c'est avec une détermination implacable que je réponds :

– Ça n'arrivera pas. Je te jure, Line, que ça n'arrivera

pas. J'ai trop de rage, de fureur de vivre en moi pour ne pas aller jusqu'au bout de ce que nous avons entrepris depuis des mois.

36

Lucy

Je retrouve Fennell près de l'arène où se déroule le concours de rodéo. Cette dernière est loin d'être aussi immense que celle de Longview, mais elle suffit très bien pour un évènement tel que celui-ci. Tandis qu'une grande partie de la foule commence à se réunir sur les estrades, lui patiente. Le front contre ses bras repliés sur les barres de métal encerclant la zone de compétition, il semble… calme. Trop calme. Une fois à sa hauteur, je l'interpelle doucement.

– Fennell ?

Durant de longues secondes, il ne réagit pas. Et un sentiment d'appréhension me ronge subitement l'estomac lorsque je remarque ses poings convulsés.

– Fennell…

Soudain, il se redresse, pivote dans ma direction puis attrape mon poignet pour m'attirer un peu à l'écart. Quand, enfin, il nous immobilise, je me prends un violent coup au cœur. Son regard est méconnaissable, comme éclatant d'un tas d'émotions que je suis incapable de déchiffrer.

– Je te la laisse, lâche-t-il alors dans un souffle, un étrange sourire aux lèvres.

Avant d'ajouter :

– La victoire de la prochaine manche, je te la laisse, Lucy.

– Quelle manche ? demandé-je, décontenancée.
– Celle-ci…

D'un geste vif, il accroche ma nuque et précipite nos bouches l'une contre l'autre.

Les mains sur l'arrière de ma tête, il me plaque brutalement contre lui. Continue de presser nos lèvres avec force. Saisie, je demeure pétrifiée un bref instant.

La sensation de respirer. Enfin.

Que quelque chose me vole mon souffle. Pour m'en rendre un plus puissant encore. Presque vertigineux.

Mes paumes s'enroulent à ses poignets pour le retenir. Uniquement pour le retenir. Je suis sûre de crever s'il se retire maintenant. Sa prise sur mon visage s'accentue alors, m'enferme dans son étau avec une telle force que je suis certaine d'un point : au-delà du désir qui nous étreint, autre chose coule dans ses veines. L'espoir. Le même qui coule également dans les miennes.

Sa langue force la barrière de mes lèvres, trouve la mienne pour s'y enlacer. Un gémissement m'échappe, meurt contre son palais. Lui fait totalement perdre le contrôle.

Titubant, il nous fait reculer jusqu'à ce que mon dos s'écrase contre une immense poutre de fer. Sa chaleur me percute, s'attache au moindre grain de mon épiderme en mal de lui. De cette absence de huit ans. De ces coups que nous nous infligeons. De ces sentiments trop forts pour ne pas blesser, mais justement assez forts pour parfois nous réunir comme en cet instant même.

Sans cesser de m'embrasser, l'une de ses mains parcourt frénétiquement mes courbes. Comme s'il cherchait à s'en imprégner. À me marquer. De l'autre, il maintient mon visage en place. À croire qu'il a vraiment peur que je tente de m'esquiver. Mais comment le pourrais-je quand j'ai la sensation que la totalité du monde extérieur implose autour de nous sans jamais réussir à nous atteindre et ne fait que mourir à nos pieds ?

La bouche de Fennell se détache alors de la mienne, et là, je recommence à étouffer. Haletant, il appuie son front contre mon épaule, le temps de reprendre son souffle.

– Tu sais ce que je te dirais si, pour une fois, je te murmurais ces mots que mon cœur te hurle en silence ? avoue-t-il d'une voix rauque, mais étrangement apaisée.

Lentement, il se redresse, se suspend un trop court instant à mon regard avant, sa joue contre la mienne, de chuchoter :

– Je te rappellerais à quel point tu es parfaite, ma poupée. Si parfaite que j'en oublie le reste. Les autres. Que seul ton regard m'importe. Ainsi que tous ces putains de sentiments qui t'animent parce que tu sais que je suis moi sous ce regard. Que tu es toi, sous le mien. Que nous sommes parfaits ensemble… Parfaits, tailladés, en paix, à vif, passionnés. Qu'on se consume de feu, de glace, à s'en déchirer, qu'on ne fasse plus qu'un ou que l'on termine en pièces. Se fasse l'amour ou baise à en éclater en morceaux… Que je me fous pas mal que le bonheur nous ait oubliés. Je préfère que mon âme porte tes marques plutôt qu'elle soit lisse de ne pas te ressentir.

Et là, c'est moi qui éclate en morceaux… Un court instant, j'oublie tout. Ma trahison. Ce mariage forcé. Ces blessures que l'on s'inflige. Pour quelle raison Fennell en est arrivé à de tels mots et surtout comment j'en suis venue à les considérer comme… magnifiques. Des reflets parfaits de notre réalité si imparfaite. Je sais… Je sais pourtant que ces mots, il va me les reprendre, mais c'est trop tard parce qu'ils se sont déjà plantés dans l'organe cognant à tout rompre contre mes côtes.

– Je te dirais…

Près de ma tempe, sa paume se referme encore en un poing fébrile contre le métal.

– … que, comme tu l'as si bien dit, je suis le plus baisé des deux avec cette vengeance, se met-il à presque rire. Parce que je dois me retenir chaque seconde pour ne pas retrouver ma place en toi. Et, crois-moi, je suis fatigué de bander comme un fou sans arrêt. Si tu savais à quel point ma queue me hait.

À mon tour, je laisse échapper un rire. Un rire qui me fait tellement de bien. Nous fait du bien si j'en crois le sourire qui chatouille mon oreille.

– Je te dirais que… je te vois. Te battre avec acharnement pour nous. Pour me ramener à toi. Et, ma poupée, tu es si belle dans ce combat que tu livres contre moi. Et contre toi aussi. Laisse-moi… Je t'en prie, laisse-moi t'admirer encore. Encore un peu.

Sa voix se meurt tandis qu'il se penche pour me respirer. Ses aveux se fracassent contre mon corps, pulvérisent tout sur leur passage. Ma fureur. Ma peine. En un millier de débris cherchant à percer ma peau pour ne plus jamais me quitter. Si sa souffrance me fait perdre pied, ses émotions qu'ils m'offrent d'un coup, elles, me submergent d'encore plus d'espoir.

– Fennell, je…

– Chut.

Il se redresse alors, me couvant d'un regard chaleureux, ardent même, et profondément sincère. Ou tout du moins, je veux croire qu'il soit sincère.

– Cette manche est pour toi, mon cœur. Ou alors…

À nouveau, il s'incline et susurre :

– C'est juste pour te voir prendre un peu d'avance afin d'admirer ton cul qui me nargue sans arrêt.

– Mais si je prends de l'avance, mon cul s'éloigne davantage, rétorqué-je, trop heureuse d'entrer dans ce jeu qui, pour une fois, n'implique aucun coup bas.

Non, aucun coup bas, mais juste… un couple imparfait qui apprend à se retrouver.

– Tu connais le principe de la carotte qui fait avancer ?

J'étouffe un autre rire.

– Je t'ai connu plus subtil.

– Oh, mais il n'y a rien de subtil à ce qu'inspire ton cul à mes pensées, ma poupée.

Je secoue la tête, toujours en souriant. Je me sens bien, tellement bien dans cet échange tout à coup frivole et léger alors que lui et moi sommes encore plongés dans notre chaos. Mais justement, si nous sommes capables d'apporter de la lumière au beau milieu de notre champ de bataille, c'est bien que la paix daigne enfin s'intéresser à nous, non ?

Non ?

Soudain, Fennell recule de plusieurs pas, son visage basculant dans cette expression plus sombre que je lui connais.

– J'imagine que notre relation aurait dû ressembler à ça, dit-il dans un soupir.

– Elle y ressemble déjà, Fennell. Ça, c'est nous aussi.

– Tu crois ? lâche-t-il cette fois dans un ricanement plus amer.

J'ouvre la bouche afin de lui répondre, mais d'un signe de tête, il m'en empêche. Puis, après m'avoir décoché un regard totalement largué, il tourne les talons.

Sans un mot de plus, il me plante. Seule. Ma poitrine se soulevant avec une anarchie particulièrement véhémente.

Mais ce n'est pas grave. Pas grave du tout. Car, moi aussi, je le vois. Se battre. Fennell ne le réalise peut-être pas encore, mais oui, il se bat. À contre-courant de sa vengeance.

37

Lucy

Après un rapide *check* avec Liam Raynes, chanteur de rock plutôt commercial, je l'observe grimper les quelques marches le menant à une chaise et une table. En face, des journalistes triés sur le volet patientent et n'attendent que lui. C'est la première conférence de presse que l'artiste donne depuis qu'il a décidé de quitter son groupe pour poursuivre sa carrière solo. Lâchés en pleine gloire, les autres musiciens ont très mal pris son départ et se sont battus sur les réseaux sociaux en étalant tout son linge sale.

Heureusement pour nous, Liam n'a à son compteur de conneries qu'un souci d'addiction à la coke. Autrement dit, ce mec est un putain d'ange dans le milieu du rock. Une déclaration expliquant qu'il passait quelques mois en *rehab*[1] plus tard et le voilà de nouveau l'un des artistes les plus populaires du moment. Cela dit, même si cette conférence de presse semble n'être qu'une formalité, j'ai préféré prendre les devants et choisir moi-même les magazines présents. Entre les négociations d'exclus sur les prochaines actualités de Liam et les services que l'on nous devait, je reste relativement tranquille.

Du recoin où je me tiens, je regarde sans vraiment le voir le chanteur conquérir les journalistes comme il sait

1. Centre de désintoxication.

si bien le faire avec son public. Travailler avec ce genre de clients a un côté réconfortant, rassurant. J'avoue trouver un réel plaisir à bosser avec des clients plus ou moins « clean ». Pour une fois, j'ai la sensation d'être réellement utile. Pour quelqu'un et pas seulement pour Langford Consulting. Et surtout, lorsque je sors d'une journée comme celle-ci, je n'ai pas cette impression de couche dégueulasse qui macule ma peau.

Tandis que les questions s'enchaînent sans heurt, mes pensées se portent presque par automatisme sur Fennell. Sur cette lumière qu'il m'a laissée entrevoir le jour de la fête nationale, soit avant-hier. Bien qu'il ait déserté Dieu sait où depuis, me laissant dans l'incompréhension, je ne peux nier me sentir soulagée. Comme si la mâchoire de ce piège qu'il m'a tendu s'ouvrait un peu afin de me permettre de reprendre ma respiration. Et ce souffle qui s'est alors engouffré dans mes poumons avait un goût d'optimisme, d'avenir. D'un avenir moins sombre.

Soudain, une présence me frôle, réveillant le moindre de mes instincts.

– Tu ne me parais pas très concentrée sur ton job, ma poupée, glisse une voix à mon oreille.

Les yeux écarquillés, j'ai tout juste le temps de voir le clin d'œil que Fennell me lance avant qu'il ne se détourne pour aller s'installer avec les autres journalistes.

Merde !

Condamnée à juste l'observer – car je ne peux me permettre de virer un journaliste au beau milieu de ses pairs sans risquer le scandale –, je me crispe des pieds à la tête.

Qu'est-ce qu'il cherche ?

Je ne comprends pas. Il espère accrocher Liam à son tableau de chasse ? Sauf que Liam n'a rien de mauvais ou de pourri. Au contraire, il a juste trop galéré étant gosse, ce qui explique sa dépendance aux drogues dures, donc je ne vois pas en quoi son cas intéresse Fen'.

Mais ce qui me fout le plus hors de moi, c'est qu'il se permette carrément d'envahir un tel moment. Notre mariage n'est plus vraiment un secret maintenant, et ne nous a déjà pas fait une très bonne pub auprès de certains de nos « clients ». Que Fennell s'affiche ainsi au vu et au su de tous risque clairement de me mettre dans la merde. Pourtant, je ne bouge pas un membre ni quand Liam me lance un regard interloqué face au nouveau journaliste qui débarque, ni quand Fennell lève la main pour réclamer son attention. Non, je ne bouge pas car, ici, j'ai les mains liées, et ça, Fen' en a parfaitement conscience.

Lorsqu'il prend la parole après que Liam lui a adressé un signe de tête, je dois faire appel à toute ma volonté pour ne pas me ruer sur lui.

– Liam, dans vos chansons, vous faites souvent allusion à la passion et ses dérives. Auriez-vous une définition de l'amour, le vrai, l'unique, à partager avec votre public ? Je suis certain que beaucoup aimeraient la connaître.

Évidemment, cette question n'est pas sur la liste que j'ai donnée à Liam. Évidemment, ce dernier s'autorise une fraction de seconde pour m'assassiner du regard parce qu'avec l'existence misérable qu'il s'est traînée avant sa popularité, autant dire que l'amour, il y croit autant qu'à un « Ils vécurent heureux jusqu'à la fin des temps ». Toutefois, la vie de star lui aura au moins appris une chose : à se camoufler derrière les apparences.

– C'est une question piège ? se met-il à rire, un sourire amusé aux lèvres.

– Pas du tout, réplique Fennell sur le même ton. Il n'y a pas de bonne ou mauvaise réponse à ce genre de question.

– Pourquoi me le demander alors ?

– Pourquoi refuser d'y répondre ?

Je vais le tuer. C'est décidé, je vais le noyer dans la piscine.

– Je ne veux en aucun cas vous mettre mal à l'aise, nuance ensuite Fennell. C'est juste que la conception de l'amour en dit beaucoup sur une personne, je trouve. Plus que de répondre des mots appris par cœur à des questions également apprises par cœur.

Aussitôt, un très léger brouhaha se diffuse dans la pièce en réaction à ses paroles. Je vais peut-être opter pour l'étouffer avec ses draps. Mourir dans du coton d'Égypte, il y a pire comme façon de finir, j'imagine.

En revanche, Liam, lui, semble s'amuser de sa remarque. Les bras croisés, il se rencogne contre le dossier de sa chaise. Son corps se détend tout à coup tandis qu'un sourire rusé s'empare de sa bouche.

– Je devrais me livrer sans préliminaires ? réplique le chanteur. Va falloir m'amadouer avant et m'en donner plus pour ça. Comme lors d'une partie de baise. C'est donnant-donnant, mec. Alors, je t'en prie, quelle est *ta* définition de l'amour ?

C'est un putain de complot ! L'univers s'ennuie et a donc décidé de s'amuser avec moi, je ne trouve pas d'autre explication.

Toujours sans qu'un seul geste me trahisse, je me mords l'intérieur de la joue, prête à encaisser les paroles de Fennell, comme toujours. Ce dernier bascule sur une autre fréquence, celle aussi sensuelle que dangereuse qui, je le sais, m'est entièrement dévouée.

– Je vais te faire flipper, se marre Fen' en le tutoyant à son tour.

– Je prends le risque.

Un long silence plane sur chacune des âmes présentes. J'ignore s'il s'agit uniquement de moi, mais je jurerais que l'atmosphère est soudain plus lourde, presque irrespirable.

– L'amour, c'est… tout et son contraire. La passion, la douceur. La joie, la souffrance. L'abandon, les blessures. La lumière, l'enfer. La haine aussi. C'est rire, crier, gémir, haleter, finir à bout de souffle. Avoir l'impression de crever. Revenir à la vie. L'amour, c'est être assez dingue pour s'affranchir de tout, de toute morale, afin de sentir à nouveau la chaleur de l'autre nous brûler. L'amour, c'est… total.

Sans que je puisse me contrôler, une larme roule sur ma joue. Tremblante, je croise les bras dans le but de me donner une contenance. Fennell vient de me détruire, mais pas que… Parce que derrière ses mots qu'il vient de me livrer – car je sais qu'ils m'étaient entièrement destinés –, je vois enfin. Ce qu'il essaie de m'avouer. Qu'il… Qu'il m'aime… À sa façon, certes, mais cet amour est encore vivant sous les décombres de sa vengeance. Oui, il est bel et bien là. En lui. En nous. À me prouver que tout n'est pas perdu.

***

Depuis l'interview, Fennell me fuit. Pour ne réapparaître qu'en des moments… comment dire… propices. Propices pour bien m'emmerder évidemment. Je suis complètement perdue. Un coup, il me caresse d'espoir. Un coup, il tente de me pousser à bout.

Avant-hier, par exemple, il s'est invité lors d'une remise de prix pour un concours national de jeunes espoirs scientifiques. Tous les ans, Langford Consulting apporte son soutien en versant au gagnant une somme considérable. Mélanger notre nom à celui de grandes universités ou encore laboratoires pharmaceutiques sponsorisant l'évènement permet, encore une fois, d'assurer notre image de marque. Au moment de remettre le prix, Fennell a réussi par j'ignore quel miracle à jouer de ses relations pour prononcer le discours de clôture. Discours portant sur l'importance de conserver ces jeunes esprits brillants loin des dérives de nos politiques qui cherchent à les manipuler. Bref, du Fennell tout craché. Autant dire que Calum était furax.

Sauf que là, il dépasse les limites. En plein meeting d'un Républicain visant un poste au Congrès, je le vois débarquer. Aussitôt, j'en frissonne d'appréhension. Fennell au beau milieu de conservateurs auxquels mon père apporte son soutien, j'ose imaginer le carnage. Mon sang ne fait qu'un tour et tant pis si je me fais remarquer. Je bondis et fends la marée humaine jusqu'à le choper tandis qu'il parle avec un couple d'une cinquantaine d'années. Après m'être à peine excusée, je le tire par le poignet à travers un dédale de couloirs et nous enferme dans une sorte de débarras.

– Ici, ma poupée ? se marre-t-il tandis que je le pousse contre des étagères sur lesquelles sont entreposés des produits d'entretien. J'avais imaginé un lieu un peu plus… romantique. Mais peu importe. Quand je serai en toi, le reste autour n'existera plus.

Je lève les yeux au ciel puis dresse une main entre nous quand il amorce un pas dans ma direction.

– Approche et je te mords !

Surpris par mes paroles, il se fige avant d'éclater de rire. Et malgré mes nerfs mis à rude épreuve, je souris également, contaminée par sa soudaine bonne humeur.

– Sérieusement, Fen', soupiré-je. À quoi tu joues, hein ? On en est encore au stade du « Je pousse l'autre à bout » ? Franchement, je…

– Ta bouche me manque, m'interrompt-il d'un coup.

J'ouvre ladite bouche, mais demeure muette. Sur ses lèvres fleurit un sourire éclatant et animal tandis qu'il avale la distance entre nous sans que, cette fois, je l'en empêche.

– Je veux t'embrasser, Lucy. Encore. Te goûter. Encore. Et…

Son index soulève doucement mon menton afin que je ne manque rien du désir envahissant ses prunelles et surtout que je saisisse parfaitement l'indécence de ses paroles.

– … je suis en train de réaliser que je n'ai jamais senti tes lèvres autour de ma queue, murmure-t-il. Tu me laisserais faire, ma poupée ? Baiser ta bouche ?

Ce mec a ce pouvoir dingue d'embraser l'atmosphère au point que j'ai l'impression de respirer au-dessus des flammes. Et si je ne le connaissais pas si bien, j'aurais pu me baisser, déboutonner son pantalon et lui offrir ce qu'il réclame. Sauf que…

– Je te laisserai faire, chuchoté-je à mon tour, le jour où tu n'essaieras plus de faire diversion.

De l'index, je le repousse et ajoute :

– Change pas de sujet et dis-moi ce que tu fous là.

Un autre sourire illumine ses traits lorsqu'il secoue la tête en guise de défaite. Néanmoins, il retrouve vite son sérieux.

– Tu as raison, avoue-t-il. Je te pousse à bout.

– Tu te fous de moi ? m'insurgé-je. Tu t'attends à quoi au juste ? Tu penses sincèrement que me harceler sur mon lieu de travail va me faire céder ?

– Tout n'est pas qu'une question de victoire, Lucy, siffle-t-il entre ses dents.

– Explique-toi, Fennell. Tous ces secrets, ces non-dits m'épuisent. Pas besoin de me pousser à bout parce que j'y suis quasi déjà, à bout !

– Alors qu'est-ce que tu attends pour tout envoyer balader ? se met-il presque à crier. Bordel, Lucy ! Pourquoi tu continues de bosser pour Calum ? Oui, j'essaie de te faire craquer, que tu éclates enfin devant tous pour que tu renoues avec qui tu es vraiment ! Si tu savais comme j'enrage de te voir jouer les toutous dociles pour lui ! Merde, je... je suis là maintenant et...

– Et quoi ? Tu espères être le seul à m'emprisonner, c'est ça ?

À peine ai-je prononcé ces paroles que je les regrette. Surtout quand le visage de Fennell se froisse d'amertume et de douleur. Je n'aurais pas dû. Pas après ces petites parcelles d'espoir qu'il a disséminées ces derniers temps. Aussi, lentement, je me rapproche jusqu'à me blottir contre lui. Ses bras le long de son corps, il ne moufte pas quand je laisse tomber mon front contre son torse pour lui dire à voix basse :

– Me montrer docile ne veut pas dire que je le suis, Fen'.

Je relève mon visage, suspends mon regard au sien.

– Tu le sais, pourtant, qu'il ne faut jamais se fier aux apparences, non ?

Ses prunelles me sondent, semblent me fouiller en quête d'informations supplémentaires que je ne lui donnerai pas. Enfin, le pli entre ses sourcils disparaît.

Un hochement de tête plus tard, il me contourne pour ouvrir la porte. Et avant de partir, il laisse échapper :

– Je ne mentais pas quand je disais que t'embrasser me manque.

38

Lucy

Au moment où je ferme la porte de mon bureau, une tornade aux cheveux roux s'abat sur moi.

– T'es flippante, Line. Tu me stalkes ou quoi ?

– Bien sûr que oui. Et ne te plains pas, je n'ai pas encore emménagé chez vous.

En réponse, je lève les yeux au plafond, même si un sourire perce mes lèvres en imaginant ma sœur dans la demeure O'Brien, à nous éclabousser de sa joie de vivre. Quoique, elle serait fichue de noyer Fennell dans le Jacuzzi.

– Comment tu vas ? s'enquiert-elle tandis que je commence à avancer dans le couloir.

– Très bien.

Ce qui est le cas. Ces derniers jours avec Fennell m'ont comme galvanisée.

– Enfin, ça ira sûrement moins bien d'ici quelques minutes.

– Pourquoi ?

Sa tête pivote à toute vitesse vers moi tel un suricate à l'affût. Un pincement me serre le cœur. Je déteste savoir qu'elle s'inquiète pour moi.

– Calum m'a demandé, pardon, m'a sommée de me rendre dans son bureau.

Devant l'ascenseur, j'appuie sur le bouton.

– J'imagine que mon deuxième « non » en à peine quelques semaines lui est resté en travers de la gorge, renchéris-je.

Et Fennell qui s'incruste sans arrêt dans mon boulot ne m'aide pas, il faut dire.

– J'aurais tellement voulu être là pour voir ce « non ». Encore plus jouissif qu'un orgasme, j'en suis certaine.

Je grimace, secoue la tête afin de chasser les images traumatisantes qui tentent de s'incruster sous mon crâne, puis m'engouffre dans la cage métallique dès que les portes s'ouvrent. Évidemment, Line ne me lâche pas et me colle au train.

– Tu veux que je vienne avec toi ? me propose-t-elle pendant que nous grimpons les étages.

– Non, l'une de nous deux doit encore rester dans ses bonnes grâces. On ne peut pas se le mettre à dos maintenant.

– Très juste. D'ailleurs, Fennell est au courant de…

– Non. Je préfère le tenir à l'écart.

– Eh bien, tu auras au moins pris une bonne décision ces derniers temps.

Les paupières plissées, je lui lance un regard assassin avant de pincer sa cuisse.

– Aïe ! Garce ! glapit-elle.

À l'instant où les parois métalliques s'ouvrent, elle grommelle :

– Je te souhaiterais bien bon courage, mais j'espère que tu vas douiller.

– Et c'est qui, la garce, là ? pesté-je en m'extirpant de l'ascenseur.

J'ai à peine le temps de l'apercevoir me tirer la langue que le métal l'avale de nouveau pour la ramener à son point de départ. Malgré moi, un rire s'extirpe de ma gorge.

Seule ma sœur est capable d'autant de frivolité au milieu de cette vie qui cherche à tous nous broyer.

Quelques secondes plus tard, mon visage se transforme en un masque hermétique. D'un hochement de tête, je salue la secrétaire personnelle de mon père puis toque enfin à la porte de son bureau. D'un « Viens », il m'intime d'entrer. J'ai toujours cette sensation d'être engloutie par quelque chose de désagréable, visqueux et particulièrement tenace lorsque je me retrouve entre ces murs.

Assis dans son fauteuil en cuir derrière son grand bureau, Calum, son air à la fois détaché et incisif sur ses traits, m'observe patiemment pendant que je marche jusqu'à m'asseoir en face de lui. D'ordinaire, lorsqu'il veut nous parler, à ma sœur ou moi, il nous invite à nous installer au petit coin salon situé en dessous de la baie vitrée. Mais pas cette fois. Non, aujourd'hui, Calum se pose en chef de l'empire familial et non en père. Ou plus précisément, aujourd'hui, il ne compte pas jouer sur la corde sensible du « On a le même sang ».

Durant un trop long moment, il ne prononce pas un son, le dos rencogné dans le fond de son siège et les mains croisées sur son abdomen. Et surtout, son regard perçant rivé au mien. En dépit de cette impression dingue que des serres s'enfoncent dans ma cage thoracique en quête de l'organe me maintenant en vie, je tiens bon. Le fixe à mon tour. Sans faiblir une seule seconde.

– Lucy, parle-t-il enfin, as-tu réfléchi à notre dernière entrevue ?

– Pas vraiment. Le sujet est clos après tout, non ?

Un spasme fait tressauter ses joues rasées de près. Et m'enchante, je dois l'avouer.

– Tu te sens pousser des ailes car tu penses que ton mari te protégera ?

Sa réplique ébranle ma détermination.

– Parce que j'ai besoin d'être protégée ? Et de quoi, je peux savoir ?

– De la décadence, ma luciole. De ton nom traîné dans la boue si tu ne soignes pas plus ton image.

– Je... Je ne comprends pas.

Satisfait de me voir perdre pied, il sourit enfin. De ce sourire victorieux et détestable qu'il réserve d'ordinaire aux autres. De ce sourire qu'il ne m'a adressé qu'une seule et unique fois... La seule et unique fois où je lui ai tenu tête, alors qu'il ne me laissait pas d'autre choix que de céder à ses menaces de s'en prendre à Fennell.

Lentement, comme s'il se délectait de l'instant, il retire un dossier de l'un de ses tiroirs puis le balance sur le bureau avant de l'ouvrir, révélant une série de photos qui m'agressent violemment. Un étalage de moments volés, entre Fennell et moi, notamment celui où je l'attire dans une chambre, avec Peter. Une onde glacée s'attaque à mon épine dorsale, me pétrifie les entrailles puis vient poignarder ma poitrine.

– Qu'est-ce que...

– Tu imagines si quelqu'un s'amusait à rendre publics tous ces clichés ? Tu te rends compte des répercussions sur toi, ta famille et...

Un rire s'arrache de ma trachée. Si fort qu'il en ricoche bruyamment contre les murs. De nouveau, l'expression de Calum se fige, signe qu'il essaie de camoufler sa surprise devant ma réaction.

– Sauf que ces putains de photos ont été prises sur tes ordres ! rétorqué-je ensuite. Et ne me fais pas croire le contraire. Je suis très loin d'être conne, je te rappelle.

Sa bouche n'est plus qu'un mince pli furieux. Mon père a horreur qu'on lui tienne tête, ce n'est pas une nouveauté. Ce qui l'est, en revanche, c'est de constater que sa fille n'a pas compris la leçon la première fois : on ne se rebelle pas contre Calum Langford.

– Comment tu peux… commanditer ça ? ajouté-je, une grimace dégoûtée aux lèvres. Comment tu peux me faire suivre et demander de telles photos ?

– Ne sois pas idiote. Ce n'est pas toi qui étais visée. C'est lui que j'ai fait suivre au départ, pas toi.

– Oh, je vois. Tu cherchais quoi dans ce cas ? Des preuves de la « décadence » de Fennell dans l'espoir que je me sente trahie et revienne dans le droit chemin bâti par tes soins ? Mais dis-moi… Qu'est-ce que ça fait de comprendre que je suis aussi plongée dans le vice qu'il l'est, hein, papa ? Es-tu fier au moins de ta petite fille ?

Le moindre de mes muscles tremble. Une rage si vive me fouette les sangs que je me sens perdre tout contrôle. Comme si je quittais mon corps, laissant mon instinct aux commandes juste… pour voir. Ce que cela fait de tout réduire en cendres soi-même sans être spectatrice pour une fois.

– Lucy ! tonne mon père sans pour autant esquisser le moindre mouvement. Je te déconseille de poursuivre !

– Sinon quoi ?

Je me lève pour ancrer mes deux mains à la tranche du bureau, me penchant légèrement vers Calum.

– Tu comptes me déshériter ? Mais toi et moi savons que ça n'arrivera pas. Tu as beaucoup trop misé sur ta progéniture.

Toujours immobile, mon père me fusille d'un regard acier. Une profonde colère brutalise les lignes de son visage et au moment où il s'apprête à me répondre, le bip de son téléphone résonne. Sans détourner son regard du mien, il décroche et aboie :

– Quoi ?

C'est alors que son expression change d'un coup, vire à quelque chose de clairement sournois. Avec, encore, ce fichu sourire.

– Oui, allez-y. Faites-le entrer, déclare-t-il alors avant de raccrocher aussitôt.

Un éclat narquois zèbre son regard tandis qu'il se met debout à son tour.

– Voilà qui risque d'être intéressant, énonce-t-il dans un murmure.

Au même moment, la porte s'ouvre derrière nous. Et mon cœur manque un battement, voire plusieurs, lorsque je découvre Fennell sur le seuil. Ses yeux ambrés m'accrochent immédiatement et, durant un infime instant, il paraît décontenancé de me voir. Néanmoins, si tel est le cas, il se reprend vite et se détourne pour se focaliser sur Calum.

– Je t'en prie, viens, mon garçon.

Mon garçon ?

Je vais vomir.

Calum amorce un pas dans sa direction puis s'arrête, pour le laisser venir à lui. Quant à Fennell, il fourre ses poings dans son jean tout en approchant.

– Qu'est-ce que tu fais ici ? lui demandé-je.

Drapé de cette chaleur aussi douce que dangereuse, il se contente de me répondre d'un sourire. Puis il se penche, m'embrasse la tempe avant de murmurer :

– Bonjour, mon cœur. Tu m'as manqué.

Ces quelques mots suffisent à déclencher une vague d'angoisse inondant mes veines avec la puissance d'un tsunami.

– Lucy ? Tu peux nous laisser maintenant.

– Merci, mais non, rétorqué-je. Je préfère rester.

– Ma poupée, ne t'en fais pas. On se rejoint pour le déjeuner ?

Interdite, je l'observe sans broncher enrouler son bras autour de ma taille pour me conduire vers la sortie.

– Je t'attendrai à la maison, me glisse-t-il à l'oreille. Avec toujours autant d'impatience.

La porte se referme ensuite, l'emprisonnant avec Calum à l'intérieur.

Ma paume s'abat alors sur mon buste dans la tentative vaine de calmer les pulsations de mon cœur qui frisent la folie. Sauf que c'est impossible. Parce que mon pire cauchemar est réellement en train de s'emparer de ma réalité.

39

Lucy

Lorsque, quelques heures plus tard, je rentre chez les O'Brien, un tel vent de colère me porte que j'ai l'impression de ne pas avoir réintégré mon enveloppe corporelle depuis l'entrevue avec Calum. Je me sens flouée. Ce qui reste assez paradoxal, dans un sens. Après tout, Fennell m'a bien droguée pour nous marier… Alors pourquoi me sentir encore plus trahie maintenant ? Parce que je suis effrayée à l'idée qu'il s'allie avec mon père, voilà pourquoi. L'homme que j'aime en dépit de ses fautes, de nos fautes, avec le premier homme à m'avoir enchaînée. Fennell me connaît mieux que personne. Il est impossible qu'il ne se rende pas compte du mal qu'il me fait. Pff, bien sûr qu'il s'en rend compte. En réalité, ce qui me tue, c'est de constater que l'on n'avance pas. Qu'il n'écoute aucun de mes mots et persiste à vouloir me pousser toujours et encore plus loin. Encaisser les coups, j'en suis parfaitement capable, mais à condition que ces coups ne soient pas gratuits.

Devant la bibliothèque, pièce où Fennell a établi ses quartiers pour bosser, j'ouvre les portes battantes sans m'annoncer. Une immense table en acajou occupe la partie droite de la pièce, la gauche accueillant canapé ainsi que fauteuils en velours. Et, bien sûr, de grandes étagères hautes pleines de livres habillent les murs. Son ordinateur encore ouvert sur la table, Fennell est avachi sur sa chaise, les pieds en appui sur la tranche en bois, et parle au téléphone. Un sourire éclate sur ses lèvres au moment où je fais irruption dans la pièce. Et éclate également telle une légion de morceaux de verre dans ma poitrine.

– Jenel, je vais devoir te laisser, mec. Je te recontacte plus tard, s'adresse-t-il à son interlocuteur.

Puis il raccroche sans attendre une réponse.

– Ma poupée, susurre-t-il en se relevant, tu m'as…

– Ta gueule, Fennell.

D'abord surpris par mon langage, il se fige. Puis se met à rire. D'un rire étrangement chaud et beau en dépit de la confrontation qui se profile.

– T'es pas fatigué ? soupiré-je. De toutes ces manipulations ?

– À toi de me le dire, tu as plus d'expérience que moi, après tout.

D'un pas lent, mais déterminé, je comble l'espace entre nous pour m'immobiliser une fois à sa hauteur. Et, pour toute réponse, je murmure :

– Ce n'est pas toi qui me comparais à un cadavre ?

Un pli se creuse subrepticement entre ses sourcils, néanmoins il disparaît aussi rapidement qu'il est apparu. Je porte ensuite ma main sur son torse, réprime mon envie de choquer son cœur pour qu'enfin il rebatte normalement puis renchéris :

– C'est ainsi que tu veux devenir ? Mort de l'intérieur ?

Son buste se soulevant puissamment, il conserve toutefois ses poings fermés vissés contre ses cuisses.

– Cela n'arrivera pas, mon cœur. Et tu le sais. Tant que tu es avec moi, c'est juste impossible.

– Sauf que je ne suis pas avec toi, Fennell, dis-je en retirant ma main.

Je recule ensuite de quelques pas, créant un espace entre nous qu'il regarde avec fureur.

– De quoi tu as parlé avec Calum ?

Ses yeux fusent sur les miens.

– J'y suis juste allé pour accepter le job.

– Que… Quel job ?

– Ce n'est pas toi qui me disais qu'il voulait que je bosse pour lui ?

Un vertige monstre grignote soudain l'espace entre mes tempes. Sonnée, je me retiens à la table.

– Tu… Tu n'as pas fait ça ?

– Et pourquoi pas ? fait-il en amorçant un pas dans ma direction.

Le souffle court, je me penche un bref instant au-dessus du bois, le temps de retrouver mon souffle. Ai-je seulement envie de reprendre ma respiration ? Et pourquoi ? Devoir, une fois de plus, l'affronter, lui qui s'enferme inexorablement dans sa vengeance ? J'y ai cru pourtant. Peut-être que le truc qui me scie le ventre n'est autre qu'un retour à la réalité aussi amer que brutal. L'espoir, je l'ai uniquement imaginé. Fantasmé, comme dirait Fennell.

– Pour quelle raison ?

Sa présence me recouvre alors. Sans me toucher, Fennell s'incline sur moi, inspire mes cheveux échoués dans mon cou puis répond :

– Peut-être pour avoir beau-papa dans la poche ? Ou parce que j'ai bien envie de revisiter le concept du cheval de Troie ?

– Je t'interdis de toucher à mon père, sifflé-je, la mâchoire serrée.

Ma tête pivote dans sa direction, nos lèvres si proches qu'elles sont à un souffle de se posséder.

– Et je t'interdis de t'en prendre à ma famille. Tu penses que parce que je rentre dans ton jeu, je te laisserai tout faire ?

De confiante et légèrement moqueuse, son expression se transforme. Devient acérée et surtout… apeurée.

– Ce n'est pas ton combat, Fennell.

Avec une lenteur flippante, il s'éloigne, me fixe d'un regard froid.

– Alors on en est encore là ? crache-t-il. Jamais tu ne me choisiras, n'est-ce pas ?

– Que… Quoi ?

Les nerfs en feu, je vrille. Me rue sur lui. Puis le pousse de toutes mes forces. Une fois. Et encore une deuxième.

– Mais tu ne vois pas que je t'ai toujours choisi, putain ! Toujours ! crié-je.

Une grimace mauvaise explose sur son visage, avant qu'il enroule ses doigts à mes poignets pour me rabattre sèchement contre lui.

– Stop, Fen'… J'en ai marre, gémis-je alors. Je… Moi, je suis fatiguée. Épuisée. Me battre contre toi, c'est…

Je m'interromps, la douleur qui enfle au cœur de ma cage thoracique est beaucoup trop puissante aujourd'hui.

– On n'y arrivera jamais. Pas comme ça, finis-je par dire dans un murmure bien plus violent que si j'avais hurlé.

– Ne dis pas ça, feule-t-il. Tu n'as pas le droit d'abandonner. De m'abandonner encore.

Usée, je ne réalise pas tout de suite qu'il me vole les paroles que je m'apprêtais à répondre quand sa bouche s'écrase sur la mienne.

40

Fennell

Ça y est.

C'est le moment.

Celui où je dérape totalement. Où tout part en vrille. Où toutes mes émotions se télescopent violemment pour ne plus trouver qu'un seul point d'ancrage.

Elle.

Mes doigts resserrent leur prise sur ses poignets tandis que je fais fusionner nos lèvres.

Ça fait trop de temps que je suis largué. Perdu entre Lucy et ma volonté de vengeance.

Et là, la seule pensée qui me fend le crâne est que mon unique moyen pour ne pas totalement me perdre est de m'emparer d'elle.

Je la plaque brutalement contre moi. Continue de presser nos bouches l'une contre l'autre. Pour qu'elle ne m'échappe plus. Je suis certain de réellement virer taré si Lucy me fuit encore. Ce qu'elle… ne fait pas du tout.

S'agrippant à mes épaules, elle se hisse le long de mon buste jusqu'à croiser ses jambes autour de ma taille. Vacillant, je nous guide jusqu'au canapé sur lequel je nous laisse tomber, son corps coincé entre le mien et le cuir. D'une main, je maintiens son visage en place, toujours avec cette peur que Lucy s'esquive quand ses ongles plantés dans mon dos ou sa façon d'onduler contre moi me hurlent tout le contraire. Mais je ne suis plus en mesure de réfléchir. Ou juste de penser. Pas quand la totalité de mes cellules se dope au meilleur shoot de son existence. Pas quand j'ai la sensation de crever comme de reprendre vie.

Perdu dans mon délire, je l'entends gémir. Gémir mon prénom. Et… j'en veux plus. Plus de ce son. Plus de ces gémissements. Plus.

Aussi, le plat de ma paume se plaque contre son entrejambe par-dessus son pantalon, le presse tout en effectuant de légers mouvements circulaires. En réaction, ses reins se creusent, ses lèvres me quittent lorsqu'elle rejette sa tête en arrière, m'offrant sa gorge que je m'empresse de goûter. De lécher comme ce putain d'affamé que je suis.

C'est là que je la vois. Cette légère zébrure pourpre qui peine à s'estomper sur sa peau. Celle que j'ai moi-même apposée. Pire qu'une gifle, c'est un uppercut qui me frappe, me remet les idées en place. Enfin, je crois.

D'un coup, je me redresse, enfonce un regard paumé et furieux à la fois dans le sien. *Pourquoi elle me laisse faire, bordel ?*

Puis, je l'abandonne. M'assois sur le tapis. Paumé. Largué. Je… Je ne sais plus. Je veux la toucher, lui faire mal. J'ai peur de la toucher et lui faire mal. J'ai peur de rester. De partir.

– Fennell ?

Qu'elle se taise. S'en aille et… Non ! Surtout pas ! Qu'elle ne s'en aille pas !

Les paupières à présent closes, je me prends en pleine gueule ce qui hante mes plus sombres pensées depuis que je suis revenu dans sa vie, depuis que je l'ai emprisonnée : cette peur viscérale de la perdre. Encore. Encore et toujours cette impression que mon palpitant s'est déraciné de ma cage thoracique pour aller crever à ses pieds. Encore. Encore, putain !

– Fennell, répète-t-elle dans un murmure. Non…

Je rouvre les yeux au moment où, échevelée, les paupières lourdes de cette envie de l'autre qui nous plombe tous deux, Lucy me rejoint. À califourchon sur mes cuisses, ses doigts se glissent dans mes cheveux, tirent mon visage de façon à nouer nos regards. Et je la laisse faire parce que la sentir contre moi est juste… intolérablement bon.

– Ne t'arrête pas, souffle-t-elle contre ma bouche. J'en ai besoin…

Sa main couvre mes lèvres, m'empêchant de l'empêcher, elle, de continuer.

– J'en ai besoin, reprend Lucy. Besoin de te retrouver. Besoin que nos corps communiquent par instinct. Besoin de te prouver que oui, on se blesse. On se déchire. On se fait du mal, mais… toi et moi, on s'appartient, Fennell. Nous avons toujours été toi et moi. Et nous serons toujours toi et moi. Peu importe que parfois, on se perde en route.

Elle retire sa paume, m'embrasse avec une passion si ardente que j'ignore par quel miracle je ne suis pas déjà en elle.

– Et surtout, halète-t-elle alors qu'elle rompt notre baiser, tu en as besoin. Besoin de comprendre que je t'ai toujours choisi, Fennell O'Brien. Nous sommes arrivés à un point où les mots ne suffisent plus. Alors fais-moi l'amour. Baise-moi ou… Peu importe. Peu importe tant que tu me montres. Que je t'appartiens toujours.

Tandis que ses mains commencent à déboutonner son chemisier, je la freine.

– Tu essaies de gagner.

Malgré la colère qui crépite soudain dans ses prunelles, elle répond d'une voix douce :

– Tu veux la victoire totale ? Je te la laisse. Baise-moi tout en me murmurant à l'oreille combien tu prends ton pied à te venger, à me blesser ou que sais-je encore. Je m'en fiche pas mal. Car, au final, il ne s'agit que de se retrouver.

– Je ne peux pas, avoué-je alors du bout des lèvres. Tu veux savoir pourquoi te toucher me bousille à chaque fois ? Parce que cela me renvoie fatalement à notre première fois. Et à toutes ces questions qui me pourrissent le crâne. Je n'arrive pas à m'enlever de la tête que cela n'avait pas la même signification pour toi que pour moi. Ce soir-là, j'étais persuadé que tu étais venue à moi parce que… Putain, parce que ça devait être, c'est tout. Toi et moi, c'était la suite logique de ma vie. Mais, à présent, tout est perverti. Pourquoi tu m'as retrouvé dans ma chambre ? Ton père t'avait-il déjà dit ce qu'il attendait de toi ? Avais-tu déjà pris ta décision ? Qu'as-tu ressenti ? As-tu espéré ? As-tu juste voulu me dire au revoir ?

La colère, dans son regard, s'évapore en fumée pour être remplacée par la même douleur qui me bouffe.

– Tu tiens vraiment à savoir ? À tout savoir ?

– Oui, quitte à en crever.

– OK, comme tu voudras…

Son corps m'abandonne pour se déplier jusqu'à se remettre debout.

– Suis-moi, Fennell.

41

Lucy

Ma main enroulée autour du poignet de Fennell, je nous guide jusqu'à ma chambre, ou plutôt son ancienne chambre. Sans rien dire, je l'incite à entrer, avant de faire volte-face, la poitrine sur le point d'exploser, et de sortir de la pièce, le battant claquant dans mon dos.

À quel moment aimer est devenu si difficile ? Si douloureux ?

Vendre son âme au diable me paraît soudain beaucoup moins dangereux.

Dommage que la mienne appartienne déjà à quelqu'un d'autre…

Après avoir inspiré profondément, j'abaisse de nouveau la poignée. Ouvre. Avance. D'un coup de talon contre le bois, je nous isole. Les paupières plissées, Fen' me dévisage d'un air à mi-chemin entre la colère et la surprise.

– Ce soir-là, je suis entrée dans ta chambre sans prendre la peine de toquer, dis-je, adossée à la porte.

D'un hochement de tête, il me confirme que lui aussi se souvient.

– C'était le jour de la remise des diplômes, tu te préparais dans la salle de bains pour la fête qu'organisait Derek, peu de temps après avoir prononcé ces mots…

Immobile, il acquiesce une seconde fois en silence.

– Dis-les, intimé-je alors.

Un sourire fugace éclaire son visage sans toutefois contaminer son regard.

– « Et si on arrêtait les conneries, ma poupée ? Si on cédait enfin à ce putain de désir qui nous bouffe ? » Ce à quoi tu as répondu que désirer une personne, aussi ardemment soit-il, ne valait pas la peine de gâcher ce que nous avions déjà…

– Mais tu m'as corrigée.

– Oui. Je t'ai dit exactement ce que nous avions tous les deux besoin d'entendre : que je ne parlais pas de désir. Pas que, du moins, mais du fait que je t'… te détestais, se reprend-il. Peut-être même plus que toi, tu me… détestais.

Évidemment, il n'avait pas utilisé le verbe « détester », mais cet autre… Celui que nous refusons toujours d'admettre à voix haute.

– Et tu m'as balancé tout ça en plein milieu d'une foule en liesse, ricané-je. En pleine cérémonie. Autour de nous, nos amis fêtaient leur diplôme en compagnie de leurs parents, mais toi, tu m'as sorti cette déclaration comme s'il n'existait que nous. Avec cette ferveur, cette assurance, cette nonchalance que je t'ai toujours enviée. À la Fennell O'Brien, quoi. Tu n'as fait qu'exposer une certitude. Ta certitude.

Le sourire qui, je le sens, illuminait mes traits s'évanouit. Faisant disparaître également le sien.

– Je me suis brisée sur cette certitude, Fennell.

Le nœud dans ma gorge me donne l'impression d'avaler du verre pilé tandis que je déglutis. Je parcours ensuite la distance entre nous, me fige à sa hauteur, sans le toucher. Avant d'articuler, m'arrachant le palais au passage :

– Cela faisait déjà deux jours que mon père m'avait dit vouloir piéger Theodore.

Refusant de me confronter à son expression, de peur

de ne plus trouver la force de poursuivre, je l'abandonne et me dirige vers la bibliothèque. Dos à lui, mes doigts courent sur les reliures de cuir.

– Donc, reprends-je, tu te préparais dans la salle de bains, alors je t'ai attendu, parcourant tes livres pour ne surtout pas avoir à penser à ce que je foutais ici. Et puis, tu es revenu, cet éclat juste purement indécent dans le regard lorsque tu m'as trouvée dans ta chambre. Ta façon de m'observer, je m'y étais habituée, mais ce bonheur sur ton visage… Il était si beau, si cruel…

Je me retourne, les yeux braqués vers sa salle d'eau, comme si je le revoyais progresser vers moi. Ce que le Fennell de mon présent, celui au cœur écorché, fait aussi.

– Tu étais uniquement vêtu d'un pantalon noir, quelques gouttes s'accrochant encore désespérément à ton torse et à tes cheveux.

D'un geste sec, j'agrippe le bas de son tee-shirt, le lui retire sans qu'il cherche à s'esquiver. Ses traits sont comme figés dans le marbre, pétrifiés dans une immobilité assez effrayante. Je sais qu'il me verrouille l'accès à ses émotions. Mais tant pis, je dois continuer.

– Tu n'as pas prononcé un mot. Avec uniquement ce sourire sur tes lèvres, tu m'as tout donné, Fen'. Ce que, tu avais raison, nous désirions tant, toi et moi.

Je ne le regarde plus, polarisée sur les lignes sèches de son buste. Ce creux en son centre, ses abdos, ses obliques s'enfonçant sous son jean, mes doigts ne cessant de se perdre sur sa peau pour que je ne me perde pas au fond de ses yeux.

– Je ne me souvenais pas de cette partie, dit-il à propos de mes caresses dans un grondement que je suis incapable d'identifier.

– Et ça… chuchoté-je tandis que je m'affaire à déboutonner son pantalon. Tu t'en souviens ?

– Bordel, Lucy.

Tout à coup, ses paumes accrochent mes poignets, me rabattent violemment contre lui tout en plaquant mon dos contre une des étagères.

– Tu fous quoi, là ? siffle-t-il, enragé.

– Tu as réclamé la vérité. Je te l'offre. À mon tour, Fen', de tout te donner. À toi de voir maintenant, insisté-je. À quel point tu la veux, cette vérité ?

Ses billes ambrées me harponnent pendant que ses mains, elles, me relâchent pour se poser sur les étagères, de chaque côté de mes tempes.

– À en crever, répète-t-il, les dents serrées.

Les pulsations sous ma poitrine redoublent, tambourinent contre mes côtes à m'en faire mal, mais je ne faiblis pas. Je lève mon visage sur le sien qui me surplombe.

– Tu t'es ensuite avancé jusqu'à moi, poursuis-je, mon souffle retrouvant le sien. Et tu m'as embrassée sans… sans dire quoi que ce soit, toujours empreint de certitude.

Je m'interromps un instant avant d'ajouter dans un murmure :

– Fais-le.

Et de renchérir :

– Embrasse-moi, Fennell.

Son regard s'enflamme, s'embrase d'une lueur paradoxalement plus sombre. À l'image de Fennell. Comme si la lumière n'était là que pour permettre aux ombres d'exister. Ou les dissimuler aux yeux des autres. Sa silhouette se redresse, ses bras retombant contre ses jambes. L'une de ses mains vient alors capturer ma nuque. Puis, d'une pression de son pouce sous mon menton, il m'oblige à incliner encore davantage la tête en arrière.

– Je ne suis pas certain de pouvoir m'arrêter, Lucy. J'ai trop besoin de… de…

– Me détester ?

Il ne prend même pas la peine de me répondre. Tout simplement car il est trop tard. Ses lèvres m'ont déjà fauchée au moment où il les presse contre les miennes et récupère ce souffle qui lui a toujours appartenu. Et dont je ne veux même plus. Pas si ça implique de respirer sans lui. Le bois ne tarde pas à mordre mon dos, le corps de Fennell se collant trop brusquement contre moi. Mes mains tentent de s'accrocher à ses épaules, mais cela ne sert plus à rien. Parce qu'il me recouvre, me réclame, me revendique avec tant d'empressement, tant de fébrilité que je ne réussis plus à suivre ses gestes, nos gestes. Nos corps qui cherchent à se fondre l'un dans l'autre.

– Dis-moi, murmure-t-il après avoir rompu notre baiser. Qu'as-tu ressenti ?

Sans me laisser le temps de répondre, il s'empare à nouveau de ma bouche, en force la barrière avec sa langue pour retrouver la mienne, l'entraîner dans un ballet infernal.

– Ta certitude, parviens-je à dire lorsqu'il m'en laisse enfin l'occasion. Voilà ce que j'ai ressenti, ce qui m'a submergée au point de me dire que j'avais le droit de prendre ce que tu voulais me donner. « Toi, ça a toujours été toi », n'est-ce pas ? Mais ce n'était pas vraiment le cas… Avant c'était tous ces autres, et seulement à cet instant, il s'agissait de moi. Que de moi. C'est pour ça que je ne pouvais pas nous arrêter. Moi aussi, j'ai toujours attendu le jour où tu *me* choisirais.

La bouche à l'orée de mes lèvres, il se fige. Demeure ainsi durant de longues secondes.

– Avant ou après, cela ne changeait rien, Lucy. La seule différence, c'est qu'à partir de cet instant, ton corps m'appartenait également, en plus de tout le reste.

– Montre-moi, l'incité-je. Montre-moi comment tu t'en es emparé.

D'un hochement de tête, je l'encourage. À poursuivre cette mise en scène qui est sûrement une mauvaise idée, mais que je refuse de stopper. Fennell a besoin de savoir, de tout savoir. Quant à moi, j'ai besoin qu'il sache. Besoin de tout extirper de ma poitrine pour le lui offrir. Et puis, le feu rampant sur ma chair est bien trop addictif, mes sens bien trop dépendants de son toucher pour que je songe à nous arrêter. Aussi, j'observe, captivée, ses doigts butant sur chaque bouton de mon chemisier pour m'en défaire avant de me débarrasser de mon pantalon. Et, lorsque ce dernier termine sur le sol, je tends les bras au-dessus de ma tête, mes paumes s'accrochant au rebord d'une étagère. Un rictus vient tourmenter ses lèvres de la même émotion qui, j'en suis certaine, tourmente mes propres cellules. L'obsession. Parce que là, à cet instant, je ne me souviens plus pour quelle raison nous nous adonnons à ce petit jeu. Tout ce qui importe est cette faim de l'autre. Ce désir lancinant que nous avons autant besoin d'assouvir que de laisser perdurer. Pour nous punir. Pour nous libérer.

En sous-vêtements, je ne décroche pas mon regard du sien. Ni quand son index suit la couture de mon soutien-gorge sans s'aventurer dessous, ni quand il trace un sillon brûlant sur mon ventre jusqu'au creux de mon aine. Sa langue longe sa lèvre inférieure avant que Fennell ne plonge son visage dans mon cou pour le respirer puis lécher ma gorge. Je rejette ma tête en arrière qui cogne contre le bois. Toujours en maintenant ma hanche, il s'agenouille, son visage levé vers le mien et son souffle échouant pile sur mon intimité.

– C'était la première fois que je te goûtais, chuchote-t-il entre mes cuisses. Que je pouvais enfin être celui qui provoquait et possédait ton plaisir.

Et justement, provocateur, il entrouvre sa bouche, la bloque contre mon entrejambe puis renchérit :

– Tu veux, ma poupée ? Que je te goûte à nouveau ? Que je te dévore jusqu'à ce que tes cuisses se resserrent autour de mon cou comme ce soir-là ?

Sans que je m'y attende, le plat de sa langue s'abat sur la dentelle, remonte lentement mes chairs à travers le tissu, m'arrachant un gémissement étouffé.

– Dis-le, gronde-t-il, ses paumes désormais sur mes fesses.

– C'est là, dis-je, là que tu as démoli le dernier rempart qui subsistait encore entre toi et moi.

– Ta peau.

– Ma peau… Un vrai pillage, haleté-je alors que sa respiration chaude continue de me torturer. Parce que… Parce que tu l'avais décidé.

D'un second coup de langue, il me réduit au silence. Avant de se relever, de choper mes cuisses pour me soulever et de les enrouler autour de sa taille.

– Quand comprendras-tu que je n'ai jamais rien décidé ? Comment l'aurais-je pu quand tu ne cessais d'envahir tous les pans de mon existence ? Toi et moi, cela n'a rien d'un choix. Ce n'est que notre réalité, Lucy. Un fait. Notre vie. Une… certitude, comme tu le dis si bien.

Mes bras croisés sur sa nuque, je me hisse davantage sur lui tandis que ses pas nous portent vers le lit.

– Tu te trompes. Ça l'est uniquement parce que tu le veux, Fennell.

– Et toi, tu le veux ?
– Oui.
– Bien.

Sans aucune délicatesse, il me laisse tomber sur le matelas, mes cuisses toujours resserrées sur lui qui, debout, me surplombe dans toute son arrogance.

– Parce que tu es devenue tout ce que je veux, ma poupée.

Dardant un regard sur moi tenant plus de l'animal que de l'homme civilisé, il déboucle sa ceinture sans rien dire, en fait glisser le cuir pour la jeter par terre puis déboutonne son pantalon qu'il fait glisser sous ses fesses. Néanmoins, il conserve son boxer, nos sous-vêtements comme uniques remparts, nous empêchant de réellement redonner vie à notre premier acte charnel. Et je crois bien que c'est pire encore… D'offrir corps à mes sentiments alors que le mien, de corps, souffre de sa présence en surface. De son absence à l'intérieur de mon ventre.

– Et maintenant ? demande-t-il, irrévérencieux.

– Maintenant ? Je dirais que c'est là que tu as terminé de tout conquérir. Comme à ton habitude, tu as tout renversé sur ton passage juste en étant… toi. Tu t'es approprié ce que tu désirais.

Mon dos enfoncé dans le matelas et mes jambes toujours crochetées à lui, je soulève mon bassin. Afin d'illustrer mes paroles, Fennell enfonce ses doigts dans mes hanches, donne un violent coup de reins, mimant ainsi l'instant où il m'a enfin pénétrée.

Je sais bien que rien n'est vrai. Que nous ne faisons que rejouer une scène, mais je jurerais le sentir déchirer mes chairs pour de nouveau me posséder. Ses yeux mangés par le noir de ses pupilles dilatées, il se fige. Vibrant d'intensité.

– J'attends, Lucy, siffle-t-il.

– Le calme tandis que la tempête grondait. La paix alors que la bataille faisait encore rage. L'apaisement pendant que l'incendie me dévorait. J'en ai des tonnes de métaphores, Fen'. Toutes avec la même signification : j'étais… affamée et rassasiée.

Lentement, ses hanches bougent entre mes cuisses, son sexe roulant contre le mien qui se gorge d'humidité. Son attention polarisée sur le moindre frémissement de ma peau, il poursuit ses mouvements. Lascif et autoritaire. Hypnotisant. Écrasant.

– Continue, grogne-t-il, à bout de souffle. À quoi pensais-tu ?

Un rire s'arrache de ma gorge.

– Mais à rien. Je ne pensais plus, j'en étais juste incapable. Toi aussi, tu avais déjà tout envahi. Tout…

Je pose un index sur ma tempe avant de le presser sur ma poitrine et enfin griffer mon ventre jusqu'au point fictif où nos corps se rejoignent.

– Tu étais partout.

Soudain, Fennell s'allonge sur moi, me recouvrant entièrement. Quelque chose de brutal, d'animal, d'incontrôlable semble avoir pris possession de ses traits. Après avoir enfoncé deux doigts entre mes lèvres avec lesquels il caresse ma langue, il grogne à mon oreille :

– Alors je veux t'entendre gémir. M'appeler. Je veux que tu… Je veux mon prénom dans ta bouche…

Ses paroles sont ponctuées d'un brusque coup de bassin. Son érection dépasse à présent de la couture de son boxer, frotte, impitoyable, contre mon clitoris. Envoie une tonne de décharges électriques qui ondoient outrageusement dans mon bas-ventre pour nourrir ce brasier qui y loge depuis des semaines à présent sans jamais réussir à s'éteindre.

– Fen', gémis-je une fois ma bouche libre.

– Encore, intime-t-il d'un timbre sourd, sa langue courant le long de ma clavicule.

– Fennell…

– Encore !

Ses coups de boutoir s'intensifient, nos enveloppes se fracassant presque l'une contre l'autre. L'une désirant s'emparer de ce qui lui manque. Et l'autre désirant plus que tout combler enfin ce creux abyssal en elle.

Alors je l'appelle. Gémis après lui comme si cela pouvait atténuer ce qui nous bouffe tous les deux de l'intérieur. Ce mal provoqué par l'autre et qui, paradoxalement, ne peut guérir que grâce à cet autre.

Tout à coup, Fennell se pétrifie, ses muscles raides, mais tremblants. D'une main sur mon ventre, il me cloue au matelas et m'empêche de bouger pendant que la seconde s'emmêle dans mes cheveux.

– Stop… Stop, Lucy. Je… Je ne vais pas tenir, putain.

À mon tour immobile, je n'ose plus bouger un seul membre de peur de ne pas me tenir, moi. Nos peaux sont voilées de sueur. Le moindre contact m'est douloureux tant il est frustrant. Violent tant il est marqué par le manque.

Étendu en partie sur moi, Fennell non plus n'esquisse pas le moindre mouvement. Si ce n'est sa cage thoracique qui, à l'unisson avec ma poitrine, se soulève de façon totalement anarchique. Au bout de longues minutes, il commence seulement à se relâcher, ses lèvres embrassant mon épaule contre laquelle son visage est appuyé. Et je me déteste de devoir lui avouer cette vérité qu'il veut tant…

– Fen', déglutis-je. Moi aussi, je t'ai tout donné à cet instant. Je t'ai tout donné parce que je voulais que tu me prennes tout. Je voulais ne plus rien ressentir. Je me faisais tellement horreur.

Alerté par mes derniers mots, il se redresse sur un coude, arrimant un regard ombrageux au fond du mien.

– Il faut que tu comprennes, renchéris-je. Ce soir-là, ce n'est pas toi que j'étais venue trouver…

Je n'en dis pas davantage. Pas besoin. Parce qu'il a compris que ce soir-là, j'aurais dû piéger son père et ne pas le rejoindre, lui. Sa lèvre supérieure se retrousse, une expression blessée zébrant son visage. Puis sa réaction me prenant totalement au dépourvu, il me serre contre lui, nous fait pivoter et m'installe à califourchon sur ses jambes. Avec une douceur désarmante, il enroule un bras sur ma taille, m'écrase contre son buste.

– Fennell… Je t'ai promis de tout te dire. Je… Ce n'est que la vérité. Je sais qu'elle est cruelle, mais crois-moi, elle est ce que j'ai de plus précieux à t'offrir. Parce que t'avouer ça à voix haute me tue. Et je te connais assez pour savoir que tu la préfères au fait de rester aveugle.

Son pouce recueille l'unique larme glissant sur ma joue puis vient lisser ma lèvre inférieure.

– Si tu savais, Lucy. Combien j'ai attendu ces paroles. Combien j'ai attendu cette vérité. Combien je… j'avais besoin d'entendre tout ça. Que tu…

– Que je te cède, le devancé-je. Sauf que, contrairement à ce que tu imagines, tu n'as pas besoin que je te cède mon corps, mais le reste. Seulement, tu possèdes déjà tout. Je t'en prie, arrête de te focaliser sur ta vengeance et regarde-moi. Moi, Fennell. Ta meilleure amie. Cette femme qui est prête à se bousiller le cœur pour te protéger parce que, merde, on a le droit à une chance, toi et moi. Et, depuis le départ, ma chance, c'est toi. Toi qui m'as offert cet espace entre nous deux, où je me sentais libre, loin de mon père.

Son regard se voile, comme s'il ne me voyait plus

vraiment et que son esprit dérivait à mille lieues de nous. Et ce n'est que lorsqu'il reprend la parole que je comprends qu'il était, en réalité, plongé dans ses souvenirs.

– Et c'est toi qui m'offrais le mien, d'espace de liberté. J'avais beau tenter de le chercher ailleurs, dans n'importe quel corps, n'importe quelle sensation forte, je ne le trouvais qu'auprès de toi.

Sa tirade manque de faire imploser ma poitrine tant je suis soulagée. Je pensais que ma révélation l'enterrerait davantage dans ses ombres, or, au contraire, il paraît enfin reprendre vie. Comme si la lumière ne cachait plus le côté obscur, mais s'intensifiait afin d'exister pour elle et elle seule.

– Je suis toujours là, dis-je dans un souffle. Et je suis toujours moi. Nous sommes toujours nous, à la différence que nous sommes un peu plus cabossés.

– Lucy…

Sans que je m'y attende, son bras s'abat sur mes reins, imbrique encore davantage nos bassins l'un contre l'autre. Ses lèvres s'écrasent ensuite sur les miennes, me volent un baiser passionné, mais sans plus aucune colère ni fureur.

– Offre-la-moi, chuchote-t-il alors contre ma bouche, cette liberté. Même si ce n'est qu'un instant. Donne-la-moi, ma poupée.

– Alors, donne-la-nous aussi. Je ne peux y arriver seule, Fennell.

Ses sourcils se froncent subrepticement avant que son regard ne retrouve cet éclat incendiaire que je lui connais tant. Et que j'aime tant. D'un coup, il me bascule à nouveau sur le matelas, se remet debout puis attrape mes hanches pour me faire glisser jusqu'au bord du lit. De toute sa hauteur, il m'observe, sa respiration devenant de plus en plus chaotique. Mais je sais que, pour une fois, la tempête entre ses côtes ne cherche plus à l'entraîner dans les profondeurs. Quant à moi, je n'ose bouger. Je m'accroche. De toutes mes forces. À lui. À nous. À cet espoir qui enfin nous lie. Lentement, Fennell se débarrasse de son boxer, dévoilant son érection toujours tendue et, avec plus d'empressement cette fois, me libère de mon string. Le plat de sa paume se déploie sur mon ventre, le presse doucement puis remonte jusqu'à ma gorge qu'il enserre avec délicatesse.

– Ma poupée, je…

À mon tour, je l'attire pour l'embrasser, l'empêchant de poursuivre. J'ai peur. Trop peur qu'il se mette trop à réfléchir et en oublie son instinct qui lui hurle de nous retrouver. Son corps me recouvre, me brûle jusqu'à m'en faire frissonner. Et, au moment où enfin il relève ma cuisse pour me pénétrer, des éclats de voix retentissent jusqu'à nous.

42

Lucy

– C'est quoi, ce bordel ? grommelé-je.

– On s'en fout, me répond Fen' dans un grognement.

Oui, il a raison. On s'en fout. Rien d'autre n'a d'importance si ce n'est…

Tout à coup, j'entends un très net « Où est ma fille ? » qui me coupe dans mon élan.

– Merde, c'est ma mère.

Un ricanement quelque peu sinistre filtre de la gorge de Fennell.

– J'imagine qu'on peut appeler ça le karma, raille-t-il.

Il se relève alors, frustrant mes cellules déjà en manque de lui. Énervée que nous ayons été coupés dans ce moment qui aurait dû symboliser un renouveau pour Fennell et moi, je bondis au sol et renfile mes vêtements à la va-vite, mais me fige au moment où je m'apprête à ouvrir la porte, pour revenir sur mes pas et me planter devant lui. Ses yeux troubles m'éclaboussent d'une sensation désarmante lorsqu'ils se suspendent aux miens.

– Ce soir-là, mon premier instinct a été de te rejoindre, toi. Je savais que tu serais le seul à tout effacer autour de nous jusqu'à me faire oublier qui j'étais, qui je suis et surtout, qui je m'apprêtais à devenir. Parce que c'est en toi que je puise le meilleur de moi.

Sans attendre une quelconque réaction de sa part, je

tourne les talons puis sors de la chambre. Au ton de Laura de plus en plus agacé, je presse le pas dans le couloir, dévale les marches pour me retrouver nez à nez avec maman une fois au pied de l'escalier.

– Je ne pensais pas être traitée telle une inconnue chez ma propre fille ! maugrée cette dernière.

La gouvernante des O'Brien me lance un regard dépassé auquel je réponds par un sourire compatissant puis un clin d'œil quand elle s'échappe pour nous laisser.

– Maman, soupiré-je ensuite, ne le prends pas mal. Fennell veut que personne n'entre sans qu'il le sache.

Par habitude, je me rapproche de ma mère puis l'entoure de mes bras.

– Pourquoi ? Trop de choses à cacher ?

Une onde glacée s'attaque à mes vertèbres, me plongeant dans une sensation que je ne connais pas encore, mais que je hais déjà. Parce que son timbre… Maman s'est toujours amusée à exagérer ses paroles, jouer les tragédiennes dans le but de nous faire craquer. Seulement, cette fois, c'est différent… Là, elle ne joue pas. Là, sa voix vibre réellement de colère.

Avec une lenteur traduisant mon soudain malaise, je me recule, lui offre un sourire bancal tant il est mal assuré. Et tente de biaiser.

– M'man, il va falloir que papa et toi vous remettiez de cette histoire de mariage…

– Je ne fais pas allusion à ce mariage, madame O'Brien.

Une moue tord mes lèvres. Je n'aime pas non plus sa façon d'avoir prononcé ces derniers mots. Ses yeux, luisant de quelque chose d'indéfinissable, fusent sur les miens avec autorité et détermination, me procurant une subite sensation d'être prise entre les serres d'un aigle. Mon estomac remue méchamment. Mon sang se fige dans mes veines jusqu'à me pétrifier. Laura Langford, la femme que j'aime le plus au monde, me tue d'un regard presque… méprisant.

Jamais je ne m'étais sentie aussi misérable dans les yeux de quelqu'un. Même pas dans ceux de Fennell.

– Ou plutôt si, reprend-elle. Cela a tout à voir avec ce fichu mariage. Pourquoi tu as fait ça ?

Sa dernière phrase me prend totalement au dépourvu si bien que je me mets presque à bafouiller.

– Mais… Je… Maman, je te l'ai déjà dit, je…

– Garde tes mensonges pour les autres, Lucy, m'interrompt-elle sèchement. Ton père m'a tout raconté. Je sentais que quelque chose m'échappait lors de ce dîner à la maison. Alors j'ai cherché. Et, comme je fais presque partie des meubles pour ton père, il ne s'est pas méfié.

Figée, je ne suis plus capable de rien. Aussi j'attends… la chute.

– Je suis tombée sur ces photos de toi et Fennell avec cet autre…

D'un revers de main, elle balaie l'air entre nous comme pour chasser ces images.

– Évidemment, j'étais horrifiée, renchérit-elle. J'ai donc demandé des comptes à Calum et… il m'a tout dit, Lucy. Tout. Comment… Comment tu as pu accepter ?

– Je n'ai pas eu le choix, réponds-je d'une voix blanche, lasse de tout.

– Pas le choix que de piéger le père de l'homme que tu as toujours aimé ?

La tête rejetée en arrière pour m'échapper de son

regard que je ne supporte pas, je ferme les paupières. Inspire. Existe-t-il un seuil à la douleur ? Un moment où l'on a juste envie de hurler « stop » et tout brûler ? Parce que si tel est le cas, je crois que je viens de le franchir.

– Je n'ai pas eu le choix, répété-je, étrangement calme face au chaos qui tente de s'imposer sous ma peau.

Une seconde inspiration plus tard, je redresse ma tête, la fixe et, enfin, je hurle :

– Vous pensez quoi, tous, hein ? Pour qui vous me prenez ? Comment vous, vous pouvez croire que j'ai fait tout ça par choix ? Alors, si, j'ai effectivement fait un choix ! Entre Fennell et son père ! Parce que je le choisirai toujours, lui ! Pas ma famille ! Encore moins la sienne, mais lui !

Essoufflée, je m'interromps. Avant de renchérir :

– Papa m'a menacée, a menacé Fennell. Il m'a promis que si je ne faisais pas ces fichues photos, il détruirait la vie de Fen', qu'il... qu'il m'enverrait étudier loin, très loin de lui pour que je ne le revoie jamais. Je n'avais pas encore 18 ans, merde ! Je ne savais pas... J'ignorais comment me défendre face à ça... Et il m'a juré que... que ce n'était qu'un moyen de pression, que jamais ces clichés ne seraient diffusés, mais, qu'en revanche, si je n'acceptais pas, il trouverait une autre façon de s'en prendre à Theodore. Je ne pouvais pas... Maman, je ne pouvais pas priver Fennell de son seul parent encore en vie.

– Pourquoi tu ne m'en as jamais parlé ? dit-elle, la voix tout à coup vacillante.

– Tu n'aurais rien pu faire, maman. Pas contre lui. À part te torturer l'esprit, et je ne le voulais pas...

– Mais tu n'as pas à décider à ma place, Lucy. Je suis ta mère, c'est à moi d'être forte. Toi, tu devais juste déposer tes craintes dans mes mains pour que je puisse t'apprendre à les affronter ou t'en protéger.

– Maman, lâché-je dans un ricanement amer. C'est trop tard. Calum a toujours été plus fort.

Ma phrase semble la gifler tant son expression se décompose.

– Et toi ? crache-t-elle tout en pivotant son visage. Tu en penses quoi ?

Seulement alors, je remarque que Fennell nous surplombe. Les coudes plantés sur la rambarde en haut de l'escalier, il nous observe d'un regard froid, comme s'il avait transformé toutes ses émotions, qui enfin m'avaient rendu un bout de mon Fennell quelques instants plus tôt, en une prison de glace. Ce constat me terrasse. Car, encore, il me vole tout espoir d'un simple regard. J'ignore si cela est dû à la présence de maman, à sa façon de m'observer comme si elle découvrait qu'un monstre avait volé sa fille, mais je ne supporte plus rien. Rien. Mes émotions, les leurs. Mes fautes, les leurs aussi.

La sensation de chuter sans ne jamais réussir à toucher le sol.

Stop. C'est la goutte de trop.

– J'en pense que tu as raison : tu aurais dû la protéger, déclare-t-il sans aucune pitié. Mais Lucy a également raison : tu n'aurais rien pu faire.

– Pourquoi vous êtes-vous mariés ? lui demande-t-elle. Comment tu as pu…

– Lucy et moi nous sommes toujours appartenu. Peu importe si ça doit être dans la vengeance.

– Tu vas divorcer de ma fille, déclare Laura avec un aplomb que je ne lui connaissais pas. Calum l'a peut-être…

Le reste de ses mots meurent avant même de parvenir

à mon esprit. C'est comme si mon âme avait quitté mon corps, ne supportant certainement plus d'être coincée sous autant de… d'horreurs.

– Vous savez ce qui me tue le plus ? les coupé-je.

De concert, ils reportent leur attention sur moi.

– Line mise à part, vous êtes les deux personnes qui comptent le plus à mes yeux. Vous êtes censés me connaître mieux que quiconque et… vous vous arrêtez sur mes actes. Pas sur les raisons, le contexte, ou… Vous êtes tellement perdus dans votre volonté de me condamner que vous en oubliez qui je suis. Ta fille, maman. Je suis ta fille, celle qui se débat avec l'influence trop néfaste d'un père. Et ce, sans ton aide.

Tandis qu'un éclair de douleur zèbre son beau visage, je me tourne sur Fennell qui n'a pas bougé d'un cil.

– Quant à toi, tu te souviens ? Avant tout ça, j'étais ta meilleure amie. Celle qui cherchait par tous les moyens à combler ce vide dans ta vie. Ou qui souffrait en silence de te voir avec tous ces autres juste pour ne pas t'entraver. Alors…

D'un pas, je me recule. Les fixe tour à tour.

– Moi non plus, je ne vous pardonne pas. De ne pas être capables de me voir, moi, sous l'influence de Calum.

En même temps que Fennell murmure un « Lucy », Laura amorce un mouvement dans ma direction. Néanmoins, je les stoppe d'un geste.

– Non, je veux… respirer. Loin de vous.

Je me détourne alors du regard douloureux de maman puis, sans un mot de plus qui serait superflu, je sors de la demeure.

Je n'ai pas l'âme d'une martyre. Or, le regard de maman m'a donné la sensation d'être clouée sur place. Et ça, c'est trop, beaucoup trop. Juste insupportable.

***

Je ne rentre qu'en fin d'après-midi, vers dix-huit heures. Après avoir marché, marché et marché sans but précis, si ce n'est tenter de démêler mes idées. En vain d'ailleurs. J'ai hésité à prendre une chambre d'hôtel, mais je ne pense pas que j'aurais supporté de retrouver Fennell sur le pas de la porte. Parce qu'une chose est sûre : il ne m'aurait pas laissée lui échapper. Pas après cet après-midi. Or, je n'ai aucune envie de me battre ce soir.

Cela dit, il semble que l'univers en veuille particulièrement à ma peau puisque à peine suis-je entrée que je tombe sur Fennell qui, de toute évidence, m'attend, assis sur une marche de l'immense escalier.

– Non, l'interromps-je au moment où il bondit sur ses jambes. Je refuse d'entendre des mots que, de toute façon, tu manipuleras pour, en retour, me manipuler moi.

Sa bouche se referme aussitôt. Un pli se creuse entre ses sourcils tandis qu'un film réellement soucieux se peint sur ses traits. Et, alors que je pensais avoir expérimenté la douleur et la souffrance sous toutes leurs formes, le destin s'occupe de me rappeler à l'ordre.

– Lucy, c'est ta mère. Elle… Elle a eu un accident.

43

Lucy

Dans la voiture, j'ai la sensation qu'un abîme se creuse dans ma poitrine à mesure que nous progressons vers l'hôpital. Toutes les sensations et émotions ressenties dans la chambre de Fennell, puis avec Laura, n'existent plus, remplacées par un trou sombre. Je peux faire face à énormément d'épreuves, les dernières années en sont la preuve, mais ça… impossible. Pas maintenant.

Pas elle. Pas maman.

Pas la seule personne assez forte pour réussir à ne pas avoir le cœur maculé par toute la merde qui l'entoure. Du moins, jusqu'à ce matin…

À cette seule pensée, le trou se mue en un vortex monstrueux cherchant à m'avaler pour me déchiqueter. Je ne peux pas…

Non…

Je ne peux pas la perdre après ce que je lui ai dit.

Mes dernières paroles ne peuvent pas être…

Sur mon siège, je me recroqueville, plaque un bras protecteur sur mon abdomen afin de parer à la douleur sourde qui me scie de l'intérieur.

Après avoir récupéré mon téléphone laissé dans la bibliothèque, j'ai immédiatement appelé ma sœur qui m'a alors expliqué que la voiture de notre mère a descendu un ravin pour aller s'encastrer dans un arbre.

Des automobilistes ayant assisté à l'accident ont tout de suite contacté les secours qui ont ensuite transporté son corps inconscient au centre d'urgences le plus proche, mais depuis nous n'avons plus aucune nouvelle.

En réponse à ma réaction, la paume de Fen' se glisse sur mon ventre alors qu'il conduit, sans dire un mot. De profil, son attention rivée à la route, lui aussi semble plongé dans le même trou noir. Nos émotions, quand elles ne cherchent pas à se combattre, empruntent le même chemin et s'unissent.

À peine sommes-nous arrivés au Hope Hospital que je m'extirpe de l'habitacle et me rue à l'intérieur. Suivant les indications de Line, je grimpe un premier étage, emprunte un couloir, puis la retrouve enfin faisant les cent pas près d'une double porte battante.

– Oh, putain ! s'exclame-t-elle lorsqu'elle m'aperçoit.

Aussitôt, nous plongeons dans les bras l'une de l'autre et, pour la première fois de toute ma vie, je la vois pleurer. Toujours en me gardant contre elle, elle m'explique entre deux sanglots.

– Elle est au bloc. Ils… Ils sont en train de l'opérer. Je… Je n'ai pas bien compris, mais… mais ils ont parlé de poumon peut-être perforé.

Mes paupières se ferment sous le choc. D'instinct, je serre ma sœur encore plus fort contre moi. Pas elle…

Je vous en supplie. Pas. Elle.

– Elle est entre de bonnes mains, tenté-je de nous rassurer. Les secours l'ont prise en charge tout de suite… Je suis sûre que ça va aller.

Avec l'énergie du désespoir, je me raccroche à mes mots comme au corps de Line.

– Papa ? m'enquiers-je.

– Il était en train de se rendre à Austin pour une

réunion. Je l'ai prévenu, mais le temps qu'il revienne, il ne devrait plus tarder maintenant, dit-elle sans me lâcher.

– Viens, asseyons-nous.

Mon bras sur ses épaules, je nous entraîne sur des chaises dispersées le long du couloir. Ce n'est que lorsque je m'installe que je réalise que Fennell se tenait derrière moi, un peu en retrait. Nos regards se trouvent, se retiennent. Ou plutôt, je me retiens au sien, à lui. À cette chaleur que ses prunelles ont retrouvée en me couvant, très loin de ce regard glaçant qu'il m'a lancé quelques heures auparavant.

La tête de Line échoue sur mon épaule, ma tempe contre son cuir chevelu. Nos mains se nouent sur mes jambes.

– Luc', chuchote-t-elle. J'ai mes limites. Je peux être forte pour tout, mais…

– Chut, l'interromps-je. Tout va bien se passer, je te le promets. On s'en sort toujours, non ? Ce n'est pas ce que tu m'as appris ?

– Je n'en…

– Tout va bien se passer, la coupé-je encore, répétant ces paroles comme un mantra. Tout va bien se passer.

Sauf que plus j'insiste, plus les mots adressés à Laura plus tôt se superposent à ceux que je prononce.

Je ne peux pas.

C'est trop.

S'il lui arrive…

Pas elle, putain !

S'ensuit l'heure la plus longue de toute ma vie. Dans ces moments-là, je peux comprendre comment un individu peut en venir aux pires choses juste pour combler un vide. L'attente, le silence peuvent s'avérer être parfois des ennemis à combattre plus redoutables qu'une vive douleur.

Fennell demeure adossé contre le mur, son attention opérant des allers-retours entre les infirmières qui déambulent dans le couloir puis moi. De temps en temps, il en stoppe une pour obtenir un peu plus d'informations, mais évidemment, elles tiennent toutes le même discours : nous devons attendre le chirurgien et garder espoir. L'espoir… Ce sentiment fatalement accompagné de son pendant : le désespoir.

Soudain, une voix me tire du brouillard dans lequel je me noyais.

– Mes filles !

Dans son costume hors de prix, Calum se précipite sur nous, puis s'accroupit pour se placer à notre hauteur. Pendant que Line lui fait un rapport détaillé, je me surprends à grimacer devant les traits tirés de mon père. Parce que, oui, il a l'air abattu. Vraiment inquiet du sort de cette femme qu'il a totalement délaissée à part lorsqu'il s'agissait de la promener à son bras comme un trophée.

– Ma luciole ? Ça va ? Tu n'as rien dit, s'inquiète-t-il.

Je hoche la tête, forçant un sourire sur mes lèvres. Et, au moment où sa main va pour caresser ma joue, je me lève. Le contourne pour rejoindre Fennell. Une épaule contre le mur, je me contente de lever mon regard sur le sien qui ne me lâche pas. Avant qu'il finisse par expulser un soupir d'un air soudain dévasté et qu'il ouvre subitement ses bras pour les refermer sur moi. Mon nez s'enfouit dans son cou. Ses lèvres se posent sur le sommet de mon crâne.

C'est là que les larmes que je contenais par je ne sais quel miracle commencent à affluer. Comme si elles se sentaient enfin libres de se révéler maintenant que je suis à l'abri. Contradictoire quand on sait que Fen' me blesse comme personne d'autre n'en est capable. Dans mon dos, j'entends mon père s'agiter, réclamer – non, exiger – des nouvelles de son épouse. Néanmoins, il n'a guère plus de succès que nous. L'argent et le pouvoir ont, eux aussi, leurs limites, il faut croire. Je redresse mon visage vers celui de Fennell, mon menton calé contre son torse. Son attention entièrement polarisée sur moi, il ne prononce pas un mot. Ne laisse rien transparaître. Ou presque rien. Parce que la dureté de son regard, elle, je la perçois. Cet accident le remue méchamment aussi, le replonge dans ses propres souvenirs éprouvants. Après tout, lui sait ce que veut dire attendre le pire. Lui sait ce que veut dire perdre un de ses parents…

D'une main, l'autre dans le creux de mes reins pour m'étreindre, il replace quelques mèches de mes cheveux, effleure ma pommette, suit le fil de ma mâchoire puis dessine le contour de mes lèvres. Quant à moi, je me perds dans ses yeux. Parce que notre souffrance se fait écho sans, cette fois, s'affronter. Et que, quelque part, au fond, très au fond, j'y trouve un certain réconfort.

Quand, enfin, un médecin nous appelle, mon cœur effectue un bond si violent que j'ai la sensation qu'il va transpercer ma chair. Une mâchoire d'acier semble s'amuser à me bouffer les entrailles pendant que je délaisse Fennell pour rejoindre Line et Calum.

– Mme Langford est sortie d'affaire à présent, énonce le chirurgien sans aucun préambule, d'un timbre si clair qu'il en est impersonnel et froid. Lors de l'accident, l'une de ses côtes a perforé son poumon droit, d'où un pronostic vital engagé et la nécessité d'opérer d'urgence…

Pronostic vital engagé.

À partir de là, je n'écoute plus rien, ou je n'entends plus rien plutôt. Mon cerveau bloque sur ces trois petits mots qui soulèvent un vent de panique sous ma peau. Ma cage thoracique s'emballe, le sang dévalant mes veines avec une telle force qu'un vertige tourbillonne entre mes tempes. Mes muscles sont alors pris de spasmes et se mettent à trembler. Or, si mon père et ma sœur ne remarquent rien, trop focalisés sur ce qu'énonce l'homme en face d'eux, ce n'est pas le cas de Fennell. Ce dernier, d'une main sur ma nuque, me fait pivoter puis m'attire contre lui. Avant de chuchoter à mon oreille :

– Laura va bien. L'opération a été un succès, ma poupée. Elle a aussi une lésion de la moelle épinière qui…

Durant quelques secondes, il s'interrompt, écoutant attentivement les paroles du médecin.

– … qui provoque un dysfonctionnement au niveau de ses jambes. Pour le moment, il est encore trop tôt pour se prononcer sur les répercussions que cela aura sur sa capacité à marcher, mais… elle va s'en sortir. Elle va s'en sortir, Lucy.

Mes doigts emmêlés à son tee-shirt, j'acquiesce en silence. À la fois soulagée et mortifiée.

– Pour le moment, elle est sous sédatif et donc dort. Ton père peut la voir, mais toi et Line devrez attendre demain, poursuit-il tout bas.

Une nouvelle fois, j'acquiesce quand je n'ai qu'une envie : hurler qu'on me laisse prendre ma mère dans mes bras. Ou hurler. Juste hurler et extirper ce truc qui me crève de l'intérieur. Les voix derrière moi se dissipent. Avant que celle de Calum ne s'impose en même temps que sa main sur mon épaule.

– Je vais passer la nuit avec elle. Vous, rentrez et tentez de vous reposer. Laura va bien à présent et à la moindre information supplémentaire, je vous appelle. Je vous le promets.

Toujours dans le carcan formé par les bras de Fennell, je me retourne face à notre père qui m'offre un sourire usé. Sa paume sur la taille de Line en signe de réconfort, il semble soudain avoir pris dix ans. Ce constat me perturbe. Et me déplaît, dans un sens. Calum a perdu le droit de s'inquiéter pour ma mère le jour où il a décidé de se détourner de ce qu'elle ressentait. Mue par je ne sais quel réflexe visant à éloigner ma sœur de lui, j'attrape la main de cette dernière, l'incitant à se rapprocher.

– Viens avec nous, lui dis-je. Tu dors à la maison, ce soir, OK ?

– Oui, je… je n'ai aucune envie d'être seule, de toute façon.

Elle risque tout de même un coup d'œil vers Fen', craignant peut-être que celui-ci refuse.

– Tu as besoin qu'on passe te récupérer quelques affaires ? demande-t-il.

– Non, je piquerai des vêtements à Luc', répond-elle simplement.

Nous embrassons ensuite Calum bien que… bien que la totalité de mes cellules tentent de m'obliger à fuir. Puis nous repartons en direction de la sortie.

J'y suis. Au fameux seuil de douleur.

J'y suis.

Parce que je ne peux m'enlever de la tête que cet accident est entièrement ma faute.

44

Lucy

Étendue sur mon lit à côté de Line qui a enfin réussi à s'endormir, je m'abîme dans la contemplation du plafond. Sauf que, sur ce fichu plafond, se déploient toutes mes pensées dans un chaos le plus total. Les paroles échangées avec maman poursuivent leur boulot de destruction entre les parois de mon crâne.

Quand je pense qu'elle a été à deux doigts de mourir ! De mourir avec cette image si… immonde de sa propre fille.

Je me tourne vers ma sœur couchée en chien de fusil. Je ne lui ai rien dit sur notre dispute. Pas encore. Demain matin, je lui raconterai tout, mais s'il y a bien une personne qui a le droit à un peu de répit, c'est bien elle. De l'index, je dégage son visage des quelques mèches qui le recouvrent. Je ne compte plus le nombre de fois où j'ai puisé dans sa folie douce la force d'avancer. En détaillant les taches de rousseur qui constellent son nez, je fronce le mien et réalise combien nous nous ressemblons. Combien la surface est calquée sur notre mère quand l'intérieur se calquait progressivement sur Calum.

Réprimant le frisson qui gèle ma colonne vertébrale, je dépose un léger baiser sur la tempe de Line puis me lève. Quelques pas plus tard, je pénètre dans celle, voisine, dont la porte n'est jamais close. La nuit est plus qu'avancée, ne lui restant plus que quelques heures avant de se faire chasser par le soleil estival, mais *lui* non plus ne dort pas. Appuyé contre une pile de coussins, un livre à la main, Fennell délaisse aussitôt sa lecture pour arrimer son regard au mien. Regard qui cascade par réflexe le long de mon corps couvert par une nuisette avant de réintégrer son point de départ. Il ne prononce pas un seul son.

Fennell a toujours su user des mots. En jouer, les détourner, en abuser aussi… Mais, étrangement, c'est par ses silences qu'il m'a toujours le plus ébranlée. Et là, je craque. Chute de cette putain de falaise sans aucune intention de me retenir. Oh, non, je veux juste tomber, que la douleur disparaisse.

Aussi, c'est donc en silence que je le rejoins puis grimpe à califourchon sur lui. Ses paupières se plissent, son regard s'arrondit de surprise tout en s'incisant davantage. Durant de longues secondes, je me contente de l'observer, de sombrer au cœur de ses yeux couleur whisky. Jusqu'à m'y noyer complètement. Toujours sans émettre un seul son, lui aussi me fixe intensément. Avant de réagir lorsque mes doigts s'enroulent dans la couture de ma nuisette pour m'en débarrasser. Aussitôt, ses mains kidnappent les miennes pour rabattre le tissu sur mon corps.

– Tu fous quoi, là ?

– Je t'offre enfin ta victoire, réponds-je alors.

– Arrête ça, murmure-t-il d'une voix étrangement douce.

Mais ce n'est pas sa douceur que je veux à cet instant.

– Pourquoi ? C'est la suite logique après tout, non ? Tu es revenu dans ma vie, m'a repris mon cœur pour mieux le briser derrière. Tu m'as isolée de ma famille. Mon père, maintenant ma mère… Et tout ça pendant que je continuais pourtant à me battre pour… pour toi. Mais, aujourd'hui, j'ai failli perdre l'un d'eux, la meilleure part de ma famille. Ce jeu entre nous ne doit concerner que nous. Que Laura fasse partie des dommages collatéraux est plus que je ne peux supporter. Alors… stop. J'arrête les frais. Prends ta victoire, Fennell. C'est la dernière chose que j'ai à t'offrir.

Une rage violente semble éclater à la surface de son visage. Pourtant, c'est avec tendresse qu'il enroule son bras autour de ma taille pendant que son buste se redresse jusqu'à ce que nos lèvres s'effleurent. Le moindre de ses membres tremble tant il se retient. Et, malgré son regard qui se brise dans le mien, il dit d'un ton calme :

– Je ne te prendrai rien, Lucy. Pas ce soir. Ce n'est pas ce que tu veux. Crois-moi, la douleur parle à ta place.

Si j'étais encore en mesure de raisonner, je prendrais une minute pour analyser ses paroles. Car elles ne sont que la vérité. Oui, j'ai mal. Terriblement mal. Et Fennell est le seul capable d'accueillir cette douleur pour m'en soulager.

– Tu as raison, l'interromps-je. Celui que je suis venue chercher, que mon instinct m'a poussée à venir chercher, c'est mon meilleur ami. Mais…

Soudain, ma paume fuse sur son torse pour le repousser. En vain.

– Tu n'es plus cet homme-là, Fennell, gémis-je, la gorge nouée. Tu… Tu me l'as volé. Ta soif de vengeance l'a dévoré.

Tandis que je fourre un deuxième coup qui cueille son abdomen, des larmes franchissent la barrière de mes cils pour dévaler mes joues.

– C'est de lui dont j'ai besoin ce soir ! me mets-je presque à crier. Mais tu me l'as aussi pris ! Et, bordel, il me manque ! Tu… Tu me manques tellement, Fennell !

Un troisième coup atterrit près de son sternum, un quatrième qui se transforme en une pluie. Des sanglots percent alors ma trachée, me broient de l'intérieur. Néanmoins, Fennell ne bouge pas. Me laisse abattre ma souffrance sur lui sans tenter de m'en empêcher. Ma vue se brouille, je ne vois plus rien si ce n'est les lignes d'encre sur son torse, me représentant, moi, sur sa peau. Je ne ressens plus rien si ce n'est une insupportable douleur et… son bras qui me retient près de lui.

– Rends-le-moi, Fen'… Je… Je t'en prie, rends-le-moi. J'ai trop mal, trop de… d'émotions me… m'étouffent.

Ses mains se referment alors sur mes poignets, entravant mes mouvements, puis me retiennent captive jusqu'à ce que, épuisée, je m'amollisse enfin.

– Tu as raison, mon cœur. Cet homme-là n'existe plus.

Las, il pose son front contre le mien. Et ajoute :

– Parce que je ne veux plus me contenter d'être ton meilleur ami. Mais…

Avec douceur, il me bascule sur le matelas et s'allonge au-dessus de moi, ses coudes ancrés dans le matelas. Le souffle court, je ferme les paupières puis les rouvre. Pour tomber un peu plus. La paire d'yeux qui me fait face semble possédée. Possédée, mais paradoxalement sereine.

Lentement, Fennell essuie mes joues mouillées de son pouce avant de reprendre sa phrase.

– Mais je vais te dire ce qu'il aurait fait, cet homme, si son obsession pour sa meilleure amie ne le bouffait pas autant. Il aurait commencé par sécher ces larmes en réprimant sa colère de les voir souiller ce visage qui ne devrait jamais pleurer. Ensuite, il t'aurait rassurée. Il t'aurait rappelé que Laura serait capable d'envoyer chier le destin lui-même pour ne jamais vous abandonner, ta sœur et toi. On parle d'une femme qui a pris sa voiture en pleine nuit pour t'apporter tes vitamines au petit matin lors de notre tout premier voyage de classe. D'une femme qui, pendant des années, te préparait deux collations pour l'école de peur que mon père ne pense pas à m'en fournir. D'une femme qui n'a jamais participé à ces conneries de mondanités auprès des autres mères de la ville car elle préférait passer les week-ends en compagnie de ses deux filles. D'une femme qui m'a littéralement pourri quand j'ai osé te laisser assister à ton bal de promo avec un autre cavalier que moi. D'une femme qui préfère endurer un mariage qu'elle déteste afin de ne pas trop s'éloigner de l'influence que peut avoir Calum sur vous. Parce qu'il s'agissait de ça, ce matin, Lucy. Laura ne t'en veut pas. Pas à toi. C'est contre elle que sa colère était dirigée…

Mes traits se froissent à cette dernière phrase, me soutirant une dernière larme. La boule dans ma gorge s'aiguise en lame de rasoir.

– Et puis, il aurait continué en t'avouant que, plus jeune, beaucoup plus jeune, il rêvait que Laura lâche Calum pour se marier avec son père. C'était parfait. Il aurait eu une seconde maman douce et aimante, mais surtout, il t'aurait eue, toi. Mais bon, après, il a grandi et réalisé que cela impliquait que tu deviennes sa sœur. Du coup, ce fantasme lui est vite passé. Avant que ce même fantasme ne le reprenne plus tard. Imagine, lui et toi sous le même toit, l'interdit flottant au-dessus de leurs têtes… Cela ne lui aurait pas déplu. Bien au contraire.

Je ne peux m'empêcher de lâcher un rire à la fois soulagé et amer.

– Ouais, il t'aurait avoué ce secret juste pour ça, renchérit-il, son index dessinant le contour de mes lèvres qui forment un sourire.

Néanmoins, ce dernier s'évanouit aussi vite qu'il est apparu, ombrageant davantage les traits de Fennell.

– Après… poursuit-il, j'imagine que tout aurait vrillé,

comme souvent lorsque tu es trop près de lui. Je… Je pense que… Non, je suis certain en fait, qu'il… que j'aurais tenté de te prendre cette douleur que je ne connais que trop bien. Et je t'aurais cédé. Parce que je ne fais que ça, ma poupée. Céder. Encore et encore quand je suis devant toi. Alors…

Sans détourner son regard arrimé avec force au mien, il glisse une main sur mon cou, recouvre totalement ma gorge avant de la couler plus bas. Entre mes seins. Sur mon ventre. Mon aine. De l'index, il crochète la dentelle de mon string pour lentement me le retirer sans que j'esquisse un geste pour l'en empêcher. Et, enfin, entre mes cuisses qu'il écarte. Mon cœur effectue une violente embardée lorsqu'il m'abandonne quelques secondes le temps de fouiller dans le tiroir de sa table de chevet. Et que je comprends ce qu'il s'apprête à faire – à m'offrir plutôt – tandis qu'il baisse son boxer sous ses fesses puis habille son sexe de latex.

Une fois sa place entre mes jambes retrouvée, Fennell, une paume enroulée autour de son membre, le guide à l'entrée de mes chairs pour s'y figer.

– Je t'aurais expliqué que je ne veux pas de victoire si tu ne te bats pas. Que, ouais, j'ai créé un tas de scénarios de ce moment où je te posséderais enfin à nouveau et que, comme toujours avec toi, je n'ai pas pensé une seconde que cela se déroulerait ainsi. Mais je m'en fous. Les combats, c'est usant. Si usant. Et puis…

D'une lente et puissante poussée, il s'enfonce au creux de mon ventre, en grondant en même temps :

– … parce que l'amour, comme chaque émotion que tu m'inspires, je pourrais les réinventer sur et sous ta peau à l'infini, Lucy.

45

Fennell

Cet instant, il m'a littéralement pourri le crâne pendant huit ans. Si, au début, je rêvais uniquement de m'emparer à nouveau d'elle pour la ramener à moi, ces dernières semaines, mes fantasmes ont pris une teinte plus sombre, plus dévorante encore, mais là, c'est… différent de tout ce que j'avais imaginé. Au-delà de tout ce que j'avais imaginé. Parce que je pensais mon amour pour elle trop perverti. Trop obscur pour à nouveau le ressentir tel qu'il était avant : intense, pur en dépit de ce désir si violent.

Depuis le début, résister à mon envie – non, mon besoin – de la posséder devenait de plus en plus compliqué. Pour ne pas dire quasi impossible. Ce que j'imposais à mes instincts pour ne pas fondre en elle était aussi douloureux qu'insupportable. Avant de devenir insurmontable devant sa souffrance. En réalité, sa peine, sa colère, je pensais les gérer car j'étais celui qui les provoquait, car elles se mélangeaient parfaitement aux miennes. Je me plantais. Royalement même. Je me sens si impuissant que j'en frise la folie. Impuissant de ne pouvoir les lui arracher du cœur pour les détruire.

Et puis est arrivée cette autre chose qui enfle, qui commence à gratter sous ma peau, dans l'attente d'enfin réussir à me lacérer de toutes parts : le doute. Ce putain de doute. Au départ, tout était limpide : Lucy m'appartenait et tant pis si elle m'appartenait dans la souffrance et l'expiation. Ensuite, plus sa chaleur s'enroulait à mes cellules, plus je me sentais m'effriter, plus ma rancœur se désintégrait. Pour en arriver à ce moment, celui où rien d'autre n'existe. Rien si ce n'est elle et cette lueur obscure dans son regard que je crève d'étouffer.

Le pire, dans tout ça, c'est que j'ai conscience que nous en sommes là par ma faute, et pourtant, je sais être l'unique à pouvoir l'apaiser. Au moins pour ce minuscule instant.

Non, rien d'autre n'existe. Elle seule s'élève dans cette pénombre qui nous enveloppe. Et, à cette seconde précise, je ferai tout… tout pour que Lucy ne soit pas avalée dans les ombres. Même pas les miennes.

Oui, je ferai tout. Quitte à déposer la victoire à ses pieds.

Enfoui au creux de son ventre, je demeure immobile. Avec la peur de me désintégrer pour de bon si j'en prends plus. La peur de…

Putain.

Soudain, je me retire de ses chairs, m'apprête à m'éloigner, mais en suis empêché par ses jambes qui se croisent sur ma taille pour me ramener contre elle. Avec douceur, Lucy déploie une main tremblante sur ma joue, glisse ses doigts dans la repousse de ma barbe puis murmure :

– Je t'en prie, Fennell. Déteste-moi.

Non… Plus rien n'existe à part elle.

– Impossible, ma poupée. Ça aussi, ce n'était qu'un putain de mensonge. Je n'ai jamais réussi à te détester.

Un vent semble s'engouffrer sous sa cage thoracique quand elle me supplie :

– Alors aime-moi.

Cette fois, je vire vraiment taré. Vrille totalement. Ses dernières paroles font office de déclencheur. Ses paroles qui expriment… tout, juste tout. Ces sentiments parfois doux, parfois extrêmes qui nous enferment en leur poing. Qui nous poussent à nous retrouver quitte à nous entrechoquer violemment. Notre vérité. La véritable couleur de notre lien. Ce lien si beau. Si brutal.

Si dangereux parfois.

Un grondement s'extirpe de ma gorge au moment où je fais fusionner nos bouches. Où je la recouvre totalement. Je ne parviens même plus à prendre quelques secondes pour juste l'admirer. Non. La regarder. La chercher. La scruter. Je l'ai trop fait. À présent, je veux juste… la ressentir de tout mon être.

Alors, après lui avoir retiré sa nuisette, je me gave d'elle. La lèche. Goûte le moindre centimètre carré de sa chair. Fais courir ma langue le long de sa jugulaire. Embrasse ses seins tantôt avec langueur, tantôt avec une ardeur frôlant la démence. Me gorge de son odeur quand je la respire, mon visage enfoui entre ses cuisses. Mes mains ne tentent même pas de l'empêcher de gigoter sous mes assauts. Au contraire, je veux la sentir brûler comme moi je brûle.

Jusqu'au point de non-retour.

Puis, à nouveau, je m'empare d'elle. De ma poupée. Littéralement. En une puissante poussée, je la pénètre jusqu'à la garde.

M'immobilise, le souffle coupé, chacun de mes muscles prêt à imploser. Ces sentiments qui nous ont toujours unis, peu importe qu'ils se soient obscurcis avec le temps. À cet instant, ils reprennent vie. Prennent naissance dans l'un pour s'enraciner à l'autre. À l'image de cette plainte de plaisir pur que j'arrache à Lucy au moment où je me retire pour mieux l'envahir à nouveau. Arc-boutée, elle passe un bras sur ma nuque, change ainsi l'angle de pénétration de façon que…

Putain.

De façon que je ne puisse plus rien ignorer. De ressentir la plus infime de ces sensations qui me perforent tandis que je glisse entre ses chairs. De l'entendre me réclamer avec ses « encore » ou son bassin qui ondule de plus en plus vite. De la posséder, mais surtout… de prendre conscience combien elle veut que je la possède. Ce constat provoque une déferlante à la fois éclatante et agressive dans mes cellules. Mes nerfs.

Et c'est tout ce que je deviens : un amas de nerfs. De pulsions. D'instincts.

Mes paumes fermement arrimées à ses hanches, j'accélère mes coups de boutoir. La pilonne avec autant de rage que de perdition. Parce que, oui, je me perds, mais en elle cette fois. Et, bordel, Lucy avait raison. Me perdre en elle équivaut à nous retrouver. Me retrouver.

Tout à coup, sa tête se rejette en arrière, me révélant un sourire. Un putain de sourire qui renverse ce qui bat sous mes côtes avec bien plus d'intensité et de dévotion que la posséder ne déclenche sous ma peau. Aussi, je chuchote à son oreille :

– Je t'aime, ma poupée.

Son sourire s'élargit. S'intensifie. Libéré et libérateur. Alors j'intensifie également mes va-et-vient. Traduis la puissance de mes paroles par mon acharnement à la posséder.

– Je t'aime, gémis-je presque, étouffant la fin de ma phrase contre sa chair.

Chair que je mords. Lèche. Embrasse. Aspire. Marque. Encore.

– Je t'aime tellement, Lucy, répété-je.

Et répète inlassablement pendant que je la pénètre. Plus fort. Plus violemment.

Plus désespérément.

Son sexe se resserre tout à coup, m'étrangle si brutalement que son orgasme vibre jusque dans mon bassin. Ses ongles s'incrustent dans mon dos avant de griffer ma colonne vertébrale en remontant sur ma nuque.

– Moi aussi… lâche-t-elle dans un cri étouffé.

Mes lèvres contre son cou, je jouis à mon tour. La rejoins. Me déverse dans l'espoir d'enfouir en elle la panique que je sens affluer au loin. Ma colère.

– Moi aussi, ajoute-t-elle. Corps et âme.

46

Lucy

Cinq jours. Cinq jours à garder nos inquiétudes pour nous. Cinq jours que Line et moi ne pouvons rendre visite à maman qu'au compte-gouttes. Cinq jours à museler mon envie de lui hurler combien je suis désolée, combien je m'en veux…

Cinq jours à évoluer dans une bulle que, d'un côté, je crève d'envie de percer et, de l'autre, je suis effrayée de percer. Depuis ce soir-là avec Fennell, ce dernier m'évite le jour pour m'accueillir dans ses bras la nuit venue. Je m'endors dans son étreinte, me réveille dans son absence. Et ce moment de paix – aussi étrange soit-il – entre nous m'apaise. J'ai conscience qu'il nous reste un chemin immense à parcourir, mais je n'en ai plus peur, de ce chemin. Rien que son attitude, cette volonté de me soutenir tout en ne cherchant plus à m'étouffer de sa présence est une preuve d'espoir.

Néanmoins, pour l'instant, que maman se rétablisse reste ma priorité. Nous n'en savons pas plus concernant la lésion de sa moelle épinière. Laura doit encore rester quelque temps à l'hôpital et récupérer de son opération avant de subir des examens plus poussés.

– Line, râle-t-elle, tu es obligée de braquer ton téléphone sur nous ? Ce n'est pas vraiment le meilleur endroit pour un selfie souvenir.

– Tu plaisantes ? Pour une fois que notre mère est moins belle que nous, j'en profite !

Sous mon rire timide, ma sœur – assise sur une chaise près du lit où est étendue maman – braque l'objectif sur nous. Laura pousse un faible soupir avant de toutefois prendre la pose. Installée également sur un tabouret de l'autre côté, je me penche et appuie ma tête sur son épaule le temps de la photo. Malgré l'endroit et cette odeur aseptisée flottant dans l'air, son parfum ainsi que son contact suffisent à momentanément éloigner la peine tout en logeant un nœud d'émotions dans ma gorge. Je ne le réalise que maintenant, mais sa présence m'a réellement manqué ces dernières semaines. Entre Calum et Fennell, j'en ai oublié que quitter la maison impliquait aussi en quelque sorte de la quitter, elle.

– Vous n'avez aucune pitié, se plaint-elle sans cependant retenir un grand sourire. De véritables Langford.

J'ignore si elle se rend compte du coup porté par ses paroles. En revanche, Line et moi le recevons de plein fouet, ce coup. Nos regards s'entrechoquent aussitôt alors que nous réintégrons nos places initiales. L'expression de ma sœur se brise avant de se recomposer presque immédiatement.

Depuis que je lui ai révélé notre dispute – et une fois passé la crise qu'elle m'a piquée de ne pas lui en avoir parlé tout de suite –, je la sens à la fois plus fragile et encore plus déterminée. Un mélange dangereux quand on connaît les Langford. Mais, comme toujours, ma sœur a été d'un soutien sans faille, me répétant que la faute de tout ceci n'incombe qu'à Calum et à sa soif de pouvoir. Que ce mariage forcé, les mots cruels de maman ne sont que des conséquences des actes de notre père. Je sais qu'elle a raison. En partie. Car une chose est certaine, si je n'avais pas été dans l'équation, nous n'en serions pas là…

– Chut, plaisanté-je afin de donner le change, ne t'en prends pas à tes filles adorées ou tu risques de t'essouffler…

– J'ignore qui s'est chargé de votre éducation, mais il y a clairement eu un raté, raille-t-elle en nouant ses mains aux nôtres pour nous attirer près d'elle.

– Doucement, maman, maugréé-je quand je manque de toucher sa blessure. Je vais te faire mal. Encore.

Mon dernier mot nous fige toutes comme une seule âme. Avant que Laura n'intime d'un timbre plus grave :

– Lucy, regarde-moi. Maintenant.

Je me redresse sur mon siège, m'exécute. Un réflexe me pousse à me recroqueviller et contracter mon ventre. Durant une fraction de seconde, mon esprit s'envole vers Fennell, vers ses bras qui me retiennent contre lui la nuit. Je ne suis pas certaine de supporter plus de déception dans les yeux de ma mère.

– Je te présente mes excuses, mon bébé, déclare-t-elle soudain.

Surprise, j'ouvre la bouche sans réussir à prononcer autre chose que :

– Euh… hein ?

– Tu as raison. Je m'en suis prise à la mauvaise personne. C'est à ton père que j'en voulais et surtout… surtout à moi. Je crois que… je n'ai pas supporté de me rendre compte à quel point j'ai été aveugle. Oh, je n'ai jamais été vraiment dupe concernant votre père, mais je ne pensais pas qu'il impliquerait à ce point ses propres enfants dans ses manigances.

Tout à coup, les chaînes qui semblaient emprisonner les réactions de Laura se brisent. Et me brisent car j'aurais préféré ne pas voir la peine et le désespoir déchirer son visage.

– La vérité, dit-elle, un sanglot coincé dans sa gorge déformant son timbre, c'est que… j'ai échoué. Je n'ai pas su vous protéger, ta sœur et toi. J'ai échoué dans mon rôle de mère. Si tu savais comme je m'en veux !

Mon instinct me pousse à chercher l'attention de Line qui me dévisage d'un air abattu et peiné.

– Maman, intervient-elle alors. Toi, regarde-nous. Parce que si l'on tient, c'est grâce à toi. Et personne d'autre.

– Oui, approuvé-je. Grâce à cette lumière que tu as toujours projetée sur nous, à cet amour avec lequel tu nous as toujours enveloppées. Le bon en nous, qui nous empêche de finir comme notre père, c'est toi, maman.

Une larme roule sur sa joue tandis qu'elle ouvre difficilement ses bras en murmurant « Mes bébés ». Aussitôt, je m'y réfugie comme je l'ai déjà fait un millier de fois. Toutes ces fois où les miennes, de chaînes, étaient trop lourdes à porter.

– Quand je pense que tu as enduré ça seule, chuchote-t-elle en caressant mes cheveux.

– Pas seule, j'avais Line.

Ma sœur, immobile jusqu'alors, se glisse sur le matelas, s'allonge avec précaution contre le flanc de Laura, ses yeux noisette accrochés aux miens.

– Au moins une chose que votre père ne pourra vous enlever…

Line et moi continuons de nous fixer en silence. Maman a raison, Calum ne nous enlèvera jamais ce lien qui nous unit et qu'il contribue, sans le savoir, à renforcer. De longues minutes s'écoulent durant lesquelles aucune de nous ne bouge. Chacune se contentant de puiser dans cette étreinte un peu de force pour poursuivre.

– Lucy, s'élève ensuite la voix de Laura, tu dois annuler ce mariage.

Ces mots épaississent l'air autour de nous, alourdissant davantage l'atmosphère.

– Non, je ne veux pas, la coupé-je en me redressant. Et si je refuse, ce n'est pas par obligation. Fennell est… blessé. Il n'est pas Calum, ou même moi. C'est un écorché et… il essaie juste de se débattre avec ses émotions. Je sais que vous ne comprenez pas, mais tous ses actes ne sont…

– … qu'une preuve d'amour, conclut maman à ma place.

J'acquiesce en silence, mes lèvres esquissant un sourire. Sourire qui s'évanouit dès qu'elle me contre :

– Ton père aussi vous aime, Lucy. Je n'en ai jamais douté, mais cela ne l'empêche pas de vous utiliser. Parfois l'amour est… toxique. Juste toxique.

J'ai la sensation d'imploser violemment à ses paroles. Que la bulle éclate enfin, soufflant tout sur son passage pour ne laisser plus que… qu'une monstrueuse réalité.

Non, je refuse. Cette réalité-là n'est pas la mienne. Tout ce que j'ai affronté jusqu'ici n'aura pas été vain. Et ça, je m'en fais la promesse. À moi, à mon cœur blessé, à mon âme.

– Maman, laisse, l'interrompt cette fois Line. J'ai déjà essayé, cela ne sert à rien. Je crois que nous devons lui faire confiance en ce qui concerne Fennell. Il s'agit de son cœur après tout, pas du nôtre.

Je lui offre un sourire empli de reconnaissance. Avant de diriger de nouveau mon attention sur notre mère qui a l'air d'hésiter entre laisser tomber ou s'imposer. Ou juste pleurer…

– Maman, je sais que cela va être compliqué, mais crois-tu que, quand tu rentreras à la maison, tu pourras agir comme avant avec papa ? Juste le temps pour nous de… Quoi ? m'inquiété-je devant sa soudaine grimace.

– Impossible, dit-elle dans un souffle. Après notre

dispute, je me suis immédiatement rendue à son bureau et cela n'a pas servi à grand-chose, mais disons que j'ai hurlé pendant qu'il est resté de marbre. Les seules paroles qui l'ont un tant soit peu fait réagir, c'est lorsque je l'ai menacé de divorce en lui assurant que je ne lui laisserai plus jamais l'occasion d'utiliser l'une de mes filles.

– Merde, grommelle ma sœur. Cela dit, pas étonnant qu'il ait réagi. Il ne supporte pas que quelque chose lui échappe. Quoique, il était vraiment inquiet le jour de ton accident, tu sais.

– Ce n'est pas de l'inquiétude, ma fille. Uniquement un peu de culpabilité à cause de mon accident.

– Comment ça ?

– Mon accident est survenu juste après ma visite, avant qu'il ne parte pour Austin. C'est... J'ai été imprudente de prendre le volant dans cet état. Votre père et moi venions de nous disputer assez durement.

Sa voix se meurt avant qu'elle ne secoue la tête comme pour chasser des souvenirs trop sombres.

– J'étais en pleurs en conduisant, reprend-elle, passant sous silence ses derniers mots. Je ne voyais presque rien et je me suis baissée pour attraper mon téléphone dans mon sac à main. Lorsque j'ai relevé la tête, la voiture quittait déjà la route. C'est... Mon Dieu, c'est tellement ridicule d'avoir failli mourir pour... ça.

La peine qui me dévore soudain est telle que je m'empresse de me blottir avec douceur dans cette étreinte maternelle que j'ai eu si peur de perdre. Si peur d'être condamnée à me contenter d'un souvenir.

Et dont j'ai réellement failli être privée.

Toujours à cause de cette ombre néfaste qui ne cesse de vouloir se déployer sur mon existence.

Oui... Je crois que cette fois, le seuil a été franchi.

Sans plus aucun retour en arrière possible.

Lorsque, deux heures plus tard, Line et moi quittons la chambre de notre mère, nous nous figeons de concert dans le couloir. Ma sœur entremêle ses doigts aux miens, me faisant face avant de déclarer, plus déterminée que jamais :

– Sans regrets.

– Sans regrets, réponds-je sur le même ton.

47

Lucy

Sous la douche, je dérive. Laisse l'eau cascader le long de mon corps dans l'espoir de réchauffer ma peau glacée. Épuisée, je finis par poser le front contre mon avant-bras replié sur le carrelage mural, le jet s'abattant sur mon dos en une rafale de petites piqûres.

Je n'esquisse pas un seul mouvement lorsque j'entends la paroi coulisser derrière moi, ni quand la chaleur de Fennell me drape pour s'approprier chacune de mes cellules. Comme toujours. Comme toujours, sa présence suffit pour que mon cœur crie à un « nous ».

Sans prononcer un seul mot, il glisse une main sur mon cou puis, d'une douce impulsion, m'oblige à me redresser afin de m'appuyer contre son torse encore habillé d'un tee-shirt. Ses doigts se mêlent ensuite aux miens, croisent mes bras contre mon buste, les siens m'enveloppant tandis qu'ils m'entourent également. Durant de longues secondes, il se contente de me retenir, m'enveloppant de son étreinte et, durant de longues secondes, je m'abandonne à lui.

– Ma poupée, chuchote-t-il soudain. Viens avec moi ce soir.

– Fennell, je…

– Sans jeu, insiste-t-il.

Sans me désincarcérer de son emprise, je me retourne

et lève un regard sur le sien si intense, fébrile et profond. Un regard que je ne reconnais pas. Non, ce Fennell-là, je ne l'ai encore jamais vu et ça… me terrorise.

– Sans plus aucun jeu, je te le promets, mon cœur. Toi, moi et nos âmes entrelacées.

Ses dernières paroles ont raison de ma réticence. Car elles sont cette promesse dont j'ai tant besoin. Celle que cette lumière que je perçois dans l'ambre de ses yeux est la preuve que maman a tort.

Un sourire étire mes lèvres tandis que je lui réponds :

– Ne me promets rien, juste… prouve-le-moi.

48

Lucy

Cela fait dix bonnes minutes que nous déambulons près des docks de la ville dans un dédale d'entrepôts et d'immeubles qui ne tiennent plus que par miracle.

Soudain, nous nous stoppons devant un édifice constitué de vieilles briques rouges. Au travers des larges fenêtres déployées sur l'entièreté de la façade se diffusent des rais de lumière de toutes les couleurs. Parfois en continu, parfois en flashs si violents qu'ils en fileraient une crise à un épileptique. Néanmoins, malgré cela, l'endroit paraît désert car pas un bruit ne s'en extirpe.

– Et nous sommes ici parce que…

Un sourire énigmatique aux lèvres, Fen' me demande de patienter, s'éloigne en direction d'une immense porte. Après quelques coups contre le métal, le battant s'ouvre sur un homme à la carrure impressionnante. Une liasse de billets plus tard, nous sommes autorisés à entrer et je crois carrément halluciner. Dans un étrange silence, quasi mystique tant cela semble irréaliste, évoluent une multitude de corps. Chacun d'entre eux avec un casque sur les oreilles. Certains dansent, leurs membres esquissant des mouvements totalement dingues, comme hantés par quelque chose de supérieur à eux ou juste libres. D'autres peignent sur les murs, le sol et même sur les fenêtres. Leurs peaux sont maculées de couleurs flashy, possédées par ce qui pourrait s'apparenter à des marques primitives de combattants sur le sentier de la guerre. Si une légère pénombre recouvre ce rez-de-chaussée hors de notre réalité, des spots éclairent les coups de pinceau ou de peinture rampant, fouettant, ondoyant et éclatant sur les murs. En fait, tout explose autour de nous. Tout explose sans quasi aucun bruit. Même le DJ qui mixe en silence, perché sur une estrade, n'a pas échappé à cette folie, ses vêtements également bombardés de gouache.

Perdue dans ma contemplation, je sursaute lorsqu'un casque, similaire aux autres, atterrit sur ma tête. Aussitôt, une musique électro s'insinue entre les parois de mon crâne pour m'envahir. Dans mon dos, Fennell se moule à mes courbes, une main sur mon ventre. Je ne tarde pas à sentir son souffle sur ma nuque, déclenchant une vague furieuse de frissons le long de ma colonne vertébrale. Ses dents me mordillent puis, d'une pression, il m'incite à avancer. Je le laisse me guider à travers les enveloppes transpirantes et pressées les unes contre les autres. Avant qu'il ne m'entraîne exactement où je le pressentais. Une fois devant un étalage monstre de pinceaux dans un état assez douteux et de pots de peinture en tous genres, je me retourne sur lui.

– Montre-moi, forme-t-il avec ses lèvres.

À présent, je comprends pourquoi il m'a emmenée ici. Hormis la soirée au lac, je n'ai pas dessiné depuis des années. Fennell en a parfaitement conscience, tout comme il a toujours eu parfaitement conscience que laisser dériver mon crayon au gré de mon imagination représentait l'un des seuls moyens pour moi de toucher à la liberté pure. Néanmoins, je ne suis pas sûre d'y parvenir à nouveau…

Alors que mon regard incertain dévie sur toutes ces

créations en cours sur le béton, Fen' libère mon oreille droite puis murmure :

– Ensemble ?

J'hésite. Une seule et unique seconde. Avant de me rappeler ce qui nous a poussés ici : l'espoir et notre volonté d'avancer. Aussi, j'attrape deux pinceaux, lui en tends un, mais sa tête opère un léger aller-retour. D'un mouvement vif, il me retourne, se plaque de nouveau à mon dos et mêle ses doigts aux miens serrés autour du petit manche en bois. Un sourire s'épanouit sur ma bouche. Bien entendu, rien ne peut être simple avec lui. Et tout doit… frôler l'indécence *avec lui.* Surtout quand le bout de ses phalanges se glisse dans les trous de ma robe en crochet pour venir flirter avec la couture du bas de mon dessous. J'imagine que dans un autre contexte, notre position aurait pu attirer des coups d'œil réprobateurs, mais il est clair qu'ici, chacun est trop plongé dans son propre univers pour nous remarquer.

Figée devant l'un des rares morceaux de mur encore nu, tout le matériel désormais à mes pieds, je bloque. J'ignore quoi faire, par où commencer, ni même comment m'y prendre. Enfin, c'était sans compter sur *sa* présence. Sur ce feu exsudant du moindre grain de sa chair pour venir étreindre la mienne, se l'approprier jusqu'à saccager ce qui n'est pas lui et moi. Je me baisse donc, verse un peu de liquide coloré dans un récipient tout cabossé puis réintègre ma position initiale.

D'abord un trait. Incertain. Timide.

Puis un deuxième, légèrement vacillant.

Et un troisième, plus affirmé.

Le cœur battant à tout rompre, je m'arrête un instant quand Fen' emmêle ses doigts dans mes cheveux afin de pencher ma tête sur le côté, libérant ainsi mon cou. Sa langue court jusqu'en dessous de mon oreille, ses ongles griffent la peau de mon abdomen.

Bordel.

Me retrouver coincée entre l'homme qui, dans un sens, m'enchaîne toujours un peu plus à lui et cette toile vierge me donne le tournis. J'ai la sensation d'être en équilibre sur le bord d'une falaise. Déchirée entre le besoin de demeurer sur la terre ferme *avec lui* et le désir de sauter dans le vide. À moins que… l'on puisse enfin sauter ensemble.

Un vertige cherche à m'emporter. Et je crois que… Oui, je le laisse faire. M'emporter. M'enivrer. Dans ce monde, pour une fois dépourvu d'ombres, que Fennell m'offre.

Je reprends mes tracés, la paume de Fennell toujours refermée sur la mienne. À présent déconnectée de ce qui m'entoure et polarisée sur la moindre sensation qui danse sur ma peau à vif. À vif de lui. D'émotions. De cette soif de liberté qui me presse de plus en plus ces derniers temps, réclamant enfin d'être assouvie.

C'est à ce moment précis que je décroche, avec pour seul point d'ancrage Fennell. Jusqu'à ce que lui aussi m'abandonne. Je le sens bien, pourtant, me relâcher, s'en aller, mais je ne tente même pas de le retenir, trop… perdue. Perdue, mais tellement bien. Avec l'impression de plonger, encore et encore. C'est grisant. Effrayant. Exaltant. La plus infime de mes cellules est dopée à l'adrénaline sans même quitter le sol.

Prise de frénésie, je ne m'arrête plus, délaissant les pinceaux pour des instruments bien plus rudimentaires. Primitifs. Mes mains. Ces dernières lissent, dérivent, tapotent, courent, esquissent, remplissent, sinuent…

Lorsque mes sens amorcent une reconnexion avec la réalité, je me rends compte que je suis assise en tailleur sur un grand escabeau, une bombe de peinture orange dans une paume. Cette dernière dégouline encore de gouttelettes colorées. Mes muscles irradient de douleur sous l'effort, chacun de mes membres est ankylosé, mais la paix intérieure qui berce ma poitrine est… Oui, je crois que le mot reste définitivement « libérateur ».

Chancelante, j'essuie mes doigts sur ma robe blanche puis descends les quelques marches. Je ne saurais même pas dire qui m'a apporté ce fichu escabeau. Je recule ensuite de quelques pas et essaie de retrouver mon souffle soudain aux abonnés absents. Loin de moi l'idée de me surestimer, mais ce qui se déploie sous mes yeux est… parfait.

Un cri m'échappe tout à coup quand quelqu'un s'amuse à tapoter sur mon casque. Un homme, pas loin de la cinquantaine je présume, me dévisage – ou m'assassine du regard, je ne saurais définir – à travers une paire d'yeux d'un bleu foncé. Avec sa barbe à la ZZ Top et ses fringues sombres, on dirait qu'un vieux biker a délaissé la poussière du macadam pour venir se pointer juste sous mon nez. Je déglutis, peinant à reprendre pied, puis enlève ce qui couvre mes oreilles.

– Je peux vous aider ? dis-je d'une voix douce, mais ferme.

– Toi, non, mais moi, peut-être.

Son timbre est lourd, posé, légèrement rocailleux avec un accent étranger que je n'identifie pas. Il ne sourit pas, cependant, ses paupières se plissent comme si c'était le cas, déformant au passage la croix tatouée au coin de son œil.

– Ce que tu as peint, précise-t-il, c'est… intéressant…

Il se positionne alors à ma droite, son attention rivée à ma « poupée ». Cette dernière, ses longs cheveux roux volant autour de son visage est… parfaite. Parfaitement maquillée. Parfaitement habillée. Parfaite. Si ce n'est ce qu'elle tient dans une main pendant que l'autre affiche un majeur fièrement dressé. Dans son dos s'essouffle une tornade dans un ciel noir et zébré d'éclairs. À ses pieds s'élèvent des flammes, s'enlaçant à ses chevilles.

– Pourquoi cette barre de métal dans sa main ? s'enquiert l'inconnu.

– C'est le barreau d'une cage.

– Et le serpent qui remonte le long de sa cuisse ?

Pour unique réponse, mes lèvres tissent un sourire limite carnassier.

– Je crois avoir ma petite idée, intervient une troisième voix.

Beaucoup plus chaude. Irrévérencieuse, avec un zeste d'obscène. À l'image du reptile sur ma peinture. D'une main, Fennell capture ma nuque pendant que l'autre s'affaire à remonter son tee-shirt dans le but de dévoiler les tatouages sur son torse. Les yeux perçants du biker – curieusement en osmose avec les lieux – effleurent ses lignes d'encre.

L'homme nous observe un instant. Puis déclare, d'un ton presque moqueur :

– Je comprends les nuances qui tendent vers le trash dans cette représentation…

Fennell me couve d'un regard purement indécent.

– Ne jamais se fier aux apparences, dit-il comme si ce que j'avais créé lui donnait raison. Le trash l'est encore plus quand il couve au sein d'une enveloppe aussi… idyllique.

Un énième frisson s'empare de mes reins cette fois. Ma chair est en feu, la moindre sensation exacerbe mes sens, les éveillant violemment.

– Mon garçon, s'impose le cinquantenaire qui se fout

pas mal de nous interrompre, cela n'a rien à voir avec l'enveloppe, mais avec la façon dont la tienne est agressée. La façon dont elle est transpercée par ce lien qui t'unit à elle.

Interloquée par ses paroles, j'arque un sourcil.

– Et vous ? Vous êtes transpercé ? m'amusé-je.

– Chaque putain de journée qui passe, rétorque-t-il, un rictus de loup incurvant ses commissures. Et toi également, si j'en crois ce qui recouvre ce mur. Ça transpire la passion au point d'en être agressif.

– Je vais prendre ça pour un compliment.

– Ça l'est… En revanche, p'tite meuf, tu n'as aucune technique. J'en pleurerais presque si j'en étais encore capable.

Impossible d'entraver un rire.

– Bah quoi… Beau et trash, ce n'est pas le principe ? me moqué-je.

– C'est surtout dommage…

La seconde suivante, il secoue une carte de visite sous mon nez sur laquelle je lis :

Keino Sainclair
tatoueur borderline et enragé

Tout un poème.

– Si jamais tu veux améliorer ta technique…

Je récupère le papier glacé, mais le coupe dans son élan.

– Je m'en fiche de ma technique, Keino. Si je me retrouve à peindre dans un endroit pareil, ce n'est sûrement pas pour m'astreindre encore à des limites ou des règles préétablies. Laissons la passion à… la passion.

Une nouvelle fois, il ne sourit pas, l'éclat qui embrase ses iris parlant pour lui.

– Je te souhaite de t'en gaver pleinement jusqu'à t'y perdre, dans ce cas…

À sa manière de prononcer chaque syllabe, avec passion, je sais qu'il en pense chaque mot. Mimant ensuite une révérence qui n'a rien de déférent, bien au contraire, il nous abandonne sans un mot de plus. Fennell en profite pour m'attirer dans ses bras, son pouce lissant ma lèvre inférieure.

– Beau et trash, hein ? susurre-t-il. Je dois avouer… j'aime.

– Ça te ressemble, Fen'.

– Ça *nous* ressemble, ma *poupée*.

49

Lucy

L'avantage d'éprouver tous ces sentiments dingues pour son meilleur ami ? Pouvoir enfin délaisser le mode Amants pour se recentrer sur cet autre lien tout aussi important : notre amitié. Celle que nous avons tant délaissée depuis huit ans. Celle qui m'a portée durant des années, m'a offert ce Fennell pétri de vices, certes, mais surtout si écorché de tant d'émotions que je n'ai pu que tomber pour lui. Ce Fennell qui, ce soir, me prouve que nous pouvons être beaux ensemble et forts ensemble. Que nous pouvons être, tout simplement.

La nuit est plus qu'avancée. Enfin, j'imagine… Parce que je refuse tout bonnement de m'intéresser à l'extérieur. J'aime cet endroit. J'aime cette sensation de liberté qui exsude des murs qui, pourtant, nous encerclent. J'aime ce Fennell et cette Lucy. J'aime les voir danser, bondir, sauter, hurler sur une piste se résumant à une immense pataugeoire située à l'étage supérieur. Des gouttes d'eau viennent éclabousser ma robe, diluant les taches de peinture qui se transforment alors en pleurs, ainsi que mes cheveux qui, eux, se collent à mon visage et à ma peau. Quant à Fennell, il est magnifique. D'une beauté animale et brute. Charnelle. Ses boucles forment un bordel sans nom sur le sommet de son crâne et cela fait un bon moment déjà qu'il a retiré son tee-shirt pour l'abandonner Dieu sait où. Des éclats de couleurs se mêlent, sinuent avec les serpents glissant sur son torse ou suivent les déliés secs de ses muscles. Et ses yeux… Ils sont incisifs tout en déployant une aura lascive qui s'enroule autour de mes cellules pour encore et toujours me ramener à lui.

Au bout d'un temps indéfinissable, son bras capture ma taille pour me rabattre contre lui. Le nez enfoui dans mon cou, il inspire profondément. Si profondément que j'ai la sensation que son corps va m'aspirer tout entière. En totale opposition avec le tempo diffusé par nos casques, nous nous balançons doucement, mes mains agrippées à sa nuque et son visage toujours niché entre le mien et mon épaule. Sa prise se raffermit, me presse davantage contre son cœur battant à tout rompre, tellement qu'il résonne jusqu'au creux de ma poitrine. Quelques minutes… Quelques minutes avant que je ne le perde un peu.

Fennell se redresse, sans toutefois me relâcher, renverse ma tête en arrière et m'écrase d'un regard profond. Après avoir abaissé nos casques sur nos nuques, il me tue d'une réplique :

– J'avais oublié à quel point tu es belle lorsque tu souris.

D'instinct, j'opère un mouvement de recul vite entravé par son bras sur mes reins. Quelque chose dans son timbre fait ruer mon instinct. Néanmoins, d'un geste sec, il me ramène contre lui.

– Parfaite, renchérit-il, un sourire presque… soulagé ?

Son visage se ferme soudain, m'empêche de lire à travers son expression. Parce que si les traits de son visage sont de glace, ce n'est pas le cas de ce qui s'acharne sur ses côtes. Figés, l'un contre l'autre, l'un avec l'autre, nous demeurons immobiles au beau milieu d'une masse de corps en mouvement. Au beau milieu d'une pluie provoquée par leurs chorégraphies improbables.

Enfin, Fennell se décide à réagir. Il me relâche, recule, sans prononcer le moindre son. Seulement alors, le bruit environnant me parvient. L'eau malmenée par les danseurs, certains d'entre eux exprimant leur lâcher-prise à travers quelques cris. Les froissements de tissus, de peaux. D'âmes.

Toujours polarisée sur l'homme qui me fait face tout en s'éloignant, je ne tente rien pour le retenir même si je ne parviens pas à définir son état d'esprit à cet instant précis. Ses émotions sont verrouillées sous sa chair et pour une raison que j'ignore, il ne m'en laisse aucun accès. Tout à coup, il se retourne. Se dirige vers l'une des portes extérieures, me plantant en plein désarroi. En plein chaos intérieur.

Mes yeux suivent chacun de ses pas. Lorsqu'il quitte la zone inondée. Poursuit son chemin jusqu'à la sortie. Stoppe pour ensuite faire volte-face, son regard s'ancrant aussitôt au mien. Un sourire étire ses lèvres, se répercute en vagues brûlantes dans mon ventre. Puis, Fennell se retourne à nouveau. S'évanouit dans l'ombre.

Sans tergiverser une minute de plus, j'abandonne mon casque dans un coin et m'élance dans la direction qu'il a empruntée. Me débarrasse rapidement de mes chaussures trop trempées et les jette par terre. Une fois le seuil franchi, je m'immobilise dans une sorte de vestibule qui semble avoir été bombardé tant il est en ruine et le cherche frénétiquement.

C'est alors que je repère l'une de ses jambes gravir une marche en haut d'un escalier en colimaçon. Pieds nus, une main accrochée au rebord en métal qui tremble à peine l'ai-je touché, je le suis. Grimpe à mon tour en priant tous les dieux, le karma ou juste la chance pour que ce fichu escalier tienne au moins le temps que je parvienne au sommet. Et quand finalement j'y arrive, je me statufie.

C'est…

Je n'ai pas de mots. Plus de souffle non plus, d'ailleurs, ce dernier m'ayant déserté afin de rejoindre celui de… tous *ces autres* devant moi. Si le spectacle offert par le rez-de-chaussée m'a subjuguée, celui-ci m'envoûte telle une caresse délicieuse.

Incrustées dans le sol, de petites LED rouges éclairent des dizaines de draps suspendus aux barres de fer qui courent sur le plafond. Quelques ventilateurs soufflent de façon à légèrement les faire virevolter dans les airs. On se croirait dans l'antichambre de l'enfer, mais pas l'enfer dédié aux tortures et aux souffrances. Plutôt l'enfer aux mille et une tentations. Et une chose est certaine, jamais je ne l'avais autant ressentie, autant éprouvée : la tentation. La faim.

Parce que, sous mes yeux, en ombres chinoises à travers le tissu, s'ébattent des couples. Des trouples même par endroits. Dans des ballets si sensuels, si érotiques que mon cœur semble dégringoler pour venir pulser pile entre mes cuisses. Un dos arqué à l'extrême. Des paumes empoignant des hanches. Des gorges offertes. Ou encore des reins pris de mouvements frénétiques. Tout autant d'esquisses osées déployant leurs lignes purement indécentes en clair-obscur.

Hypnotisée, oubliant un instant pourquoi je suis ici, je progresse de quelques mètres. Me fige lorsqu'un bout de coton m'effleurant suffit à enflammer mon épiderme sensible. Puis, je reprends mon chemin et sinue entre les draps. Je crois que le vice vient de revêtir sa plus belle forme : ce point de jonction entre le beau et le trash. Entre agressivité et érotisme. Entre avidité et assouvissement. Et, moi, je m'y perds, à ce point de jonction. À mesure que je marche, les odeurs de peinture mêlées au parfum des corps en fusion m'étourdissent tandis que la musique composée de plaintes lascives de plaisir transcende la moindre de mes sensations.

Et c'est là que je l'aperçois. Alors que je repousse d'une main un morceau de drap, que je frôle tout juste du regard un homme s'enfonçant entre les cuisses de sa partenaire, je suis immédiatement attirée par cette silhouette fantomatique qui se découpe dans le brouillard à la fois ouaté, quasi irréel.

Une main dans une poche, la seconde contre sa cuisse, Fennell se tient debout, sans bouger. Seigneur en ce monde de débauche. Il faut dire que ce rôle lui va si bien… À mon tour, je me stoppe et patiente. Mal, très mal. Une douleur lancinante me bouffe le bide. J'ai besoin de le sentir, de le ressentir. Qu'il me touche. Réaffirme son emprise. Grave à nouveau ses marques. Me libère grâce à sa présence.

Enfin, il se décide à me rejoindre. Sa carrure s'agrandit à mesure qu'il avance, dévore, s'approprie l'espace. Fennell ne s'arrête qu'une fois dans mon dos. Son corps me frôlant tout juste, il prend quelques secondes pour respirer mes cheveux avant, d'un geste assez brusque, d'attraper le bas de ma robe pour m'en débarrasser. L'une de ses paumes s'étale ensuite sur le haut de ma poitrine, s'y fige un court instant puis, presque déférente, souligne l'ovale de mon sein, s'attarde sur mon ventre et termine sa course sous mon shorty. Ses doigts pressent mon intimité, déchaînent le brasier léchant mon abdomen.

– Ma poupée, murmure-t-il à mon oreille.

À l'exact moment où son index me pénètre, ma tête retombe contre son torse. Et à l'exact moment où ma tête retombe contre son torse, sa main libre enserre délicatement ma gorge.

– Dis-moi quel genre de monstre je suis, ajoute-t-il sur le même ton.

– De q…

Le reste de ma phrase se meurt, s'évanouit au milieu d'un gémissement qui part se mélanger à ceux des couples autour de nous. Parce que du pouce, il dessine des petits cercles sur mon clitoris tandis que son majeur s'insinue également entre mes chairs. Mon bras se tend vers l'arrière, s'enroule autour de sa taille pour le fondre contre moi, mais surtout afin de me retenir. Des ondes de plaisir électrisent mes muscles, incendient ma peau et sans réellement m'en rendre compte, je commence à onduler sur ses doigts.

– Quel genre de monstre je suis ? répète-t-il.

Timbre qui m'arrache à cet instant de pure luxure. Je me raidis et vais pour parler, mais il m'en empêche, ses phalanges qui étaient sur mon cou s'introduisant dans ma bouche. La pulpe de ses doigts caresse ma langue. Ceux plus au sud entament des va-et-vient qui pulvérisent tous mes repères. Fennell plaque ensuite son bassin contre mes fesses, accompagnant les mouvements incontrôlables de mes hanches.

Tout à coup, il délaisse mon entrejambe. Me fait pivoter et empoigne mes cuisses pour les croiser autour de lui. Ses lèvres s'abattent sur les miennes en un baiser intense alors qu'il avance jusqu'à ce que mon dos entre en collision avec l'énorme poutre située pile au milieu de la salle. Son visage se fige près du mien, nos souffles s'unissant.

– Tu n'es pas un monstre, Fennell, gémis-je en m'agrippant à ses épaules.

– Tu crois ça ? Ma poupée…

D'une main, il déboutonne son pantalon pour le glisser sous ses fesses avec son boxer. Tandis que je me retiens à son cou, il habille son sexe de latex. Avant d'écarter la dentelle de mon dessous. D'une puissante poussée, il me pénètre jusqu'à la garde. La sensation d'être écartelée pour ensuite me déliter contre lui. Pour me reconstruire avec lui. D'être enfin complète.

– Tu sais pourquoi je refusais de te pardonner, Lucy ? avoue-t-il, fiché aux creux de mon ventre.

Fennell se retire doucement. Pour mieux me réinvestir plus brutalement.

– Parce que… Putain…

Ses ongles se plantent dans la chair de mes hanches, me griffant jusqu'aux fesses.

– Tout simplement car ça m'arrangeait, reprend-il, le souffle court. Ne pas te pardonner était plus facile. Ça me permettait de ne pas m'attarder sur ce piège que je t'ai tendu. Pour te faire tomber, certes… mais aussi par pur égoïsme. Cette vengeance était l'excuse parfaite pour te garder près de moi sans me laisser bouffer par la mienne, de culpabilité. Uniquement parce que je ne suis pas foutu de me passer de toi. Parce que tu es mon vice le plus addictif. Celui qui, depuis longtemps a supplanté tous les autres. Le plus puissant, le plus dangereux aussi car je sais être capable de tout et du pire pour ne plus jamais avoir à dériver sans toi… Alors dis-moi, quel genre de monstre je suis ?

– Le monstre que j'ai contribué à créer.

– Non… Tu m'as toujours choisi, Lucy. Je le comprends maintenant, poursuit-il, le souffle haletant. Alors laisse-moi te choisir à présent.

Un troisième coup de reins m'écrase contre la poutre, le métal infligeant une morsure glacée à mon épiderme en feu. Suivi d'une pluie d'autres coups. Tous plus brutaux les uns que les autres. Mes yeux ne quittent pas la mer tourmentée des siens. Ni quand il laisse exploser toutes ses émotions au sein de mon corps, ni quand il se fige soudain pour me livrer ces mots qui me rendent le mien, de souffle.

– Ça a toujours été toi. Toujours. Et il n'y aura jamais que toi. Parce que je t'aime à en crever, Lucy.

50

Lucy

Le lendemain, je me réveille avec de sacrées courbatures, néanmoins j'aime cette brûlure irradiant mes muscles. Car elle me prouve que cette nuit était bien réelle, et surtout que ces mots étaient, eux aussi, bien réels. Ces mots prononcés avec ardeur, presque avec rage et tant de passion… À la Fennell, en somme. Un sourire enflamme ma bouche avant même que je n'ouvre les yeux. Toutefois, un sentiment désagréable vient poinçonner ma poitrine lorsque je réalise être seule dans les draps. Mes paupières se lèvent sur une place vide. J'emprisonne un soupir derrière la barrière de mes lèvres. Ce n'est rien. Ce n'est rien. Nous avons encore tellement de chemin à parcourir… Impossible de le réaliser en une nuit, uniquement grâce à quelques paroles.

Sans bouger un autre membre, je tends le bras pour attraper mon portable sur la table de chevet. Midi.

Putain.

Je devrais être au bureau depuis minimum quatre heures déjà. Étrangement, ce constat ne me soutire aucun élan de panique, ou envie de me presser. Au contraire. J'envoie tout de même un texto à ma sœur, histoire qu'elle ne s'inquiète pas. Ce qui, au demeurant, est trop tard si j'en crois les cinq appels en absence ainsi que les menaces de mort s'affichant sur mon écran.

Il doit bien se passer une demi-heure pleine et entière avant que je commence à m'inquiéter. Une sorte d'appréhension gonfle doucement tandis que je bois mon café, sans que je comprenne pour quelle raison. Ce n'est que lorsque je dépose ma tasse dans l'évier où traîne un autre mug sale que je réalise que la demeure est vide. Plongée dans un silence qui, soudain, m'agresse les tympans. À cette heure-ci, les employés devraient être sur place… Aussitôt, j'attrape mon téléphone et appelle Fennell. La tonalité sonne, sonne et sonne… Dans le vide. Portée par la panique qui, à présent, vrombit entre mes côtes, je persiste à l'appeler. Encore et encore. Et je continue alors que je cours presque dans les couloirs dans l'espoir de tomber sur lui. Ce n'est qu'une fois dans l'aile opposée, au rez-de-chaussée, que je perçois enfin la sonnerie de son portable à travers la porte du bureau de Theodore. Un soulagement sans nom m'envahit, me colle un vertige monstre. Avant que ce soulagement ne mute à nouveau en peur. Pourquoi il ne me répond pas ? Sans tergiverser davantage, j'ouvre la porte. Et me pétrifie. Là, sur le seuil, je suis certaine que mon cœur se décroche pour venir se fracasser sur le sol.

Parce que je sais.

Parce qu'il me suffit de voir son ordinateur portable sur lequel est posé son téléphone pour savoir. Parce qu'il me suffit de voir les deux enveloppes krafts posées à côté pour savoir.

Le jeu est terminé.

J'ignore combien de temps je demeure figée. À faire retentir la sonnerie sans discontinuer comme si… comme si je voulais remplir ce silence assourdissant. Le combler pour m'éviter de crier afin de recouvrir la peine qui, elle, hurle dans la moindre de mes cellules. Quand, enfin, j'amorce un pas, j'ai la sensation que mon corps entier va lâcher, m'abandonner, ici, dans cette pièce où j'ai abandonné une partie de mon âme.

Tremblante, je parviens à avancer jusqu'au bureau où je me laisse tomber sur le fauteuil, cadenassant loin, très loin, les images qui tentent de me perforer l'esprit. Je repousse l'ordinateur pour m'intéresser aux enveloppes. Entre mes doigts, j'ai la sensation qu'elles pèsent une tonne, que ce poids vient s'ancrer à mes poumons, m'empêchant de respirer normalement.

Je veux Line. Sa présence. Sa force.

Non… Je le veux, lui. Ses fêlures. Sa détermination. Cette ferveur dans ses yeux lorsqu'il les posait sur moi hier. Cette ferveur que j'ai prise pour une promesse d'espoir.

D'un geste brusque, j'ouvre enfin la première enveloppe, en retire ce qui ressemble à une lettre manuscrite et…

Merde. Merde.

Je ne peux pas survivre à… ça.

Sous mes yeux se déploient des lignes écrites par le père de Fennell à l'attention de son fils, une partie du moins car le début de la lettre commence au milieu d'une phrase. Je parcours l'encre frénétiquement, avec l'impression de violer un moment père-fils qui ne devrait pas m'appartenir. Avant de comprendre… Fennell m'a laissé le moment où Theodore évoque le piège dans lequel nous l'avons enfermé. Toujours dans cet affreux silence, je me mets à pleurer. Sans un bruit…

Sans un bruit, je parcours les mots. Et puis, c'est là, en bas de la dernière page que… qu'apparaît une lumière que je pensais à jamais perdue, à travers ces quelques lignes qui me transpercent le cœur.

Mon fils, pardonne-lui. Personne ne devrait jamais être tenu responsable des actes de son père. Lucy, comme trop d'enfants dans notre monde, essaie de survivre au milieu des erreurs de ses parents. Tu dois trouver la force de lui pardonner, comme moi, je lui ai pardonné.

Je chancelle. Vacille à l'instar des pulsations sous ma peau qui semblent s'arrêter, pour ensuite repartir de plus belle. Sur mon siège, je me penche en avant, le ventre scié. Et en proie à un tourbillon d'émotions impossibles à endiguer qui finissent par m'avaler entièrement, anéantissant ces barrières derrière lesquelles je me suis emmurée ces dernières années.

Que Theodore ait compris... qu'il ait réussi à me pardonner chasse un peu de ce truc obscur et dégueulasse qui me pourrissait les veines. Le corps épuisé, je reste ainsi de longues minutes, à profiter de cette paix temporaire offerte par l'homme que j'ai pourtant piégé. Oui, j'autorise, pour une fois, à mon âme un repos mérité.

Avant la suite. Le chaos.

Ma vue brouillée de larmes se porte sur la seconde enveloppe. Je ne tremble même plus tandis que je l'ouvre. Ni quand une carte tombe alors que j'en extirpe un dossier. Ni quand je reconnais les tracés dessus. Ni quand je lis ces quelques lignes :

Ma poupée, il n'y aura jamais que toi. À jamais... Mais pour cela, il ne peut y avoir de toi et moi. Je préfère demeurer affamé le restant de mes jours qu'endurer une vie à te voir affamée de liberté, de vie... J'ai trahi mon cœur en t'emprisonnant dans ce mariage et cette vengeance. Je trahirais mon âme, pire, je trahirais mon amour pour toi si je ne te libérais pas de ce piège dans lequel je t'ai fait tomber. Je t'aime autant que je te déteste car, au final, tout, jusqu'à la moindre de mes émotions, t'a toujours appartenu. Et puis, insatiable implique forcément un toujours, n'est-ce pas ?

J'ai la sensation que mon buste va imploser, qu'il cède, épuisé par tout ce qu'il subit depuis des années. Arrivé à un point de non-retour.

Mes doigts se resserrent sur le morceau de papier. Je m'y accroche alors que je crève de ne pas le relâcher. J'aimerais hurler, pleurer. Insulter. Griffer. Me révolter. Mais je ne parviens plus à rien. Oui, c'est bien ça… Mon corps cède car il n'a plus personne en face à qui tout donner.

Dans un dernier élan de force, je regarde le petit tas de papier accompagnant la note de Fennell ainsi que les photos de Theodore et moi. Je meurs en lisant l'en-tête d'un cabinet d'avocats. Un putain de contrat de divorce. Déjà signé. Dans lequel Fennell me laisse… tout.

Tout. La demeure O'Brien. Les biens de sa famille…

Tout.

Tout sauf lui.

51

Lucy

– Je savais que je te trouverais ici, résonne la voix de Line au-dessus de moi.

Du coin de l'œil, je l'aperçois s'asseoir à ma gauche. Mes doigts se referment sur l'herbe pour en arracher une poignée. Le regard rivé dans le vide qui s'ouvre devant nous, je ne réponds pas. Arrivée à l'aube, je n'ai pas encore réussi à décider mon corps à sauter de la falaise. Juste pour réussir à me prouver que j'en suis capable. De le faire sans lui. D'avancer… sans lui.

La tempe à présent sur mon épaule, ma sœur demeure un long, très long moment en silence. À juste… m'accompagner dans ma douleur. Dans son absence. En vain. Je me suis toujours sentie si seule dans son absence…

– Luc', se décide-t-elle enfin à parler. Tu le sais, non ? Que son départ est la plus belle preuve d'amour qu'il pouvait t'offrir.

Ses paroles me bousillent. La boule monstrueuse logée dans ma gorge depuis qu'il est parti, il y a une semaine maintenant, prend encore plus d'ampleur. Je suffoque. Si j'étouffais lorsqu'il nous a mariés de force, ce n'est rien en comparaison à cette sensation de crever sans plus aucune possibilité de réussir un jour à avaler de l'air.

– Justement, répliqué-je d'une voix faible. Me prouver

qu'il m'aime pour mieux m'abandonner, c'est… tellement plus cruel.

– Tu te trompes, petite sœur. C'est tragique, certes, mais tellement beau. Tellement fort. T'aimer au point de s'effacer pour te permettre de vivre libre… Il s'est sacrifié pour toi, Lucy. Je sais que tu souffres. Que, pour l'instant, tu as trop mal pour comprendre cette chance qu'il te donne, mais… Regarde-moi.

J'inspire profondément, m'autorise quelques secondes car me perdre dans les yeux de ma sœur va me perdre davantage. Justement car j'y trouverai assez de réconfort pour que mon esprit et mon corps craquent enfin. Puis, je m'exécute.

– Il t'a arraché quelques barreaux de ta cage. C'est à toi d'arracher ceux qui restent. Si tu restes prostrée ainsi, tu réduis nos efforts de ces derniers mois à du vent et surtout tu transformes l'acte de Fennell en… d'autres barreaux supplémentaires.

Des larmes cascadent en silence sur mes joues. Line a raison, je le sais. Ma raison me le hurle, mais, pour le moment, je veux juste extraire cette peine qui me ronge de l'intérieur. Je me réfugie donc dans les bras de ma sœur et pleure. La laisse, comme toujours, être le témoin de ma douleur ainsi que son refuge.

Juste un moment. Pour étouffer de son absence.

Rien qu'un moment, promis.

52

Lucy
Un mois plus tard

Assise à une table ronde dans l'un des restaurants les plus chics et surtout les plus guindés de la ville, je triture du bout des doigts ma serviette blanche encore pliée sur la nappe de même couleur.

– Anxieuse ?

– Parce que tu ne l'es pas, toi ? répliqué-je à ma sœur, placée à ma droite.

– J'ai dépassé le stade de l'anxiété depuis longtemps, raille-t-elle.

Un sourire timide aux lèvres, je relâche le tissu pour nouer ma main à la sienne.

– Et pourtant, regarde-toi… Tu gères tout tellement mieux que moi. Tu es impressionnante de force, Line. Je t'admire, vraiment.

– Tu n'as rien à m'envier, Luc'. J'ai un énorme avantage sur toi, qui explique peut-être que je *gère* mieux.

Elle se penche puis, d'un air de conspirateur, murmure :

– Je n'ai jamais été amoureuse. Attends, je rectifie : Dieu merci, je n'ai jamais été amoureuse. Et je suis donc moins perdue que toi…

Cette fois, mon sourire se meurt, me renvoyant entre les murs de cette demeure que je n'ai toujours pas réussi à quitter et, surtout, à ce vide qui l'habite. Autant qu'il hante mon cœur. Entre son absence et les séances de rééducation difficiles de maman, ces dernières semaines ressemblent à un long tunnel sans fin. Sans aucune lumière ni preuve d'espoir. Avant maintenant. Aussi, je chasse rapidement mes sombres idées. Aujourd'hui est un grand jour. Un premier pas…

– Merci, dis-je dans un souffle. Merci pour… tout. Sans toi…

– Lucy, m'interrompt-elle. Stop. D'un, ce n'est clairement pas le moment de se ramollir. De deux, je suis ta sœur. Et juste cette phrase se suffit à elle-même. Pas besoin d'en rajouter.

– Line, réponds-je sur le même ton. D'un, c'est *justement* le moment de dévoiler ce que nous avons sur le cœur. De deux, non, ça ne suffit pas. Je te dois tellement… Je crois que tu es celle qui a toujours tenu ma tête hors de l'eau.

– Tu te trompes, petite sœur. Tu es ta seule force. Tu aimes de toute ton âme et, pour ça, *je* t'admire.

Soudain son regard me quitte, se porte sur un point derrière moi.

– C'est aussi pour ça, ajoute-t-elle à voix basse, que toi et moi sommes un duo parfait. Tu es le cœur. Je suis la tête. Les deux doivent aller de pair pour ne pas se perdre. L'une empêchera toujours l'autre de trop dévier. Maintenant, stop. Que le spectacle commence.

À peine termine-t-elle sa phrase qu'une ombre se découpe devant nous, nous surplombe et nous recouvre. Une ombre aux contours si familiers.

– Papa, l'accueille Line avec un immense sourire.

Un sourire si faux que même notre père plisse subrepticement les sourcils.

– Mes filles, répond-il en s'asseyant après avoir déboutonné sa veste de costume. Autant je suis toujours enchanté de dîner en votre compagnie, autant avoir la sensation d'avoir été convoqué me laisse… perplexe. Pour ne pas dire contrarié.

Ses yeux noirs fusent sur les miens, me happent au cœur d'un tourbillon de souvenirs et surtout de culpabilité qui me tord les tripes. Mais qui, paradoxalement, chasse toute appréhension ou crainte. Ne reste plus qu'une détermination implacable. Imbrisable, cette fois.

– Contrarié ? répète Line. Contrarié que tes deux filles veuillent passer du temps avec leur père/patron ? Ou contrarié que tes filles aient pris une décision sans toi ?

L'attention de Calum me relâche pour ferrer celle de ma sœur. D'incisif, son regard se mue en quelque chose d'acéré.

– Je m'interroge surtout sur la raison de cette entrevue. De ce repas sans la présence de votre mère. Et dans un restaurant où le moindre éclat de voix ferait l'effet d'un coup de tonnerre en plein silence.

Un rictus se tisse sur mes lèvres. Mon père sait. J'ignore encore quoi exactement, mais il sait. Évidemment. Le contraire m'aurait quelque peu déçue, dans un sens.

– À moins que cela ait un rapport avec vos petites manigances des derniers mois, déclare-t-il d'un ton égal.

Un long silence s'étire durant lequel ni Line ni moi ne prononçons une seule parole.

– Je ne suis même pas en colère, renchérit-il face à notre mutisme. Juste désappointé que vous ayez échoué si vite.

Au même instant, un serveur débarque afin de prendre nos commandes, mais, comme à son habitude, Calum le coupe dans son élan.

– Votre meilleure bouteille de champagne suffira. Mes filles et moi avons quelque chose à fêter.

L'homme repart, non sans nous avoir gratifiés de son sourire le plus affable.

– Et que fêtons-nous ? demandé-je.

– Le fait que votre apprentissage est loin d'être terminé. Votre vieux père a encore quelques petites choses à vous enseigner, il faut croire. Sincèrement, ricane-t-il, amusé, vous pensiez vraiment que je ne m'apercevrais pas que des petites souris s'amusaient à mettre le nez où elles ne devaient pas ? Que vous fouiniez dans des documents comptables dont vous n'avez nullement la charge ? Que vous rendiez visite à d'anciens concurrents dans l'espoir de dénicher de vieilles informations à dépoussiérer ? Mes filles... Nous vivons à l'ère du numérique. Tout est tracé, traqué et si facile à identifier. Peu importe le dossier que vous avez rassemblé contre moi, j'en ai déjà démonté chaque pièce.

Immobile, paré d'une telle nonchalance qu'elle en devient quasi létale, il se contente de nous fixer tour à tour. Une vague de colère pousse contre mes côtes, cherchant à rompre les barreaux de sa cage pour se déverser sur l'homme devant moi. Cet homme que j'appelle papa et dont l'esprit retors a complètement dévoré le cœur.

Line a raison : nous serons toujours plus fortes que lui, car le nôtre, de cœur, bat encore. Et avec acharnement.

– Et ? intervient-elle, à son tour d'une voix calme et assurée. Tu veux que je te dise, *papa* ? Je pense, qu'au contraire, tu as de quoi être fier de tes *héritières*. Parce que nous avons énormément appris de toi. Par exemple, ne jamais porter un coup à son adversaire si l'on n'est pas sûr de le mettre à terre en une seule fois. Tu imagines bien que nous nous en sommes assurées.

– Et si, renchéris-je, nous ne pouvons démanteler ton empire, nous ferons en sorte d'en faire sauter la tête.

Un éclair de colère zèbre ses yeux. Fouette son visage qui se tend durant une fraction de seconde. Avant de se lisser à nouveau en un masque imperturbable.

– Là, vous avez toute mon attention, riposte-t-il avec un rictus fauve. Comment comptez-vous accomplir ce petit miracle ?

– Fennell, lâché-je, laconique.

– Hum… je comprends pourquoi il est injoignable à présent. Je pensais que tu disais vrai à propos de votre divorce.

J'ai un mal de chien à me contenir afin qu'il ne perçoive pas la douleur qui s'incruste alors sous ma peau à coups de couteau particulièrement bien affûté.

– Autant de considération pour moi me touche, raillé-je. Cela dit, je te donne raison sur un point : tu as bien fait de te méfier de lui. Parce que là où nous avons échoué avec Line, lui a réussi. Tu vois, pendant que tu cherchais à le manipuler, c'est lui qui te manipulait.

Mon regard entièrement rivé à Calum, je me gave. De la fureur qui, peu à peu, s'empare de ses traits bien qu'il lutte contre. Du pouls pulsant de plus en plus vite sous sa carotide. De le sentir chanceler sous le poids de notre assurance. Assurance qu'il a lui-même contribué à élever au rang d'une détermination sans limites. Sans plus de compassion.

– Et qu'est-ce qu'un débauché en mal de justice peut contre moi, hein ? Il ne vaut rien, rétorque-t-il, ses lèvres se retroussant légèrement.

– Papa, le contre Line d'un ton doucereux, nous vivons à l'ère du numérique.

Pour illustrer ses paroles, je glisse une clef USB sur la table, jusqu'à lui. Clef USB regorgeant de toutes les informations que Fennell a recueillies et qu'il a laissées dans son ordinateur. Mon estomac se tord, le manque me dévorant un peu plus, mais ma douleur est aussitôt apaisée par ce que Fennell a voulu m'offrir. Une autre façon pour lui de m'accorder cette liberté. Une autre preuve de… d'amour. Je suis certaine que Fennell avait compris ce que Line et moi manigancions de notre côté afin d'essayer de faire tomber Calum. Et qu'il a essayé, à sa façon, de nous aider. Je comprends, à présent, à quel point il est vraiment doué dans son travail. Car si notre père nous a flairées, il n'a rien vu venir avec Fennell alors même que ce dernier se tenait juste devant ses yeux. C'est paradoxal quand on y pense… Calum s'est focalisé sur nous, sur ses propres filles, plutôt que sur le danger qui, pourtant, s'agitait bel et bien sous son nez. Au final, Fennell n'a fait que profiter de la diversion que nous représentions alors.

Calum ne prend même pas la peine de baisser le regard sur le petit objet. Se borne à enfoncer ses pupilles au creux des miennes.

– Le souci de s'en prendre à des personnes fiables et sincères, c'est qu'elles auront toujours des soutiens, même dissimulés. Theodore était un homme apprécié dans cet État, le favori au poste de gouverneur, ce qui avait d'ailleurs précipité ce piège dans lequel tu m'as forcé à participer. Fennell – tu sais, ce débauché – s'est acharné à dénicher la moindre preuve t'impliquant de près ou de loin dans n'importe quel sombre complot. Il a commencé son enquête à la mort de son père avant de l'intensifier durant notre… mariage. Et tu serais étonné de constater le nombre de personnes désireuses de l'aider…

– Le problème quand on est trop haut, renchérit Line, c'est qu'on ne voit plus rien de ce qui se passe en dessous… Et, quand enfin, on aperçoit un mouvement, eh bien… c'est qu'il est déjà trop tard.

– Figure-toi que certains, ajouté-je, comme le procureur White, par exemple, sont devenus très bavards. Surtout lorsque nous avons appris à ce dernier que les bureaux de la tour, de chez nous, ainsi qu'au château que nous avions loué, avaient été mis sur écoute par Fennell. Et que, par conséquent, il était clairement identifiable sur des enregistrements compromettants. Pour lui comme pour toi, d'ailleurs. Un signe. Un signe de notre part et il est prêt à avouer devant une cour de justice comment tu l'as grassement payé pour qu'il réussisse à convaincre Mathis d'abandonner les poursuites contre notre client.

Je crois que c'est la première fois de ma vie que je vois le torse de mon père se gonfler aussi rapidement. De façon presque erratique. Et, comme dirait Fennell, c'est putain bon.

– Une cour ? lâche-t-il dans un rire sombre et menaçant. Vous comptez m'emmener devant une cour ? Mais, pour cela, il faut ne rien avoir à se reprocher. Et je vous rappelle que c'est loin d'être le cas.

– Justement, le coupe Line. Tu vois, elle est là, ta faille. Nous. On n'est pas comme toi. On ne le sera jamais. Nous sommes prêtes à payer le prix fort. Après tout, nous le méritons aussi. Peu importe tant que nous ne sommes plus à ta botte. Tu nous as pris pour des petits clones de ton immonde ego. Et tu t'es planté. Tu sais, on t'aime, papa. Vraiment. Mais l'amour ne pardonne pas tout. Bien au contraire… Et tu es allé trop loin. Surtout avec Lucy.

– À cause de ce dépravé ? siffle-t-il, la mâchoire serrée en reportant son attention sur moi.

– Non. À cause de toi. De ce venin dans tes veines qui pervertit tout, y compris ton amour pour tes filles. À cause de nous, ajouté-je en serrant la main de Line, qui refusons d'être hantées par ta noirceur. Et c'est pour cette raison que je ferai tout, que nous ferons tout pour nous arracher à ton emprise. Tu penses pouvoir gérer White ? Ou Fennell ? Tu as raison… Je suis certaine, même, que tu seras capable de parer à leurs accusations. Mais celles venant de ta propre fille, comment tu vas les gérer ? Quand je m'avancerai à la barre pour raconter, photos à l'appui, que tu m'as obligée, mineure, à me donner au père de mon meilleur ami juste pour que tu puisses le piéger ?

Voyant son visage qui se décompose à mesure que le flot de mes paroles lui parvient, je me penche au-dessus de la table et poursuis, incontrôlable :

– À l'ère du féminisme et de #MeToo, comment tu vas gérer ça, hein ? Comment tu vas gérer les témoignages de Line ? De maman, maintenant que tu lui as tout avoué ? Comment tu vas gérer ta propre voix qui me demande, huit ans après, d'utiliser mon corps pour convaincre Fennell de s'allier à ta cause ? Et le conseil d'administration ? Comment tu vas le gérer une fois noyé dans le scandale ? Parce que, crois-moi, rien ne m'arrêtera, papa. Fennell étant introuvable, qui vas-tu utiliser pour me faire chanter, moi ?

Lorsque, enfin, ma voix se meurt, je me sens… bien. Juste bien. Les doigts de Line sont toujours fermement arrimés aux miens. Quant à mon père… Ses yeux sont cristallisés de fureur. Son corps vibre d'une rage qui pourrait m'étouffer si je n'avais pas l'impression d'enfin retrouver un peu de mon souffle.

– Vous voulez me détruire.

Ce n'est même pas une question, mais une constatation emplie de colère, de frustration et… d'échec.

– Tu as encore faux, poursuit Line. Ce que nous voulons, c'est notre liberté.

Sans rien ajouter, elle récupère son sac accroché à sa chaise et en extirpe plusieurs enveloppes krafts.

– Signe ces papiers. Et toi aussi, tu seras libre, commente-t-elle en les déposant sous son nez. Libre de replonger dans ce monde vicié que tu aimes tant.

– Qu'est-ce que c'est ? lâche-t-il dans un grondement sourd sans toutefois toucher aux dossiers.

– Nos parts de ton empire que tu nous as gentiment offertes à notre majorité, réponds-je. Et que tu vas racheter à un prix outrageusement élevé.

– Une demande de divorce aussi, qui permettra à maman d'être enfin heureuse tout en conservant son train de vie actuel, bien sûr.

– Rien d'autre ? Toutes ces menaces uniquement pour… *ça* ? ricane-t-il, mesquin.

Seulement, je ne m'y trompe pas. Il bouillonne d'une telle fureur que cette dernière en a pulvérisé le masque impassible que je pensais perpétuel. Là, je le vois. Enfin. Ce qui hante vraiment sa chair. Et son âme.

– Toutes ces menaces *justement* pour ça, conclus-je.

– Signe, renchérit Line. Et la seule chose que tu perdras ce soir sera un investissement de sang. Rien d'autre.

Sa réplique si brutale et cruellement vraie le percute de plein fouet. Quelque chose semble exploser à la surface de sa chair, le rendre, un très court instant, vulnérable et faible. Néanmoins, Calum se reprend aussitôt. Nous assassine d'un ultime regard d'acier. Avant de retirer les feuilles de leurs enveloppes puis de les parafer et les signer sans même avoir lu une seule ligne.

Il les repose ensuite au milieu de la table. En ponctuant d'un :

– Pour ce qui est de devenir comme moi… vous venez de me prouver qu'il est déjà trop tard, *mes filles*.

Je me lève. Suivie de Line qui ramasse les contrats.

– Il faut parfois être plus sombres que les ombres qui nous entourent, dis-je. Tu sais… afin de survivre.

J'inspire alors profondément, mon regard dérivant déjà loin de lui. Mais, au moment de partir, sa main accroche mon poignet.

– Pourquoi, Lucy ?

– Pourquoi ? Justement parce que cette question arrive trop tard.

Je me dégage de sa prise, ignore la peine craquelant ses iris obscurs. Puis rejoins Line qui, son bras autour de ma taille, m'entraîne dehors.

Dehors. Dans un nouveau monde qui nous tend enfin les bras.

Un monde où vivre libre.

53

Fennell
Trois mois plus tard

Un vent chaud me caresse, m'enveloppe d'un voile doux. Le soleil déclinant lentement me fait à présent face en une boule orangée, brûlante. Hypnotisante. Ses rayons courent sur ma peau telle une toile qui cherche à s'en emparer. Et pourtant…

Et pourtant, je suis frigorifié. Gelé de l'intérieur. Mon sang transformé en glace pilée. Quant à mon cœur… Chacun de ses battements semble lutter contre ce froid polaire qui refuse de me quitter. Lutter contre cette absence qui me tue un peu plus chaque jour passé loin d'elle.

Mais c'est pour le mieux, pour son mieux. Et c'est bien tout ce qui importe. Ce qui doit importer. Demeurer à distance de son existence est l'épreuve la plus douloureuse que j'ai eu à vivre alors que… Merde, des drames, j'en ai eu plus que mon compte. Même ces huit ans séparé de Lucy n'ont pas été aussi ternes, sombres, morts que ces derniers mois. Parce que, à l'époque, je savais que nos chemins se recroiseraient. Aujourd'hui, c'est différent. Tout simplement car Fennell O'Brien est censé avoir disparu de la surface du globe. Nouvelle identité pour une autre vie. Loin, toujours loin d'elle. Un sacrifice – parce que, putain, ne plus la voir est une saloperie de supplice – nécessaire. Je le lui devais, après tout. Ce que je lui ai fait subir, à elle, la seule femme que j'ai réellement aimée, je ne me le pardonnerai jamais. J'ai laissé la colère, mon obsession, supplanter mes réels sentiments. Intolérable. Mais surtout, je devenais peu à peu la pire personne au monde à ses yeux: un double de son père. Un homme qui cherchait à étouffer ce feu en elle, à se l'approprier. À l'enfermer.

L'accident de Laura aura au moins eu ça de bon: l'uppercut que je me suis pris en pleine tronche. À l'hôpital, voir Lucy avec sa sœur, leur force ensemble et surtout le regard qu'elle a lancé à Calum quand il les a rejointes, j'ai cru crever. Parce que, ce regard, je l'ai reconnu… Il m'avait effleuré à Las Vegas, affronté dans le bureau de mon père pour finir par s'ancrer au fond du mien le jour où je lui ai ramené Mathis. C'est dans ce fichu couloir d'hôpital que j'ai pensé à divorcer, mais ce qui a scellé ma décision de partir définitivement a été cette nuit à l'entrepôt. La voir sourire, vraiment sourire, et rire… Ça a été un putain d'électrochoc. À cette pensée, mes lèvres s'étirent par automatisme. C'est à cet instant-là que j'ai réalisé avoir oublié comme elle était belle, resplendissante, un sourire illuminant son visage. Elle était redevenue cette poupée qui peuplait les recoins vides de mon existence durant notre enfance et notre adolescence.

Embourbé dans mes propres émotions et ressentiments, j'en ai oublié qu'en plus de blesser la femme que Lucy devenait et dont je suis tombé amoureux, je blessais aussi ma meilleure amie. Cette petite fille qui me forçait à jouer à la poupée lorsque Laura me prenait chez eux après le décès de ma mère. Cette ado qui, souvent à fleur de peau, cherchait auprès de moi une échappatoire aux chaînes que tentait de lui imposer son père. Puis cette jeune femme qui, avec le temps, a su ensevelir ses émotions sous une façade qui, finalement, s'est avérée bien moins solide que je ne le pensais.

La vérité, c'est que je l'aime… bien plus que je la déteste.

Voilà pourquoi depuis quatre mois, je ne m'arrête pas. Voilà pourquoi je reporte mon insatiabilité sur une soif de justice encore plus intense qu'avant. Dans l'ombre, je traque le moindre chien à abattre avant de l'abattre justement, vendant mes articles et mes preuves aux journaux qui en veulent bien. Et… Dieu sait qu'ils en veulent toujours, eux aussi affamés de sensations. Mon pseudonyme de journaliste reste la seule preuve que Fennell O'Brien n'est pas réellement mort. Quant à moi, dans un sens, j'espère juste empêcher un autre Calum de s'en prendre à une autre Lucy. Pathétique. Néanmoins, c'est ce qui me tient encore debout. Ma pénitence en plus de subir son absence. Et la raison pour laquelle je me tiens également ici. Dans un coin paumé du Mexique.

Si Jenel – le hacker qui m'a toujours aidé et me sert d'indic – ne m'avait pas assuré que mon déplacement valait le coup, je ne serais pas venu jusqu'ici. Pas en haut d'une falaise donnant sur un fichu lac. D'un geste nerveux, je consulte ma montre, réprimant un soupir agacé. Quinze minutes de retard. Ce qui, en soi, n'est rien, mais suffisant à mes nerfs pour me torturer méchamment. Je déteste cet endroit. Bien que je les déteste tous. Parce que je ne la vois nulle part, mais la ressens partout.

Toutefois, je m'exhorte au calme, fourre mes poings dans les poches de mon pantalon de randonnée. Encore cinq minutes et je me casse. Les paupières closes, j'inspire, tente de me concentrer sur la chaleur du soleil dans l'espoir d'enfin parvenir à me réchauffer quand… une voix s'enroule autour de chacun de mes membres comme des lianes de feu.

– Saute avec moi.

Ma respiration se bloque, fauchée. Volée par la *sienne*, par cette présence qui se rapproche jusque dans mon dos.

– Saute avec moi, Fennell.

Les yeux toujours fermés, je ne bouge pas. Peut-être que si je ne les ouvre pas…

Non, rien à foutre. Je… Je dois la voir. M'assurer, au moins, que je n'ai pas réellement viré taré.

Je fais volte-face et me mange un méchant revers. Face à moi, avec un regard transpirant l'assurance et la détermination, se dresse… elle. Ma poupée. Ses longs cheveux roux formant un rideau de feu sur son corps. Ses courbes pleines habillées d'un simple débardeur et short. Son visage en forme de cœur. Et ses yeux émeraude qui me fixent, débordant de… tout ce que je ne devrais pas lire.

Durant plusieurs secondes, j'en reste comme un con. Incapable d'émettre la moindre parole. Trop bousculé par toutes les sensations qui se réveillent d'un seul et unique coup. Juste en la sachant si près. Tous mes sentiments à son égard, quoi qu'il puisse se passer, ils me suivront comme une seconde peau.

Si près, bordel !

– Ouah, lâche-t-elle dans un ricanement, je peux mourir tranquille. J'aurai au moins réussi à réduire Fennell O'Brien au silence.

Un sourire heureux, uniquement heureux, fleurit sur ses lèvres tandis qu'elle amorce un pas dans ma direction.

– Fais pas cette tête, renchérit-elle. Tu n'es pas le seul à te payer les services de Jenel, tu sais… Même s'il a mis du temps à me cracher le morceau, ce petit con.

Lentement, comme si elle progressait vers un animal blessé et donc potentiellement dangereux, Lucy comble la distance entre nous. Pétrifié, je la laisse venir sans un geste. Toujours incapable de rien. Jusqu'à ce que sa paume se pose sur mon torse.

Soudain, un sentiment de panique mêlée de colère me fouette les flancs. Je recule et mes paumes levées entre nous, je lui interdis d'approcher davantage. Pour mieux être lacéré par la peine se reflétant alors dans ses yeux.

– Qu'est-ce que tu fais là, Lucy ? feulé-je presque.

Elle déglutit puis, le menton fièrement dressé, rétorque :

– Je rentre. À la maison.

Se moquant de mes mains toujours dressées entre nous, elle enroule ses doigts autour de mes poignets pour se creuser une place – sa place – entre mes bras. Bras que je laisse aussitôt tomber le long de mes jambes pour m'empêcher toute connerie. Comme fondre sur elle, en elle, par exemple…

– Et c'est ici, chez moi, dit-elle dans un murmure. Dans ce minuscule espace entre nos deux corps.

Soufflé, je reste muet.

– Et toi, Fen' ? Où c'est chez toi ?

Une minuscule minute. Infime sur l'échelle du temps, mais qui, je le sais, durera éternellement dans mon esprit. Ouais, je m'autorise une seule minute pour y croire.

– Au creux de ton ventre. Dans chaque putain de particule d'air que ton parfum dévore. Sous ta peau. Incrusté dans ton âme. Là, c'est chez moi, ma poupée.

Sa bouche s'ouvre pour happer une immense bouffée d'air, comme si elle n'avait attendu que ces mots pour respirer. Sauf que non. Je refuse. De commettre les mêmes erreurs.

– Mais je n'y ai plus ma place, conclus-je alors en me dégageant de sa prise.

Malgré son expression qui se brise, je me décale.

– Rentre au Texas, Lucy. Je… Il n'y a rien pour toi, ici. J'ai… Tu ne te rends pas compte de ce que me coûte juste le fait de te voir. De ce que m'a coûté mon départ. De ce que m'a coûté de te rendre ta liberté. Alors, s'il te plaît, rentre.

– Ma liberté ? s'exclame-t-elle alors. Ma liberté ?

D'un geste ample, elle ouvre grand les bras, rejette sa tête en arrière pour inspirer profondément.

– Non… souffle-t-elle en arrimant à nouveau son regard au fond du mien. Ce n'est pas ça, la liberté. Ce n'est pas cette sensation d'avoir les poumons broyés à chaque inspiration. Cette sensation, qu'importe l'endroit où je suis, d'être… vide. Affreusement vide et encore enchaînée, mais à ton absence, cette fois. Tu t'es planté, Fennell. Ce n'est pas la liberté que tu m'as offerte, mais une cage plus grande. Seulement, cette cage peut bien faire la taille de cette fichue planète, si tu ne fais pas partie de mon monde, elle reste ni plus ni moins qu'un amas de ferraille qui ne fait que m'étouffer.

Sa tirade me ravage le corps. Ce qui bat entre mes côtes. Mon crâne. Jusqu'à mon âme. Une douleur atroce m'aveugle momentanément. Parce que ces paroles, je les ai rêvées. Fantasmées même. Mais un fantasme, je peux le gérer. L'espoir, lui, je ne peux pas l'affronter. Surtout lorsqu'il vient d'elle.

– J'ai fait partie de ton monde, Lucy, réponds-je difficilement tant mes émotions menacent de m'exploser la trachée. Et regarde ce que ça a donné. Tu as signé les papiers de divorce, mon avocat me l'a dit, alors toi aussi, tu sais que cela est mieux ainsi.

– Les moments les plus importants de ma vie, voilà ce que ça a donné. Quant aux papiers, évidemment que je les ai signés, Fennell. Ce mariage était autant ma prison que la tienne, mais c'est fini maintenant et…

– Dis pas ça ! grondé-je. C'est ce que tu veux ? Souffrir encore et encore ? Tu trouves que je ne t'ai pas assez blessée ?

– Mais ce n'est pas tout, me contre-t-elle d'une voix calme et posée. Oui, tu m'as blessée, c'est vrai. Et tu m'as aussi offert des années d'amitié, des instants de paix, de folie…

À mesure qu'elle parle, ses jambes avalent la distance entre nous jusqu'à ce qu'elle frôle mon torse de sa poitrine.

– … de cris, de pleurs, de joie, de… pure indécence aussi.

Malgré moi, malgré le foutoir dans lequel Lucy me plonge, je souris à sa dernière remarque. Avant qu'elle poursuive.

– Il y a plusieurs mois, tu me comparais à un cadavre, tu te souviens ? C'est ce que je suis quand tu désertes mon existence. Parce qu'avec toi, je ressens tout. Le bien. Le mal. La lumière. La pénombre. Mais je ressens tout et pleinement. Tu n'as plus à me protéger, Fennell. Laisse ton amour m'éclabousser, nous éclabousser. Je… Je ne demande que ça.

Un putain de réflexe me pousse à la toucher. Je lève la main à hauteur de son visage, effleure sa joue pour dessiner le contour de ses lèvres avec mon pouce. Son contact me consume, pourtant, en dépit de mes doigts tremblants, je me contente de la caresser avec douceur.

– Ma poupée, je ne sais pas… comment t'aimer. Comment bien t'aimer. Je…

– C'est faux, m'interrompt-elle soudain. Tu l'as fait… Te débarrasser de ton obsession pour ne garder que l'amour, tu l'as fait. Sinon, tu ne m'aurais jamais abandonnée en me laissant toutes ces preuves contre Calum et surtout, en disparaissant totalement.

– Pas si totalement que ça, il faut croire.

– Tu oublies qui je suis. Tu n'es pas le seul acharné avec beaucoup d'influence.

Sa remarque me tire encore un sourire. Qu'une fois de plus, elle réduit en cendres.

– Dis-moi que tu me détestes, Fen'.

Un spasme me parcourt, mon corps effectuant un mouvement de recul toutefois vite entravé par ses mains qui s'enroulent dans le col de mon tee-shirt pour me ramener contre elle.

– Dis-le-moi.

– Non, sifflé-je, la mâchoire violemment contractée.

– Alors dis-moi que tu m'aimes.

– N… Je… Putain, Lucy ! Arrête ça ! Je ne peux pas, tu entends ? Je suis allé trop loin avec toi ! Et je ne supporte pas l'idée de te blesser, ne serait-ce qu'encore une fois !

– C'est pourtant ce que tu fais… lâche-t-elle dans un soupir.

En une fraction de seconde, ses lèvres s'emparent des miennes dans un baiser exigeant. Et, en une fraction de seconde, je reviens à la vie. Enfin. Mes doigts s'entortillent dans ses cheveux. L'attirent. Que puis-je faire d'autre ? La rejeter ? Impossible. Pas quand je renais de mes cendres à son seul contact. Sa langue passe la barrière de mes lèvres, m'envahit. Avec une douceur désarmante. Un abandon et une ferveur si intenses qu'ils me fusillent sur place. Une étincelle lointaine de ma volonté me crie de la repousser, mais elle se perd rapidement dans sa chaleur. Comme moi dans ce baiser. Dans cette étreinte qui réaffirme toujours plus son empreinte, son sceau sur et sous ma peau. Aussi, je plonge. Incruste mes ongles dans ses hanches, m'incline davantage sur elle jusqu'à la recouvrir. Me gaver comme le camé que j'ai toujours été face à elle. Et, putain, je me contrefous des conséquences. En cet instant, je veux juste la sentir. Encore. La sentir fondre sur ma langue. Contre ma peau. Greffée à l'organe qui palpite sous mes côtes. Je l'entends vaguement gémir. Et… j'en veux plus.

Toutefois, Lucy ne m'en laisse pas le temps. Tout contre ma bouche gonflée par ses assauts, elle souffle ensuite :

– Je t'aime, Fennell. C'est là. Sous ma peau. Dans mon cœur, mon âme. C'est là, putain. À cause de toi. Grâce à toi. Pour toi. C'est là… Tu m'as dit un jour que j'étais ton vice le plus addictif et…

– Justement ! la coupé-je, ma raison volant enfin à mon secours. Je ne veux plus que ce soit le cas, plus seulement du moins. Voilà pourquoi je suis parti !

Son corps m'échappe soudain pour se reculer de plusieurs pas. En direction du bord. D'un regard, elle me cloue, la couleur émeraude de ses yeux virant à un magma encore plus éclatant que le soleil qui, témoin silencieux, s'échappe doucement sans un bruit.

– Prouve-le-moi, intime-t-elle d'un ton doux.

La seconde suivante, elle se débarrasse de son débardeur qu'elle jette négligemment par terre.

– Prouve-moi que je ne suis plus seulement un vice, ton vice.

Rapidement, elle enlève ses chaussures. Puis son short.

– Saute avec moi, Fennell.

54

Fennell

Mon regard incertain accroché au sien, je répète, perdu :

– Sauter ?

– Sauter, confirme-t-elle. On plonge, tous les deux. Pour remonter, tous les deux. Ou…

Ses courbes à présent uniquement dissimulées par ses sous-vêtements en dentelle noire, elle poursuit.

– Ou je saute seule. Pour remonter seule. À toi de savoir si tu veux me suivre. Quoi qu'il en soit, moi, je saute.

– Lucy…

– Je sais. Que tu as peur. J'ai peur aussi. Un peu. Mais j'ai confiance en nous. On doit apprendre à accepter qu'à un moment, nous nous sommes tellement aimés que nos âmes en ont éclaté en morceaux. Jusqu'à lacérer l'autre.

À ses mots, une larme s'échappe pour venir rouler sur sa joue.

– Je t'aime, Fennell, répète-t-elle. Avec une passion si démente qu'un feu perpétuel me brûle de l'intérieur. Et c'est ce feu qui me rend, nous rend, plus forts. Et nous permettra de tout cramer pour… nous pardonner. Alors, je t'en prie, saute avec moi. Apporte-moi un second souffle à travers le tien. Laisse-moi t'apporter un second souffle à travers le mien. Saute… Saute avec moi.

J'ignore s'il s'agit de sa fragilité, qu'à cet instant, elle me montre sans fard. De ses yeux où brille une telle ferveur qu'elle me contamine, vibre jusque sous ma peau. Ou de cet écho qu'elle parvient par je ne sais quel miracle à dénicher dans mon esprit. Aucune idée… Toujours est-il que quelque chose rompt au creux de ma cage thoracique, laissant enfin mes émotions me submerger comme tant de fois auparavant. Non, pas comme avant. C'est encore plus puissant, dévastateur, mais meilleur. Oui, je la sens. Cette lumière, à travers mes ténèbres, que Lucy ravive. Cette lumière qui ne cherche qu'elle, qu'à s'épanouir pour et sur elle.

D'un pas lent tant j'ai l'impression que mon corps va céder, je la rejoins puis essuie la perle d'eau coincée à la commissure de ses lèvres.

Oui. Maintenant.

Maintenant, c'est à mon tour. De la choisir, elle. De nous choisir, car, au final, il n'y a pas d'*elle*. De *moi*. Juste un *nous* si dévorant que, parfois, nous en perdons pied.

Mon front contre le sien, j'avoue :

– J'ai peur, Lucy.

– Je sais, répète-t-elle. Mais je te promets de ne plus jamais te blesser. Et je te promets de ne plus jamais te laisser me blesser.

– Alors sautons.

– Sautons, répond-elle, un sourire soulagé et heureux éclatant sur son visage.

– Viens, dis-je dans un souffle après avoir déposé un baiser sur ses lèvres.

Nous pivotons et, de concert, observons un court instant le soleil se battre contre l'horizon qui cherche à l'avaler pour de bon. Puis, en silence, je me débarrasse de mes chaussures et de mes vêtements pour ne conserver que mon boxer. Je me place ensuite dans le dos de Lucy.

En sous-vêtements, les derniers rayons se disputant la moindre parcelle de sa peau, elle est juste… magnifique. Resplendissante.

Parfaite.

D'instinct, et parce que je suis tout bonnement incapable de ne pas la toucher, je fais courir mon index le long de sa colonne vertébrale. Un frisson pare sa chair. Grave la mienne. Nous enlace l'un à l'autre. La pulpe de mon doigt se stoppe ensuite à la lisière de son dessous, en longe la dentelle jusque sur son ventre. Avant que mon bras barre son abdomen, s'enroule sur sa taille et la plaque contre mon torse. Mon nez dans ses cheveux, je la respire. Respire tout court. La serre avec tellement de force que mes ongles marquent la peau tendre de ses hanches.

– On laisse tout ici, Lucy. La colère. La peine. La trahison. Les ressentiments. La culpabilité aussi. Parce que…

Je marque une pause, le temps d'embrasser sa nuque. Et, enfin, je lâche ces mots trop longtemps gardés prisonniers de ma propre prison.

– Je te pardonne, ma poupée.

Aussitôt, son corps se met à trembler, sa poitrine se soulevant pour chercher un air qu'elle trouvera toujours désormais, je m'en assurerai.

– Et je te pardonne, Fennell, dit-elle, le timbre vacillant.

D'une paume sur son menton, je fais pivoter son visage et me jette sur sa bouche. L'embrasse avec toujours la même passion, mais, cette fois, en laissant éclater tout cet amour qui nous lie. Le souffle court, je la relâche ensuite. Attrape sa main et nous force à reculer un peu.

– Ferme les yeux, Lucy.

Après un sourire heureux, elle s'exécute. La pression de ses doigts sur les miens s'accentue.

Un rire nerveux s'arrache de sa gorge, s'envole pour se déposer en une caresse aérienne sur mon âme.

Ce qu'on s'apprête à faire relève de la folie pure et simple. Un peu à notre image, en définitive.

– Prête ? Trois. Deux. Un… Go !

Ensemble, nous nous élançons, nos pieds martelant la roche à mesure que nous prenons de la vitesse. Enfin, je hurle :

– Saute !

Toujours ensemble, nos jambes fournissent l'impulsion nécessaire pour nous propulser dans les airs. Puis nos corps tombent. Entraînés dans une chute vertigineuse. Le vent cingle nos peaux, les mord avant que ne s'y engouffre une onde juste… puissante. Transcendante. L'adrénaline se perfusant dans nos veines. Décuplant la moindre de nos sensations.

Son cri qui résonne à mes oreilles. Libérateur et rédempteur.

La chaleur de ses doigts entremêlés aux miens. Électrisante. Brutale. Démente.

Et ce que je sens exploser sous mes côtes. Doux. Sauvage. Éternel.

Tout à coup, le lac nous avale, nous emportant dans ses profondeurs sans toutefois réussir à nous séparer. L'eau, glaciale et expiatrice, nous enveloppe, efface ces derniers coups et ces dernières blessures. Et, durant quelques secondes, je ne cherche pas à remonter. Profitant de cet instant de paix. En paix et seul au monde. Seul avec *elle*.

Quand je regagne l'air libre, je suis accueilli par un concert de cris entrecoupé de rires plus ou moins nerveux. Lucy, les yeux étincelants, s'accroche alors à mon cou.

Ses jambes crochetées à ma taille, elle est littéralement enroulée autour de moi.

Et, putain, je serais prêt à replonger encore et encore juste pour revivre ce moment. La sentir totalement s'abandonner à moi ou avec moi.

Nos bouches gelées s'entrechoquent. Me revendique comme jamais auparavant. Me possède. M'emporte encore une fois, mais pas dans les profondeurs. Plus haut, tellement plus haut que durant un fragment de temps indéfinissable, un vertige me secoue de l'intérieur. Si fort que c'en est douloureux. Douloureusement bon. Une addiction de plus à ajouter à la pile de tous mes vices.

– Et maintenant ? halète-t-elle après avoir mordu ma lèvre inférieure.

– Maintenant, on s'aime encore plus, ma poupée. Maintenant, on grandit. Maintenant… on vit.

55

Lucy
Quelques semaines plus tard

Lessivée, un mal de crâne jouant au marteau-piqueur entre mes tempes, je rentre enfin à l'ancien appartement de Fennell que nous avons réinvesti en attendant de savoir où nous allons exactement. Mais rien ne presse. Nous avons tout notre temps. Aussi, nous le prenons, ce temps. Pour nous retrouver. Nous apprivoiser de nouveau aussi.

Enfin, sauf ces huit dernières heures. Huit heures interminables durant lesquelles j'ai dû suivre les délires d'une architecte d'intérieur. Huit heures à voir Line pousser le fauteuil roulant – dont maman a encore besoin – dans tous les sens, au point de coller un vertige sous mon propre crâne. Quatre cent quatre-vingts minutes à écouter ma mère et ma sœur se disputer sur la couleur des murs, le choix du sol ou encore la forme des transats à placer près de la piscine. Vingt-huit mille huit cents secondes à espérer cet instant : celui où je retrouverai Fennell, abandonnant ces deux furies à leur toute nouvelle demeure. Le divorce étant enfin acté, Laura a décidé de laisser notre demeure familiale à Calum, préférant repartir de zéro. Et, comme pour le moment, ses séances de rééducation lui demandent énormément de temps et d'énergie, Line refuse de la laisser seule.

Lorsque je referme la porte d'entrée, ce n'est pas une voix masculine qui résonne entre les murs, mais deux. Intriguée, j'avance jusqu'au salon pour découvrir Fen', torse nu, allongé sur l'un des bains de soleil du balcon qu'il a ramené à l'intérieur, un type aux cheveux châtains penché sur lui. Un bandeau retenant ses mèches trop longues, une paire de lunettes sur le nez, le type en question, aux bras et au cou couverts d'encre, tient entre ses doigts un dermographe. Dermographe déjà en train d'encrer la peau de Fen'.

– Ma poupée, susurre ce dernier dès qu'il m'aperçoit.

– Poupée ? raille le tatoueur sans relever la tête. Moi qui pensais que les surnoms débiles étaient ma marque de fabrique.

– Tu sais combien j'aime jouer à la poupée, rétorque-t-il d'un timbre dégoulinant d'indécence.

– Amen, mon pote.

Arquant un sourcil, je réduis l'espace entre eux et moi puis, une fois à leur hauteur, analyse ce que couche l'homme sur l'épiderme de Fennell. Un frisson saisit alors mes flancs, grimpe le long de ma colonne vertébrale, chahute ma nuque avant de chuter brutalement dans mes reins. Ébahie, j'observe avec une certaine avidité le magnifique serpent rouge vif s'enroulant autour des lettres de mon prénom. En vérité, dire qu'il est magnifique est un euphémisme. Jamais je n'avais vu un tracé aussi réaliste. J'ai l'impression que je peux le prendre dans mes mains, le sentir ramper entre mes doigts. Des arabesques noires et dorées s'ébattent sur le corps de l'animal, lui conférant à la fois une aura menaçante et juste… éclatante. Mystérieuse. Carrément mystique.

– Mon plus beau vice, commente alors Fennell.

Avant de dessiner en silence avec ses lèvres : « Mais pas que… »

Ses yeux sont arrimés à la moindre de mes réactions. À la moindre de mes émotions qui, j'en suis certaine, s'imprègnent sur chaque ligne de mon visage. Parce qu'elles sont trop fortes, trop puissantes pour que je puisse les enfermer sous ma poitrine.

– C'est sublime, déclaré-je dans un souffle.

– Tu comprends pourquoi je le fais venir du Kansas, me dit alors Fennell.

– En même temps, vu ce que tu me paies, mec, je serais totalement con de ne pas accepter.

Le vrombissement du dermographe stoppe tandis que le tatoueur redresse enfin la tête sur moi.

– Canaan[1], se présente-t-il, un air si suffisant et en même temps si nonchalant que je comprends aussitôt comment lui et Fen' peuvent être amis. J'imagine que tu es Lucy.

– Je vois qu'on t'a déjà parlé de moi, raillé-je.

Un sourire fend son visage avant qu'il ne reporte son attention sur Fennell qui, lui, arbore un sourire qu'il a dû voler à l'arrogance elle-même. Un sourire qui s'envole à la surface de ma peau, la léchant d'une traînée de flammes. Aussi, afin d'éviter de lui sauter dessus et de détruire ce magnifique tatouage, je prends congé pour me ruer sous la douche.

***

Lorsque je retourne dans le salon, Canaan est parti. Fen', un film transparent recouvrant les lignes d'encre récentes, paresse encore sur le transat, un bras replié

1. Personnage principal de *Initiation. On Your Skin* par Izia Soley.

sous sa tête et les paupières closes. Sans un bruit, je me défais de la serviette dans laquelle je suis enroulée puis, nue, grimpe à califourchon sur lui. D'emblée, ses yeux se rouvrent, chutant directement sur ma poitrine. Creusant un sillon incendiaire sur mon ventre jusqu'à mon intimité pressée contre le tissu de son pantalon.

Le serpent sur sa peau se déploie davantage, majestueux, sur son torse qui s'emballe.

– Rassasié ou affamé ? demandé-je alors dans un murmure.

– Ça dépend de quelle partie de mon corps tu parles, ma poupée, répond-il sans toutefois bouger un seul membre.

Si ce n'est celui qui pousse contre mon entrejambe. Un rictus vicieux se placarde sur ses lèvres au moment où je me surélève légèrement pour déboutonner son pantalon, baisser son boxer et empoigner son érection. Avant que sa bouche ne se pince.

– Bordel, Lucy, grogne-t-il, sa tête rejetée en arrière tandis que ma paume opère des va-et-vient.

– Rassasié ou affamé ? insisté-je.

– Putain, affamé, dit-il dans un sifflement.

Ma main cesse ses mouvements. Pianote sur son sexe, s'échappe en suivant l'un de ses obliques puis remonte ses abdos pour venir effleurer son cœur.

– Rassasié ou affamé ?

Sa langue darde entre ses lèvres, me nargue quand, tout à coup, il se redresse. Son bras s'abat sur le bas de mon dos, me plaque contre lui.

– Libéré, murmure-t-il à mon oreille.

Toutes les émotions de ces dernières années se soulèvent entre mes côtes en une vague juste démentielle.

Démentielle de sentiments. Démentielle de lui. Démentielle de nous.

Et j'ai besoin qu'elle le pourfende aussi. Qu'il la sente le transpercer également. D'un coup de hanche, je m'empare de lui, centimètre par centimètre. Comme Fennell s'est emparé de moi seconde après seconde. Sourire après sourire. Larme après larme. Déchirure après déchirure.

Souffle après souffle.

Ses doigts s'emmêlent ensuite aux miens, ses ongles venant griffer mon annulaire. Fiché au creux de mon ventre, il se fige puis, les sourcils froncés, attrape mon doigt pour analyser ce qui le ceint.

– Lucy, qu'est-ce que…

– J'ai fait fondre les alliances, révélé-je alors. Pour les transformer.

Ses yeux, dévorés par l'émotion, contemplent durant de longues secondes le serpent – noir et doré également – qui s'enroule autour de mon annulaire droit. Avant qu'il ne renoue son regard au mien. Et je lui souris. Si libre que j'en ai le vertige. Si libre que chacune de mes inspirations m'étourdit. Si libre que je ne vois plus que lui.

Si libre que je n'ai plus peur que ses ombres m'appartiennent. Ni que les miennes lui appartiennent.

– Je t'aime, Fennell.

L'une de ses mains cadenasse ma nuque. La seconde encercle ma taille. Et, une ferveur si ardente transpirant du moindre de ses pores, il bombarde mon cœur.

– Je t'aime, ma poupée.

ÉPILOGUE

Lucy
Cinq ans plus tard

– Luc' ! hurle la voix de ma sœur à travers la porte. Tu vas te dépêcher, oui !

Quelques coups sur le battant ponctuent sa phrase et illustrent – si je n'en avais pas déjà conscience – son agacement.

– J'arr… Oh, putain, gémis-je en plaquant ma paume sur ma bouche. J'arrive !

Mon autre main arrimée à la coiffeuse, je courbe la tête, le souffle envolé Dieu sait où. Je suis perdue quelque part entre… Je n'en ai aucune idée en réalité. Perdue. Mais perdue avec lui.

– Regarde-moi, ma poupée, grogne Fennell dans mon dos.

D'un geste autoritaire, il relève mon visage en enroulant ses doigts autour de ma gorge. L'arrière de mon crâne chute contre son épaule au même moment où un coup de reins alimente le brasier ravageant mon abdomen. Mes yeux trouvent le reflet des siens dans le miroir face à nous, s'y retiennent comme lui retient mon corps entre ses ongles incrustés dans la chair de mes hanches.

– Tu es magnifique, laisse-t-il échapper dans un râle tandis qu'il réintègre le creux de mon ventre en une poussée aussi brutale que passionnée.

– Je l'étais, haleté-je. Tu as tout saccagé, Fen'.

– Bordel, ne parle pas comme ça. Ça me donne envie de te prendre avec encore plus… d'acharnement. Sauf que… pas le temps.

Non, en effet, pas le temps. Parce qu'un orgasme embrase mon ventre, déferle avec une telle vitesse dans la moindre de mes cellules qu'un instant, je ne suis plus certaine d'être encore ancrée à ce monde. Ancrée à lui.

Un bras autour de ma taille, Fennell me plaque contre son torse. Me berce doucement le temps que nous redescendions tous les deux de ce moment n'appartenant qu'à nous. À l'instar de tous ceux partagés ces cinq dernières années.

– Voilà, s'amuse-t-il en m'observant via la surface dépolie. Là, c'est ma poupée. Belle et trash.

Je grimace, plisse le nez en détaillant à mon tour mon reflet. Mes cheveux s'éparpillant en des mèches qui n'ont plus rien de travaillé. Mon mascara qui coule et je ne parle même pas de mon rouge à lèvres qui s'étale presque jusque sur mon menton.

– Mille dollars de coiffure et de maquillage pour rien, grommelé-je.

– Tu es parfaite, Lucy.

– La flatterie ne t'aidera pas.

– Non, mais l'orgasme que je viens de te donner, lui, carrément.

Tout en se marrant, il me relâche puis tente de replacer ma robe correctement. Un baiser sur ma nuque et un clin d'œil plus tard, il déverrouille la porte de la chambre de Line, ouvre le battant pour tomber sur ma sœur, resplendissante dans une robe dorée et le regard assassin.

– J'en étais sûre ! râle-t-elle, un index accusateur pointé

sur Fennell. T'as pas pu t'en empêcher, hein !

– Que veux-tu ? balance-t-il, un sourire à la fois dévastateur et rusé sur ses lèvres. J'ai toujours rêvé de baiser une mariée le jour de ses noces.

– T'es obligé de dire « baiser », sérieux ?

– Quel mot je devrais utiliser selon toi ? Coucher ? Faire l'amour ? se moque-t-il.

– Ce serait pas mal, ouais. Surtout quand il s'agit de ma petite sœur, soupire-t-elle en pénétrant dans la pièce pour écarquiller les yeux lorsqu'elle m'aperçoit.

Au moment de franchir le seuil, Fen' se retourne sur moi et, un éclat incendiant son regard, il rétorque :

– Crois-moi, je l'ai baisée de toute mon âme.

Si mon cœur éclate à ces paroles, c'est autre chose qui éclate chez ma sœur. La colère. Trois secondes plus tard, Fen' se prend des fleurs en plein visage avant de se mettre à rire et d'enfin nous laisser seules.

– Mon bouquet, maugréé-je en allant le ramasser.

– Et ? T'as vu ton état ? Au moins, il sera accordé à ton look de mariée dépravée !

– Dis pas ça devant Fennell, ris-je, sinon il va te virer de la chambre pour un second round.

– Pitié, épargne-moi les détails. Bon, assieds-toi, on va essayer de rattraper les dégâts.

– T'es la meilleure.

Pour toute réponse, elle émet un grognement à mi-chemin entre le chaton crachotant et l'ours sortant d'hibernation. Installée, je la laisse me remaquiller, ne pouvant m'empêcher de contempler, à travers son reflet dans le miroir derrière elle, les lignes encrées sur l'omoplate de ma sœur. Un tatouage nous représentant toutes les deux, mais surtout un tatouage de ma propre main. Ou presque. Finalement, j'ai repris le dessin. Après avoir contacté ce tatoueur rencontré à l'entrepôt, il a accepté de me donner quelques cours. Avant d'apposer lui-même l'un de mes dessins sur la peau de Line. Voir mes lignes sur la peau de ma sœur a quelque chose d'indescriptible. De totalement dingue. Et, ouais, j'avoue être fière de moi sur ce coup.

Soudain, sans pouvoir s'en empêcher, Line se met à babiller :

– Au fait, les scénaristes ont rappelé et…

– Line, la coupé-je doucement. Pas aujourd'hui s'il te plaît. Moi aussi, j'ai hâte de reprendre le boulot, mais…

Un grognement m'interrompt.

– C'est le jour de mon mariage, insisté-je.

– OK, OK, cède-t-elle, non sans renchérir. Mais demain matin, on a une réunion à la première heure.

Malgré moi, un rire s'extirpe de ma gorge. Line est juste incapable de penser à autre chose que le boulot. Cela fait à présent quatre ans que nous avons racheté une plateforme de streaming. Et ce qui n'était qu'un service payant pour regarder d'anciennes séries à sa guise s'est transformé en *the* application présente dans presque chaque domicile. À présent, nous commençons même à produire nos propres films et nos propres séries. Ce qui est juste… incroyable. Jamais nous n'aurions pensé aussi bien développer ce projet. Alors oui, même si ma sœur est un bourreau de travail, même si souvent nos vies intimes en sont malmenées, je suis fière de la voir aussi impliquée. Aussi battante. Je suis fière de nous. De cet empire que nous créons ensemble. Sans aucune ombre au-dessus de nos têtes.

– Oh, mon bébé ! retentit tout à coup une troisième voix.

Maman, parée d'une robe longue couleur émeraude, plaque une main sur sa bouche. La mienne, de bouche, grimace devant sa paume agrippée à la canne dont elle ne peut se séparer. Je crois que jamais je ne pourrais me défaire de cette pointe de culpabilité m'étreignant dès que je la vois se déplacer en boitant. Et ce, malgré la force évidente de maman, sa détermination durant sa rééducation et ses paroles réconfortantes à mon égard. En parlant de paroles… Alors que je m'attends à ce qu'elle panique devant mon état, elle se met à sangloter :

– Tu es si belle.

– Belle ?! s'exclame Line, qui dévisage notre mère comme si elle avait perdu l'esprit. Mais… on dirait qu'elle sort d'une rave, les veines encore chargées !

– Line, ton langage !

– Ben voyons, et c'est à moi qu'on dit ça, soupire ma sœur.

– Cesse donc de râler et donne-moi les épingles à cheveux.

Tandis que je suis assise sur ma chaise, face au miroir de la coiffeuse, un sourire transcende mes lèvres. *Me* transcende alors que je contemple maman et Line se chamailler gentiment.

Puis mon regard croise celui de ma sœur. Plonge dans la chaleur de ses prunelles. À son tour, sa bouche s'étire et chuchote ces mots à mon oreille :

– Tu n'es pas belle, tu es rayonnante, petite sœur. Tu es juste… toi.

***

Pas loin d'une heure plus tard, nous arrivons à destination. Maman, ayant abandonné l'idée de me rattacher les cheveux, les a simplement laissés cascader jusqu'à mes reins. Un bustier entièrement tissé de dentelle ceint ma poitrine et mon ventre avant que le tissu ne s'évase en une longue et fluide jupe blanche qui caresse mes pieds alors que je marche lentement vers… le bord de la falaise.

Celle de notre enfance, à Fennell et à moi. Entre Laura et Line, je progresse jusqu'à mon meilleur ami, pour sa part accompagné d'un prêtre.

Son bras me capture à peine suis-je à sa hauteur et me ramène contre lui en un geste possessif. Je n'ai besoin que de ça en réalité… Que de sa présence qui me réclame, qui affame mon corps en demande de toujours plus, et assouvit mon cœur comme personne. Que de sa chaleur qui me brûle jusqu'à tout cramer pour qu'il ne reste plus que la paix.

Et Dieu sait que cette paix n'a pas toujours été notre amie ces dernières années. Fennell étant Fennell, il s'est vu menacé de mort après plusieurs articles assassins publiés dans la presse. Durant une période, je n'en dormais plus la nuit à l'idée qu'un malheur puisse lui arriver. Et puis, tout s'est étrangement calmé le jour où Calum a – comme toujours – su tirer les bonnes ficelles afin de le protéger. Évidemment, je ne suis pas censée le savoir… Car notre père est resté dans l'ombre sans tenter une seule fois de prendre contact avec nous. En réalité, c'est Jenel qui a révélé l'implication de Calum à Fennell. J'ignore si c'est une façon bien à lui de se faire pardonner, ou de conserver un lien avec ses filles tout en restant loin, toujours est-il que son acte m'a remuée, à l'époque. Je crois que… être consciente que notre père nous aime est pire dans un sens et, en même temps, bizarrement réconfortant.

Mais tout ceci en vaut la peine. Je n'ai qu'à le regarder, lui, pour le savoir. Fennell O'Brien, usant de ses ombres pour tenter de chasser un peu de celles de notre monde. Ce mec un peu dingue. Pétri de vices. Et surtout, débordant d'amour. L'homme dont je tombe un peu plus amoureuse chaque jour. Le mien.

Cet homme avec qui je m'apprête à me marier. Encore. Mais pour le meilleur cette fois, le pire étant derrière nous, où il doit être : enterré dans le passé. Ma place est avec lui. Elle l'a toujours été. Nos vies appartiennent l'une à l'autre. Peu importe la façon dont elles se sont parfois entrechoquées, jusqu'à se briser. Peu importe car depuis nos naissances, c'est un « toujours » qu'elles tracent pour lui et moi.

***

Une fois la cérémonie achevée, tout le monde rebrousse chemin. Sauf nous. Car au-delà de notre mariage, c'est un pacte que nous sommes venus renouveler.

Dans mon dos, Fennell déploie ce magnétisme qui ne cesse d'obséder ma peau autant que mon cœur malgré les années. En silence, il me débarrasse de ma robe qui chute sur le sol. Puis se défait de son smoking à son tour.

– Je t'aime, ma poupée.

Il me retourne et s'empare de mes lèvres. M'emporte dans un baiser qui reflète tous ces sentiments qui nous torturent parfois, nous consument souvent. Mais, toujours, nous unissent l'un à l'autre.

– Je t'aime, Fennell, soufflé-je contre sa bouche.

Tremblant d'émotion, il caresse mon visage avant de mêler ses doigts aux miens.

– Ferme les yeux, Lucy.

Le cœur battant, je m'exécute. Savoure les flammes

s'appropriant mon corps quand Fennell s'approprie à nouveau ma bouche.

– Prête ?

J'acquiesce, le ventre noué. D'appréhension. De hâte.

Un vent tournoie soudain tandis que nous nous mettons à courir. Nous attire dans le vide. Ce vide que, déjà, je sens se combler de plus. D'encore et toujours plus à ses côtés. Et surtout… Surtout de liberté, nos âmes enlacées l'une à l'autre. À l'image de nos mains lorsqu'un cri résonne.

– Saute !

REMERCIEMENTS

Merci à vous d'avoir suivi Lucy et Fennell dans leur histoire toxique, mais si passionnée. J'espère que vous les aurez aimés autant que j'ai aimé plonger dans leur part d'obscurité. Lucy et Fennell sont des personnages pleins de défauts, noyés dans un monde qui cherche à les dévorer et je crois que c'est ce que j'ai préféré avec eux : leur volonté, malgré tout, de s'en sortir. De sombrer avec l'autre pour mieux remonter à la surface, toujours avec l'autre.

En premier lieu, un merci spécial à ma famille sans qui rien ne serait possible. Mes deux hommes, je vous aime tellement.

Comme toujours, un immense merci à Émily Kind, première supportrice de mon Fennell, qui m'a tant soutenue au cours de l'écriture de ce manuscrit. Ma Milyi, ma moitié de plume, merci pour tout, vraiment. Je te dois tant. Le reste… tu sais.

À Ci, pour qui je n'aurais pas assez de mots pour exprimer toute ma reconnaissance. Ma Ci, ton soutien a été mon pilier, mon moteur ces derniers mois. Je te remercie infiniment. Et du fond du cœur.

À Emi, merci pour ton soutien depuis tant d'années à présent, depuis le tout premier mot posé. Sans toi, cette aventure n'aurait pas le même goût et manquerait de cette touche de piquant en plus qui la rend si délicieuse.

À Létie, ma super relectrice. Merci pour ton soutien, ces mots si beaux et touchants que tu poses sur les miens.

À Virginie. Si on me colle une étiquette de sadique, tu n'es pas en reste ! Un très grand merci à toi pour tes avis toujours empreints de sincérité et pour ton soutien à chaque manuscrit.

À ma Cath, ma pom-pom girl préférée. Chacun de tes commentaires, de tes mots, de tes montages, est un pur shoot de bonheur. Merci de ton soutien !

Une grosse pensée pour ma Vaness, présente depuis le tout début. En espérant que dans les prochains remerciements, je puisse te féliciter pour l'ouverture de ta librairie !

Ensuite, un très grand merci à toutes ces chroniqueuses qui mettent si bien nos romans en valeur. Obligée de penser à la #teamfollede… Avec Létie (letie_serial_lectrice), Cécilia (cclevasion), Marie (heart.up.on.romance), Céline (line_et_ses_livres), Julie (les.lecturesdejuju), Aurélie (legerelibris) et Roxane (r_o_x_y_lit), *you rock, girls* ! Ainsi qu'à ma douce Elo (des magiciennes_des_mots), ma Julie Blondy (julitdelaromance), Valou (valou_chasingromance), Gaëlle et ses chansons épiques (la_livropathie_de_gaelle), Ophélie (book0fey), les Étoiles des Bibliothèques, etc.

Enfin, un merci particulier aux éditions Addictives pour ces deux années, maintenant, de collaboration. Merci pour leur confiance et, surtout, pour leur super boulot afin de porter si bien les histoires qui sortent de nos esprits.

Je vous dis à bientôt pour de nouvelles histoires, de nouveaux personnages, de nouvelles passions ! En vous souhaitant de belles lectures à venir !

Isla

addictives

Ana K. Anderson
Indompté
Scottish Bastard

Sophie Auger
Be with Me

Louve Baxter
Challenge the Boss

Rose Becker
Le Bébé, mon milliardaire et moi (aussi en poche)
Dangerous
Désirs & Désastres (en poche)
Torride, sexy & dangereux

Aimée Bianca
B.O.S.S. Beau, Odieux, Sexy, Snob

Sonia Birdy
California High School
L'Initiation (aussi en poche)
Touchdown. Campus Star

Laura Black
Dark Initiation
Games of Desire
H.A.R.D. Hot, Arrogant, Rebelle, Déterminé
Italian Boss
Sulfurous Bad Boy

Margot D. Bortoli
Too Young (aussi en poche)

Marjorie Burbaud
The Campus Teacher (en poche)
Foutu Highlander… (en poche)

Phoebe Campbell
Lui résister… ou pas

Anne Cantore
Promets-moi. Louise et Marco

Mia Carre
Bad for You
Charmant connard!
Teach Me Everything

Sarina Cassint
Avec toi… peut-être
Insolent Boss

Mélodie Chavin
Campus Rules
Coloc avec mon ennemi
Fake Lovers (coécrit avec Camilla Simon)
Fucking Wedding
Stepbro' Next Door

Alexia Clemens
Red Python. Save Me

Romy Cole
Never Kiss a Soldier

Mary Ann Davis
Coach Me Love

Olivia Dean
À lui, corps et âme – volumes 1 et 2 (en poche)

Gwen Delmas
Noël, toi & moi
Sex Friends. Pas de contraintes, que du plaisir!

Sarah Dheilm
Elite Fighter
Hot Reward

Eugénie Dielens
Imprévisible Boss
The Boss Next Door

Cléa Dorian & Ninon Vars
Dark Love

Claire Dust
Mon coloc est une rock star

Juliette Duval
Falling for my Stepbrother

Laurie Eschard
Love Naked

Sonia Eska
My Last Chance (en poche)
Ne me tente pas

Lil Evans
Boss Affair

Lou Everly
Bad Boy Crush (en poche)

Anne Ferra
One More Time

Lou Garance
Can You Keep a Secret ? (aussi en poche)
Foutu coloc !
L'Infiltrée

Alexandra Gonzalez
Shades of You

Erin Graham
Back to Campus (en poche)
Coloc avec mon boss
L'Héritier des Doyle
Nos amours contraires (en poche)
Secret Stepbrother
Strong Addiction
Teach Me Love
The Boss
The Initiation
Un boss dans mon chalet

Emma Green
(Im)parfait (aussi en poche sous le titre *Fais-moi une place*)
10 bonnes raisons de te détester !
Âmes indociles (aussi en poche)
Bien plus forte que toi !
Bliss. Le faux journal d'une vraie romantique
Call Me Baby (aussi en poche sous le titre *Oh My Lord !*)
Call Me Bitch
Cent facettes de Mr Diamonds
Cœurs insoumis (aussi en poche)
Corps impatients (aussi en poche)
Fallait pas me chercher !
If You Wanna Be My Lover…
It's Raining Love !
Jeux imprudents
Jeux insolents
Jeux interdits
Just 17
Kiss Me if You Can
La Vie en vrai
Le Goût de nos rêves
Love & Lies on Campus
Love Me if You Can
PS : Oublie-moi !
Recherche coloc : emmerdeurs, râleurs, lovers... s'abstenir !
The Boy Next Room
The Boy on Fire
Toi + Moi : Envers et contre tout (aussi en poche sous le titre *Envers et contre tout*)
Toi + Moi : L'un contre l'autre (aussi en poche sous le titre *L'un contre l'autre*)
Toi + Moi : Seuls contre tous (aussi en poche sous le titre *Seuls contre tous*)
Une toute dernière fois

Kim Grey
Fausse fiancée & vrais ennuis (en poche)

Megan Harold
Breaking the Rules
Initiation with My Boss

Joh Harper
Broken but Alive
Crazy Love

Ludivine Hart
Arrogant & Tattooed

Marie Hayle
Lover Next Door
Under Control

Missy Heart
Dark Domination

Amy Hopper
Le Coloc
Gone Boy

Ellie Jade
About Last Night
More Than Anything

Emma S. James
Under the Rain

Sara June
Rider in the Dark
Sexy Wild Rider

Emily Jurius
Love to Hate You

Antinea Kane
In Love with My Enemy

Allie Krown
High School Challenge

Marion Laurent
I Want You in My Bed!
Mr Alpha
My Fake Boyfriend

Charlie Lazlo
Kiss Me I'm Famous (en poche)
Mon insupportable boss
The Duke (en poche)

Pauline Libersart
Tiger. Entre ses griffes

Sienna Lloyd
Mords-moi !

Nina Loren
Breaking the Ice
Teach Me Again. Impossible Desire

Ella Lores
Fucking King
Mariée par accident à un connard arrogant rencontré la veille...
My Best Enemy

Aimée Lou
Royal Bodyguard (en poche)

Jessica Lumbroso
Emma X. Secrète et insoumise

Émilie Maes
7 Days to Resist

Lili Malone
Coloc avec un inconnu

Luna March
Brooklyn Girl

Mila Marelli
Crazy Wedding
Dark Man in Love

Mag Maury
My Hipster Christmas

Sianna Milano
High School Initiation

Caroline Mongas
Mariage forcé. Un contrat indécent

Billie Morgan
Free Fighter

Zoé Murat
Boss Me Around (aussi en poche sous le titre *The New York Office*)

Clara Nové
Offside

Aurore Nox
Foutu menteur !

Lina Parker
Campus at Sea

Alix Parks
Never Kiss the Boss

Jeanne Pears
Colocs & Sex Friends
H.O.T. Hypnotique, Obstiné, Ténébreux
Insupportable coloc
Jamais avec mon coloc ! (en poche)
The Most Insolent Man

Alexia Perkins
Arrogant Fake Lover

Sophie S. Pierucci
Deep & Dark (en poche)
L'Inconnu de l'ascenseur & Moi (aussi en poche)
My Stepbrother. L'initiation (aussi en poche sous le titre *My First Step*)

Silvia Reed
Darkest. La dernière heure
Too Close

Anita Rigins
J'aime pas Noël ni les voleurs de taxis !
My Rules
No Rules
Toxic Hell

Lise Robin
Forbidden Stepbrother (en poche)

Jana Rouze
Effet de vague – saisons 1, 2 et 3

Isla A. Rowley
Le Coloc de mon frère
The Ultimatum
Toxic Games

Gaëlle Sage
Arrogant Rider
Kiss, Kill & Ride
Lost Rider

Caroline Sauvage
I Hate my Boss!

Ana Scott
À corps brisés (aussi en poche)
Dark Ride
Entre nous le chaos
Evil Ride
Last Ride
Le Meilleur Ami de mon frère
Say Yes to the Boss
Sensual Stepbrother
The Dominant
Un enfoiré mais un coup d'enfer !
Vicious Ride

Camilla Simon
Fake Lovers (coécrit avec Mélodie Chavin)
Initiation with My Enemy
Le voisin parfait est un enfoiré
Le mec parfait est un inconnu… ou presque !
Le rockeur parfait est insolent et tatoué

Adora Sky
Decadent Lover

Léana Soal
Fight & Hope

Cara Solak
Perfect Obsession

Izia Soley
Fauve
Initiation. On Your Skin

Liv Stone
Initie-moi. Mes jours contre tes nuits
Love Lessons (aussi en poche)

Lena K. Summers
Donovan, roi des connards
Perfect Bad Boy

Kaly Swann
Austin. Breathe with Me

Lisa Swann
Adore-moi !

Oly TL
Jardin Secret

Alexane Tolley
The Boss Rules (en poche)

Fanny Twice
Burning First Love

Louise Valmont
Campus Initiation
Mon insupportable voisin !

Anna Wendell
Apprends-moi le désir
Arrogant Bad Boy
Break Your Chains
Colosse. Le maître du jeu

Chloe Wilkox
Dominant Boss. Apprends-moi
Immoral (aussi en poche sous le titre *Demi-frère*)
The Virgin's Price
Your Game, My Rules (en poche)

Mina Zadig
Arrogant Highlander
Be My Teacher
Just Sex & Tattoos

Il a l'habitude de séduire, elle est plutôt du genre à se méfier des hommes…

Sûr de lui et arrogant, Hayden Hayes est habitué à obtenir tout ce qu'il veut. Fils de bonne famille, il n'a jamais manqué de rien, du moins en apparence. Car sa « famille » n'en a que l'appellation : sa mère est morte et, depuis, son père est aux abonnés absents. Alors à part Jay, David et Keon, ses trois meilleurs amis qu'il considère comme des frères, personne d'autre ne compte pour Hayden, et ça lui convient très bien ainsi ! Enfin ça, c'était avant l'arrivée de la demi-sœur de David. Emy ne ressemble à aucune autre fille du lycée. Agaçante, insolente mais carrément sexy, elle énerve Hayden autant qu'elle l'excite, et ce dès leur première rencontre. Mais avec la promesse faite à David de ne jamais coucher avec sa sœur et les problèmes qui entourent Emy, Hayden a toutes les raisons de se tenir éloigné de l'indomptable *Brooklyn Girl*. Sauf que, pour une fois, il pourrait bien perdre le contrôle…

Autrice : Isla A. Rowley

Edisource – Éditions Addictives
100, rue Petit, 75019 Paris
Imprimé par FINIDR – Lipova cp. 1965 – 73701 Cesky Tesin, République tchèque
Dépôt légal : mai 2023 – Achevé d'imprimer : mars 2023
Réimprimé en juin 2023
ISBN : 978-2-37126-573-8
Réf. contrat : ZFEN_001